IHR WERWOLF ALPHA

JODI VAUGHN

KAPITEL EINS

Petit Jean State Park, Arkansas

Barrett Middleton befand sich in der Hölle.

Schmerz brannte in ihm wie weißglühende Blitze, die durch seine Nerven schossen, und sein Körper stand in Flammen.

Trotz der Qual und der unbeschreiblichen Schmerzen war es seine Brust, die am höllischsten wehtat.

Er versuchte, seine schweren Augenlider zu öffnen, aber es war unmöglich.

Er steckte in der Hölle fest, umgeben von Dunkelheit, und dem anhaltenden Schmerz ausgesetzt.

Er versuchte, sich daran zu erinnern, was passiert war, und wie er in dieses Fegefeuer geraten war. Aber sein Kopf war leer. Er wollte schreien, rufen, schaffte es aber nur, zu schlucken. Er zuckte vor Schmerzen zusammen.

Es fühlte sich so an, als hätte ihm jemand Glassplitter die Kehle hinuntergezwungen.

Er versuchte, seinen Arm zu heben, aber sein Körper wollte ihm nicht gehorchen.

Seine Brust zog sich zusammen.

Scheiße. Vielleicht konnte er sich nicht bewegen, weil er gelähmt war.

Eine kühle Hand legte sich um seinen Hals und schlanke Finger drücken seitlich gegen seine Kehle.

„Du solltest wirklich stillliegen. Ich kann an deiner erhöhten Herzfrequenz erkennen, dass du versuchst, dich zu bewegen", flüsterte eine weibliche Stimme in der Nähe seines Ohrs.

Was ist los mit mir? Was ist passiert? Er versuchte, seine Lippen zu zwingen, die Worte zu formulieren.

„Und es nützt auch nichts, zu versuchen zu sprechen. Weil du es nicht kannst. Zumindest jetzt noch nicht", sagte sie.

Wer zum Teufel war sie und warum kam sie ihm so bekannt vor?

„Sieht so aus, als wären es für eine Weile nur du und ich, Wolf. So richtig gemütlich." Sie drückte ihre Lippen gegen sein Ohr und saugte sein Ohrläppchen in ihren warmen Mund.

Ihre Hand glitt von seinem Hals hinunter zwischen seine Beine. Sie packte seinen Schwanz.

Sein Herz raste. Zum ersten Mal in seinem Leben fühlte er sich hilflos und verletzlich.

„Ich hatte dich schon eine ganze Weile im Visier, Barrett. Während du dich erholst, haben wir die Gelegenheit, uns ein bisschen besser kennenzulernen", knurrte sie.

Es drehte ihm den Magen um.

„Lass ihn in Ruhe, Hexe", grollte eine tiefe, vertraute Stimme.

Ryker. Gott sei Dank.

„Ich habe es ihm nur bequem gemacht." Sie zog ihre Hand

weg und dem Klang der Schritte nach zu urteilen, entfernte sie sich von ihm.

„Es ihm bequem gemacht? Mit deiner Hand auf seinem Schwanz? Das glaube ich wohl kaum", knurrte Ryker.

„Nun, bis wir diese Höhle verlassen können, werden wir wohl lernen müssen, miteinander auszukommen", sagte sie langsam. „Und wenn du deine Karten richtig spielst, könnten du und ich vielleicht auch lernen, miteinander auszukommen."

Nicht in der Hölle. Eine Höhle. Sie befanden sich in einer Art Höhle.

„Auf gar keinen Fall. Ich lass mich nicht auf psychopathischen Hexen ein. Du lässt mir wahrscheinlich den Schwanz abfallen", knurrte Ryker. „Und wenn ich noch einmal sehe, dass du Barrett befummelst, werde ich dir deine verfluchte Hand abhacken."

„Ich bin keine Psychopathin", kreischte sie. „Ich habe eine Borderline-Persönlichkeitsstörung!"

Scheiße. Er steckte mit einer psychopathischen Hexe und seinem gereizten Wächter in einer Höhle fest. Die Hölle begann von Sekunde zu Sekunde besser zu scheinen.

„Was auch immer du bist, du musst diese verdammte Katze unter Kontrolle bringen. Sie hat meine Lederjacke zerfetzt!", schrie Ryker.

„Ihr ist nur langweilig", sagte sie. „Außerdem kontrolliere ich Nyx nicht."

„Ella, ich warne dich. Du hältst diese verdammte Katze besser von mir und meinen Sachen fern, oder ich werde sie häuten!", brüllte Ryker.

Ella. Jetzt erinnerte er sich. Jetzt kam alles wieder zu ihm zurück. Ella, die Hexe von Yazoo City. Sie war vom Friedhof in Mississippi geflohen, als er Lucien dorthin geschickt hatte, um Informationen für ihn zu sammeln. Sie war dazu verflucht gewesen, alle Ewigkeit auf dem Friedhof zu verbringen, bis sie Blutmagie eingesetzt hatte, um zu entkommen.

Kurze Szenen blitzten hinter seinen Augen auf.

Hexe.

Edward Boudier.

Jaxon.

Todesschuld.

Übelkeit überschwemmte ihn und er wünschte, er könnte sich zur Seite drehen und sich übergeben.

Er erinnerte sich an alles.

Das Tribunal, vor dem Jackson für schuldig befunden worden war. Wo er, Barrett, Jaxons Schuld auf sich genommen hatte. Und sie mit seinem eigenen Blut bezahlte.

Seine Muskeln spannten sich an.

Aber es ergab keinen Sinn. Wenn er tot war, warum waren dann Ryker und diese verdammte Hexe bei ihm? Er konnte sich nicht daran erinnern, dass sie auch gestorben waren.

„Wie lange müssen wir hierbleiben?", schnaubte Ella.

„Beschwerst du dich?", warnte Ryker. „Vergiss bloß nicht, dass ich dich zurück auf diesen Friedhof schicken könnte."

„Ich kann nicht anders. Es ist schmutzig und muffig und Wasser läuft an den Wänden entlang, wenn es regnet", zischte sie. „Ganz zu schweigen davon, dass diese ganze Feuchtigkeit meine Haare kraus werden lässt."

„Schlimme Scheiße. Wir bleiben hier, bis es sicher ist, Barrett aus Arkansas rauszuschaffen und irgendwohin, wo ihn niemand suchen wird."

„Und wo wäre das?"

„Nirgendwo im Süden. Hier gibt es zu viele Werwölfe, die wissen, wie er aussieht. Wir müssen ihn aus den Südstaaten rausbringen."

„Wie wärs mit New York?", fragte Ella aufgeregt. „Ich war noch niemals in New York."

„Auf gar keinen Fall. Barrett würde die Stadt hassen. Außerdem liegt es an der Ostküste. Er stammt ursprünglich aus South Carolina. Oder vielleicht war es North Carolina. Zur Hölle, ich kann die beiden nie auseinanderhalten."

„Oh. Ich würde gerne nach South Carolina fahren. Ich habe gehört, dass Charleston schön ist", gurrte sie.

Barrett runzelte die Stirn. Oder zumindest tat er das in seinen Gedanken. Es war wirklich schwer, zu wissen, ob er tatsächlich irgendwelche Gesichtsbewegungen machte.

„Nein. Nicht Charleston", knurrte Ryker.

Er entspannte sich ein wenig. Ryker hatte recht. Nach Charleston zu gehen wäre ein tödlicher Fehler. Seine Familie stammte von dort und jemand würde ihn mit Sicherheit wiedererkennen. Nein, es wäre besser, irgendwo weit, weit wegzugehen.

„Was ist mit Kalifornien?", fragte Ella.

„Nein." Ryker seufzte frustriert. „Wir brauchen etwas, das von Natur umgeben ist. Wo es viele Orte gibt, an denen einen die Leute nicht wirklich beachten."

„Klingt für mich nach Missouri."

„Außer, dass Missouri ein gesetzloser Staat ist und jeder dort Barrett in dem Moment erkennen würde, in dem er sein Gesicht zeigte."

„Du willst also Natur, Berge und Orte, an denen man sich, wenn nötig, isolieren kann." Sie schnaubte. „Klingt nach Alaska."

Barrett spannte sich an. Alaska war schön für einen Urlaub, aber nicht zum Leben. Er glaubte nicht, dass er die kalten Winter dort aushalten würde.

„Das ist keine schlechte Idee", sagte Ryker.

Zur Hölle, nein. Auf gar keinen Fall. Kam überhaupt nicht infrage. Wenn Ryker seinen Arsch nach Alaska schleppte, würde Barrett ihn, sobald er geheilt wäre, in zwei Stücke reißen.

„Aber Alaska ist zu weit weg", sagte Ryker zu sich selbst.

„Ich dachte, du wolltest weit weg", meckerte Ella. „Meine Güte. Du musst dich mal entscheiden."

Stille breitete sich in der Höhle aus.

„Gib mir dein Telefon", forderte Ella.

„Wofür zum Teufel?", wollte Ryker wissen.

„Ich muss sehen, was ich in der realen Welt verpasst habe", sagte Ella mit einem schweren Seufzen. „Ich fühle mich abgeschnitten und so, als wäre ich zurück auf diesem Friedhof, weit weg von den Lebenden."

„Also gut. Aber keine Anrufe. Verstanden?"

Barrett verstand immer noch nicht, warum Ella bei Ryker war. Warum hatte Ryker sie nicht einfach dem Rudelführer von Mississippi übergeben? Was war mit seinen anderen Wächtern? Was war mit ihnen passiert? Und was zum Teufel ging im Staat Arkansas vor sich? Hatte Boudier Arkansas übernommen? Hatte er den Rest seiner Wächter umgebracht?

„Und benutze mein Handy bloß nicht dazu, diese dummen Hausfrauenshows anzuschauen. Wenn einer der Wächter so etwas auf meinem Handy findet, werden sie mir das für immer unter die Nase reiben."

Barrett wollte wegen des Stresses in Rykers Stimme grinsen. Zweifellos würden sie ihn alle verarschen. Er konnte es kaum erwarten, hier rauszukommen und ihn bei den anderen Wächtern auffliegen zu lassen.

Sein Herz sank.

Hoffnungslosigkeit überkam ihn.

Selbst wenn er hier jemals rauskäme, könnte er niemals nach Arkansas zurückkehren. Würde er das tun, wäre Jaxons Leben in Gefahr.

Er würde niemals wieder Rudelführer sein.

Wut und Bedauern breiteten sich in ihm aus.

Er hatte sich für das Rudel geopfert. Er sollte tot sein.

Irgendetwas musste schiefgelaufen sein. Vielleicht war ihm das silberne Messer aus der Brust geschlagen worden, als er am Fuße des Berges gelandet war. Er sollte tot sein. Nicht wie ein tödlich verwundetes Tier gelähmt und hilflos in einer Höhle liegen. Sie hätten ihm das Messer ins Gehirn stoßen und ihn mit etwas Würde sterben lassen sollen.

Es gelang ihm, seine Augen einen winzigen Schlitz breit zu öffnen, aber das war alles, was er brauchte, um seine Umgebung zu sehen.

Die Wände waren Stein und der Boden war Dreck. Auf dem Boden standen brennende Kerzen und an den beiden Seiten des Eingangs zu dieser rustikalen Unterkunft hingen zwei Fackeln.

Er drehte seinen Kopf leicht zur Seite und blinzelte. Er befand sich tatsächlich in einer verdammten Höhle, was bedeutete, dass sie sich wahrscheinlich noch immer im Petit Jean State Park aufhielten. Der Ort, an dem das Tribunal abgehalten worden war.

Ella quietschte.

„Was zum Teufel ist denn mit dir los? Kommt deine Lieblingsband in die Stadt oder was?", meckerte Ryker. Er warf Ella einen bösen Blick zu und hockte sich neben seine Ledertasche, in der er weiter herumwühlte.

„Nein, du Idiot. Ich schaue mir Tiny-Häuser an und es gibt eins in meiner Preisklasse, das zum Verkauf steht."

„Du willst in einer Blechdose wohnen? Wo packst du dann all die Schuhe hin, die du immer stiehlst."

Ella strich sich die roten Haare aus dem Gesicht und erstarrte. „Vielleicht kann ich mir zwei Tiny-Häuser kaufen. Eins für meine Schuhe und das andere für mich."

„Was ist mit mir?" Eine schwarze Katze schlich aus den Schatten und setzte sich hin. Sie rollte ihren langen buschigen Schwanz um ihre Beine und sah die Hexe an. „Wo werde ich wohnen?"

Ellas rote Lippen verzogen sich zu einem Grinsen. „Auf dem Dach."

Eine sprechende Katze. Perfekt. Er hatte tatsächlich schon einmal von diesen magischen Zaubertieren gehört, hatte aber noch nie eins gesehen.

„Das ist eine schreckliche Idee." Die Katze sprang los, spreizte die Krallen in ihrer Pfote und schlug ihr das Handy aus der Hand. Es landete mit einem dumpfen Knall auf dem Boden.

„Reiß dich zusammen, Katze. Das ist mein Handy", knurrte Ryker.

Die Katze ging zum Telefon hinüber und sah nach unten. „Wo ist dieses Haus überhaupt? Sieht aus wie mitten im Nirgendwo", fragte die Katze.

Ella hob das Handy auf. „Colorado." Ihre Schultern sackten nach unten. „Das wird nicht klappen. Es ist zu weit weg."

„Was hast du gesagt?" Ryker hielt inne und stand auf. Er drehte sich um und sah die Hexe an.

„Ich sagte, dass es zu weit ist, um dorthin zu fahren", sagte Ella mit einem Stirnrunzeln.

„Nein, du sagtest, es ist in Colorado."

„Ja und?"

„Es ist weit weg von den Südstaaten. Niemand kennt Barrett in diesem Bundesstaat und es gibt Berge und Seen und Gebiete, in die man sich zurückziehen kann, wenn man das möchte. Es ist der perfekte Ort."

„Ja. Außerdem ist Gras in Colorado legal. Sollte ihn also jemand erkennen, wäre derjenige zu breit, um sich weiter darum zu kümmern", sagte die schwarze Katze.

Colorado? Ryker dachte doch wohl nicht ernsthaft darüber nach, ihn nach Colorado zu bringen?

Ein langsames Lächeln breitete sich auf Rykers Gesicht aus. „Colorado. Es ist entschieden."

Barrett versuchte, seinen Mund zu öffnen, um sie beide wissen zu lassen, was er von ihrer Idee hielt. Aber sein Körper wollte nicht kooperieren.

Er spürte, wie seine Augenlider schwerer wurden. Langsam schloss er die Augen und schon bald fiel er in einen tiefen traumlosen Schlaf, in dem keine Zukunft in Sicht war.

KAPITEL ZWEI

„Du brauchst mich nicht babysitten. Ich bin ein erwachsener Mann, verdammt noch mal", knurrte Barrett. Er warf Ryker einen Blick zu, der in der Küche des Hotelzimmers herumhing. „Außerdem bin ich mir ziemlich sicher, dass sich die Wächter langsam zu fragen beginnen, warum du so lange weg bist."

Ryker zuckte mit den Schultern. „Und wenn sie fragen, sage ich ihnen, dass ich um meinen geschätzten Anführer trauere. Aber um ehrlich zu sein, bezweifle ich, dass sie überhaupt fragen werden."

„Warum das?" Barrett war erst seit einer Woche in Colorado und wurde bereits ungeduldig. Er hatte sich wochenlang in der Höhle in Arkansas aufgehalten, lange genug, um zu heilen und sicherzustellen, dass niemand sie sehen würde, wenn sie ihn aus dem Bundesstaat brachten. Ryker hatte Ella in der Nacht, in der sie Arkansas verlassen hatten, ihren eigenen Weg gehen lassen. Ryker hatte zugestimmt, sie nicht an die Wächter von Mississippi zu übergeben, wenn sie als Gegenleistung darüber schwieg, dass Barrett am Leben war. Er hatte früher gehen wollen, aber

Ryker hatte das abgelehnt. Er sagte, er wollte kein Risiko eingehen, dass einer der Arkansas-Wächter ihn lebend sähe.

„Weil sie mit deinem Verlust alle auf ihre eigene Weise umgehen. Sie denken, dass ich das ebenfalls tue." Ryker zuckte mit den Schultern und zog ein Bier aus dem Kühlschrank. Er öffnete die eisige Flasche, nahm einen großen Schluck und rülpste laut.

„Freut mich zu sehen, dass du so super mit meinem Tod klarkommst, Arschloch." Barrett wandte sich ab und starrte aus dem Hotelfenster. Es war erst August und das Wetter in Colorado war angenehm. Es war gerade mal drei Uhr nachmittags und er war seit einer Woche in diesem Hotel eingesperrt. Ryker ließ ihn nur nachts rausgehen und niemals allein.

Barrett hatte sich noch nie in seinem Leben nach der Gesellschaft anderer gesehnt. Schon als Kind zog er die Einsamkeit vor. Er mochte es, allein zu sein. Er hatte nie verstanden, warum seine Wächter sich alle unbedingt verpaaren wollten. Er dachte nicht, dass er es ertragen könnte, Tag für Tag für Tag mit der gleichen Frau aufzuwachen.

Es würde ihn ersticken.

Ganz ähnlich wie Ryker, der ihn mit seiner ständigen Präsenz im Moment zu erdrücken drohte.

Ryker stieß ein Lachen aus. Barrett drehte sich um.

„Was ist so lustig?", funkelte er ihn an.

„Dieser Ausdruck auf deinem Gesicht. Der laut schreit, dass du über die verschiedenen Möglichkeiten nachdenkst, wie du mich umbringen könntest, damit du endlich allein sein kannst." Ryker ließ sich auf das Sofa fallen und legte seine Bikerstiefel auf den Couchtisch. „Es tut mir leid, Kumpel, aber das wird nicht passieren."

„Man wird ja wohl noch träumen dürfen, oder?"

Barrett wandte seine Aufmerksamkeit wieder der Stadt Denver draußen vor dem Fenster zu.

„Nun, versuch mal, das Positive daran zu sehen. Zumindest kannst du dich jetzt nicht verpaaren. Du solltest tot sein und tote Werwölfe verpaaren sich nicht." Ryker schenkte ihm ein breites Lächeln.

„Das ist eine Sache, über die du dir bei mir nie Gedanken machen müssen wirst. Selbst wenn ich nicht ‚tot' wäre, würde ich mich trotzdem nicht verpaaren", schnaubte er. „Das liegt nicht in meinem Charakter."

„Das stimmt verdammt noch mal", stimmte Ryker ihm zu.

Barrett drehte sich um und starrte ihn an.

„Außerdem würde es keine Frau mit dir aushalten. Du bist zu schroff. Zu stur. Zu gruselig für jede Frau, um …"

Barrett hob die Hand. „Danke, ich versteh schon."

Ryker zuckte mit den Schultern und nahm noch einen Schluck. „Wir werden nach Einbruch der Dunkelheit rausgehen, um etwas essen zu gehen."

„Perfekt." Er hatte es satt, sich Essen liefern zu lassen, und sehnte sich nach frischer Luft.

„Ich kann nicht für immer in einem Hotel bleiben. Ich muss hier raus." Barrett starrte auf die geschäftige Stadt Denver unter ihnen. Die Autos und Menschen waren in ständiger Bewegung und hielten nie an. Im Gegensatz zu ihm. Er war seit Wochen eingesperrt gewesen und musste endlich freigelassen werden.

„Darüber wollte ich mit dir sprechen", sagte Ryker.

Barrett stieß sich vom Fenster ab und sah seinen Wächter an. Seinen ehemaligen Wächter. Ryker stand nicht länger unter seinem Kommando und Barrett war nicht mehr der Rudelführer von Arkansas.

„Ich sage dir eins, ich werde keine weitere verdammte Woche in diesem Hotel verbringen." Er würde noch nicht einmal eine weitere Nacht hierbleiben. Aber das wollte er

Ryker nicht sagen. Nachdem sie sich etwas zu essen geholt hatten, würde er zur Toilette gehen und in die Nacht hinaus verschwinden. Sein Freund war ihm wichtig, aber Ryker war Teil einer Vergangenheit, mit der er nicht länger in Verbindung gebracht werden konnte.

Offiziell war er tot. Er war mit einem silbernen Messer erstochen worden, das seine Herzklappen aufgeschlitzt hatte, und war dann im Petit Jean State Park in Arkansas von einer Klippe gestürzt. Er hatte gespürt, wie sein Körper gestorben war, und das Letzte, woran er sich erinnerte, war das Heulen eines Wolfes, der an der Kante des Kliffs über ihm stand und das grausame Geräusch seines Genicks, das brach, als er auf die rauen Felsen und Felsbrocken darunter aufschlug.

Er hatte nie wirklich über das Leben nach dem Tod nachgedacht. Er dachte immer, wenn man einmal tot war, dann war es das. Aber als er die Augen öffnete und sich in einer Höhle mit einer psychotischen Hexe wiederfand, die seinen Schwanz packte, dachte er zunächst, er wäre in der Hölle. Dann sah er Ryker. Und das hatte es bestätigt.

Schließlich sagten sie ihm, dass er nicht tot sei. Dass sie ihn mithilfe der Hexe und einer Fee zurückgebracht hatten.

Das Handy summte und Ryker zog es aus seiner Jeanstasche. Er schaute auf den Bildschirm und sah dann zu Barrett auf.

„Hast du heute Abend eine heiße Verabredung oder so?", knurrte Barrett.

„Du bist die einzige Verabredung, die ich heute Abend habe, und nein, du bist nicht heiß."

„Ella hat was anderes gesagt", erwiderte Barrett trocken.

„Ja, nun, weil sie psychotisch ist, also würde ich nicht viel darauf geben, was sie sagt. Ganz zu schweigen davon, dass sie jedes Mal, wenn ich mich gebückt habe, versucht hat, mir an den Arsch zu greifen."

„Nun, in diesem Fall muss sie es wirklich nötig haben."

Barrett deutete auf Rykers Telefon. „Von wem ist die Nachricht?"

Ryker sah ihn an. „Celeste."

„Die Fee? Was will die denn?" Ein Schauer lief ihm den Rücken hinunter.

„Sie will nur sehen, wie es dir geht. Sicherstellen, dass du noch atmest."

Ryker lehnte sich auf der Couch zurück. „Du könntest ruhig etwas mehr Dankbarkeit zeigen dafür, dass sie dich wieder zum Leben erweckt hat. Es ist ja nicht so, als hätte sie das gemusst."

Er starrte Ryker scharf an. „Ich habe sie nicht gebeten, mich zurückzuholen."

„Ich weiß. Das war ich." Ryker zuckte mit den Schultern.

Barrett ballte die Hände zu Fäusten. „Woher wusstest du überhaupt, dass ich vorhatte, an Jaxons Stelle zu sterben? Ich habe es niemandem erzählt."

„Ich hatte den starken Verdacht, du würdest etwas Dummes tun. Und ich habe Celeste angerufen, um mir zu Hilfe zu kommen. Gut, dass sie ihr eigenes Flugzeug besitzt. Sie hat es gerade noch rechtzeitig geschafft." Ryker musterte ihn vorsichtig. „Ich habe gesehen, wie du Jack Welbourn im Wald diesen Aktenkoffer übergeben hast. Nachdem du weg warst, habe ich ihn in die Enge getrieben. Er sagte, er hätte dir einen Blutschwur geschworen und dass er nicht in den Aktenkoffer schauen kann. Ich sagte ihm, dass ich nichts geschworen habe, und wenn er ihn mir nicht gibt, würde ich ihm seine Gedärme rausreißen und ihn eigenhändig damit erwürgen."

„Ich bin mir sicher, dass das beim Rudelführer von Mississippi richtig gut ankam." Barrett hob eine Augenbraue.

„Besser als erwartet." Ryker trank noch einen Schluck und stand dann auf. „Wie dem auch sei, nachdem ich gelesen habe, dass du Damon die Verantwortung übergeben wirst, wusste ich, dass du vorhattest, dein Leben für Jaxon zu opfern. Ich wusste auch, dass der Rat es nicht erlauben würde. Als ich sah, wie du dir Ava geschnappt hast, wusste ich, wie du sterben würdest. Du wolltest Damon dazu zwingen, dich zu töten."

„Ich hatte keine andere Wahl." Er fuhr sich mit den Fingern durch die Haare. Er hasste es, daran zu denken, was er Damon angetan hatte.

„Das verstehe ich", sagte Ryker.

„Tust du das? Denn dann würdest du wissen, dass ich nicht vorhatte, von den Toten zurückzukehren."

„Das war meine Schuld." Ryker zeigte mit seiner Bierflasche auf ihn.

„Und wozu bin ich jetzt gut? Ich verstecke mich in Hotels, esse beschissenes Essen und kann niemanden aus meiner Vergangenheit kontaktieren, um sie wissen zu lassen, dass ich lebe. Denn wenn ich lebe, bedeutet das, dass Jaxons Leben immer noch in Gefahr ist und er zum Tode verurteilt werden muss. Ich habe die Blutschuld bezahlt und ich dachte, dass das mein Ende wäre." Barrett ging unruhig auf dem Teppichboden in dem kleinen Zimmer auf und ab.

„Du weißt, dass ich das nicht zulassen konnte", seufzte Ryker.

„Wozu bin ich jetzt gut?" Er fühlte sich so nutzlos wie ein Paar Titten an einem Stier. „Ich stecke hier fest."

„Nicht mehr."

„Was meinst du damit?" Er blieb stehen.

„Ich habe eine Bleibe für dich gefunden", grinste Ryker.

„Ich werde auf gar keinen Fall nach Alaska ziehen", knurrte Barrett.

„Es ist nicht in Alaska, du Trottel. Es ist in den Bergen, ein Stück von Denver entfernt."

„Wie zum Teufel soll ich dafür bezahlen? Mein ganzes Geld ging nach meinem Tod an Damon." Sobald ein Rudelführer starb, würde der nächste sein gesamtes Vermögen erben.

„Nun, Boss, es ist nicht nur ein Platz zum Schlafen, sondern auch eine Bar mit Restaurant. Du kannst also dort wohnen und hast die Möglichkeit, dir das nötige Einkommen zu verdienen." Ryker lächelte.

„Eine Bar betreiben? Du erzählst mir ernsthaft, dass ich eine Bar betreiben werde?" Er starrte ihn fest an.

„Nun, ja. Ich meine, du hast jahrelang die Wächter von Arkansas angeführt. Du weißt, wie man betrunkene, hartnäckige, aufsässige Arschlöcher erträgt. Es ist perfekt für dich." Ryker zeigte wieder mit seiner Flasche auf ihn.

„Damit liegst du nicht falsch. Und eins dieser widerspenstigen Arschlöcher ist immer noch hier."

Ryker lachte.

„Du hast mir immer noch nicht gesagt, wie ich dafür bezahlen soll." Barrett stemmte seine Hände in die Hüften.

„Du hast einen Kredit aufgenommen."

„Wie zum Teufel habe ich einen Kredit aufgenommen, wenn ich technisch gesehen tot bin?"

„Nicht bei der Bank. Bei mir. Ich habe diese Bar vor einer Weile von einem entfernten Verwandten geerbt. Ich wollte dort leben, nachdem ich bei den Wächtern aufgehört habe." Ryker zuckte mit den Schultern.

„Scheiße." Er hasste es, Verbindlichkeiten zu haben. Es war etwas, was er immer vermieden hatte. Er wollte keinerlei Schuld bei irgendjemandem haben, noch nicht einmal bei Ryker.

„Du musst ein bisschen mehr Dankbarkeit zeigen, Kumpel. Ich meine, du bekommst eine zweite Chance im Leben."

Richtig. Eine zweite Chance ohne irgendwelches Geld, tot für alle, die ihn einst kannten, und mitten im nirgendwo in Colorado, das für schreckliche Schneestürme bekannt war.

„Ich werde dankbar sein, wenn ich endlich dieses verdammte Hotel verlassen kann." Er sah zu Ryker auf. Über den Rest war er sich nicht so sicher.

KAPITEL DREI

Jacey Miller drückte ihre schwarze Stoffumhängetasche wie ein Schild gegen ihre Brust und sah die rustikal wirkende Bar an.

Sie war weit weg von zu Hause und das wenige Geld, das sie hatte, ging schnell zugunsten von Essen und billigen Hotels zur Neige. Das *Mountain Top Bar und Grill* war ihre letzte Chance, ein neues Leben zu beginnen.

Der scharfe Coloradowind peitschte über ihre Haut. Sie zitterte und zog ihre Lederjacke enger um sich. Das Erste, was sie sich von ihrem ersten Gehaltscheck kaufen würde, war ein wärmerer Mantel.

Das heißt, wenn sie jemals einen Gehaltsscheck kriegen würde.

Sie hätte nie gedacht, dass sich ihr Leben so entwickeln würde.

Sie hatte das wenige Geld genommen, das sie hatte, und sich ein Flugticket ohne Rückflug gekauft, welches sie so weit wie möglich von Mississippi wegbringen würde.

So war sie nach Denver in Colorado gekommen.

Zum ersten Mal in ihrem Leben war sie völlig auf sich selbst gestellt.

Die Angst hatte sie während des Fluges fast verschlungen. Aber ihr Drang zu überleben hatte überhandgenommen und sie begann, Pläne zu schmieden, sich sobald sie gelandet war einen Job zu suchen.

Als sie im Hotel in Denver ankam, hatte sie auf dem dortigen Hotelcomputer nach Jobs gesucht.

Sie wusste, dass es praktisch unmöglich sein würde, etwas zu finden, was sie ohne jegliche Erfahrung in der Arbeitswelt tun konnte.

Als sie das Gesuch für eine Aushilfe in einem Bar- und Grill-Restaurant in der kleinen Stadt Silverton entdeckte, war ein Funken Hoffnung in ihrer Brust aufgestiegen.

Sie brauchte einen Job. Und es war ihr egal, was es war, solange es nicht illegal war.

Jetzt, da sie vor dem Mountain Top Bar und Grill stand, fragte sie sich jedoch, ob sie einen Fehler gemacht hatte. Silverton war kleiner, als sie gedacht hatte, und lag abseits jeglicher Zivilisation oben auf einem Berg. Sie war mit dem Bus den Berg hinaufgefahren, da der Zugverkehr wegen des Schnees auf der Strecke für die Wintersaison eingestellt worden war. Es gab nur eine Handvoll kleiner Geschäfte und noch weniger Häuser entlang der breiten Hauptstraße der kleinen Stadt. Für eine Stadt, die einst für ihre riesigen Silbermengen bekannt war, die in den Bergwerken abgebaut wurden, sah sie nun wie eine mit Schnee bedeckte Geisterstadt aus. Ein Ort ohne Zukunft, nur mit Erinnerungen an die Vergangenheit.

Sie fasste das wenige bisschen Mut, das sie aufbringen konnte, und öffnete die Tür.

Die Musik einer Band, die bei gedämpftem Licht einen Achtzigerjahre-Rocksong spielte, traf sie wie ein Schlag ins

Gesicht. Sie trat ein und ließ die Tür hinter sich ins Schloss fallen.

Das Innere der Bar sah nicht viel besser aus als das Äußere. Es gab schwarze Sitzecken entlang der Wände und zusätzliche Tische, die in der Mitte des Raumes aufgestellt worden waren. Hinter der Bar befanden sich Reihen und Reihen von Flaschen aller möglichen Alkoholsorten. Auf der Theke stand eine altmodische Registrierkasse, es war jedoch kein Barkeeper in Sicht.

Es war erst neun Uhr und das Lokal war bereits voll. Ihre Hoffnungen stiegen. Dass viel zu tun war, bedeutete, dass sie Hilfe brauchten und sie möglicherweise trotz ihrer mangelnden Berufserfahrung einstellen würden.

„Schätzchen, brauchst du einen Tisch oder willst du an der Bar sitzen?" Eine ältere Dame Mitte sechzig sah sie mit gerunzelter Stirn an. In ihrer rechten Hand balancierte sie ein Tablett mit Getränken über ihrer Schulter.

„Ich bin nicht hier, um zu essen."

„Das ist gut, weil das Essen sowieso scheiße ist", gab die Kellnerin zurück.

Sie schüttelte den Kopf. „Ich meine, ich bin hier, um mich für die Aushilfsstelle zu bewerben. Ich habe das Gesuch online gesehen und es stand nicht drin, worum es sich handelt. Ich war mir nicht sicher, ob es eine Kellnerinnenposition oder eine Kochposition ist." Jacey räusperte sich.

„Nun, wir brauchen beides. Aber zuerst musst du mit dem Chef sprechen. Er ist hinten und bringt wie immer alles durcheinander." Sie deutete mit einem Nicken in die Richtung einer Doppeltür neben der Bar. „Geh einfach durch diese Schwingtür dort."

„Wie sieht er denn aus?" Jacey warf einen Blick auf die Doppeltür und sah die Kellnerin wieder an.

Die Kellnerin grinste breit. „Schätzchen, du kannst ihn nicht übersehen."

Jacey nickte und sah sich um. Obwohl Colorado, was das Rauchen von Zigaretten und Gras betraf, lockere Regeln hatte, war das Innere der Bar rauchfrei. Ihr Blick fiel auf ein Schild mit ‚Rauchen verboten – egal was' über der Bar.

Wenn es eine Sache gab, die sie hasste, dann war es Zigarettenrauch.

Werwölfe hatten einen erhöhten Geruchssinn und Rauch war eine Sache, die alle Wölfe verhassten.

Sie war sich nicht sicher, was für eine Person dieser Besitzer war, aber das war schon mal ein gutes Zeichen.

Sie drückte ihre Umhängetasche nah an ihre Brust und ging durch die Menge in Richtung Küche.

Sie drückte fest gegen die Schwingtür und stieß sofort auf Widerstand.

Ein lautes Krachen, gefolgt von lautem Fluchen, ertönte von der anderen Seite der Tür.

Ihr Herz schlug ihr bis zum Hals, als sie ihren Kopf durch die Tür steckte und hineinspähte. Ein sehr großer Mann bückte sich und hob die weißen Scherben dessen auf, was zuvor ein Teller mit einem Hamburger und Pommes gewesen war.

„Oh mein Gott. Es tut mir so leid", murmelte sie. Sie trat in die Küche und half ihm sofort beim Aufheben.

„Was zum Teufel machst du hier hinten?" Der breitschultrige Mann starrte sie an. „Die Toilette ist auf der anderen Seite der Bar."

Bei seinem Anblick erstarrte sie fast. Er war größer als jeder Mensch, den sie jemals gesehen hatte. Seine Augen schimmerten in einem umwerfenden Blau und sein Blick war so intensiv, dass er tödlich schien, während seine Lippen sich zu einem Knurren verzogen.

Sein dunkelblondes Haar umrahmte sein markantes Gesicht, das aussah, als gehöre es einem griechischen Gott.

„Es tut mir leid. Ich habe nach dem Besitzer gesucht." Sie schluckte.

Er erhob sich. Ihr Blick wanderte über seinen riesigen Körper. Wenn er in der Hocke schon einschüchtern aussah, war er in seiner vollen Größe von fast zwei Metern geradezu angsteinflößend.

„Ich bin der Besitzer. Was willst du?", knurrte er.

Sie blinzelte. Sein Wolfsgeruch traf sie wie ein Schlag ins Gesicht. Er war, genau wie sie, ein Werwolf.

„Ich bin hier wegen der Anzeige, dass Sie Hilfe brauchen." Sie stand auf und drückte ihre Schultern durch. Wie ein Weichei auszusehen, würde nicht dazu führen, eingestellt zu werden. Sie musste sich selbstbewusst präsentieren. Nicht wie eine ängstliche Maus reagieren.

„Ich habe keine Anzeige in die Zeitung gesetzt", knurrte er.

„Ich habe sie im Internet gesehen. Ich bin darauf gestoßen, als ich online nach Arbeit gesucht habe." Sie hob das Kinn.

Er kniff seine stählernen blauen Augen zusammen. „Helen, komm sofort her!", bellte er.

Jacey zuckte bei dem Geräusch zusammen und widerstand dem Drang, sich den Finger ins Ohr zu stecken, um den lauten Klang seiner Stimme abzuschwächen.

„Hör auf, so zu schreien. Du klingst wie eine Furie da drin." Helen kam durch die freischwingende Doppeltür und stellte sich mit den Händen an den Hüften vor den großen Wolf. „Was ist los? Und wo bleibt die Burger-Bestellung?"

Sein Blick fiel auf Jacey und blieb auf ihr hängen. „Sie kommt nicht. Das Essen ist auf dem Boden gelandet."

„Ich glaube, das macht sowieso nichts aus. Hier bestellen sowieso nur die Leute etwas zu essen, die betrunken sind."

Jacey biss sich auf die Lippe, um nicht frech zu werden.

„Es war ein Versehen. Es gab kein Schild an der Tür, das darauf hinwies, welche Tür hinein und welche hinaus führt."

Der Besitzer ignorierte ihren Versuch, sich zu entschuldigen, und starrte die Kellnerin mit festem Blick an.

„Hast du auf irgendeiner Webseite eine Anzeige für eine Aushilfe geschaltet?"

„Das habe ich. Mein Enkelsohn hat mir geholfen", sagte Helen fröhlich und schlug ihm auf die Brust. Jacey hielt den Atem an.

„Warum?", fragte er.

„Weil wir Hilfe brauchen. Besonders in der Küche. Wenn du anfangen willst, hier echtes Geld zu verdienen, müssen wir die betrunkenen Kunden füttern. Betrunkene essen gern. Und sie essen gern viel. Das ist der Grund, warum ich aufhören musste, Wein zu trinken." Sie tätschelte über ihre Hüften. „Ich konnte keinen Wein ohne Schokolade haben. Und ich wurde ein bisschen hüftlastig, also verzichte ich lieber auch auf Alkohol."

Der Besitzer verzog das Gesicht. So, als wären das zu viele Informationen.

„Schau mal, ich habe nicht den ganzen Abend Zeit, dich zu unterhalten, Barrett. Ich muss wieder an die Arbeit. Denn anscheinend ist das einzige Geld, was ich hier verdiene, mein Trinkgeld. Und selbst das ist nicht sonderlich heiß." Helen sah Jacey an. „Warum probierst du sie nicht aus? Ihre Kochkünste können nicht schlimmer sein als deine." Helen drehte sich um und ging zurück in die Bar.

Barrett stemmte die Hände in die Hüften und starrte sie an, als würde er in ihre Seele blicken. Er neigte den Kopf. „Du bist ein Werwolf."

„Du auch", konterte sie.

Er fuhr sich mit den Händen durch die Haare und sah zu ihr hinunter. Er deutete mit der Hand auf den Boden, wo noch überall Pommes lagen. „Da das hier deine Schuld ist, musst du es auch beheben."

War das ein Jobangebot? War es ein Test? Sie war sich nicht sicher, also bückte sie sich, um den Rest des Essens aufzuheben.

Er packte sie am Ellbogen und zog sie hoch. „Nein. Ich meinte nicht, dass du sauber machen sollst. Ich meinte, dass ich sehen will, ob du kochen kannst. Ich sehe mir deinen Lebenslauf später an." Er gab ihr keine Gelegenheit zu antworten, sondern stürzte sich durch die Doppeltür in die Bar hinaus.

Sie hatte keinen Lebenslauf. Zur Hölle, sie hatte auch keine einzige Referenz. Alles, was sie besaß, war die Kleidung an ihrem Körper und der Inhalt ihrer Tasche.

Barrett schien die Art Mann zu sein, dem sie sich beweisen musste. Er würde ihr keinen Job geben, nur weil sie hübsch aussah.

Sie musste sich an die Arbeit machen.

Und darüber hinaus musste sie einen Mann beeindrucken, der offenbar schwer zu beeindrucken war.

Dies war ihre letzte Chance.

KAPITEL VIER

Für den Rest des Abends blieb Barrett hinter der Bar, schenkte Getränke aus und rechnete mit den Kunden ab. Es war geistlose, aber geschäftige Arbeit. Genau, was er brauchte. Er wollte wirklich nicht zurück in die Küche gehen. Nicht wenn ... verdammt, er kannte noch nicht einmal ihren Namen ... dort drin war und Gott weiß was mit seiner Küche machte.

In dem Moment, als er in ihre karamellbraunen Augen gesehen hatte, war etwas wie Elektrizität durch ihn geschossen. Vielleicht hatte er so auf sie reagiert, weil ihm sein Instinkt sagte, er solle sich von ihr fernhalten. Dass sie gefährlich sei.

Sie bedeutete Ärger und Ärger brauchte er nicht.

„Barrett, dieser Burger ist fantastisch", schwärmte Abraham von seinem Platz an der Bar. Er nahm noch einen Bissen und sprach weiter. „Ich meine, das ist das Beste, was ich mir je in den Mund gesteckt habe. Hast du einen Fünf-Sterne-Koch eingestellt?" Abrahams Augen wurden größer und er wischte sich mit einer Papierserviette über seinen von einem weißen Bart umrandeten Mund.

Abraham war ein Mensch, ein langjähriger Bewohner von Silverton und ein Stammgast in der Bar. Er besaß einen kleinen Motorradladen, der während der Touristensaison geöffnet und im Winter geschlossen war.

„Nein. Er hat ein hübsches kleines Ding angeheuert, das aussieht, als wäre sie dem Titelblatt einer Zeitschrift entsprungen." Helen schnaubte, als sie ihr Tablett mit eiskaltem Bier belud.

„Ich habe sie nicht angeheuert." Er warf seiner Kellnerin einen warnenden Blick zu. Das nächste Mal, wenn er Ryker sah, würde er ihm die Hölle heißmachen, weil er Helen eingestellt hatte. Sie tat nichts, als ihm zu widersprechen und seine Autorität zu untergraben. Ganz zu schweigen davon, dass sie ihn an eine andere willensstarke Frau zu Hause in Arkansas erinnerte.

Granny.

Als Ryker ihm das Mountain Top Bar und Grill übergeben hatte, war er auch derjenige gewesen, der das Personal einstellte. Im Moment arbeitete Barrett mit einem winzigen Team, welches aus Helen, die seine einzige Kellnerin war, und sich selbst bestand. Als er das Lokal eröffnet hatte, gab es noch einen Barkeeper, aber das hatte nicht gehalten. Sein Name war Mick und Barrett hatte ihn dabei erwischt, wie er Geld aus der Registrierkasse nahm und sich die Zwanziger in die Tasche stopfte. Barrett hatte ihn auf der Stelle gefeuert.

Also musste Barrett sich selbst um die Bar kümmern, während er gleichzeitig in der Küche arbeitete. Wenn er hinten war, musste Helen die Getränke selber einschenken, worüber sie sich ununterbrochen beklagte.

Er konnte sich kaum über Wasser halten, aber es schien fast unmöglich, in dieser kleinen Stadt Hilfe zu finden, wenn auch nur in Teilzeit. Er hatte zwei weitere Kellnerinnen gehabt, die beide versucht hatten, ihn ins Bett zu kriegen, und, als er sie zurückwies, beide gekündigt hatten. Wenigstens war er vor Helen sicher. Zumindest dachte er das.

„Sieht gut aus und kann kochen. Ich schlage vor, du behältst sie, Barrett." Abraham nickte und biss noch einmal von seinem Burger ab.

„Abraham, wenn ich deine Meinung will, werde ich danach fragen." Barrett funkelte ihn an, während er vier weitere Biergläser füllte.

Abraham runzelte bei Barretts Worten die Stirn.

„Oh, Schätzchen. Lass dich von ihm nicht ärgern. Er ist nur frustriert. Er muss hier mal raus und etwas anderes tun, als nur in dieser Bar zu arbeiten." Helen schlug Abraham auf den Rücken und grinste.

„Wenn ich nicht hier bin, um in dieser Bar zu arbeiten, wirst du nicht bezahlt." Er schüttelte den Kopf. Die Wahrheit war, dass er einen freien Tag wirklich gut gebrauchen könnte. Aber das würde er vor ihr nicht zugeben.

„Nun, es würde dir nicht schaden, die Bar an einem Tag in der Woche geschlossen zu lassen. Ich kenne keine anderen Geschäfte, die sieben Tage die Woche geöffnet haben." Sie zuckte mit den Schultern. „Schließe die Bar am Sonntag und auf diese Weise kannst du das neue Mädchen anlernen."

„Ich werde sie nicht einstellen", stieß er hervor.

Helen erstarrte und warf ihm einen eisigen Blick zu. „Warum zum Teufel nicht? Sie hat es geschafft, mit jeder Bestellung heute Abend Schritt zu halten. Und alles war essbar. Das ist einen Schritt besser als das, wo wir vorher waren."

Er atmete tief ein und ballte die Hände zu Fäusten. Er musste seine Worte ruhig und gelassen wählen.

„Ich stelle sie nicht ein, weil ich nichts über sie weiß", feuerte er zurück.

„Nun, das ist einfach. Sieh dir ihren Lebenslauf an und prüfe ihre Referenzen." Helen zuckte mit den Schultern.

„Warum willst du eigentlich jeden Streuner adoptieren, der hier reinkommt?", fragte er.

„Weil Leute eine zweite Chance verdienen, Barrett. Das arme kleine Ding ist wahrscheinlich obdachlos und du bist ihre letzte Chance auf einen Gehaltsscheck."

„Richtig. Genau wie du mich dazu überredet hast, Mick einzustellen, der mich blindlings bestohlen hat." Er neigte den Kopf.

„In Ordnung, nun, vielleicht hat es mit Mick nicht geklappt." Sie runzelte die Stirn. „Ich kann immer noch nicht glauben, dass er sich als so schlimm herausgestellt hat. Vermutlich waren meine Instinkte bei ihm nicht ganz richtig."

„Vielleicht sind deine Instinkte mit dem Mädchen auch nicht richtig", konterte er.

Helen zuckte mit den Schultern. „Möglicherweise. Aber warum gehst du das Risiko nicht ein? Du hast ja nichts zu verlieren." Sie drehte sich um und trug ihr volles Tablett mit Getränken zu den durstigen Gästen.

In diesem Fall irrte sich Helen. Er wusste, dass es eine Menge zu verlieren gab, wenn er die Falsche rein ließ.

* * *

Jacey wusch den letzten Topf ab und drehte den Wasserhahn zu. Sie griff nach einem Geschirrtuch und trocknete den Metalltopf gründlich ab, bevor sie ihn wieder an seinen Platz an die industrielle Kücheninsel hängte.

Sie sah sich in der jetzt sauberen Küche um. Ihr Blick fiel auf eine große weiße Uhr an der Wand.

Zwei Uhr morgens.

Sie war so damit beschäftigt gewesen, Bestellungen zu füllen, dass ihr nicht aufgefallen war, wie die Zeit verging.

Zu Beginn kamen nur ein paar wenige Bestellungen von Helen herein, ein paar Hamburger und Pommes und ein gegrilltes Käsesandwich.

Offensichtlich hatten die Kunden draußen das Essen gesehen und begannen darüber zu reden, wie gut alles aussah. Dann hatten sich die Bestellungen plötzlich gestapelt. Sie war es gewohnt, für Jeremy zu kochen, und der aß wie ein Pferd.

Schon bald kochte sie wie am Fließband.

Ihr Magen knurrte. Sie drückte ihre Hand auf ihren Bauch.

„Sieht so aus, als hättest du kein Abendessen gekriegt", sagte Barrett, als er in die Küche kam. Er trug einen Stapel Tabletts in einer Hand und ein finsterer Blick lag auf seinem Gesicht. „Du solltest etwas essen."

„Ich besorge mir später was." Um ehrlich zu sein, hatte sie nicht viel gegessen, seit sie ihr altes Leben hinter sich gelassen hatte. Sorge regierte ihre Gedanken und hatte ihr den Appetit verdorben.

„Das war kein Angebot. Es war eine Anweisung." Barrett warf ihr einen Blick über die Schulter zu.

Sie biss sich auf die Lippe. Sie war es nicht gewohnt, dass ein Mann so mit ihr sprach. Jeremy mochte vielleicht ein Betrüger sein, aber er hatte nie mit ihr gesprochen, als wäre sie ein Kind.

Sie schob ihre Verärgerung beiseite. Im Moment konnte sie es sich nicht leisten, sich von Barrett beleidigt zu fühlen. Im Moment brauchte sie einen Job.

„Ich mache noch einen Hamburger. Willst du auch einen?" Sie holte etwas Hamburgerfleisch heraus und griff sich eine Schüssel, um ihre speziellen Gewürze zu mischen.

„Das wäre großartig. Ich habe seit dem Frühstück nichts mehr gegessen." Barretts harscher Tonfall ließ sie glauben, dass er es nicht mochte, wenn jemand etwas Nettes für ihn tat. Etwas an ihm machte sie nervös. So als wäre er gefährlich. Vielleicht war er auf der Flucht? Aber das ergab keinen Sinn. Kriminelle auf der Flucht schlugen keine Wurzeln und eröffneten eine Bar.

Innerhalb weniger Minuten brutzelte das Hackfleisch auf dem heißen Grill.

Sie hatte ihn bereits einmal gereinigt und freute sich nicht darauf, ihn noch mal zu putzen. Aber als ihr der Geruch in die Nase stieg, beschloss sie, dass sich die zusätzliche Arbeit definitiv gelohnt hatte.

Während sie kochte, musterte sie Barrett. Er blieb niemals lange an einem Platz stehen. Er war ständig in Bewegung. Er ging jetzt zurück in die nun geschlossene Bar. Sie sah ihn durch das Fenster in der Schwingtür an. Er war damit beschäftigt, Stühle auf Tische zu stellen und die Tresen und Sitzecken abzuwischen. Als er damit fertig war, machte er sich daran, die ganze Bar zu fegen.

Er sah in dieser Umgebung irgendwie fehl am Platz aus. So als ob er nicht zum Barbesitzer geboren wäre.

Er sah aus, als würde er versuchen, die Ordnung an einem Ort aufrechtzuerhalten, der nach Unordnung stank.

Als sie die Burger angerichtet hatte, griff sie nach einer Tüte Chips aus dem Regal und schüttete sie auf die Teller.

„Es ist fertig", rief sie.

Barrett kam durch die Schwingtür herein und die Muskeln in seinen breiten Schultern bewegten sich mit ihm. Seine blauen Augen fielen auf das Essen vor ihm und zum ersten Mal, seit sie ihn getroffen hatte, sah er nicht so aus, als würde er ihr im nächsten Moment den Kopf abreißen wollen.

Besser als nichts.

„Das sieht lecker aus." Er nahm beide Teller und sah sie an. „Lass uns an der Bar essen."

Sie sagte kein Wort, folgte ihm aber aus der Küche. Sie sah sich nach der anderen Mitarbeiterin um, aber die Bar war jetzt leer.

„Wo ist Helen?", fragte sie, als sie auf den Barhocker kletterte.

„Sie ist schon gegangen. Sie zieht ihren Enkelsohn auf und geht gern gegen eins, um sicherzustellen, dass er zu Hause ist."

„Was ist mit seinen Eltern passiert?"

„Sie leben, falls es das ist, was du fragst. Aber sie sind beide methsüchtig. Helen musste einspringen und ihr Enkelsohn wohnt jetzt bei ihr. Sie will nicht, dass er von dieser Art Dingen umgeben ist."

„Zweifellos. Ich bewundere Menschen in ihrem Alter, die solche Dinge tun. Heutzutage denken die Leute doch nur noch an sich selbst." Sie spürte einen Kloß im Hals, als sie an ihr eigenes Leben dachte.

„Helen ist kein Wolf. Aber ich nehme an, dass du das bereits wusstest."

„Das wusste ich." Jacey nickte.

„Und dem Geruch der Menge nach zu urteilen, wusste ich auch, dass es sich um eine Menschen-Bar handelt. Ich glaube nicht, dass ich im gesamten Gebäude einen einzigen Wolf gerochen habe. Außer dir und mir", sagte sie und nahm sich einen Chip.

„Du hast recht. Die Wölfe in Colorado mögen die Berge nicht. Es ist zu kalt."

„Aber du bist hier." Sie nahm ihren Burger und sah ihn an.

„Und du auch." Er erwiderte ihren Blick und kniff die Augen zusammen. „Sag mir, was macht ein hübscher Werwolf aus Mississippi in Colorado?" Er biss von seinem Burger ab und musterte sie.

Sie ließ den Chip aus ihrer Hand fallen und wurde still. Angst stieg in ihr auf. Sie hatte nichts Falsches getan, als sie ihren betrügerischen Gefährten verlassen hatte. Wenn jemand Schuld hatte, war es tatsächlich er. Aber in der Werwolfgemeinschaft war es eine Schande, seinen Gefährten zu verlassen.

Sie war eine Schande.

Er nahm einen langen Schluck von einer der Flaschen Bier, die er vor sie gestellt hatte. „Entspann dich. Ich versuche nicht, dich anzubaggern."

„Das habe ich auch nicht gedacht", sagte sie schnell.

„Gut. Denn das ist das Letzte, was ich hier brauche. Irgendwelche Komplikationen." Er starrte sie an.

„Perfekt." Sie schluckte den Kloß in ihrem Hals hinunter. „Woher wusstest du, dass ich aus Mississippi stamme?"

Er lachte schallend los. „Meinst du das ernst? Dein Akzent ist Mississippi pur. Purer geht es nicht. Wahrscheinlich aus der Deltaregion." Er zuckte mit den Schultern und sah weg. „Ich kannte früher ein paar Wölfe in Mississippi."

Sie stieß ein leises Lachen aus. „Es ist leicht, zu vergessen, dass nicht jeder auf der Welt so klingt wie du, wenn du noch nie von zu Hause weg warst."

Er sah sie an und hob eine Augenbraue. „Aus welchem Teil von Mississippi kommst du?"

„Yazoo City", sagte sie und nahm ihren Burger.

„Wirklich?" Ein Hauch von Emotionen flackerte über sein Gesicht. „Ich vermute, du hast gehört, dass diese Hexe entkommen ist."

„Ja." Sie legte ihre Burger ab. „Alle sprechen nur darüber." Sie drehte sich auf ihrem Barhocker, um ihn anzusehen. „Es gibt viele Gerüchte, was aus ihr geworden sein könnte. Manche Leute sagen, sie wäre auf einem mörderischen Raubzug, während andere sagen, dass sie das Land verlassen hat und auf einer karibischen Insel lebt." Sie schüttelte den

Kopf. „Weißt du, ich bin dort aufgewachsen und die Leute haben nie viel über sie gesprochen. Tatsächlich habe ich als kleines Mädchen oft gefragt, was sie getan hat, um auf diesen Friedhof verbannt zu werden."

„Und was wurde dir gesagt?" Barrett neigte den Kopf und war überaus interessiert an dem, was sie zu sagen hatte.

„Sie sagten immer, es sei wegen eines Mannes gewesen." Sie zuckte mit den Schultern und nahm einen Bissen von ihrem Burger.

„Ist es das nicht immer." Barrett schüttelte den Kopf und lehnte sich auf dem Barhocker zurück. Sein Burger war halb aufgegessen und sie hatte noch nicht einmal angefangen.

„Du hast also im Internet diese Anzeige gefunden."

Sie nickte, als sie langsam auf ihrem Essen kaute.

„Ich weiß nicht, ob es dir hier wirklich gefallen würde. Ich meine, als Köchin in einer heruntergekommenen Bar zu arbeiten, ist nicht gerade der Traum jeder Frau."

„Vielleicht ist es meiner", sagte sie schnell.

„Das Essen ist gut. Wie lange kochst du schon?"

„Solange ich mich erinnern kann." Sie wischte sich die Hände an ihrer Jeans ab.

„Nun, vermutlich sollte ich mir deinen Lebenslauf und deine persönlichen Charakterreferenzen ansehen." Er nahm einen weiteren langen Schluck von seinem Bier und sah ihr in die Augen.

Ihr Gesicht wurde unter seinem prüfenden Blick heiß und sie wollte am liebsten loszappeln. Sie hatte das Gefühl, dies hier sei mehr als ein Interview. Es fühlte sich wie ein Verhör an.

„Ich habe leider keinen Lebenslauf."

Er öffnete den Mund und sie wusste, dass sie schnell sprechen musste.

„Und bevor du fragst, nein, ich kann dir auch keine persönlichen Referenzen geben."

„Steckst du in irgendwelchen Schwierigkeiten? Weil Ärger das Letzte ist, was ich hier brauche." Er stand auf. Selbst während sie dort auf dem Barhocker saß, schaute er noch immer von oben auf sie herab.

„Ich will keinen Ärger. Ich suche nach einem Job. Ich brauche einen Job."

Er legte seine Hände auf beide Seiten ihres Barhockers und drehte ihn um, bis sie sich direkt ins Gesicht sahen.

„Die letzte Person, die ich ohne Referenzen angeheuert habe, hat mich bestohlen. Die anderen beiden Kellnerinnen, die ich eingestellt habe, wurden gefeuert, weil sie mehr wollten als nur einen Gehaltsscheck."

Sie riss ihre Augen auf. „Ich bin keine Diebin. Nie gewesen. Und was das andere betrifft, möchte ich nichts von irgendjemandem. Ich ziehe es vor, für mich zu bleiben."

„Genau wie ich. Aber das beantwortet immer noch nicht die Frage, warum du so weit von Mississippi entfernt bist?"

Sie sollte lügen. Sie sollte ihm irgendetwas erzählen, etwas anderes als die Wahrheit. Aber irgendetwas in seinen stählernen tiefblauen Augen zwang sie, ihm den wahren Grund zu offenbaren, warum sie so weit von zu Hause weg war.

„Ich wurde von meinem Gefährten betrogen. Und ich konnte nicht dortbleiben. Und ich hatte keinen anderen Ort, an den ich gehen konnte. Ich wurde entehrt."

Sein Gesichtsausdruck änderte sich nicht. Es gab auch kein Blinzeln. Unbehagen machte sich in ihrem Magen breit.

Jetzt würde er sie auf gar keinen Fall einstellen. Auf irgendeine Weise mit ihr in Verbindung gebracht zu werden, würde Schande über ihn bringen.

„Wo wohnst du jetzt?", fragte er.

„Ich … ich, ähm, wohne nirgendwo. Ich war in einem Hotel in Denver, als ich hier ankam. Ich bin mit dem Bus hierhergefahren." Sie runzelte die Stirn. Scheiße. Sie hatte nicht darüber nachgedacht, wo sie heute Abend noch ein Zimmer bekommen könnte. Sie hatte sich solche Sorgen gemacht, einen Job zu finden, dass sie völlig vergessen hatte, dass sie keine Unterkunft hatte.

„Also was hast du heute Nacht geplant?" Er neigte den Kopf.

„Ich schätze, ich werde mir ein Zimmer suchen." Sie schluckte. Ihr Magen fühlte sich an wie Blei.

„Zu dieser späten Stunde?" Er trat zurück und griff nach seinem Teller.

Sie steckte fest. Auf einem Berg. Ohne Arbeit und ohne einen Ort zum Schlafen für die Nacht. Sie blickte auf eine der Sitzecken und fragte sich, ob er sie heute Nacht hier schlafen lassen würde. Aber sie wusste bereits, dass die Antwort Nein sein würde.

„Komm schon", sagte er, bevor er in die Küche ging.

„Wohin gehen wir?" Sie schluckte die Emotionen zurück, die in ihrem Hals aufstiegen. Nach Colorado zu kommen war ein Fehler gewesen. Sie hatte noch nicht einmal genug Geld für ein Rückflugticket.

„Du kannst bei Mena schlafen."

„Wer ist Mena?"

„Sie vermietet Zimmer in ihrem Haus, wann immer sie kann. Normalerweise hat sie etwas frei."

„So wie ein Bed und Breakfast?", fragte sie.

„Mehr wie ein Bett und mach dir dein eigenes verdammtes Frühstück." Er drehte sich um und sah sie an.

„Und morgen?", zwang sie sich, zu fragen.

„Morgen fängst du an zu arbeiten."

Sie spürte, wie sich ein Lächeln auf ihrem Gesicht ausbreitete.

„Aber nur zur Probe." Er hielt ihr einen Finger vors Gesicht. „Lass uns eine Sache von vorn herein klarstellen. Wenn es irgendetwas Illegales gibt oder etwas, das du mir verschweigst, und ich es herausfinde – weil ich es herausfinden werde –, bist du gefeuert." Er funkelte sie an.

„Verstanden." Sie nickte wie wild. Für den Moment hatte sie einen Platz zum Schlafen, etwas Essen im Bauch und einen Job. Sie würde sich morgen um ihre anderen Probleme sorgen.

KAPITEL FÜNF

Barrett lag im Bett und starrte noch lange, nachdem er Jacey zu Mena gebracht hatte, an die Decke. Glücklicherweise blieb die ältere Frau gern lange wach und schaute alte Schwarz-Weiß-Filme, sodass sie noch wach gewesen war, als er zu ihr hinüberfuhr. Mena hieß Jacey willkommen und gab ihr ein Zimmer. Danach war er nicht länger geblieben. Er kannte Mena gut genug, um zu wissen, dass die ältere Frau auf sie aufpassen würde.

Er hatte Mena am ersten Abend kennengelernt, als Ryker ihn nach Silverton gebracht hatte. Sie hatten ihre erste Nacht dort verbracht, da der Strom im Mountain Top Bar und Grill noch nicht eingeschaltet worden war.

Mena wohnte in einem Haus im viktorianischen Stil, das voll von antiken Möbeln war. Sie trug die gleichen albernen Kleider wie Granny, nannte sie aber nicht Muumuus, sondern Kaftans. Sie legte jeden Tag Schmuck an. Von großen goldenen Ohrringen zu langen goldenen Ketten um ihren Hals bis hin zu goldenen Armreifen um ihre Handgelenke und großen goldenen Fingerringen. Mena sah aus, als würde sie morgens, wenn sie aufwachte, jedes einzelne Schmuckstück anlegen, das sie besaß.

Er mochte die Tatsache, dass Mena nicht das Bedürfnis hatte, ihn oder andere ihrer Gäste zu unterhalten. Man bezahlte für das Zimmer und dann überließ sie einen sich selbst.

Helen hatte eines Abends erwähnt, dass Mena die Zimmer in ihrem Haus nur vermietete, weil sie sich in dem großen Haus dann sicherer fühlte, und obwohl sie es wahrscheinlich nie zugeben würde, wurde sie hin und wieder ein bisschen einsam. Ihr Mann war vor zehn Jahren gestorben und hatte sie mit einem großen Haus und einem noch größeren Erbe zurückgelassen.

In gewisser Weise hielt sie sich für wohltätig, weil sie Leute für so wenig Geld bei sich unterkommen ließ. Es war eine Win-Win-Situation für alle.

Er fuhr sich mit der Hand über das Gesicht und dachte an Jacey. Gerade als er sich an seine Routine und sein Team gewöhnt hatte, hatte er ein neues Mitglied namens Jacey Miller in seine Belegschaft aufgenommen. Mit ihren Augen aus Karamell und dem seidigen blonden Haar war diese Frau nicht nur ein Hingucker, sie war hinreißend. Sie versuchte, es unter ihren weiten Kleidungsstücken und hinter der übergroßen Umhängetasche zu verbergen, die sie wie einen Schutzschild trug, aber sie konnte ihn nicht täuschen.

Er knurrte und schob das Laken, das seinen Körper bedeckte, zur Seite. Er stand auf und ging zum Fenster hinüber, von dem aus er einen Blick auf die kleine Stadt unter ihm werfen konnte.

Das Mountain Top Bar und Grill kam mit einer Wohnunterkunft. Er hatte ein kleines Gebäude hinter der Bar erwartet, stellte jedoch bald fest, dass es sich um eine Wohnung im Obergeschoß direkt über dem Restaurant handelte.

Es war kein schlechter Ort zum Leben. Der Stil war eher industriell mit dunklen Ziegeln an den Wänden und freiliegenden Luftschächten an der Decke. Die Panoramafenster waren alt und von der Art, bei der beim Durchsehen alles wellig wirkte. Die Parkettböden waren genauso alt wie das Gebäude und noch nie erneuert oder ausgebessert worden. Er mochte den abgetragenen Look. Er mochte die Kratzer und dunklen Flecken. Es erinnerte ihn an sein eigenes Leben, seine eigenen Fehler und Irrtümer der Vergangenheit, die er durchgestanden hatte. In dem großen offenen Raum gab es eine Küchenzeile, die modernisiert worden war. Der Vorbesitzer, von dem Ryker die Bar geerbt hatte, war offensichtlich ein begeisterter Koch gewesen. Es gab im Wohnzimmer ein einzelnes übergroßes Ledersofa, das vor den Fenstern stand. Er hatte keinen Fernseher, da keiner hier gewesen war, als er einzog. Er hatte vorgehabt, einen neuen zu kaufen, hatte aber, seit er das Bar und Grill eröffnet hatte, keine freie Minute gehabt.

Das Einzige, was er in seiner Freizeit tat, war schlafen. Und sogar das schien manchmal zu kurz zu kommen.

Es hatte in dem Loft kein Bett gegeben, also hatte Ryker eins anliefern lassen. Es war ein großes Doppelbett auf einem niedrigen Bettgestell. Aufgrund der Qualität konnte Barrett sagen, dass die Matratze das Beste war, was man mit Geld kaufen konnte.

Aber er dachte, wenn er schon in der Hölle schmoren musste, könnte er es sich wenigstens bequem machen. Er hob die Hände über den Kopf und stützte sie gegen den Fensterrahmen. Er sah auf die verschlafene Kleinstadt hinunter. Manche würden sie als romantisch oder charmant bezeichnen. Er vermutete, dass sie beides sein konnte, wenn es das war, wonach man suchte.

Er tat es nicht.

Jacey Miller bedeutete Ärger. Er konnte es im Mark seiner Knochen spüren. Er war sich nicht sicher, ob sie ihm die Wahrheit sagte. Dass ihr Gefährte sie betrogen hatte und sie für jemand anderen verließ.

In der Werwolfwelt war das unmöglich. Gefährten blieben immer zusammen. Ihre Bindung war stärker als eine Ehe.

Außerdem, warum sollte ein Mann sie betrügen? Sie war atemberaubend mit einem umwerfenden Körper. Sie sah aus wie ein Victoria-Secret-Model.

Es ergab für ihn keinen Sinn.

Hätte er immer noch die Macht als Rudelführer von Arkansas, wäre er in der Lage, sehr schnell ein paar Antworten zu finden. Alles, was er tun musste, war Jack Welbourn anzurufen und den Rudelführer von Mississippi zu fragen, wer Jacey Miller war.

Aber das konnte er jetzt nicht tun. Er konnte nie wieder zu seinem Leben als Rudelführer zurückkehren.

Täte er das, wäre sein Opfer nichtig und Jaxons Tod noch immer erforderlich.

Um wieder zu leben, müsste einer seiner Wächter sterben.

Das konnte er nicht tun. Und er würde es nicht tun.

Er blinzelte in die Nacht auf Menas Haus hinunter. In einem Zimmer im Obergeschoss war ein Licht zu sehen. Er warf einen Blick auf die Uhr an seinem Bett.

Er fragte sich, ob das Jaceys Zimmer war. War sie wach? Was machte sie gerade?

„Großer Gott. Ich benehme mich schon wie der ganze Wächter-Haufen von Arkansas. Wen kümmert es schon, was ein Weibchen gerade tut?" Er rieb sich über die Stirn und wandte sich vom Fenster ab.

Er hatte andere Sorgen. Beispielsweise, wie es seinem

Rudel erging und wann genau Ryker seinen traurigen Hintern wieder nach Colorado schwingen würde.

Bis dahin würde er sicherstellen, dass er sich von dem hübschen Weibchen und ihren beschissenen Problemen fernhielt.

KAPITEL SECHS

Damon stand hinter dem großen Schreibtisch im Büro des Rudelführers von Arkansas. Barretts Büro. Das jetzt sein Büro war.

Seit Barretts Tod waren Monate vergangen. Trotzdem fühlte es sich immer noch genauso frisch an, als wäre es gerade erst gestern passiert.

Seit Damon Rudelführer von Arkansas geworden war, war es für ihn ein Balanceakt gewesen, mit der Last des Erhalts dieser Position und der Schuld, die er für Barretts Tod empfand, umzugehen.

Er war derjenige gewesen, der Barrett getötet hatte.

Doch niemand machte ihn dafür verantwortlich. Er hätte das Messer nicht in Barretts Brust gestoßen, aber er hatte den Drang gehabt, Barrett die Kehle herauszureißen, als er Damons Gefährtin Ava ein Messer an die Kehle hielt.

Er hatte nicht gewusst, dass all das ein Teil von Barretts Plan gewesen war. Barrett hatte geplant, sein eigenes Leben zu opfern, um Jaxon zu retten. Barrett hatte die Todesschuld selbst bezahlt.

Damon schluckte die Galle hinunter, die in seinem Hals

aufstieg. Würde er ein so großartiger Rudelführer werden, wie Barrett es gewesen war? War er gewillt, für sein Rudel zu sterben?

Sein Blick fiel auf das einzige Bild, das auf seinem Schreibtisch stand.

Ava. Seine Gefährtin und die zukünftige Mutter seines Kindes.

Sie war sein Leben. Er würde alles tun, um sie zu beschützen und sicherzustellen, dass es ihr und ihrem ungeborenen Kind gut ging.

Jetzt, da außerdem die Verantwortung für den gesamten Bundesstaat von Arkansas auf seinen Schultern lastete, musste er einen Weg finden, sowohl seine neue Rolle als Rudelführer als auch die bevorstehende Rolle als Vater miteinander in Einklang zu bringen.

Vater. Allein, wie das klang, brachte ihn zum Grinsen. Vor ein paar Tagen hatte Lucien ihn gefragt, wie es Ava mit ihrer Schwangerschaft erging. Ein dummes Grinsen hatte sich auf Damons Gesicht breitgemacht, ohne dass er es überhaupt merkte.

Lucien hatte sich über ihn lustig gemacht, weil er so unter dem Pantoffel stand.

Es war ihm egal. Er liebte Ava mit jeder Faser seines Wesens und er wusste, wie viel verdammtes Glück er hatte, sie gefunden zu haben.

Sein Handy summte und das Lächeln verschwand von seinem Gesicht. Sein Magen zog sich zusammen, als er danach griff, um die Textnachricht zu lesen.

„Kein Körper wurde gefunden. Wir haben überall gesucht", lautete Jaxons Nachricht.

Unbehagen breitete sich in Damon aus. Er hatte seine Wächter jeden Tag im Petit Jean State Park nach Barretts Leiche suchen lassen. Als die Tage zu Wochen wurden und schließlich zu Monaten, hatten sie nie etwas gefunden. Kein Körper, keine Kleidungsstücke, keine Knochen.

Er hasste zuzugeben, was das bedeutete. Aber es war an der Zeit aufzuhören, seine Wächter damit zu foltern.

„Ich breche die Suche ab." Damon schickte seine Antwort und atmete tief durch.

Mit anderen Worten sagte er damit etwas, ohne es wirklich zu sagen. Etwas, was sie alle befürchteten. Barretts Körper war schon vor langer Zeit von wilden Tieren gefressen worden und die Knochen waren wahrscheinlich im gesamten Bundesstaat von Arkansas verteilt.

In den Tagen, die Barretts Tod folgten, nachdem er aus seiner emotionalen Hölle herausgekrochen war, die er sich selbst auferlegt hatte, hatte Damon angeordnet, dass Barretts Körper geborgen werden sollte. Er wollte seinem Rudelführer eine angemessene Beerdigung und Gedenkzeremonie geben. Er hatte die Gedenkfeier verschoben und darauf bestanden, dass Barretts Leiche tatsächlich geborgen wurde. Es war sein erster Fehler als Rudelführer gewesen. Ryker war der einzige Wächter, der genug Eier hatte, ihm zu sagen, er solle aufhören zu suchen und es hinter sich lassen.

Er war so wütend geworden, dass er Ryker geschlagen hatte. Ryker hatte sich den Kiefer gerieben und war dann, ohne ein Wort zu sagen, einfach gegangen. Hinterher fühlte er sich wie ein Vollidiot, weil er eine Hand gegen einen seiner eigenen Leute erhoben hatte.

Ryker war gegangen, ohne auf eine Entschuldigung zu warten. Er würde kommen und gehen, wenn es Missionen gab. In letzter Zeit gab es nicht viel zu tun. Er hatte seine Wächter in der Nähe der Grenze zu Louisiana stationiert, um den Frieden zu wahren. In der Nacht, in der Barrett starb, war Edward Boudier in Gewahrsam genommen worden, um auf ein Tribunal zu warten, weil er geplant hatte, die Wächter zu ermorden. Barrett hatte genügend Beweise gesammelt und zusammen mit denen, die einer von Boudiers eigenen Attentätern, Lorcan, präsentiert hatte, war die Menge der Beweise überwältigend gewesen.

Mississippis Rudelführer, Jack Welbourn, hatte den Rudelführer von Texas gebeten, Boudier zu übernehmen, da Arkansas um seinen eigenen Verlust trauerte und die anderen Südstaatenoberhäupter zu erschüttert davon waren, herauszufinden, dass einer ihrer eigenen Rudelführer sie ermorden wollte.

Jack Welbourn war gewählt worden, die Kontrolle über Louisiana zu übernehmen, bis ein neuer Rudelführer in diese Position ernannt werden konnte. Er leitete also nicht nur seine eigenen Mississippi-Wächter, sondern auch die Wächter von Louisiana.

Erstaunlicherweise hatte Lorcan Jack Welbourn sofort seine Loyalität erklärt und sorgte dafür, dass auch der Rest von Louisiana dies tat. Es dauerte nicht lange, bis die anderen beiden Attentäter, Brutus und Killian, Welbourn ebenfalls die Treue schworen. Aber Damon wusste, dass es nicht von Dauer sein würde. Jack hatte ihn bei mehreren Gelegenheiten angerufen und ihn wissen lassen, dass sie schnell einen Ersatz für Louisiana finden mussten. Er sagte, er habe seinen eigenen Bundesstaat Mississippi zu leiten und sei nicht interessiert daran, Louisiana als neues Territorium hinzuzufügen. Er hatte genug eigene Scheiße, mit der er fertig werden musste. Zum Beispiel diese Hexe von Yazoo City einzufangen und auf den Friedhof zurückzubringen.

Diese verfluchte Hexe. Damon ballte die Hände zu Fäusten und knurrte. Er wusste, dass die Hexe bei Barretts Tod eine Rolle gespielt hatte. Sie war Boudiers Zeugin im Tribunal gegen Jaxon gewesen.

Er hatte es sich millionenfach durch den Kopf gehen lassen. Wenn Ella, die Hexe, nicht als Zeugin aufgetreten wäre, wäre Jaxon nicht für schuldig befunden worden. Barrett würde heute noch leben.

„Schlampe", knurrte er.

„Der letzte Typ, der mich Schlampe genannt hat, versucht immer noch, seine Leber wiederzufinden." Zanes tiefe Stimme ließ Damon aufschrecken.

Damon sah ihn an. Zane hob eine Augenbraue.

„Nicht du", grummelte Damon.

„Du denkst wohl nur laut?" Zane schlenderte zu dem anderen Stuhl im Büro und setzte sich.

„So etwas in der Art." Damon ging um den Schreibtisch herum und setzte sich Zane gegenüber. Er sah den Wolf an.

„Die Leiche wurde nicht gefunden. Ich breche die Suche ab." Damon wartete auf Zanes Reaktion.

Zanes Lippen öffneten sich und er lehnte sich auf dem Stuhl zurück. Er strich mit den Händen langsam über seine in Jeans gehüllten Oberschenkel. „Ich verstehe." Er schluckte und nickte dann. „Das ist eine gute Entscheidung." Er nickte noch einmal mit mehr Überzeugung. „Es ist an der Zeit."

Damon wandte seinen Blick ab. „Wie halten wir eine Gedenkzeremonie ab, ohne einen Körper zu haben? Alle Rudelführer verdienen einen ehrenhaften Tod. Nicht, lebendig von wilden Tieren gefressen zu werden." Wut stieg in seinem Hals auf.

„Er ist mit Ehre gestorben", sagte Zane langsam. „Als Barrett sein Leben für seinen eigenen Wächter opferte, wurde jedem Wächter in allen Südstaaten bewusst, was Ehre wirklich bedeutet. Sie alle haben erkannt, was ein wahrer Rudelführer ist."

„Nicht alle." Er biss die Zähne zusammen.

„Unterschätze Louisiana nicht. Zumindest nicht den ganzen Staat. Die Bürger sind erleichtert, das Boudier weg ist. Zumindest vorläufig. Und selbst die Mehrheit der Wächter von Louisiana spricht wertschätzend über Barrett.

Ein paar von ihnen sind auf mich zugekommen, weil sie Louisiana verlassen und den Wächtern von Arkansas beitreten wollen."

„Nein. Ich werde Louisiana oder den Wächtern dort niemals vertrauen."

„Nicht einmal Lorcan?" Zane runzelte die Stirn.

„Besonders Lorcan nicht."

„Lass Lucien nicht hören, dass du das denkst." Zane starrte ihn fest an.

„Nur weil Lucien und Lorcan Brüder sind, heißt das nicht, dass sie den gleichen moralischen Kompass haben", sagte Damon.

„Lorcan hat uns mit Boudier geholfen."

„Und? War es, um seinen eigenen Arsch zu retten? Du tust gerade so, als sollte ich jemandem wie Lorcan Vertrauen schenken. Er wurde jahrelang mit Boudiers Scheiße indoktriniert. Das geht nicht einfach so weg, nur weil der Rudelführer eingesperrt wurde."

„Ich sage nur, dass Boudier versucht hat, Lorcan zu töten, und dass er nach Barretts Tod vorgetreten ist und gegen Boudier ausgesagt hat."

„Und wo war er, bevor Barrett starb?" Damon stand von seinem Stuhl auf und schlug mit den Händen auf den Schreibtisch.

Zane sagte nichts und stand auch nicht auf. Damon musste den Wächter nicht ansehen, um das Mitleid in seinen Augen zu erkennen.

„Du denkst, ich beschuldige Lorcan für Barretts Tod, anstatt die Schuld dort zu suchen, wo sie sein sollte." Bei sich selbst.

„Verdammt, Damon." Zane stand von seinem Stuhl auf und knurrte. „Hör mir mal zu und höre mir verdammt gut zu."

Damon knurrte und riss seinen Kopf zu Zane herum. „Mir gefällt dein Ton nicht, Zane."

„Da scheiße ich drauf. Du wirst dir anhören, was ich zu sagen habe." Zane ballte seine Hände an seinen Seiten und hielt Damons Blick stand.

„Du hattest keinerlei Schuld an Barretts Tod." Zane warf ihm einen seltsamen Blick zu. „Ich glaube nicht, dass Barrett mit der Erwartung in dieses Tribunal gegangen ist, dass er es schaffen würde, dass Jaxon für unschuldig erklärt wird. In den letzten paar Stunden vorher war er nervös und wollte mit niemandem sprechen. Zur Hölle, sogar Jack Welbourn wusste das. Die Tatsache, dass Ava in letzter Minute aufgetaucht ist, war die einzige Möglichkeit, dich rechtmäßig zum neuen Rudelführer zu machen. Wenn du ihn nicht angegriffen hättest, hätten wir keinen Rudelführer, bis der Rat einen neuen eingesetzt hätte. Tatsächlich hast du ihm einen Gefallen getan."

„Einen Gefallen?" Damon zuckte zusammen. „Sein Leben zu nehmen war kein Gefallen."

„Damon, du wusstest nicht, dass er dieses silberne Messer auf sein eigenes Herz gerichtet hatte, als du dich auf ihn gestürzt hast. Weißt du, wie schwer es für ihn gewesen wäre, sich selbst zu erstechen? Ganz zu schweigen davon, dass er derjenige war, der sich von dieser Klippe gestürzt hat, um sicherzustellen, dass er wirklich starb. Also ja. Ich glaube, dass du ihm einen Gefallen getan hast. Kein Wolf will sich selbst das Leben nehmen. Das widerspricht jedem unserer Instinkte." Zane warf ihm einen letzten finsteren Blick über die Schulter zu, bevor er die Tür hinter sich zuschlug.

Damon atmete tief ein und sah sich in dem kahlen Raum um. Seit er Rudelführer geworden war, hatte er nichts in Barretts früherem Büro verändert. Es war so kahl wie immer und enthielt nur einen Laptop-Computer auf dem breiten Schreibtisch und ein paar Stühle. An der Wand hing ein

Schild mit der Flagge des Bundesstaates von Arkansas und den Worten „ANFÜHRER UND BEFEHLSHABER, GEBOREN UM DAS WERWOLFGESETZ ZU SCHÜTZEN".

Er hasste es, das zuzugeben, aber was Zane sagte, enthielt etwas Wahrheit. Er musste sich der Tatsache stellen, dass Barrett fort war und es Teil seines eigenen Plans gewesen war, sich für Jaxon zu opfern.

Er musste aufhören, nur als Rudelführer zu *existieren*, und beginnen, Rudelführer zu sein.

Er griff nach seinem Handy. Er drückte ein paar Nummern und Jayden antwortete sofort.

„Hey, Boss, was ist los?" Jayden, der seit seiner Kindheit sein bester Freund gewesen war, hatte immer diese Art, die seine Laune verbesserte.

„Ich breche die Suche nach … Barretts Leiche offiziell ab." Er richtete sich auf. „Ich möchte, dass du alle Wächter informierst. Ich werde in ein paar Tagen einen Gedenkdienst halten, daher brauche ich jemanden, der mir bei der Logistik hilft." Er hatte keine Ahnung, was eine solche Gedenkfeier beinhalten würde.

„Ich werde die Wächter sofort informieren", sagte Jayden mit ernster Stimme. Es war ein Ton, den Damon von dem Wolf selten hörte.

„Warum beziehen wir nicht Braxton und Kate mit ein? Ich habe gehört, wie Braxton sagte, dass Kate ein oder zweimal Gedenkdienste in ihrem Bed and Breakfast durchgeführt hat. Die Familie wünschte sich eine intimere Umgebung als ein Bestattungsinstitut und ich glaube, die Person war eingeäschert worden", schlug Jayden vor.

„Ja, ich glaube, Barrett würde lieber an einem Ort wie diesem in Erinnerung bleiben als in einem Bestattungsinstitut. Ich kann mich nicht einmal erinnern, wann das letzte Mal ein Rudelführer gestorben ist. Ich wüsste nicht, wo das

Begräbnis stattgefunden hat." Trauer packte ihn und er rieb sich mit der Hand über den Bauch.

„Ich auch nicht, Kumpel", erwiderte Jayden. „Ich trommele die Wächter zusammen und bringe sie auf den neuesten Stand. Mach dir keine Sorgen um die Details. Ich bin mir sicher, dass Granny und die anderen Frauen mithelfen wollen. Ich sage dir Bescheid, wenn ich alles zusammen habe, in Ordnung?"

„Danke, Jayden." Damon beendete den Anruf und legte das Telefon zurück auf seinen Schreibtisch.

Jetzt wurde alles real. Die Monate, in denen er sich geweigert hatte, sich der Wahrheit und Realität zu stellen, waren nun offiziell vorbei.

Barrett war tot und Damon hatte jetzt das Kommando über den Bundesstaat Arkansas.

Trotz des Unbehagens, das sich in seiner Brust ausbreitete, wusste Damon, dass er die Verantwortung übernehmen und mit seiner eigenen Scheiße fertig werden musste.

Schlussendlich war es das, was Barrett wollen würde.

KAPITEL SIEBEN

Jacey zog ihr Kissen nah an ihre Brust und kuschelte sich tief in die weiche Decke ein. Sie wollte ihre Augen nicht öffnen. Würde sie die Augen öffnen, wusste sie, was sie vorfinden würde.

Sie würde sich an einem fremden und unbekannten Ort wiederfinden, wo sie sehr wenig Geld, keine Freunde und keine Zukunft hatte.

Sie war völlig allein in einer großen, beängstigenden Welt.

Tränen brannten in ihren Augen und sie kniff sie fest zusammen, um sie zurückzuhalten. Sie wollte nicht weinen. Sie hasste es, zu weinen. Sie hatte genug geweint, als Jeremy sie rausgeworfen und vor Wendy, seiner Geliebten, gedemütigt hatte. Sie hatte genug geweint, als sie sich ihren Freunden über ihre Situation anvertraut hatte. Sie hatte genug geweint, als sie ihren Eltern erzählte, was passiert war.

Sie sollte keine Tränen mehr übrighaben.

Sie rollte sich auf den Rücken und starrte hinauf an die weiße Decke.

Als sie gestern Abend spät bei Mena ankam, war sie überrascht, dass die alte Frau noch wach gewesen war. Barrett hatte sie gewarnt, dass die alte Dame gern bis in die frühen Morgenstunden alte Schwarz-Weiß-Filme ansah, während sie ihr Lieblingsgetränk Gin Tonic genoss.

Mena hatte sie schnell willkommen geheißen und sie nach oben in ihr Schlafzimmer geführt.

Das Haus war im viktorianischen Stil erbaut und trotz des Alters in einem fantastischen Zustand.

Ihr Schlafzimmer war in dunkelroten Tönen gehalten. Das antike Himmelbett war mit einer üppigen apfelroten Bettdecke mit passenden Kissen verziert. Die cremefarbenen Kissenbezüge mit eingenähten Initialen bildeten einen hübschen Kontrast zu den dunkleren Farben. Die Wände waren mit roten strukturierten Tapeten versehen, die an das Alter des Hauses erinnerten. Es gab im Zimmer nur wenige Möbel, aber diese waren zweckmäßig. Das Bett stand an einer der Wände und hatte Nachttische an beiden Seiten. Das Zimmer hatte zwei große raumhohe Fenster mit dicken roten Vorhängen. Ein Sessel im edwardianischen Stil und ein passender Fußschemel standen in der Nähe des Fensters auf der anderen Seite des Raums mit einer Stehlampe und waren der perfekte Platz, um in einer kalten Nacht auf die winzige Stadt hinunterzublicken. Das Zimmer hatte auch einen eigenen Kamin, was eine angenehme Überraschung war.

Sie hatte schon immer davon geträumt, einen Kamin in ihrem Schlafzimmer zu haben.

Das Zimmer war kalt und zugig. Sie würde Mena fragen müssen, wie sie den Kamin in Gang kriegen konnte, sollte sie noch eine weitere Nacht hier verbringen.

„Ich weiß noch nicht einmal, wie viel sie berechnet." Sie vergrub ihr Gesicht in der Bettdecke und wischte sich die Augen ab. Sie war so müde gewesen, als sie letzte Nacht hier ankam, dass sie nicht einmal daran gedacht hatte, Mena zu fragen, wie viel es kosten würde, hier zu schlafen.

Sie hatte wirklich keinen sehr guten Start in dieses neue Leben, das sie sich aufzubauen versuchte.

Sie drehte den Kopf und starrte aus dem Fenster. In der Ferne konnte sie das Mountain Top Bar und Grill erkennen. Obwohl sie gestern Abend ihr Bestes beim Kochen gegeben hatte, war sie sich nicht sicher, ob Barrett das Essen tatsächlich mochte oder ob er nur Hunger gehabt hatte und alles gegessen hätte.

Barrett war ihr ein Rätsel. Sie kannte noch nicht einmal seinen Nachnamen. Er schien das Kochen überhaupt nicht zu mögen und konnte Helen zufolge noch nicht einmal ein vernünftiges Käsesandwich zubereiten. Und wenn er hinter der Bar stand, um Getränke einzuschenken, sah er auch nicht so aus, als würde ihm das gefallen.

Also warum würde er sich eine Bar kaufen, wenn er es so sehr hasste?

Sie schnaubte. „Vielleicht ist er genauso verzweifelt wie ich. Vielleicht hat auch er keine Wahl damit, was er tun kann."

Hinter seinem riesigen Körperbau und seinem schroffen Gesichtsausdruck war Barrett sehr gutaussehend. Mehr als nur gutaussehend, er war schlichtweg hinreißend. Aber auf eine gefährliche Art und Weise. Langes dunkelblondes Haar und tiefblaue Augen in einem Gesicht, das so attraktiv war, dass es fast wehtat, ihn auch nur anzusehen. Seine dunklen Jeans und das T-Shirt, das sich eng um seine Brust schmiegte, ließen ihn eher wie einen Türsteher aussehen. Nicht wie einen Barbesitzer.

Nicht, dass das irgendetwas ausmachte. Sie war hier, um von vorne zu beginnen. Vielleicht würde sie es schaffen und konnte ihr Geld sparen, bis sie herausfand, was sie wirklich machen wollte. Wer wusste das schon? Vielleicht könnte sie irgendwann in der Zukunft die Volkshochschule besuchen und irgendeinen Abschluss machen. Sie wusste, dass sie sich nie wieder auf einen Mann verlassen konnte. Ganz egal, wie sehr sie dachte, dass sie ihn liebte.

Sie rollte sich herum und warf einen Blick auf die Uhr. Fast acht Uhr. Sie wollte sich wieder umdrehen und weiterschlafen, konnte es aber nicht. Sie musste aufstehen und sich ihrer neuen Realität stellen.

Barrett würde an der Bar auf sie warten. Er hatte letzte Nacht zu ihr gesagt, sie solle zurückkommen und sie würden sich unterhalten.

Zumindest war das ein Schritt in die richtige Richtung.

Sie schob die Decke zurück und ging zur Tür hinüber. Sie griff nach dem Bademantel, der dort an einem Haken hing, und wickelte ihn um ihren Körper. Sie hatte keine Ahnung, wie viele Gäste Mena im Haus hatte, aber sie wollte das Risiko nicht eingehen, halb nackt den Flur hinunter ins Badezimmer zu rennen.

Sie begab sich ins Badezimmer, schloss die Tür hinter sich und verriegelte sie. Sie bemerkte einen kleinen elektrischen Heizlüfter auf dem Boden und schaltete ihn ein. Die kleine Maschine erwachte zum Leben und begann, den Raum mit warmer Luft zu füllen.

Ihr Blick landete auf einer Klauenfußwanne. Sie lächelte.

Sie schaute unter die Spüle und fand dort einen Waschlappen und ein Handtuch. Dann kniete sie sich neben die Wanne, drehte das Wasser auf und regulierte die Temperatur, bis sie perfekt war. Sie fügte dem Wasser den Badezusatz zu, den sie neben den Handtüchern gefunden hatte.

Sie entledigte sich ihrer Kleidung vom Vortag, in der sie geschlafen hatte. Als sie in ihrem Zimmer ankam, war sie so müde gewesen, dass sie sich lediglich ihre Jeans ausgezogen hatte und ins Bett geklettert war.

Sie warf einen Blick auf ihr nacktes Spiegelbild in dem Ganzkörperspiegel hinter der Tür und erstarrte.

Ihr dunkelblondes Haar fiel in sanften Wellen über ihre

Schultern und den schlanken Rücken hinunter. Sie war schon immer schlank gewesen, aber seitdem ihre Welt auf den Kopf gestellt worden war, hatte sie Gewicht verloren. Es zeigte sich daran, wie ihre Rippen unter ihrer Haut und an der konkaven Krümmung ihres Magens zu sehen waren. Ihre Hüftknochen ragten nach vorn und ihre Beine waren dünn. Sie sah krank aus.

Ihr Blick fiel auf ihr Gesicht. Dunkle Ringe hatten sich unter ihren braunen Augen gebildet. Augen, von denen die Leute immer sagten, sie wirkten eher golden als braun. Ihre vollen Lippen hoben sich jetzt noch stärker vor den eingefallenen Wangen und ihrem hellen Teint ab. Sie sah normalerweise selbst im Winter gebräunt und rosig aus, aber seitdem sie Mississippi für Colorado verlassen hatte, hatte sie kaum Zeit in der Sonne verbracht und war infolgedessen blasser geworden.

Sie konnte sich selbst kaum mehr erkennen.

Sie zwang sich, wegzuschauen, und öffnete den Schrank unter dem Waschbecken. Nachdem sie ein paar Sekunden gesucht und nichts gefunden hatte, mit dem sie ihr Haar zu einem Pferdeschwanz binden konnte, zog sie schließlich ein paar Haarnadeln heraus. Sie drehte ihre Haare zu einem lockeren Knoten und griff nach einem Handtuch. Sie drehte das Wasser an der eleganten Wanne ab, kletterte hinein und versank im Schaum.

Jacey blieb in der Wanne sitzen, bis das Wasser kalt wurde und ihre Fingerspitzen schrumpelig waren. Sie zog sich schnell eine dunkle Jeans und einen dünnen cremefarbenen Pullover an. Sie verlieh ihrem Gesicht etwas Farbe, indem sie einen braunen Lidschatten auftrug und ihre Wimpern schwarz tuschte. Sie trug normalerweise kein Wangenrouge, da ihre Haut immer einen gesunden Schein hatte, also hatte sie nie welches gekauft. Stattdessen kniff sie sich in die Wangen, um das gewünschte Ergebnis zu erzielen.

Sie trug etwas rosa Lipgloss auf ihre Lippen auf, um den Look zu vervollständigen. Sie nahm sich Zeit, ihre Haare zu bürsten, bis sie glänzten.

Sie trat einen Schritt zurück und betrachtete das Ergebnis im Spiegel.

Zufrieden mit dem, was sie sah, griff sie ihre schmutzigen Kleider und den Bademantel und ging zurück zu ihrem Zimmer. Bevor sie ihr Zimmer erreichte, öffnete sich eine Tür, jemand kam herausgerannt und stieß direkt mit ihr zusammen.

Sie stolperte und ließ ihre Kleidung und die Kosmetiktasche fallen.

„Oh mein Gott. Das tut mir schrecklich leid." Ein junger Mann Ende zwanzig mit blonden Haaren und hellblauen Augen warf ihr einen entsetzten Blick zu, bevor er auf die Knie fiel, um ihr zu helfen, die Kleidung einzusammeln.

„Es ist schon in Ordnung", sagte sie, als sie sich bückte und ihr Make-up schnell wieder in das Täschchen schob. Sie lachte zittrig. „Ich hätte aufpassen sollen, wohin ich gehe."

„Es ist ganz und gar meine Schuld." Er lächelte sie warm an. Sie lächelte zurück.

Er reichte ihr den Rest ihrer Sachen und sie standen beide auf.

„Ich wusste nicht, dass Mena noch einen anderen Gast hier hat", sagte er.

„Ich bin erst spät nachts hier angekommen." Sie zuckte mit den Schultern und streckte ihre Hand aus. „Ich bin Jacey."

Er nahm ihre Hand und schenkte ihr ein weiteres Lächeln. „Ich bin Charles."

Sie atmete leicht ein. Er war auch ein Mensch.

„Es freut mich, Sie kennenzulernen, Charles." Sie drückte ihre Kleider an ihre Brust.

„Ebenfalls. Hätte ich gewusst, dass Mena einen Gast

haben würde, der so hübsch ist wie Sie, hätte ich eingeplant, länger zu bleiben." Er grinste sie teuflisch an.

Warum glaubten die Menschen, dass Frauen so angesprochen werden wollten?

„Nun, es ist verdammt gut, dass du abreist", knurrte eine tiefe männliche Stimme hinter ihr. Ihr Magen zog sich zusammen. Sie wusste sofort, wem diese kehlige Stimme gehörte.

Sie sah Charles an. Das Lächeln verschwand von seinem Gesicht und er wurde blass. Sein Blick fiel auf etwas sehr Großes hinter ihrer Schulter.

Sie drehte sich um.

„Jacey, bist du bereit, zu gehen?"

Barretts tiefblaue Augen waren zu einem Spalt verengt und sie spürte für eine Sekunde riesige Schuldgefühle.

„Äh, ja, lass mich nur schnell meine Sachen einpacken und meine Tasche holen." Sie eilte in ihr Zimmer und ging hinein. Sie machte sich nicht die Mühe, die Sachen zusammenzulegen, sondern warf sie stattdessen auf einen Stapel am hinteren Ende des Bettes. Sie sah sich verzweifelt nach ihrer Tasche um und fand sie in der Nähe des Schranks. Sie schnappte sie sich und griff nach dem Zimmerschlüssel vom Nachttisch, bevor sie zurück in den Flur hinausging.

Sie erstarrte.

Barrett war allein und sein großer Körper ließ den Flur klein erscheinen. Er sah sie mit zusammengekniffenen Augen an.

„Wo ist Charles?"

„Gegangen", sagte er. „Bist du bereit?"

„Ja. Aber ich muss Mena finden und sie für die letzte Nacht bezahlen." Sie öffnete ihre Tasche und kramte nach dem schnell schwindenden Umschlag mit Geld.

„Das ist nicht nötig. Du bezahlst am Ende des Monats." Er drehte sich um und ging den Flur entlang.

Sie beschleunigte ihre Schritte, um mit seinem zügigen Tempo Schritt zu halten.

„Aber ich weiß nicht, wie lange ich hierbleiben werde." Sie schlang den Gurt ihrer Tasche über die Schulter und steckte ihren Zimmerschlüssel in die Außentasche.

„Das kommt darauf an, ob du den Job willst oder nicht."

„Natürlich will ich den Job", sagte sie und betrachtete sein Profil, um seinen Gesichtsausdruck einzuschätzen. Barrett war sehr schwer zu lesen.

„Dann wirst du solange hier wohnen, wie du willst." Er stieg zwei Stufen auf einmal die Treppe hinunter. Sie hielt sich am dunklen Holzgeländer fest und folgte ihm schnell.

„Also habe ich einen Job? Als Köchin?" Ihr Herz schlug laut in ihrer Brust. „Aber wir haben noch nicht über meine Bezahlung, die Stunden oder irgendetwas gesprochen."

Er blieb mitten auf der Treppe stehen, drehte sich um und schenkte ihr seine gesamte Aufmerksamkeit.

Sie spürte, wie ihr Gesicht heiß wurde, und war sich nicht sicher, warum ihr das so peinlich war. Es waren berechtigte Fragen und er hätte sie ansprechen müssen, bevor er ihr den Job anbot. Sie hatte keine Ahnung, was ein normales Gehalt für eine Köchin war.

Sie klammerte sich an ihre Tasche und hoffte, dass er sie nicht über den Tisch ziehen würde.

„Die Bar ist sieben Tage pro Woche geöffnet, aber ich ändere das vielleicht und schließe sonntags."

„Das macht Sinn." Sie nickte.

„Ich zahle zwanzig Dollar pro Stunde. Und du kannst einen Tag pro Woche freinehmen. Ohne Sonntag, also hast du technisch gesehen zwei freie Tage jede Woche. Du kannst dir aussuchen welchen, aber ich würde es bevorzugen, wenn du nicht Donnerstag, Freitag oder Samstag freinimmst."

„An diesen Tagen ist es am vollsten. Natürlich würde ich an diesen Tagen nicht freinehmen." Sie sah zu ihm auf. „Ich muss gestehen, dass zwanzig Dollar pro Stunde mehr sind, als ich erwartet hätte."

Er neigte seinen Kopf und starrte sie an. „Ich hätte auch dreißig gezahlt. Du bist nicht gut im Verhandeln. Ich wette, Leute nutzen dich die ganze Zeit aus."

Sie hob das Kinn. „Das wird sich ändern."

„Das sollte es, wenn du in dieser Welt überleben möchtest." Er drehte sich um und ging weiter die Treppe hinunter.

Sie folgte ihm. „Was machst du überhaupt hier?"

„Du hast gesagt, dass du kein Transportmittel hast. Ich bin hier, um mit dir nach Durango zu fahren, damit du dir ein paar Sachen besorgen kannst, die du brauchen wirst. Da du nur mit dieser Umhängetasche aufgetaucht bist, schätze ich, dass du ein paar Klamotten brauchen wirst. Kleidungsstücke, die besser für dieses Wetter geeignet sind." Er öffnete die Haustür und wartete darauf, dass sie zuerst hinausging.

Für jemanden, der so schroff war, hatte er auf jeden Fall sehr höfliche Manieren.

Sie schüttelte den Kopf. „Ich habe für den Moment ausreichend Klamotten. Wenn ich meinen ersten Gehaltsscheck bekomme, werde ich mir Winterkleidung besorgen."

„Du hast dir die Vorhersage für heute Abend noch nicht angesehen." Ein langsames Grinsen breitete sich auf seinem Gesicht aus.

„Nein, das habe ich nicht." In dem Moment, als sie nach draußen trat, fegte der kalte Wind direkt durch ihren dünnen Pullover. Sie zuckte zusammen und schlang ihre Arme um den Körper.

Er zog seine Lederjacke aus und reichte sie ihr. „Hier, zieh die an."

„Nein, es ist in Ordnung …"

„Das war kein Angebot." Er funkelte sie an. Widerwillig nahm sie die Jacke. „Ich will nicht, dass du krank wirst, bevor du eine Chance hattest, mit der Arbeit zu beginnen."

Natürlich. Er kümmerte sich nicht um sie. Ihm waren nur seine eigenen Interessen wichtig.

Sie schob die Arme in die große Jacke und versuchte, dem Drang zu widerstehen, ihre Nase im Kragen zu vergraben und seinen Geruch einzuatmen. Er roch besser als jeder Mann, den sie jemals getroffen hatte. Sogar besser als ihr Gefährte. Ex-Gefährte, erinnerte sie sich.

„Ich werde keine Probleme mit deinem Gefährten kriegen, oder?" Er warf ihr einen Blick über die Schulter zu, als sie zu seinem Auto liefen. Er fuhr einen älteren Jeep mit größeren Rädern, als sie sie jemals in Mississippi gesehen hatte. Die Farbe des Autos war einmal grün gewesen, aber hatte vom vielen Schnee und dem kalten Wetter in den Bergen gelitten. Er öffnete die Beifahrertür.

Sie packte den Griff und stellte ihren Fuß auf das Trittbrett. Sie rutschte ab. Barretts große Hände umschlossen ihre Taille, um zu verhindern, dass sie fiel.

„Alles in Ordnung?", flüsterte er heiser und hob sie mühelos in ihren Sitz.

Ihr Herz schlug so schnell hinter ihren Rippen wie die Flügel eines Kolibris und ihr Körper heizte sich beträchtlich auf. Ihr war nicht mehr kalt, sondern unangenehm heiß. Sie schluckte und zwang sich, nach vorne zu schauen.

„Ja." Sie schaffte es, das Wort herauszuquetschen, und machte sich daran, ihren Sicherheitsgurt zu finden und anzulegen.

Die Tür schlug zu. Sie beobachtete ihn, als er vor der Motorhaube des Jeeps zur Fahrerseite herumlief. Sein Gesichtsausdruck war hart, gemischt mit einer anderen Emotion, die sie nicht entziffern konnte.

Sie drückte ihre kalten Hände gegen ihre Wangen, um ihren Körper wieder unter Kontrolle zu bringen. Was war überhaupt mit ihr los? Vielleicht war sie noch immer von allem erschöpft, was passiert war. Vielleicht vermisste sie

Jeremy und in der Nähe eines Mannes, irgendeines Mannes zu sein, ließ ihren Körper sehnsüchtig werden.

Sie wusste es nicht, wusste aber mit Bestimmtheit, dass sie sich in den Griff kriegen musste, wenn sie diesen Job behalten wollte. Sie wollte ihm wirklich keinen Grund geben, sie sofort wieder zu feuern.

Er öffnete die Tür und glitt hinein. Der Geruch seiner Jacke mischte sich mit dem Geruch seines Körpers. Ihr wurde sogar noch heißer.

„Vielen Dank für die Jacke", sagte sie.

„Gern geschehen." Er sah stur nach vorn und drehte den Zündschlüssel. Der Jeep erwachte zum Leben und er fuhr los. Er bog auf die Hauptstraße ab, verließ die Stadt und fuhr den Berg hinunter.

„Wie lange lebst du schon hier?" Sie hoffte, die enorme Spannung in der Kabine des Wagens zu verringern.

„Nicht lange."

„Wenn es dir nichts ausmacht, dass ich das frage, aber gehe ich richtig davon aus, dass du das Mountain Top Bar und Grill geerbt hast?"

Er warf ihr einen Blick zu. „Warum denkst du das?"

Sie verschränkte ihre Finger in ihrem Schoß und blickte weiter geradeaus. „Nun, eine Bar zu betreiben scheint nicht richtig zu dir zu passen. Tatsächlich scheinst du es sogar irgendwie zu hassen. Es sieht nicht so aus, als würde es dir auch nur den geringsten Spaß machen."

Er sah sie intensiv an. „Und was genau kannst du dir als meinen Beruf vorstellen?"

„Ich weiß es nicht. Etwas, bei dem du über den Menschen stehst und ihnen sagen kannst, was sie tun sollen. So etwas wie ein CEO oder so." Sie sah ihn an.

Ein langsames Lächeln huschte über sein Gesicht. Dann lachte er bellend.

Das Geräusch ließ sie lächeln und sich entspannen.

„Den Leuten sagen, was sie machen sollen? Ja, das habe ich früher gemacht. Aber das war in einem anderen Leben." Sein Grinsen begann zu verblassen und dann war der schroffe Ausdruck wieder da.

Ihre Brust zog sich zusammen. „Es ist nicht zu spät, etwas anderes zu tun. Ich meine, wenn du nicht glücklich dabei bist, eine Bar zu führen, kannst du sie bestimmt verkaufen und von vorne anfangen." Sie war sich nicht sicher, ob ihre Worte Gewicht haben würden, aber aus irgendeinem seltsamen Grund wollte sie ihn beruhigen und ihm Hoffnung schenken. Sie hatte vielleicht keine, aber er könnte mit Sicherheit eine bessere Zukunft haben.

Er drehte sich um und sah sie an. Sein Blick war intensiv und ehrlich. „Das ist die Sache mit der Zeit. Manchmal ist es einfach zu spät. Manchmal gibt es eben keinen Neuanfang."

KAPITEL ACHT

Barrett fuhr in unangenehmer Stille den Berg nach Durango hinunter. Er brauchte die Stille, um die Dinge in seinem Kopf zu ordnen. Er rang damit, den Ärger unter Kontrolle zu bekommen, den er gespürt hatte, als er Jacey im Flur mit einem anderen Mann vorfand, der ganz offen mit ihr geflirtet hatte. Er konnte sich nicht erklären, warum ihn das so gestört hatte.

Vielleicht lag es daran, dass Jacey neu in der Stadt war und ganz eindeutig keine Beziehung wollte. Vielleicht lag es daran, dass er den Tag mit ihr verbringen würde, um ihr ein paar Klamotten zu besorgen, anstatt sich um seine Bar zu kümmern. Vielleicht lag es darin, dass er es hasste zuzugeben, dass sie wirklich eine großartige Köchin war und genau das, was das Restaurant brauchte, um zu beginnen, ein anständiges Einkommen zu erzielen.

Er fuhr sich mit der Hand über das Gesicht und blickte auf die Straße, die vor ihm lag. Jacey hatte den Nagel auf den Kopf getroffen, als sie sagte, er sähe so aus, als wäre er besser darin, Leute herumzukommandieren. Er wollte ihr sagen, dass es genau das war, was er immer getan hatte, als er seine Wächter herumkommandierte.

Aber Rudelführer zu sein war Teil seiner Vergangenheit und er wusste, dass es jetzt kein Zurück dafür mehr gab. Wenn jemand seine wahre Identität aufdeckte, würde das die Wächter von Arkansas in Schwierigkeiten bringen. Er hatte all dies nicht durchgemacht, nur um Jaxons Leben erneut in Gefahr zu bringen.

Er hatte ein neues Leben und musste sich eben daran gewöhnen.

„Also, was hast du in Mississippi gemacht?" Er sah zu Jacey hinüber.

„Hausfrau." Sie blickte weiter aus dem Fenster.

„Bis deine Verpaarung gelöst wurde." Er musterte sie.

„Mein Gefährte war nie wirklich mein richtiger Gefährte." Sie seufzte und sah ihn an. „Er behauptet, dass er mich nie geliebt habe und ich nicht seine wahre Gefährtin sei. Also hat er mich rausgeworfen und mich durch Wendy, ein anderes Weibchen, ersetzt."

„Er klingt wie ein verdammter Idiot", knurrte Barrett. Jacey war atemberaubend und sie roch sogar noch besser. Jeder Mann würde kämpfen, um sie zu behalten.

Sie blinzelte und kicherte dann. „Ja. Vielleicht ist er das."

„Nicht vielleicht. Er ist ganz definitiv ein Idiot", sagte Barrett. „Was ist, wenn er seine Meinung ändert und nach dir sucht?"

„Oh, glaube mir, das wird er nicht. Außerdem würde ich ihn keines Blickes würdigen, wenn ich ihn jemals wiedersähe." Sie lehnte sich zurück und verschränkte die Arme. „Ich habe Jeremy direkt nach der Highschool kennengelernt und mich mit ihm verpaart. Er wollte die Handelsschule besuchen, um Elektriker zu werden. Und er wollte nicht, dass ich außerhalb des Hauses arbeite. Er sagte, er möchte, dass ich den Haushalt führe und Essen auf den Tisch bringe, wenn er nach Hause kommt. Also habe ich das getan."

„Wenn du in der Zeit zurückgehen und alles noch mal machen könntest, würdest du es tun?"

Sie schüttelte den Kopf. „Ich würde die Krankenpflegeschule besuchen. Ich habe meine Großmutter gepflegt, während ich in der Highschool war. Wenn sie krank wurde, habe ich ihr immer geholfen." Sie zuckte mit den Schultern. „Jetzt ist es zu spät."

„Sagt die Frau, die mir gerade gesagt hat, dass es nie zu spät ist." Er warf ihr einen Blick zu.

Sie sah ihm in die Augen und grinste. „Jetzt hast du mich vermutlich erwischt. Wenn ich zurückgehen und neu anfangen könnte, würde ich sicherstellen, dass ich meinen eigenen Job habe und mein eigenes Geld verdiene." Sie schüttelte ihren Kopf. „Ich hätte nie gedacht, dass ich einmal ohne einen Cent sitzengelassen werden würde."

„Wie funktioniert so etwas auf legaler Ebene überhaupt? Ich dachte, sobald man verpaart ist, sollte es fürs Leben sein. Er könnte zurückkommen und sagen, dass er einen Fehler gemacht hat, und fordern, dass du nach Hause kommst."

„Nein, er ist zu Jack Welbourn gegangen und hat seine Absichten erklärt."

Barrett wurde langsamer, als sie die Stadtgrenze erreichten. Als sie Jacks Namen erwähnte, überkam ihn die Nostalgie. „Ich habe nur von einem einzigen Fall dieser Art gehört. Es erfordert Blut, um eine Verpaarung zu lösen. Und sie kann nur gelöst werden, wenn eine der beiden fälschlicherweise mit dem anderen verbunden worden war", sagte er.

„Das stimmt. Jeremy hat angegeben, fälschlicherweise mit mir verbunden worden zu sein. Er sagte, ich hätte ihn irgendwie verhext." Sie zuckte mit den Schultern. „Ich weiß es nicht. Wie dem auch sei, Jack Welbourn gewährte die Auflösung unserer Verpaarung unter der Bedingung, dass

Jeremy sein Blut vergießt. Er schnitt sich in die Hand und es wurde ihm gewährt."

„Also kannst du nie wieder zu ihm zurückgehen?" Barrett sah sie scharf an.

„Nein. Das kann ich nicht. Und ich werde es nicht." Sie sah aus dem Fenster. „Den wahren Charakter einer Person zu sehen, öffnet dir die Augen. Jeremy hat mich so oft angelogen, darüber dass er mich liebt, und hat dann doch mit jemand anderem geschlafen. Ich glaube nicht, dass er jemals glücklich sein wird. In gewisser Weise bin ich froh, dass ich es jetzt herausgefunden habe, anstatt noch den Rest meines Lebens mit ihm zu verbringen."

„Du bist immer noch jung. Du hast haufenweise Zeit, um deinen Gefährten zu finden."

„Ich habe nicht vor, mich jemals wieder zu verpaaren. Ich kann mein Leben so leben, wie ich es will. Und das nicht zu den Bedingungen einer anderen Person. Und schon gar nicht verpaart mit einem Lügner."

Er zuckte bei diesen Worten zusammen. Wenn sie seine wahre Identität herausfand, würde sie ihn dann auch für einen Lügner halten, der nicht besser als ihr Ex war? Würde sie ihn genauso verurteilen, wie sie Jeremy verurteilte?

Er bog auf den Parkplatz vor einem Geschäft ein, dass auf Winterkleidung spezialisiert war.

Es war egal. Jacey würde nie herausfinden, wer er wirklich war. Er hatte nicht vor, sie nah genug an sich heranzulassen, um ihr diese Chance zu geben.

* * *

Jacey stand mit den Klamotten, die Barrett sie gezwungen hatte anzuprobieren, an der Theke.

„Haben sie gepasst?" Er sah sie an.

„Ja. Aber das ist egal. Ich habe nicht das Geld, um dafür

zu bezahlen." Sie beäugte den Mantel, der sie mit Sicherheit im kalten Wetter Colorados warmhalten würde, aber sie konnte ihn sich nicht leisten. Zumindest jetzt noch nicht.

„Ich kaufe sie."

„Welche?" Sie runzelte die Stirn.

„Alle." Er nahm ihr die Kleider ab und legte sie auf die Theke. Der Typ an der Kasse warf ihnen kaum einen Blick zu, bevor er begann, die Preisschilder einzuscannen.

„Moment. Das kann ich dich nicht machen lassen", sagte sie.

„Doch, das kannst du." Er ignorierte sie und reichte dem Kassierer einen Haufen Bargeld.

Der Kassierer gab ihm sein Wechselgeld und die Tüten mit den Kleidungsstücken. Barrett griff nach den beiden großen Tüten und ging zur Tür. Sie packte ihn am Arm und er drehte sich zu ihr um.

„Barrett, ich weiß das sehr zu schätzen, aber es fühlt sich nicht richtig an, dass ich dich die Sachen für mich kaufen lasse."

„Mach dir keine Sorgen. Du wirst es mir zurückzahlen." Er grinste und öffnete die Tür. Er nickte ihr zu, damit sie zuerst hinausging.

Draußen drehte sie sich um und sah ihn wieder an. Es faszinierte sie, wie groß und stark er tatsächlich war. Sogar Menschen schienen einen großen Bogen um ihn zu machen, wenn er die Straße entlanglief.

„Ist das ein Vorschuss auf meinen Gehaltsscheck?"

„Nein. Es ist ein Vorschuss auf etwas anderes, was du für mich tun musst." Er grinste.

Sie zitterte und mochte nicht, in welche Richtung sich dieses Gespräch entwickelte.

Er stellte die Tüten auf dem Bürgersteig ab und kramte ihren neuen Mantel heraus. Er zog ein Messer aus seiner

Tasche und schnitt die Etiketten ab, bevor er ihr den Mantel reichte. „Zieh den an."

Sie gehorchte und glitt in das warme Material. Sie seufzte fast, als sich der rosafarbene gesteppte Stoff um ihren Körper schmiegte.

„Besser?" Er hob eine Augenbraue.

„Viel besser", gab sie zu. Sie blickte zum Himmel hinauf, der sich schnell mit grauen Wolken zuzog.

„Es wird heute Nacht schneien", stellte er fest.

„Woher weißt du das?", fragte sie.

„Ich kann es riechen." Er sah sie an.

Wölfe hatten einen unglaublichen Geruchssinn. Aber selbst sie hatte das nicht gerochen. Sie atmete ein und roch immer noch nicht, was er riechen konnte.

„Komm schon. Wir müssen noch ein paar Dinge erledigen, bevor wir heute Abend das Bar und Grill wieder öffnen." Er nahm die Tüten und ging zum Jeep zurück.

Er stellte ihre Einkäufe auf den Rücksitz und öffnete ihr dann die Beifahrertür. Sie kletterte hinein. Sie schnallte sich an und sah ihm dabei zu, wie er auf der Fahrerseite einstieg. Er ließ den Motor an und fuhr los.

„Wohin fahren wir?"

„Das wirst du schon sehen."

KAPITEL NEUN

„Damon, alle sind hier." Kate Devereux betrat die Küche des Bella Luna Bed and Breakfast und faltete ihre Hände vor sich zusammen. Sie sah ihn mit traurigen Augen an. Sie war genau wie die anderen Frauen in Schwarz gekleidet. Sie trug im Gegensatz zu ihnen jedoch anstatt eines Kleides einen Hosenanzug.

Damon sah zu Braxtons Gefährtin auf und nickte. „Vielen Dank, Kate. Und danke, dass wir die Gedenkfeier hier bei dir im Bed and Breakfast durchführen dürfen."

„Selbstverständlich. Es ist das Mindeste, was ich tun kann." Sie lächelte und kam zu ihm hinüber. „Weißt du, als ich Barrett das erste Mal traf, muss ich zugeben, dass ich ziemliche Angst vor ihm hatte." Sie warf ihm einen nachdenklichen Blick zu. „Ehrlich gesagt hatte ich auch vor dir ziemliche Angst, als ich dich kennenlernte. Ihr Wächter seid alle sehr einschüchternd." Sie zuckte mit den Schultern.

„Das gehört zum Job, würde ich sagen", schnaubte Damon.

Ihr Blick wurde weicher und sie musterte den Boden. „Ich war überrascht zu hören, dass mir so viele Wölfe sagten, dass es eine Verpaarung wie die zwischen mir und Braxton noch nie gegeben hat. Menschen und Wölfe verpaaren sich nicht. Barrett hat es trotzdem erlaubt. Er hat einen Weg für mich gefunden, wie ich mit dem einzigen Mann zusammen sein kann, den ich je lieben werde. Ich weiß nicht, ob ich ihm jemals ausreichend dafür gedankt habe." Ihre Augen trübten sich.

„Du hast Wolfsblut in dir, auch wenn du dich nie verwandeln wirst. Außerdem hat Barrett eine Menge Dinge getan, die nicht immer ganz dem Textbuch entsprachen. Aber er hat es immer geschafft, das Richtige zu tun. Das erfordert mehr Mut, als sich immer an die Regeln zu halten." Damon schluckte das Gefühl, das sich in seiner Kehle bildete, hinunter.

„Das solltest du heute während der Gedenkfeier sagen." Kate kam zu ihm hinüber und drückte seinen Arm in einer unausgesprochenen Geste der Unterstützung, bevor sie zurück ins Wohnzimmer ging.

Er drehte sich um und warf einen Blick auf seine Reflexion in der Mikrowelle. Er hielt inne.

Er trug normalerweise keine Anzüge. Er war mehr ein Typ für Jeans und T-Shirt. Aber nicht heute. Es hatte einige Debatten darüber gegeben, was die Wächter tragen sollten. Manche von ihnen hielten es für angebracht, ihre normale Freizeitkleidung aus Jeans und T-Shirt zu tragen. Andere wollten in ihrer Wolfsform auftauchen. Am Ende hatte Damon seine Komfortzone verlassen und allen befohlen, Anzüge zu tragen. Er wollte seinen gefallenen Rudelführer auf respektable Weise ehren. Und wenn das bedeutete, dass jeder einen Anzug trug, dann wäre es verdammt noch mal so.

„Damon." Beim Klang ihrer Stimme drehte er sich zu Ava um. Sein Blick wanderte über ihren Körper und er unterdrückte den Drang, sie in die Arme zu schließen. Sie trug ein schwarzes Kleid mit langen Ärmeln und einem hohen

Ausschnitt. Eine Perlenkette schmückte ihren zarten Hals und Perlenstecker zierten ihre Ohren. Das Kleid schmiegte sich um jede Kurve ihres Körpers, einschließlich der ihres wachsenden Bauches mit ihrem ungeborenen Kind.

„Ava, ich wollte gerade rauskommen." Damon grinste sie an.

„Nun, wir haben noch mehr Besucher und ich glaube nicht, dass sie alle ins Bella Luna passen werden." Ava warf ihm einen unsicheren Blick zu.

Er runzelte die Stirn. „Noch mehr Wächter? Wie viele mehr?" Er hatte Jack Welbourns Hilfe angenommen, ein paar seiner Mississippi-Wächter für den Tag von Barretts Gedenkfeier in Arkansas zu stationieren. Er wollte, dass der Staat in Sicherheit war und seine eigenen Männer Zeit hatten, angemessen um ihren Anführer zu trauern.

„Nun, da sind Wächter aus Alabama, Kentucky, Mississippi und sogar ein paar aus Louisiana. Sie stehen alle draußen auf der Straße. Wir haben ihnen gesagt, dass hier nicht genug Platz für alle ist. Sie sagten, sie würden draußen warten, bis sie an der Reihe sind, ihr Beileid auszusprechen und ihren Respekt zu zollen."

„Verdammt." Er fuhr sich mit der Hand durch die Haare und musterte den Boden. Barrett hatte einen größeren Einfluss auf so viele gehabt, als er es je für möglich gehalten hätte.

Ava lächelte und kam zu ihm hinüber. Sie hob ihre Hand und ordnete sein Haar, wo er es offensichtlich durcheinandergebracht hatte.

„Entschuldige", murmelte er und zog sie an seine Brust. Sie schmiegte sich an ihn und füllte die Leere in seiner Brust.

„Ich liebe dich", flüsterte sie in seiner Umarmung.

„Ich liebe dich auch." Er legte seine Hand auf ihren wachsenden Bauch. Er spürte eine kleine Bewegung unter seinen Fingerspitzen.

„Er wird aggressiv", sagte er und streichelte mit seiner freien Hand ihren Rücken.

„Ich glaube, es ist eine Sie, kein Er." Sie sah ihn mit einem Funkeln in den Augen an.

„Scheiße, Ava. Bitte sag so etwas nicht." Seine Haut kribbelte ein wenig. Allein der Gedanke an eine Tochter drehte ihm den Magen um. Er würde nie wieder ruhig schlafen, während er versuchte, sie in dieser Welt zu beschützen. Ein Sohn hingegen würde wissen, wie er sich verteidigen konnte. Damon würde dafür sorgen.

„Es ist an der Zeit." Er ließ sie los und nickte.

„Du wirst es wunderbar machen. Der Bundesstaat Arkansas hat großes Glück, dich als Rudelführer zu haben." Ava drückte einen schnellen Kuss auf seine Wange und ging zu den anderen ins Wohnzimmer hinaus.

Damon wartete ein paar Sekunden, sammelte seine Gedanken und betrat dann ebenfalls das Wohnzimmer. Sein Mund öffnete sich weit, als er die Menge sah, die sich dort versammelt hatte. Seine Wächter saßen auf Stühlen, die quer durch den Raum aufgereiht waren. Die Möbel waren entfernt worden, um noch mehr Platz zu schaffen. Weitere Wächter standen an der Wand entlang und zur Tür hinaus.

Er warf einen Blick aus dem großen Fenster und sah ein Meer von Wächtern aus allen südlichen Bundesstaaten. Sie alle waren in Anzügen gekleidet. Er unterdrückte ein Lächeln. Diese Menge von knallharten Werwolf-Bikern in Anzügen und auf Harleys zu sehen, musste ein ziemlicher Anblick gewesen sein.

Barrett hätte sich den Arsch abgelacht.

Braxton, Jayden, Zane und Lucien saßen in der ersten Reihe mit ihren Gefährtinnen Kate, Haley, Skylar und Catty. Der Rest der nicht verpaarten Wächter von Arkansas saß in der Reihe hinter ihnen. Arkansas war ein großer Staat und obwohl er nicht jeden Wolf persönlich kennengelernt hatte,

hatte er sie auf der Wächterbasis alle schon einmal gesehen. Es mussten mindestens fünfzig Wölfe in dem Wohnzimmer zusammengepfercht sein. Hundert weitere draußen vor der Tür.

Er legte seine Hände auf das Holzpodest, das Kate im vorderen Bereich des Raums aufgestellt hatte. Sie hatte außerdem zwei Tage lang gebacken und gekocht. Aber jetzt, da noch so viele weitere Wächter eingetroffen waren, würde das Essen auf gar keinen Fall reichen, um sie alle zu bewirten.

Braxton erhob sich und kam zu ihm hinüber. Er beugte sich vor.

„Jack Welbourn und die anderen Rudelführer haben noch mehr Essen geschickt. Es befindet sich in einem Truck, der hinten geparkt ist. Mach dir keine Sorgen. Wir werden genug haben, um alle zu bewirten. Die Frauen werden alles draußen aufstellen, damit die Wächter am Buffet essen können."

„Gut." Er nickte. Er musste daran denken, allen Rudelführern einen Dankesbrief und eine Flasche Bourbon zu schicken.

Braxton setze sich wieder neben Kate und sah Damon an.

Damon hatte sich keine Notizen gemacht. Er war jedoch die ganze Nacht wachgeblieben und hatte darüber nachgedacht, was er sagen würde. Eine heilige Stille füllte den Raum.

„Wir versammeln uns heute hier für eine Gedenkfeier zu Ehren unseres gefallenen Rudelführers, Barrett Middleton. Er war ohne Frage das beste Alpha, das ich je getroffen habe. Er lebte sein Leben und führte sein Rudel mit Würde, Ehre und Respekt. Er hat seinen Staat immer vor Angriffen geschützt, sowohl gegen Bedrohungen von außerhalb als auch im eigenen Staat. Und er hat das Wohlergehen seiner Wächter jederzeit über sein eigenes gestellt." Sein Blick fiel auf Jaxon, der auf den Boden starrte. Seine Gefährtin, Ginny, hielt seinen Arm und lehnte ihren Kopf gegen seine Schulter. Sie war schwanger und genauso weit wie Ava.

Barrett hatte Jaxons Leben gerettet, damit Jaxon für Ginnys Kind sorgen und ihm ein Vater sein konnte. Die selbstloseste Tat, die Damon jemals gesehen hatte.

„Ich bin mir sicher, wenn Barrett uns heute sehen könnte, würde er jeden seiner Wächter mit finsterem Blick anstarren. Dann würde er fragen, warum wir wie ein Haufen Weicheier angezogen sind", schnaubte er.

Die Menge lachte und nickte zustimmend.

„Er hat seine Gefühle nie gezeigt und sein Privatleben für sich behalten. Für manche war er immer ein Rätsel. Für andere wirkte er distanziert. Aber wenn ich an meine eigene Beziehung zu Barrett zurückdenke, wird mir bewusst, wie viel er seinen Männern gegeben und nie etwas dafür verlangt hat. Dennoch gaben wir ihm alle das Wichtigste zurück, was ein Mann wollen könnte. Respekt."

Alle Wölfe nickten und ein leises verständnisvolles Murmeln füllte den Raum.

„Er half nicht nur dem Staat von Arkansas, sondern er half auch seinen Wächtern. Für mich ist das nicht nur ein Zeichen eines würdigen Rudelführers, sondern auch ein Zeichen eines treuen Bruders." Er spürte, wie die Emotionen in ihm aufstiegen. Er sagte nicht so viel, wie er dachte, aber es fühlte sich so an, als hätte er genug gesagt. Er sah sich im Raum um und räusperte sich.

„Als neuer Rudelführer von Arkansas wird mein erstes offizielles Vorhaben, das ich dem Rat vortragen werde, die Errichtung einer Statue von Barrett Middleton in unserer Wächterbasis in Little Rock sein. Sein Bildnis und sein Vermächtnis werden für immer in den Herzen und Erinnerungen derjenigen weiterleben, die ihn kannten."

Alle im Raum nickten und dann brach eine Welle Applaus

aus. Die Werwölfe draußen, die darauf warteten, hineinzugelangen, drückten ihre Gesichter gegen die Fenster und versuchten zu sehen, was los war. Alle standen von ihren Plätzen auf und machten sich auf den Weg zu Damon.

„Gut gemacht, Kumpel." Jayden streckte seine Hand aus und schüttelte Damons.

Granny schlug Jayden auf den Hinterkopf. „Spreche ihn vernünftig an, Jayden. Er ist jetzt dein Rudelführer." Die alte Dame warf ihm einen bösen Blick zu.

„Meine Güte, Granny." Jayden rieb sich den Hinterkopf und wandte sich dann wieder an Damon. „Entschuldigung. Ich meine, Rudelführer."

„Ich bin mir ziemlich sicher, dass du mich immer noch Damon nennen kannst, du Arschloch." Er spürte ein Lächeln um seine Lippen spielen.

Jayden öffnete den Mund, um ihm zu antworten, und schloss ihn dann wieder. Er runzelte die Stirn. „Ich kann ihm nicht einmal mehr widersprechen", sagte er und sah Braxton an.

Braxton grinste. „Oh, komm schon. Du hast eine Menge anderer Wächter, die dir die Hölle heißmachen werden."

„Ja, und ich werde der Erste sein, der sich freiwillig meldet." Zane drängelte sich nach vorn.

„Jede Wette", grunzte Jayden.

„Barrett wäre stolz auf dich, Damon." Zane streckte seine Hand aus und Damon schüttelte sie.

„Danke." Er wandte seinen Blick ab, weil ihm all die anerkennenden Blicke seiner Wächter unangenehm waren.

„Damon", sagte Ava, die zu ihm hinüberkam und sich an seine Seite stellte. „Diese Leute müssen mir helfen, das Essen nach draußen zu bringen. Wir stellen alles auf Picknicktischen auf, damit die Wächter, sobald sie hier durch sind und ihren Respekt gezollt haben, draußen etwas zu essen kriegen können."

„Danke, Ava." Er schlang seinen Arm um sie und zog sie an seine Seite.

„Ja, ihr Jungs kommt mit." Granny führte die anderen in Richtung Küche.

Ava drehte sich um, um ebenfalls zu gehen, aber er verstärkte seinen Griff. „Nicht du, Ava."

„Aber ich muss helfen."

„Lass das die anderen Frauen machen. Außerdem bist du meine Gefährtin und ich brauche dich heute an meiner Seite", sagte Damon.

Ihre Augen schimmerten und sie lächelte zu ihm auf. Er hatte nicht geglaubt, dass es möglich wäre, aber er liebte sie jeden Tag mehr.

„In Ordnung." Sie holte tief Luft und wandte sich der Menge der Wächter zu, die sich auf den Weg zu ihnen machten.

Einer nach dem anderen kamen die Wächter von Arkansas zu ihnen nach vorn, um ein paar Worte zu sagen. Sie alle schüttelten seine Hand und schworen ihm als neuem Rudelführer ihre Treue. Dann nickten sie Ava respektvoll zu. Er wusste ohne Zweifel, dass das Rudel von Arkansas tun würde, was er sagte, und das ganz ohne Zögern. Es war verdammt großer Druck und große Verantwortung. Er war sich nicht sicher, ob er damit umgehen konnte oder ob er dessen überhaupt würdig war.

„Damon." Lucien kam mit Zane, Braxton, Jayden und Jaxon hinter sich auf Damon zu.

„Da Ava unser Rudel bereits begrüßt hat, warum lässt du sie nicht etwas essen gehen? Außerdem", sagte Lucien und sah seine Brüder über die Schulter an, „möchten wir mit dir zusammen hier stehen, um die Wächter der anderen Staaten zu empfangen."

Damons Herz schwoll vor Stolz an. Er hatte ein gutes

Rudel. Einen wundervollen Staat voller treuer und vertrauenswürdiger Werwölfe.

„Es würde mich sehr stolz machen, wenn ihr mit mir stehen würdet." Damon ließ seinen Blick von einem zum anderen schweifen.

Ava stellte sich auf Zehenspitzen und strich mit ihren Lippen über seine Wangen. „Ich liebe dich." Sie ging leise in die Küche.

Jayden stand zu seiner Linken mit Braxton neben sich. Zane, Jaxon und Lucien standen zu seiner Rechten. Mit seinen Männern an seinen Seiten war Damon bereit, den Rest der Südstaatenwächter zu treffen.

Der Rudelführer von Kentucky, John Morgan, kam zuerst auf ihn zu und streckte die Hand aus. „Damon, das mit Barrett tut mir wirklich sehr leid. Er war immer ein fairer Anführer."

„Vielen Dank. Das war er." Damon hob das Kinn. John blieb nicht lange, und nachdem er den Rest von Damons Wächtern begrüßt hatte, zollte auch der Rest des Kentucky-Rudels ihnen ebenfalls Respekt.

„Damon", sagte Jack Welbourn, Rudelführer von Mississippi, und schüttelte seine Hand. Er sah alle seine Wächter an. „Ich vermute, ich werde an Barrett am meisten vermissen, wie er mich immer für meine eigene Scheiße angeprangert hat." Der ältere Mann fuhr sich mit den Händen durch sein Haar und ein wehmütiges Lächeln spielte um seine Lippen. „Ich glaube nicht, dass ich jemals jemand anderen getroffen hätte, der einem mit nur einem Blick solche Angst einflößen konnte."

„Er war ziemlich einschüchternd. Er stand mit Sicherheit nicht für Unsinn."

„Außer, wenn es um Granny ging", gab Jayden zu.

Jack lachte auf. „Mein Sohn, sie ist der einzige Wolf, den ich je getroffen habe, der sich Barrett gegenüberstellen und ihn unbehaglich fühlen lassen konnte. Die Dame hat Mumm." Er rieb sich das Kinn. „Sag mir, Jayden, ist sie mit jemandem zusammmen?"

„Nein und so wird es auch bleiben." Jayden sah ihn entsetzt an.

„Zu schade", sagte Jack und ging weiter.

Alle Wächter drehten sich zu Jayden um.

Er hob die Hand. „Sagt verdammt noch mal nichts. Granny wird nie wieder ausgehen. Und schon gar nicht mit Jack Welbourn."

Damon unterdrückte ein Grinsen und die anderen Wächter brachen in Gelächter aus. Es war ein guter Klang. Ein Klang, den er seit Barretts Tod von keinem mehr gehört hatte.

In diesem Moment wusste er, dass im Rudel von Arkansas alles wieder in Ordnung sein würde. Er wusste, dass sie alle wieder in Ordnung sein würden.

KAPITEL ZEHN

Barrett hielt am Mountain Top Bar und Grill an und stellte den Motor ab. Wenn er noch eine weitere Minute mit Jaceys Duft in seinem Jeep verbringen müsste, würde er wahnsinnig werden.

Verdammt, er musste wirklich mal wieder flachgelegt werden.

Deshalb hatte er nachts wach gelegen und über sie und die Farbe ihrer Augen und den Geruch ihrer Haare nachgedacht. Deshalb hatte er, als er schließlich eingeschlafen war, davon geträumt, ihren Mund in Besitz zu nehmen und jeden Zentimeter ihrer hübschen rosa Zunge zu schmecken, bis sich ihr Geruch und Geschmack in sein Gehirn eingebrannt hatte.

Er knurrte.

„Was ist los?", fragte Jacey.

Scheiße. Er packte den Türgriff und riss die Tür auf. Die frische, kalte Colorado-Luft schmerzte in seiner Brust. Er schloss die Augen und atmete tief ein. Dann rieb er sich die Brust. Es war genau, was er brauchte.

„Ist alles in Ordnung? Du hast doch keinen Herzinfarkt, oder?" Jacey eilte um den Jeep herum und stellte sich mit zusammengekniffenen Karamellaugen vor ihn hin.

„Was? Nein. Was denkst du denn, wie alt ich bin?" Er wusste, dass sie jünger war als er, aber er würde doch mit Sicherheit nicht *so* alt aussehen.

„Wie alt bist du, Jacey?" Er kniff die Augen zusammen. Er duldete keine Lügner. Noch nicht einmal Hübsche.

Sie hob ihr Kinn und hielt seinem Blick stand. „Ich bin vierundzwanzig. Wie alt bist du?" Trotzig verschränkte sie die Arme vor der Brust.

Scheiße, er war acht Jahre älter als sie. Nicht, dass Alter bei Wölfen eine Rolle spielte. Aber trotzdem. Sie war zu jung für ihn.

„Ich bin zweiunddreißig." Er schüttelte den Kopf. „Komm schon. Lass uns reingehen, bevor du hier draußen einen Kältetod stirbst." Er ging die Treppe zur Bar hinauf und nahm immer zwei Stufen gleichzeitig.

Das Bar und Grill war wesentlich älter als er. Die Küche war vor ein paar Jahren modernisiert worden, aber ansonsten war alles immer noch im ursprünglichen Zustand. Es gab drei Reihen langer Fenster an jeder Seite des Eingangs und eine überdachte Terrasse. Es war ungefähr eineinhalb Meter über dem Boden errichtet worden. Wegen der Schneemenge, die Colorado jedes Jahr bekam, wollte der ursprüngliche Besitzer keine Bar, die nicht erhöht lag. Was nützte es schon, im Winter eine Bar zu haben, wenn die Leute nicht hineingelangen konnten.

Die Holzfußböden waren noch immer die Originalen und hatten laut Berichten der Einheimischen eine Menge Leben gesehen sowie Kneipenschlägereien und ein paar Todesfälle.

Wenn es voll war, war dieser Ort dunkel und lebhaft. Geschlossen fühlte sich die Bar sehr düster und bedrückend an.

Er hatte es Helen nie erzählt, aber dies war einer der Gründe, warum er die Bar nicht einmal für einen einzigen Tag geschlossen ließ.

Als Ryker ihn nach Colorado gefahren hatte, war er nur einen weiteren Tag geblieben, bevor er nach Arkansas zurückkehrte. Er sagte, er wolle Damon keinen Grund geben, anzufangen herumzuschnüffeln und zu versuchen, herauszufinden, wo er gewesen war.

Ryker wusste, wenn Damon herausfand, dass Barrett noch am Leben war, würde sich die Nachricht verbreiten und die Wächter von Arkansas wären nicht mehr sicher.

Ryker hatte dafür gesorgt, dass eine neue Matratze angeliefert wurde, damit Barrett nicht auf der Couch schlafen musste, die in der Wohnung stand. Er hatte sogar sichergestellt, dass der Kühlschrank mit Lebensmitteln gefüllt war, und stellte ein paar Mitarbeiter für die Bar ein. Mit der Mehrheit von ihnen hatte es nicht geklappt. Außer mit Helen.

Helen hatte das zusätzliche Einkommen gebraucht, als ihr Enkelsohn bei ihr eingezogen war. Und sie war ein geselliger Mensch. Sie war für das Kellnern geboren.

Er mochte sie und das, obwohl sie ein Mensch war.

Er schloss die Eingangstür zur Bar auf und trat zur Seite, um ihr zuerst Zutritt zu gewähren. Als sie an ihm vorbeilief, stieg ihm erneut ihr süßer weiblicher Geruch in die Nase. Er mischte sich mit dem Geruch des kalten Wetters, das später heute Nacht aufkommen würde.

Er schüttelte seinen Kopf und trat ebenfalls ein. Er musste aufhören, sich wie ein Weichei zu benehmen. Vielleicht war er erschöpft oder vielleicht lag es daran, dass er sich seit seinem Tod nicht mehr verwandelt hatte.

Er hatte vorgehabt, sich in seine Wolfsform zu verwandeln, wenn er nach Colorado kam. Aber es war einfach so viel zu tun gewesen. Er kannte das Gebiet nicht sonderlich gut und hatte, seitdem er hier angekommen war, nur eine Handvoll anderer Wölfe gesehen, die auf ihrem Weg irgendwohin auf Durchreise waren. In diesem kalten Gebiet blieben keine Wölfe sehr lange.

Er hatte es als Segen betrachtet. Je weniger er sich mit anderen Wölfen umgab, desto geringer war die Wahrscheinlichkeit, dass jemand herausfinden konnte, wer und was er war.

Mit Jacey musste er noch vorsichtiger sein. Und sie so gut es ging auf Abstand halten müssen.

„Du hast gesagt, dass du viel gekocht hast. Hast du immer dasselbe serviert oder gab es etwas Abwechslung?" Er drehte sich um, lehnte sich an die Theke der Bar und musterte sie. Sie sah in ihrem neuen Mantel und den Wanderstiefeln wirklich hübsch aus. Sie brauchte eine Mütze, um ihr seidiges Haar zu bedecken und ihre Ohren warmzuhalten. Sie wurden von der Kälte bereits ganz rot. Und obwohl sie ein Werwolf war, würde es ihr trotzdem schwerfallen, bei diesem Wetter warmzubleiben.

„Normalerweise habe ich immer für sieben Tage geplant und bin dann einmal pro Woche einkaufen gegangen. Meistens am Sonntag. Jeremy mochte es nicht, Reste zu essen. Nicht, dass wir jemals viel übrighatten, wenn er fertig war, aber er mochte Abwechslung. Ich glaube nicht, dass ich in einem Monat zweimal dasselbe gekocht hätte." Sie neigte den Kopf. „Warum fragst du?"

„Wenn du ein Menü für den ganzen Monat planen kannst, werde ich dich mit den Bestellungen beauftragen. Wir erhalten zweimal pro Monat eine Lieferung. Ich habe normalerweise nur Burger gemacht und manchmal am Wochenende einen großen Topf Chili gekocht."

„Für wie viele Kunden soll ich denn planen? Ich meine, wie viele Mahlzeiten verkauft ihr pro Abend? Das könnte mir helfen zu planen, wie viel ich bestellen muss."

Er musterte sie. Er konnte nicht anders, als in ihre ungewöhnlichen braunen Augen zu starren und sich zu fragen, welche Art Arschloch sie hatte gehen lassen. Er kam auch nicht umhin, sich zu fragen, was zum Teufel in ihn gefahren war, dass er sich solche Sorgen um ihre Vergangenheit machte.

Er schüttelte seinen Kopf. „Wir verkaufen pro Abend normalerweise ungefähr fünfzehn Burger."

„Wirklich? Das ist alles?" Sie schüttelte den Kopf. „Das überrascht mich. In Anbetracht der riesigen Anzahl von Kunden gestern Abend hätte ich gedacht, dass ihr mindestens vierzig Burger verkauft, wenn nicht sogar fünfzig."

„Fünfzehn Burger pro Abend ist tatsächlich sogar schon ein guter Abend." Er kniff die Augen zusammen. Er wusste, dass seine Kochkünste beschissen waren. Als er Rudelführer war, hatte ihm immer irgendjemand Essen gebracht, so wie Granny oder eine der anderen Frauen. Und als er jünger war, hatte er immer Personal gehabt, das für ihn kochte.

Jetzt hatte er niemanden.

„Nun, so wie du kochst, würde ich schätzen, dass sich die Menge der verkauften Mahlzeiten verdoppeln, wenn nicht sogar verdreifachen wird." Er ging hinter die Bar und griff nach einem Klemmbrett mit Papier. Er schob es über die Theke zu ihr.

„Ich werde die Bar heute Abend nicht öffnen."

Sie riss die Augen weit auf. „Aber ich muss eigentlich sofort zu arbeiten beginnen."

„Oh, du wirst heute anfangen. Nur nicht mit Kochen. Du musst dich hinsetzen und ein Menü ausarbeiten. Schreibe alles, was du möglicherweise brauchen könntest, auf dieses Bestellformular. Ich bezahle dich für deine Zeit."

„In Ordnung, aber das wird nicht lange dauern." Ihr Blick schweifte durch die Küche. „Stört es dich, wenn ich die

Küche ein bisschen umräume? Um einen besseren Arbeitsfluss zu ermöglichen?"

Er grinste. „Schätzchen, die Küche gehört dir. Wenn ich nie wieder einen verbrannten Hamburger sehen muss, kann es gar nicht schnell genug gehen."

KAPITEL ELF

Jacey nahm das Klemmbrett mit in die Küche. Sie wollte nachschauen, welche Dinge sie bereits in der Küche hatten, bevor sie Barrett bat, noch mehr Essen zu bestellen. Es machte keinen Sinn, verschwenderisch zu sein.

Sie legte das Klemmbrett auf die Edelstahltheke und kramte in den Schränken und Vorratskammern herum. Sie erstellte eine Liste mit allem, was vorrätig war, und prüfte dann noch den großen industriellen Kühlschrank. Nachdem sie die Inhalte des Kühlschranks ebenfalls notiert hatte, ging sie in den hinteren Bereich und sah die beiden großen Gefrierschränke durch.

Die Küche wäre groß genug für einen begehbaren Tiefkühlschrank, aber sie bezweifelte, dass Barrett so viel Geld in den Laden stecken wollte. Aus irgendeinem Grund hatte sie das Gefühl, dass er nicht vorhatte, lange hierzubleiben. Sie hatte nicht den Eindruck, dass er sich hier zu Hause fühlte. Er war zu unruhig, geradezu nervös.

Seine dunkelblauen Augen schienen den Raum immer nach den geringsten Anzeichen von Gefahren abzusuchen. Sie hatte auch das Gefühl, dass er jemand war, der der

Gefahr nicht entfliehen, sondern sich stattdessen kopfüber hineinstürzen würde.

Das machte ihr sogar noch mehr Angst.

Sie nahm ihr Klemmbrett mit den Notizen und ging wieder durch die Schwingtüren zurück in die Bar. Sie runzelte die Stirn, als sie die Tür ansah, und wollte sich daran erinnern, etwas dagegen zu tun. Es brachte ja nichts, gutes Essen zuzubereiten, wenn es dann auf dem Boden landen würde.

Sie warf einen Blick auf die Fußböden.

Wenn sie eine Menge Essen aus dieser Küche servieren wollte, musste hier alles geschrubbt werden. Sie nahm die Dinge sehr genau, wenn es um den Bereich ging, in dem sie Essen zubereitete.

Sie sah sich in dem dunklen Raum um und suchte nach Barrett. Als sie ihn nicht finden konnte, ging sie zum Fenster hinüber und schaute hinaus. Sie entdeckte ihn, wie er gegen die Motorhaube seines Jeeps gelehnt dastand. Sein Stiefel lehnte auf der vorderen Stoßstange. Er hatte die Arme vor der Brust verschränkt und sprach mit einem älteren Mann mit weißen Haaren. Obwohl sie sich nicht hundertprozentig sicher sein konnte, hatte sie das Gefühl, dass der alte Mann ein Mensch war.

Barrett sagte kein Wort, während der alte Mann weiter lebhaft mit den Händen in der Luft herumfuchtelte. Alle paar Sekunden würde Barrett nicken.

Sie setzte sich in eine der Sitzecken in der Nähe des Fensters. Sie blickte nach draußen, wo der Schnee langsam zu fallen begann. Sie war von dem beruhigenden Anblick so fasziniert, dass sie sich schließlich aus ihrem Tagtraum reißen musste, um sich auf das Klemmbrett zu konzentrieren, das vor ihr lag.

Sie zog ein leeres Blatt Papier heraus und studierte die Zutaten, die sie aufgelistet hatte. Sie schrieb schnell einige

Menüoptionen und Rezepte auf und bezog dabei die Zutaten mit ein, die sie bereits hatten.

„Sieht so aus, als wärst du beschäftigt gewesen." Seine tiefe Stimme tönte durch die einsame Bar.

Sie zuckte ein wenig zusammen und blickte zu ihm auf.

„Entschuldige. Ich wollte dich nicht erschrecken."

„Ich habe nicht gehört, wie du reingekommen bist."

„So groß wie ich bin, hast du mich nicht hereinkommen hören?" Ein leichtes Grinsen umspielte seine Mundwinkel. Ihr Magen wurde warm und kribbelte und ihr Herz begann zu rasen.

Sie leckte sich über die Lippen und räusperte sich. Sie musste ruhig bleiben. Und ihr musste wegen ihres Chefs auch überhaupt nicht so heiß werden. Er hatte bereits klargestellt, dass er nicht an einer Beziehung mit irgendjemandem interessiert sei, der für ihn arbeitete. Außerdem versuchte sie, über ihren Ex-Gefährten hinwegzukommen. Nicht wahr?

„Ich habe gute Nachrichten." Sie drehte den Zettel zu ihm, damit er ebenfalls darauf schauen konnte. Bevor sie noch etwas sagen konnte, ließ er seinen harten Körper neben sie in die Sitzecke gleiten.

Sie rutschte schnell zur Seite, um ihm Platz zu machen und ihrem Körper die Chance zu geben, sich zu fangen, weil er ihr so nah war.

„Verdammt. Du warst wirklich beschäftigt." Er nickte zufrieden und warf ihr einen anerkennenden Blick zu.

„Das ist die Liste mit den Dingen, die wir bereits in der Küche haben." Sie reichte sie ihm. „Und das ist die Liste mit Lebensmitteln, die wir bestellen müssen."

„Sehr effizient." Er runzelte die Stirn. „Moment, wir haben Truthahn?"

„Wir haben zwei Truthähne im Gefrierschrank. Nicht genug, um für eine riesige Menge von Leuten Truthahn-

Sandwiches zuzubereiten, aber es ist gut genug, um es einer Gemüsesuppe hinzuzufügen."

„Wunderschön und klug. Ich wünschte, ich hätte dich früher gefunden", sagte er. Sie blinzelte und wusste nicht, was sie sagen sollte.

Er rutschte wieder aus der Sitzecke heraus, stemmte die Hände in die Hüften und griff dann nach dem Zettel mit der Einkaufsliste. „Ich werde die Sache morgen bestellen. Sie werden aber erst nächste Woche angeliefert werden. Wir können jedoch in die Stadt fahren und ein paar Dinge einkaufen, die uns über Wasser halten werden, bis die Lieferung eintrifft, wenn du nicht glaubst, dass wir genug haben."

„Ich denke nicht, dass das notwendig sein wird. Ich bin recht gut darin, Reste zu verarbeiten." Sie rutschte aus der Sitzecke heraus und stand auf. Dann warf sie einen Blick in Richtung Küche. „Ich würde wirklich gerne anfangen, die Küche umzuräumen, wenn dir das nichts ausmacht." Sie rieb sich die Hände an der Jeans und versuchte, nicht nervös zu zappeln.

„Nur zu. Ich habe sowieso etwas Papierkram, den ich erledigen muss. Wenn du mich brauchst, bin ich oben." Er deutete auf die Haustür. „Um zu meiner Wohnung zu gelangen, geh einfach ums Haus herum und hinten die Treppe hoch."

„Du wohnst hier?"

„Ja. Über der Bar."

„Das ist aber praktisch für die Arbeit." Ihr Blick fiel an die Decke. Sie konnte nicht anders, als sich zu fragen, wie seine Wohnung wohl aussah. War sie modern eingerichtet oder hatte er alles so gelassen, wie das Gebäude im Original gewesen war?

„Es ist schwer, von der Arbeit abzuschalten, besonders wenn man darüber wohnt." Er zuckte mit den Schultern.

„Klingt so, als wäre das alles, was du tust. Arbeiten, meine ich." Sie schob ihre Hände in ihre Jeanstaschen und fühlte sich wie ein Idiot. Sie war sich nicht sicher, warum sie sich gezwungen fühlte, das Gespräch fortzusetzen. Seitdem sie Mississippi verlassen hatte, wollte sie eigentlich nur noch allein sein. Sie wusste, dass sie depressiv war und eine Menge Leute im Stich gelassen hatte. Aber jetzt, da sie vor Barrett stand, hatte sie das Gefühl, sie wollte noch eine Weile länger verweilen.

„Gibt es denn noch etwas anderes als Arbeit?" Er schenkte ihr ein schiefes Lächeln. „Sag Bescheid, wenn du mich brauchst." Er nickte ihr zu und ging dann zur Tür hinaus.

Als sie allein in der leeren Bar stand, schien die Temperatur augenblicklich zu sinken. Sie hatte vorher nicht bemerkt, wie viel Hitze Barrett von seinem großen Körper auszustrahlen schien. Und da war noch irgendetwas an ihm. Es war nicht nur so, dass er unglaublich hinreißend war und einen Körper hatte, der für die Sünde gemacht war. Da war auch noch etwas in seinen Augen und in der Art, wie er sie ansah. Etwas, das sie glauben ließ, dass sie nicht die Einzige auf der Welt war, die verloren zu sein schien.

KAPITEL ZWÖLF

Damon steckte seine Hände in die Taschen, nachdem ihm der letzte Wächter aus Alabama die Hand geschüttelt und sein Mitgefühl ausgesprochen hatte. Es waren so viele gewesen, dass er sich nicht einmal mehr an die Hälfte ihrer Namen erinnern konnte.

Er hatte das Gefühl, heute eine Million Wächter begrüßt zu haben.

Die Gedenkfeier war besser verlaufen, als er erwartet hatte, und er wusste, dass Barrett von der Anzahl der Wächter beeindruckt gewesen wäre, die aus allen Südstaaten gekommen waren, um ihn zu ehren.

Jack Welbourn kam mit einem Glas Brandy in der Hand auf ihn zu. Mit ihm kamen John Morgan, der Rudelführer aus Kentucky, Charles Price, der Rudelführer aus Tennessee, und Gerald Davidson, der Rudelführer aus Alabama, zu ihm hinüber.

„Vielen Dank, dass du all das extra Essen geschickt hast, Jack." Damon fuhr sich mit den Fingern durch die Haare. „Ich hatte wirklich nicht damit gerechnet, dass so viele von ihnen hier erscheinen würden."

„Barrett hat vielen Werwölfen eine Menge bedeutet." Jack nickte ihm kurz zu.

„Ich hasse es, dies tun zu müssen, Damon, aber wir müssen über ein paar geschäftliche Dinge bezüglich unserer Rudel sprechen. Etwas, das wir schon eine Weile vor uns hergeschoben haben." Gerald neigte den Kopf.

„Du sprichst über Edward Boudier", sagte Damon.

Sie alle nickten still.

Damon hatte das Tribunal für Edward Boudier, den ehemaligen Rudelführer von Louisiana, angeordnet, es dann jedoch aufgeschoben, bis Barretts Leiche geborgen und begraben worden war. Jetzt, da die Suche abgebrochen worden war und die Gedenkfeier stattgefunden hatte, wusste er, dass es an der Zeit war, dass Boudier für die Verbrechen zahlte, die er gegen den Bundesstaat Arkansas begangen hatte. Boudier hatte befohlen, Heimy, einen der Wächter aus Arkansas, gefangen zu nehmen und zu töten. Er hatte außerdem die Wächter Mitchell und Lucien gefangen nehmen lassen und gefoltert. Hätten die Wächter von Arkansas ihren Aufenthaltsort nicht entdeckt, wären zwei weitere Todesopfer durch Boudier zu beklagen gewesen.

„Ja, der Scheißkerl muss bezahlen", stieß Damon hervor.

„Oh, das wird er. Er wird mit seinem Blut bezahlen", sagte Gerald mit einem bösen Lächeln im Gesicht.

„Ich kann einfach nicht verstehen, warum ein Rudel-führer absichtlich Wächter töten würde." John Morgan runzelte die Stirn und schüttelte den Kopf.

„Weil Boudier total krank im Kopf ist. Er hat sogar seine eigenen Wächter getötet. Er hätte schon vor sehr langer Zeit niedergeschlagen werden müssen. Es tut mir leid, dass ich nicht früher eingeschritten bin. Das ist schlecht für alle Staaten." Charles schüttelte seinen Kopf. „Wird Boudier immer noch in Texas festgehalten?"

„Ja. Mason Brown, der Rudelführer dort, hat sich

bereit erklärt, ihn bis zu seinem Tribunal festzuhalten." Damon ging zu der Auswahl an Whiskys und Bourbons hinüber, die auf dem kleinen antiken Tisch am Fenster aufgereiht waren. Er nahm sich ein Kristallglas und goss zwei Finger breit ein. Er trank es in einem Zug aus. „Ich bin mir nicht sicher, wie ich Mason jemals für seine Hilfe zurückzahlen soll. Ich wusste, dass wir ihn nicht hätten in Arkansas festhalten können. Jeder Wolf hier hätte versucht, ihn bereits vor dem Tribunal zu töten. Mich eingeschlossen."

„Jede Wette", sagte Gerald. „Ich hätte diese Reise selbst angetreten, um ihm den Kopf abzureißen. Scheint ein passendes Ende für ein Stück Scheiße wie Boudier zu sein."

„Wir werden uns entscheiden müssen, wer der nächste Rudelführer in Louisiana werden soll. Im Moment gibt es keine Anwärter", sagte Jack und trank einen Schluck von seinem Brandy. „Es gab immer einen Stellvertreter. In Boudiers Fall wäre das sein Schwiegersohn gewesen. Aber da er tot ist, haben wir niemanden."

„Und niemand will es machen", sagte Charles. „Boudier hat den Staat in einem unbeständigen Zustand zurück-gelassen."

„Was ist mit den Attentätern?" Damon hatte viel über die drei Wölfe in Louisiana nachgedacht, deren Hauptaufgabe es war, diejenigen, die die abscheulichsten Verbrechen begangen hatten, aufzuspüren und zu töten. Im Moment waren sie irgendwie auf sich allein gestellt und sich selbst überlassen.

Jack schüttelte den Kopf. „Ich habe neulich mit Brutus gesprochen. Er sagt, dass keiner von ihnen es machen will. Er sagt, dass der Staat Louisiana im Moment völlig am Arsch sei, sodass niemand der neue Rudelführer werden will. Er sagt, dass die zivile Werwolfbevölkerung dem System nicht mehr vertraue. Sie alle denken, der nächste Rudelführer wird genauso schlimm werden, wenn nicht schlimmer als Boudier."

„Niemand könnte schlimmer als Boudier sein. Noch nicht einmal der Teufel selbst." Gerald trank einen Schluck von seinem Whisky.

„Warum machen wir nicht Folgendes. Jeder von uns stellt eine Liste mit Namen zusammen. Wir beziehen Wächter, bürgerliche Wölfe, alle möglichen mit ein. Dann grenzen wir sie ein und stimmen darüber ab", schlug Charles vor.

„Boudiers Geld und Vermögen wurden eingefroren. Sie werden an den nächsten Rudelführer übergehen", sagte Jack. „Ich weiß, dass wir alle dachten, es würde an seine Tochter Ginny gehen, aber der Rat hat sich anders entschieden. Offensichtlich ist es eine alte Regel, dass alles Vermögen des alten Rudelführers an den nächsten weitergegeben wird."

„Ich glaube nicht, dass Ginny Boudiers Geld überhaupt akzeptiert hätte. Außerdem hat sie das Vermögen ihres toten Mannes geerbt und dieses Arschloch war steinreich. Das Geld ihres Mannes gehört ihr rechtmäßig. Sie hat es auf jeden Fall verdient und sogar noch mehr, wenn man bedenkt, welche Schmerzen ihr das Arschloch zugefügt hat." Damon ballte seine Hände zu engen Fäusten, als er sich an das Gespräch erinnerte, das er mit Jaxon darüber geführt hatte, wie ihr Ehemann sie missbraucht hatte. Zum Glück hatte sie ihn getötet und war nun für immer vor seiner Gewalt sicher.

„Ginny hat es verdient. Und sie verdient es, mit Jaxon glücklich zu sein", sagte Jack.

Damon nickte.

„Damon!" Lucien kam mit seinem Handy in der Hand aus der Küche gerannt. „Du musst das hier annehmen."

„Wer ist es?" Er kniff die Augen zusammen, als er das Telefon entgegennahm.

„Lorcan. Er sagt, es sei dringend. Er sagt, es geht um Boudier."

Bei Luciens beunruhigtem Gesichtsausdruck drehte es Damon den Magen um.

Damon hob das Handy an sein Ohr. „Hier spricht Damon."

„Boudier ist entkommen." Lorcans tiefe Stimme schien in der Leitung widerzuhallen.

Damon hatte das Gefühl, als ob ihm jemand in den Bauch geschlagen hätte. „Was meinst du damit, dass Boudier entkommen ist?", knurrte er.

Die anderen Rudelführer erstarrten und sahen Damon mit stählernen Blicken an, als sie auf seine nächsten Worte warteten.

„Ich meine, dass er sich in Luft aufgelöst hat und sich nicht mehr in der Obhut des Staates Texas befindet", sagte Lorcan trocken.

„Warum zum Teufel habe ich nichts von Texas gehört?", donnerte Damon.

„Oh, ich bin mir sicher, dass du das wirst. Wahrscheinlich in ungefähr fünf Sekunden", stellte Lorcan fest.

Das Telefon summte in seiner Hand. Er hielt es von seinem Ohr weg und warf einen Blick auf den Anrufer. Texas.

„Scheiße. Ich muss das annehmen." Damon erstarrte. „Moment, woher zum Teufel wusstest du das?"

„Als Attentäter habe ich wertvolle Kontakte. Einem Attentäter wird normalerweise vor einem Rudelführer Bescheid gegeben. Nur für den Fall, dass die Dinge auf Staatenebene nicht geregelt werden können."

Lorcan beendete das Gespräch.

Sein Handy summte und klingelte dann. Er sah die Gruppe der Rudelführer vor sich an. „Boudier ist geflohen.

Und das hier am Telefon ist der Rudelführer von Texas, der mir diese kleine Information mitteilen will."

„Das hat Lorcan dir gesagt?" Lucien neigte den Kopf.

„Das hat er. Darüber werden wir später sprechen. Im Moment muss ich diesen Anruf entgegennehmen." Er sah Lucien an. „Ich möchte, dass du unsere Wächter zusammentrommelst. Wir werden ihn finden müssen."

Lucien nickte und eilte zurück in die Küche. Damon hörte die Hintertür zuschlagen, als die Wölfe hinausgingen, um den Rest der Jungs zusammenzurufen.

„Wir stehen das zusammen durch, Damon", sagte Jack. „Wir werden alle ein paar unserer Wächter aussenden. Sag uns einfach Bescheid, wo du sie brauchst."

„Vielen Dank, Jack." Er nickte dem Rest der Rudelführer zu und strich dann mit dem Daumen über das Telefon, um den Anruf entgegenzunehmen.

„Hier spricht Damon."

KAPITEL DREIZEHN

Nachdem Jacey die Küche ihren Wünschen entsprechend geputzt und umgeräumt hatte, hatte Barrett sie in ein Schnellrestaurant am anderen Ende der Straße ausgeführt. Sie hatten beim Abendessen zusammengesessen und über alles und nichts gesprochen. Es war schön, einen anderen Wolf zum Reden zu haben.

Er stand in seiner Wohnung, schaute auf die leere Straße hinunter und beobachtete, wie der Schnee weiter vom Himmel fiel. Seit er in Colorado angekommen war, hatte es oft geschneit. Aber heute Nacht wirkte es anders, als er auf die winzige Stadt hinunterblickte. Irgendwie friedlicher und nicht so trostlos.

Er entfernte sich vom Fenster und begann im Zimmer auf- und abzugehen. War es Jacey warm genug? Behielt Mena die Temperatur im Haus auf angenehmem Niveau oder war sie knausrig und ließ es so kalt werden, dass Jacey gezwungen war, sich in eine Decke zu hüllen? Hatte Jacey überhaupt eine Decke? Er wusste, dass sie nur mit der Kleidung, die sie trug, und dem, was sich in ihrer Umhängetasche befand, hier angekommen war. Selbst nachdem er ihr

Winterkleidung gekauft hatte, wusste er, dass sie mehr brauchen würde.

„Verdammt." Er fuhr sich mit der Hand durch die Haare und knurrte. Was zum Teufel war mit ihm los? Er musste sich darauf konzentrieren, unauffällig zu bleiben und dem Mädchen nicht zu nahe zu kommen. Zum Teufel, da sie ein Wolf war und noch dazu aus dem Süden stammte, bestand ein noch größeres Risiko, dass sie herausfand, wer er wirklich war. Das durfte nicht passieren. Er würde es nicht riskieren.

Er musste wirklich mal wieder flachgelegt werden. Das war es, was er brauchte. Er hätte einfach nach Durango oder vielleicht sogar nach Denver fahren sollen und eine hübsche Frau in irgendeiner Bar aufreißen sollen. Die weibliche Werwolfbevölkerung in Colorado war spärlich, aber er hatte eines Abends ein paar von ihnen in den Bars von Denver gesehen, als er mit Ryker unterwegs gewesen war.

Er seufzte. In diesem Sturm konnte er unmöglich den Berg hinunterfahren. Sein Jeep war gut, aber nicht so gut. Außerdem würden bis zu seiner Ankunft alle Bars geschlossen sein.

Er saß hier auf dem Berg fest, dachte an Jacey Miller und bekam einen Ständer.

Er blickte auf die Beule in seiner Jeans hinunter. Er könnte sich einfach selbst darum kümmern, aber er hatte schon immer die Berührung einer Frau bevorzugt. Außerdem war er schon immer sehr stolz auf seine Selbstbeherrschung gewesen. Etwas, das er in allen Lebensbereichen anstrebte.

Er ging wieder zum Fenster hinüber und blieb davor stehen. Die Straßenlaternen waren aus und der Schnee fiel jetzt schwer und schnell.

Wenn er schon keinen Sex haben konnte, wollte er wenigstens rennen gehen.

Es wäre die perfekte Nacht, um sich zu verwandeln und durch den eiskalten Schnee zu rennen. Seine Pfoten würden sich bei jedem Schritt in das weiche Pulver graben. Er würde rennen, bis sein Kopf wieder klar war und sein Körper nicht mehr auf jeden Gedanken an Jacey reagierte.

Endlich konnte er rennen. Er grinste und nahm seine Schlüssel von der Küchentheke.

* * *

Jacey hatte stundenlang versucht einzuschlafen. Sie hatte sich sogar die Treppe hinuntergeschlichen und Wasser für einen Kamillentee gekocht. Und selbst das hatte nicht geholfen.

Sie starrte an die Decke des viktorianischen Hauses. Sie warf die Decke zurück und stand auf, dankbar für den kühlen Holzfußboden unter ihren nackten Füßen.

Mena war anscheinend eine Frostbeule, denn sie hatte die Heizung auf ‚heißer als die Hölle' gestellt und Jacey begann zu schwitzen. Sie ging zum Fenster hinüber und schaute hinaus auf den wild herumwirbelnden Schnee.

Das war es, was sie brauchte. Sie wollte den kühlen Schnee auf ihrem Fleisch … oder ihrem Fell spüren.

Rennen gehen. Gott, wie lange war es her, dass sie gerannt war? Es schien ihr wie eine Ewigkeit und sie war noch nie im Schnee gerannt.

Sie grinste. Die ganze Stadt würde schlafen. Niemand würde bei diesem wilden Wetter draußen sein. Außerdem war der einzige andere Wolf in der Stadt Barrett.

Sie befanden sich bereits in den Bergen und es gab wahrscheinlich viele Gelegenheiten, um zu rennen und die Beine auszustrecken.

Aufregung kitzelte sie in ihrem Bauch. Sie zog schnell ihr T-Shirt aus und schlüpfte in eine Jeans und einen Pullover.

Sie steckte ihre Füße in die warmen Stiefel und griff nach ihrem Mantel. Dann holte sie ihre Tasche und den Zimmerschlüssel. Sie würde sich hinausschleichen und zur Rückseite des Hauses gehen, um in den Wald zu gelangen. Es würde steil sein, aber mit ihren Wolfsaugen würde sie gut sehen können.

Sie grinste wie ein Honigkuchenpferd, verließ ihr Zimmer und ging die Treppe hinunter. Leise öffnete sie die vordere Haustür und schlich sich in die Nacht hinaus.

Der Schnee traf ihr Gesicht und schmolz sofort auf ihrer heißen Haut. Sie genoss die winzigen Küsse der Kälte und konnte es kaum erwarten, vom Haus wegzukommen, damit sie sich ausziehen und verwandeln konnte. Der Schnee fiel jetzt schneller und die Flocken waren größer und flauschiger und klebten an ihren Wimpern.

Sie stieß ein Lachen aus und hielt sich schnell den Mund mit der Hand zu.

Sie warf den Kopf zurück, öffnete ihren Mund und ließ die nassen Schneeflocken auf ihrer Zunge schmelzen.

Als sie sich umsah, entdeckte sie einen großen Baum. Sie hängte ihre Tasche an einen niedrigen Ast und legte den Mantel darüber. Schnell zog sie sich ihren Pullover aus und stopfte ihn in die Tasche. Sie hatte sich nicht die Mühe gemacht, einen BH anzuziehen, weil das nur ein weiteres Kleidungsstück war, um das sie sich hätte sorgen müssen. Sie zog die Stiefel aus und stellte sich mit nackten Füßen in den weichen Schnee. Ihr entwich ein Lachen, als sie schnell aus ihrer Jeans schlüpfte und alle Sachen in ihre Tasche stopfte. Sie merkte sich, wo sie die Tasche hingehangen hatte, damit sie sie wiederfinden konnte, wenn sie zurückkam.

Sie kniete nieder und ließ ihre Hände ebenfalls in den flauschigen, weißen Schnee sinken. Es war dunkel und sogar der Mond wurde vom fallenden Schnee verdeckt. Sie wusste, dass ihr Sehvermögen scharfsinniger und klarer werden würde, sobald sie sich verwandelt hat. Ihre Wolfsaugen würden sie leiten, ihr den Weg zeigen und sie danach wieder zurück nach Hause führen.

Sie schloss die Augen und zwang ihren Körper, sich in ihre Wolfsform zu verwandeln. Ihre Knochen wandelten sich und die Sehnen dehnten sich. Weiches, seidiges Fell breitete sich auf ihrem Körper aus und sie spürte, wie sich ihr Körper veränderte und in den ihres inneren Tieres umwandelte.

Sie warf den Kopf zurück und stieß ein Heulen aus. Das Geräusch hallte in der Nacht wider. Sie rannte los.

Sie sprintete, so schnell ihre Beine sie trugen, durch den Schnee. Es drängte sie immer weiter und weiter in den tiefen Wald hinein. Der frische Duft der Tannennadeln und des Schnees brannte in ihren Lungen, aber sie mochte es. Es ließ sie wieder lebendig fühlen. Etwas, das sie schon seit sehr langer Zeit nicht mehr gespürt hatte.

Der Wind blies durch ihr Fell, als sie über den schneebedeckten Boden raste und tiefer und tiefer in den Wald hineinrannte.

Sie nahm einen merkwürdigen Geruch im Wind wahr. Es roch nach Gefahr.

Plötzlich umklammerte etwas Scharfes ihre Vorderpfote. Sie kam zu einem ruckartigen Halt und landete hart im Schnee. Sie stieß einen Schmerzensschrei aus und sah einen roten Tropfen im Schnee. Ihr Blut.

Schmerz schoss durch ihren Fuß und ihr Bein hinauf.

Sie versuchte, ihren Fuß aus dem Schnee zu ziehen, schaffte es aber nicht. Sie neigte ihren Kopf näher zu dem hinunter, was auch immer ihren Fuß festhielt. Sie sah die Metallverzahnung. Panik breitete sich in ihrer Brust aus und es lief ihr kalt den Rücken hinunter.

Sie war in eine Falle getappt. Eine Falle, die absichtlich für ein Tier gelegt worden war.

„So, so, so. Sieht so aus, als hätten wir einen Wolf gefangen." Ein Mensch in Tarnkleidung trat aus dem Wald und leuchtete mit seiner Taschenlampe in ihre Augen. Sie stieß ein Knurren aus und ihr Fell sträubte sich. Er zielte mit einer Waffe direkt auf ihren Kopf.

„Sam, bring den Truck hier rüber, damit wir sie aufladen können", sagte der Jäger.

„Aber sie lebt noch." Der zweite Mensch ging um den Jäger herum und sah auf sie hinab.

Ihre Augen waren tot, Augen, die nichts Gutes in sich trugen. Augen, die nach Blut gierten. Nach ihrem Blut.

„Wir wollen sie lebend haben. Sie zahlen gutes Geld für eine Wölfin wie diese", sagte der Jäger in Tarnfarben.

„Ich verstehe nicht, warum. Werden sie sie nicht sowieso nur wegen des Pelzes häuten?", fragte der zweite Mensch.

Übelkeit breitete sich in ihrem Bauch aus. Irgendein kranker Psychopath würde sie lebend häuten.

„Ich stelle es nicht infrage. Und du solltest es auch nicht." Der Jäger schüttelte seinen Kopf. „Du weißt doch, wie ein paar dieser Typen aus den Südstaaten sind. Zur Hölle, sie wollen wahrscheinlich Sex damit haben."

„Also gut. Aber schieße zuerst einen Pfeil auf sie. Ich will kein Risiko eingehen, von dem Vieh Tollwut zu bekommen." Der zweite Jäger verschwand zurück in die Dunkelheit.

Sie knurrte, so laut sie konnte. Wenn sie schon untergehen musste, würde sie es nicht kampflos tun.

Er zog eine Pistole aus dem Bund seiner Hose und richtete sie auf sie. Sie knurrte, als er schoss. Ein scharfer, stechender Schmerz raste durch ihre Schulter. Ihre Sicht verschwamm und ihre Kraft schien aus ihrem Körper zu schwinden und in den Boden zu sickern. Sie stolperte, bevor sie zu Boden fiel. Sie versuchte, sich zu bewegen, aber sie war wie benommen und ihr Körper wurde schlaff.

Angst überkam sie, als sich ihre Augen vor einem Abgrund von Dunkelheit und Entsetzen schlossen.

KAPITEL VIERZEHN

*B*arrett musste nicht weit fahren, bevor er von der schneebedeckten Straße abbog. Er sprang aus dem Jeep und zog sich schnell seine Kleidung aus. Eiskalte Flocken landeten auf seiner nackten Haut und schmolzen sofort auf der Hitze seines Fleisches. Er schloss die Augen, hob seinen Kopf zum dunklen Himmel und atmete tief ein.

Sein Atem wurde schneller und sein Körper kribbelte vor Aufregung.

Das war genau, was er wollte. Was er brauchte. Ein Lauf durch den Schnee, bei dem alle seine Probleme in der dunklen Nacht verschwinden und nie wieder auftauchen würden.

Er schloss die Augen und rief seinen inneren schlafenden Wolf. Sein Körper spannte sich an und ein kleiner Schmerz schoss durch sein Nervensystem. Es war schon zu lange her, seit er den Wolf in sich freigelassen hatte. Er atmete tief ein, als seine Knochen unter Schmerzen länger wurden und die Sehnen sich dehnten, um den Wolf in seinem Körper zu beherbergen. Er genoss den scharfen Schmerz, als er sich in den anderen Körper verwandelte und in das Tier überging, das unter seinem Fleisch verborgen lag.

Er hob seinen Wolfskopf zum Himmel und nahm die Nacht und den Schnee und die Stille in sich auf.

Ein Heulen zerriss die Nacht und erschütterte ihn bis aufs Mark.

Es war das deutliche Heulen eines Wolfes. Aber dieses Heulen war anders; es war ein Heulen, das Schmerz entsprungen war.

Er riss seinen Kopf in die Richtung des Geräusches herum. Jedes Haar an seinem Körper stand zu Berge und er stieß ein leises Knurren aus.

Er rannte in die Richtung des Geräusches und seine Gedanken rasten eine Million Meilen pro Sekunde.

In der Ferne bewegten sich zwei Lichter über dem Boden. Er nahm den Geruch von Menschen und von einem weiblichen Werwolf war.

Sein Herz sprang in seiner Brust. Der Wolfsgeruch war ihm ausgesprochen vertraut.

Jacey.

Er rannte, so schnell er konnte, auf die Lichter zu. Ein Jäger in Tarnkleidung richtete eine Waffe auf Jacey. Er rannte schneller und versuchte, es zu ihr zu schaffen, bevor …

Die Waffe ging los und zerriss die stille, schneiende Nacht. Seine Welt wurde taub. Jacey stolperte und fiel auf den weißen Boden.

Angst und Abscheu zerrissen seinen Bauch. Sie strömten durch seine Brust und breiteten sich in seine Finger und Zehen aus. In weißglühender Wut stieß er ein teuflisches Knurren aus, sprang in die Luft und landete auf dem Jäger mit der Waffe.

Sie fielen beide zu Boden. Barrett vergrub seine Zähne in der Schulter des Mannes. Der Mensch schrie vor Schmerzen auf. Er wollte seine verdammte Kehle herausreißen, wollte sehen, wie sein Lebensblut den weißen Schnee befleckte, bis er zu einer purpurroten Decke wurde.

„Großer Gott!" Ein zweiter Mensch trat hinter der Baumgrenze hervor und kam in seine Sicht. Barrett hob den Kopf und knurrte.

Der zweite Mensch zog eine Pistole aus dem Hosenbund. Er zielte auf Barrett, aber Barrett war schneller. Er ließ den Menschen am Boden los und sprang in die Luft. Er landete auf dem zweiten Jäger und drückte ihn auf die Erde.

Böse starrte er in die Augen seiner Beute. Der Blick des Menschen war vor Entsetzen geweitet und Barrett konnte spüren, wie er unter seinen Pfoten zitterte.

„Bitte, bitte, bitte." Der Mensch zitterte vor Angst. Der abstoßende Geruch von Urin hing schwer in der Luft. Der Jäger hatte sich in die Hose gepinkelt.

Der Mensch hielt sich für mutig genug, Tod zuzufügen, aber war ein Feigling, wenn es darum ging, selbst Schmerzen zu spüren.

Barrett knurrte. Er wollte, dass dieser Mensch jedes bisschen des Schmerzes spürte, den er seinem gebrechlichen menschlichen Körper zufügen würde.

Ein leises Wimmern in der Stille der Nacht ließ Barrett den Kopf zu Jaceys Körper herumreißen.

Sie stöhnte erneut und versuchte, ihren Kopf zu heben, scheiterte aber.

Hoffnung flackerte in seiner Brust auf. Sie war nicht tot.

Er sprang von dem Menschen ab und rannte zu ihr hinüber. Er blieb rutschend neben ihr stehen und senkte seine Nase zu ihrem Gesicht hinunter.

Er spürte ihr sanftes Ausatmen an seiner pelzigen Schnauze.

Sie war am Leben.

Er blickte zu den Jägern zurück, die sich auf die Beine

rappelten. Er stieß ein warnendes Knurren aus. Sie rannten beide los, um so schnell sie konnten zu dem Lastwagen zu gelangen, der in der Nähe zwischen den Bäumen geparkt war.

Er sah ihnen nach, wie sie in den Pick-up sprangen und durch den Schnee zurück auf die Straße rasten.

Er blickte erneut auf Jacey hinunter.

Sie blinzelte langsam mit den Augen und versuchte, ihren Kopf zu heben. Er durchsuchte ihren Körper nach einer Kugel. Anstelle einer Kugel fand er einen Betäubungspfeil, der aus ihrer Schulter ragte.

Er packte den Pfeil mit dem Maul und zog ihn aus ihrem Fell.

Er warf ihn in den Schnee und drehte sich zu ihr um.

Sie war anders als jeder Wolf, den er jemals gesehen hatte. Ihr graues Fell schien im sanften Mondlicht zu glänzen. Sie war so wie er; ein grauer Wolf. Aber im Gegensatz zu ihm war ihr Fell so hell, dass es silbrig weiß erschien.

Er schmiegte seinen Kopf gegen ihr Gesicht und sie blinzelte träge zu ihm auf. Sie versuchte, ihre Vorderpfote anzuheben, aber stieß ein Wimmern aus.

Sein Blick fiel auf ihren Fuß.

Es drehte ihm vor Schmerzen den Magen um. Ihre Pfote steckte in einer Tierfalle fest und sie blutete.

Diese Arschlöcher hatten sie gefangen und dann mit einem Pfeil beschossen. Er hätte sie beide töten sollen, als er die Chance dazu hatte.

Er konnte sie nicht befreien, solange er in seiner Wolfsform war. Er wusste genau, was er zu tun hatte. Er hob seinen Kopf und heulte, als sich sein Körper wieder in seine menschliche Form verwandelte.

Er hockte sich auf den Boden und beugte sich über Jacey. Sie kämpfte gegen die Auswirkungen des Betäubungspfeils an und versuchte, wachzubleiben.

„Jacey, wenn du mich hören kannst, ich werde versuchen, dich zu befreien", flüsterte er neben ihrem Ohr. Der Geruch ihrer Angst und ihres Schmerzes erfüllte ihn. Er wusste, wie sie sich fühlte: verletzlich, allein und ängstlich.

Er hasste es, dass sie sich so fühlte. Er strich mit den Fingerspitzen über ihr Bein zu ihrer gefangenen Pfote hinunter. Sie wimmerte. Er packte die Tierfalle mit beiden Händen und zog sie auf. Die Pfote rutschte heraus. Er wollte nicht, dass dieses Fangeisen noch ein anderes Tier verletzen konnte, also griff er es mit beiden Händen und zog solange daran, bis die Feder heraussprang, was es unbrauchbar machte. Er warf die Falle gegen einen Baum im Wald und wandte seine Aufmerksamkeit wieder Jacey zu.

Er hob ihre blutende Pfote hoch. Sie wimmerte.

„Ich werde dich tragen müssen, in Ordnung?" Er war sich nicht sicher, wie sie sich damit fühlte, dass er nackt war, aber er hatte wirklich keine andere Wahl. Seine Kleidung befand sich in seinem Jeep.

Sie blinzelte einmal. Er verstand das als *Ja*.

Vorsichtig schob er seine Hände unter ihren Körper und hielt sie sanft fest. Er stand auf und trug sie nah an seiner nackten Brust. Ihr Fell kitzelte sein Fleisch. Sie hatte das weichste Feld, das er jemals berührt hatte.

Er hielt sie eng an seiner Brust und sie lehnte ihr Gesicht gegen seine Schulter. Mit sicherem Griff um ihren Körper machte er sich auf den Weg zurück zur Straße.

Der Schnee knirschte unter seinen Füßen, aber er spürte den Biss der Kälte kaum. Seine Gedanken waren bei Jacey.

Er konnte ihre langsame rhythmische Atmung an seiner Brust spüren. Als er sich dem Fahrzeug näherte, wurde er langsamer.

Er bewegte sie sanft in seinen Armen und öffnete die Tür zum Rücksitz. Vorsichtig legte er sie auf die Rückbank und holte eine Ersatzdecke aus dem Kofferraum, um ihren

Körper damit zuzudecken. Er beugte sich vor und nahm ihre verletzte Pfote in die Hand.

Ihr silberweißes Fell war purpurrot verfärbt und die Pfote hing in einem merkwürdigen Winkel. Die verdammte Falle hatte den Knochen in ihrem Fuß gebrochen. Weil sie ein Wolf war, würde sie in Rekordzeit heilen, aber Barrett war deshalb nicht weniger wütend.

Er ging herum, öffnete das Handschuhfach und suchte nach einem Verband, um ihren Fuß zu verbinden. Aber er fand nichts. Er hatte keine Bandagen, noch nicht einmal einen Lappen …

Sein Blick fiel auf den Fahrersitz und landete auf seiner Kleidung.

Er war noch immer nackt und der kalte Schnee fiel und schmolz auf seiner überhitzten Haut. Er griff nach seinem T-Shirt und eilte um den Jeep herum zurück zu Jacey.

Er packte das Baumwollmaterial mit beiden Händen und riss es in zwei Teile, was er noch zweimal wiederholte, bis er die Größe hatte, die er brauchte. Mit ihrer Pfote zwischen seinen Händen wickelte er das Material sanft um ihre Wunde, bis die Blutung stoppte. Nachdem er den provisorischen Verband angelegt hatte, neigte er sich zu ihrem Ohr hinunter.

„Ich werde dich anschnallen. Nur damit du während der Heimfahrt nicht herumrutschst."

Sie öffnete die Augen und blinzelte langsam, bevor sie wieder einschlief.

Er war froh darüber. Zumindest spürte sie keine Schmerzen, während sie schlief.

Wut breitete sich erneut in ihm aus und er wollte diese Menschen jagen und sie für das töten, was sie ihr angetan hatten. Aber in diesem Moment brauchte Jacey ihn.

Seine Rache würde warten müssen.

Er lehnte sich über ihren Körper und griff nach dem

Sicherheitsgurt. Er schnallte sie an und schob ihren Körper so in Position, dass der Sicherheitsgurt über ihre Brust und unter ihrem Arm entlangführte.

Als er die Fahrertür öffnete, griff er nach seiner Jeans und zog sie schnell über seine Hüften. Er zog seine Stiefel an und stieg auf der Fahrerseite ein. Der Motor heulte auf, als er ihn startete, und er raste los.

Es dauerte nicht lange, bis sie den kurzen Weg zurück zu seiner Wohnung gefahren waren. Seine Scheinwerfer leuchteten gegen die Seite des Backsteingebäudes des Bar und Grills. Er schaltete den Motor ab und stieg aus. Er wollte Jacey schnell nach oben bringen und es ihr bequem machen.

Die Entscheidung, sie mit zu sich zu nehmen, war leicht gewesen. Er konnte sie ja schlecht in Wolfsform zu Mena bringen. Die alte Frau würde verdammt noch mal ausflippen. Seine Wohnung war der einzige sichere Ort, an dem sie bleiben konnte, bis sie geheilt war.

Er erklomm die Stufen zu seiner Wohnung, wobei er immer zwei auf einmal nahm. Als er oben ankam, bewegte er sie leicht in seinen Armen und schloss die Tür auf.

Sobald sie drinnen waren, trat er die Tür mit dem Fuß hinter sich zu. Er trug sie zu seinem Bett und legte sie in das ungemachte Bett. Langsam zog er seine Arme unter ihr hervor, aber nicht ohne mit den Fingerspitzen über ihr seidiges Feld zu streichen.

Ein elektrischer Schlag schoss durch seinen Körper und er trat ein paar Schritte von ihr zurück.

Seine Brust wurde eng und er wollte nichts weiter, als sich neben ihr zusammenzurollen und mit ihr an seiner Brust einzuschlafen.

Er schüttelte den Kopf. Das konnte er nicht tun. Warum zur Hölle dachte er überhaupt darüber nach?

Er schaute auf die Uhr. Es war fast zwei Uhr morgens. In

ein paar Stunden würde er ihren Verband überprüfen, um sicherzustellen, dass die Wunde heilte.

Unfähig zu schlafen, ging er in die Küche und holte eine Kaffeetasse aus dem Schrank. Er füllte die Kaffeemaschine und warf den alten Kaffeesatz in den Mülleimer. Gott, er vermisste seine alte Kaffeemaschine, die er in der Wächterbasis gehabt hatte. Er hatte sie in einem geheimen Raum hinter seinem Schreibtisch versteckt. Er hatte sie online bestellt und sie hatte weit über tausend Dollar gekostet. Aber sie war jeden Cent wert gewesen.

Als Rudelführer hatte er ein ziemliches Vermögen angehäuft. Ganz zu schweigen von dem Geld seiner Familie, das er von seinen Verwandten in South Carolina erben würde.

Jetzt, da er tot war, würde Damon das Geld des Rudelführers erben und sein Familienerbe würde an den Nächsten im Stammbaum übergehen.

Ryker hatte ihm eine Notfallkreditkarte und zehntausend Dollar in bar gegeben für den Fall, dass er plötzlich fliehen musste. Er hatte dieses Geld nicht angerührt, bis er Jacey ein paar Klamotten gekauft hatte.

Nicht, dass es etwas ausmachte. Er konnte überleben, wo er war, und von dem leben, was er im Mountain Top Bar und Grill verdiente. Er musste genug Geld zur Seite legen, bis er irgendwo anders hinziehen und von vorne anfangen konnte. An einem wärmeren Ort, so wie Hawaii oder den Bahamas.

Er füllte seine Tasse mit Kaffee und ging um die Theke herum, um sich einen Stuhl zu nehmen und ihn neben das Bett, in dem Jacey schlief, zu tragen. Er setzte sich und nahm einen Schluck heißen Kaffees, während er sie beobachtete, um mögliche Zeichen von Qual zu sehen.

Er beobachtete das sanfte Heben und Senken ihrer Brust. Ihr weiches, fast weißes Feld zitterte, als sie träumte und ihre Hinterläufe zu treten begannen.

Sie träumte.

Er stellte die Kaffeetasse ab und beugte sich vor.

„Alles in Ordnung. Du bist jetzt in Sicherheit."

Er strich mit seiner Hand über ihren Rücken und sprach mit ruhigem Ton zu ihr.

Sie beruhigte sich und fiel zurück in einen erholsamen Schlaf.

Er lehnte sich auf dem Stuhl zurück und schlang die Arme um seine Brust. Sein Blick verließ sie nie.

Er konnte sich den Schrecken nicht erklären, den er gespürt hatte, als er sie auf dem blutbefleckten Schnee liegen sah und sie sich nicht mehr bewegte. Sein Magen und seine Brust hatten sich zusammengezogen, als hätte eine unsichtbare Hand in seinen Körper gegriffen und sein Herz gepackt.

Warum war er so betroffen von dem Gedanken, dass er sie verlieren könnte? Lag es daran, dass er es hasste, eine Frau verletzt zu sehen? Lag es daran, dass es ihm nicht leichtfiel zuzugeben, dass es irgendwie schön war, einen anderen Wolf um sich zu haben, mit dem er reden konnte? Oder war da noch mehr?

Er fuhr sich mit den Fingern durch die Haare und stieß ein leises Knurren aus.

Verdammt. Er musste seine Scheiße in den Griff kriegen und das schnell. Auf gar keinen Fall würde er jemanden wie Jacey Miller in sein Leben lassen.

Sobald es ihr besser ging, würde er mit ihr ein paar strenge Grenzen setzen.

Und zu seinem normalen, langweiligen Leben zurückkehren.

KAPITEL FÜNFZEHN

„Ich will, dass er gefunden wird. Versteht ihr mich?", knurrte Damon die Wächter an, die sich im Fitnessstudio auf dem Gelände in Little Rock versammelt hatten. Nachdem er den Anruf in Eureka Springs erhalten hatte, der bestätigte, dass Boudier aus Texas geflohen war, hatte Damon Jayden und Braxton angewiesen nach Texas zu fahren, um herauszufinden, was passiert war.

Der Rest seiner Wächter kehrte nach Little Rock zurück, um sich umzuziehen und auf die Fahndung vorzubereiten.

„Braxton und Jayden sind auf dem Weg nach Texas. Alle anderen Rudelführer haben je zwei ihrer Wächter angeboten, um sie zu begleiten." Er hatte ihre Angebote angenommen.

Je mehr Leute sie hatten, desto schneller würde Boudier gefunden werden.

„Lucien, hatte dein Bruder noch etwas anderes zu sagen?" Damon sah den Mann an.

„Lorcan sagte, dass er, Brutus und Killian sich unseren Männern anschließen wollten, aber er fragte sich, ob Boudier nicht vielleicht versuchen würde, zurück nach Louisiana zu gelangen, um an etwas von seinem Geld zu kommen."

„Bitte Lorcan und die anderen Attentäter, in Louisiana zu bleiben. Wenn die Zivilbevölkerung herausfindet, dass ihr Rudelführer auf freiem Fuß ist, könnte der Staat ins Chaos verfallen. Dieser Staat steht ohnehin kurz vor dem Zusammenbruch und ich möchte, dass die Attentäter dortbleiben, um den Frieden zu wahren." Er nickte Lucien zu. „Sage ihm auch, dass ich ihn später anrufen werde, um zu sehen, wie es mit den Wächtern von Louisiana läuft."

„Du glaubst doch wohl nicht, dass die Wächter von Louisiana versuchen würden, Boudier zu helfen, oder?", fragte Jaxon und runzelte die Stirn.

„Ich denke, dass Boudier mit Angst und Drohungen regiert hat. Sie alle wissen, dass es ihnen ohne ihn besser geht. Aber sie sind möglicherweise noch immer von ihm eingeschüchtert. Wir werden uns schnell für einen Rudelführer in diesem Staat entscheiden müssen. Und Lucien, sage Lorcan auch, dass wir tatsächlich daran arbeiten, einen neuen Rudelführer zu ernennen. Das sollte uns etwas Zeit verschaffen."

„Wird gemacht." Lucien nickte und griff nach seinem Handy. Er ging hinaus, um den Anruf zu tätigen.

„Wie zum Teufel ist Boudier überhaupt entkommen? Es ergibt keinen Sinn." Jaxon schüttelte den Kopf.

„Das werden Braxton und Jayden herausfinden. Im Moment möchte ich, dass ihr alle bereit seid, unsere Grenzen zu schützen, falls Boudier einen Angriff auf Arkansas geplant hat", sagte Damon.

„Aber er bräuchte jemanden, der ihm hilft, so etwas umzusetzen." Zane schüttelte den Kopf. „Ich glaube, dass ich mir nach Barretts Tod ziemlich sicher bin, dass selbst die Wächter in Louisiana nicht mal auf ihn pissen würden, wenn er in Flammen stünde."

„Man weiß nie. Mein Bauchgefühl sagt mir, dass ihm jemand anderes hilft. Jemand, den wir noch nicht in Betracht gezogen haben."

„Die Hexe?", schlug Zane vor.

„Das bezweifle ich." Ryker trat vor und schüttelte den Kopf. „Sie hat ihr eigenes Todesurteil unterschrieben, nachdem sie sich gegen Boudier gewandt hat."

„Ryker. Ich habe mich schon gefragt, wo du warst." Damon kniff die Augen zusammen.

„Ich war bei der Gedenkfeier. So wie ihr alle." Er zuckte mit den Schultern und lehnte sich gegen die Wand neben der Tür.

„Ich habe dich dort nicht gesehen", sagte Damon.

„Er ist nicht reingekommen", sagte Lucien. „Ist draußen geblieben. So wie ein Fuchs, der zu ängstlich ist, um sich jemandem zu nähern."

„Du glaubst also, dass ich ein Fuchs bin. Danke für das Kompliment, aber ich stehe nicht auf Männer." Ryker grinste.

„Arschloch", gab Lucien zurück.

Damon sah sich in seinem Büro um und nickte dann. „In Ordnung, ihr könnt alle gehen. Bleibt einfach in Verbindung. Die Handys bleiben immer an."

Sie nickten, als sie einer nach dem anderen zur Tür hinausgingen.

„Ryker, ich möchte kurz mit dir sprechen."

Ryker holte tief Luft und stieß sich von der Wand ab. Er wartete, bis der letzte Wächter zur Tür hinaus verschwunden war, bevor er sich auf den Stuhl Damon gegenüber setzte.

„Du warst in letzter Zeit nicht oft hier", stellte Damon fest.

„Aber ich habe meinen Job immer gemacht." Ryker kniff die Augen zusammen.

„Ich habe nicht gesagt, dass du das nicht getan hast. Sieh

mal, ich weiß, dass dir Barretts Tod besonders schwerge-
fallen ist."

„So wie uns allen." Ryker sah weg.

Damon nickte. „Ja. Das stimmt. Aber du warst ihm näher
als wir. Jedes Mal, wenn ich in sein Büro kam, warst du auch
dort. Er hat dir vertraut."

„Und er hat dir genug vertraut, um dich zum Rudelführer
zu machen." Ryker zuckte mit den Schultern.

Damon hielt inne. Er riss seinen Kopf herum und sah den
Mann an. „Ryker, bist du sauer, dass Barrett dich nicht zum
Rudelführer gemacht hat?"

Das würde erklären, warum der Wächter nie da war.
Und wenn er es war, hielt er sich auf Abstand zu allen
anderen.

„Zur Hölle nein." Rykers Lippen verzogen sich zu einem
entsetzten Ausdruck. „Warum würde ich mir denn solche
Kopfschmerzen wünschen?"

Damon schnaubte. „Glaube mir, das tust du nicht."

„Ich weiß, dass gerade eine Menge Scheiße los ist, besonders seit Boudier geflohen ist. Aber ich hatte bereits vor
einer Weile eine Woche Urlaub beantragt, beginnend ab
morgen." Ryker sah weg.

„Das weiß ich." Damon griff nach dem Ordner auf seinem
Schreibtisch, der Rykers Informationen enthielt. „Deshalb
wollte ich mit dir sprechen. Unter den gegenwärtigen
Umständen kann ich keine Ferien oder Abwesenheiten
genehmigen."

„Was?" Rykers Augen funkelten. „Aber ich habe bereits
Reservierungen vorgenommen."

„Sag mir, was so wichtig ist, dass du gehen musst, anstatt
an der Seite deiner Brüder zu stehen, um den Mann zu
finden, der unseren Rudelführer getötet hat?" Damon
stemmte seine Hände in die Hüften und funkelte ihn an. Es
gab etwas, das Ryker ihm verschwieg.

„Es ist eine private Angelegenheit", knirschte Ryker zwischen seinen zusammengebissenen Zähnen.

Damon seufzte. „Wenn du mir nicht sagen kannst, was es ist, kann ich dich nicht gehen lassen."

„Verdammte Scheiße." Ryker schlug mit der Hand gegen die harte Betonwand. Das Zimmer bebte unter der Kraft, aber die Wand hielt. Barrett hatte die gesamte Anlage vor ein paar Jahren nach einem Bombenangriff wiederaufbauen und verstärken lassen.

„Ryker." Damon ballte die Hände zu Fäusten und näherte sich dem ungehorsamen Wolf. „Du lernst besser, Respekt zu zeigen, und das schnell."

Zane und Lucien öffneten die Bürotür und schauten hinein. „Ist hier drinnen alles in Ordnung?", fragte Zane. Er trat in den Türrahmen und sah zwischen Ryker und Damon hin und her. „Es klang, als wäre hier drin eine Bombe hochgegangen."

Lucien stand neben Zane und wartete darauf, dass Damon sprach.

„Ja. Alles gut. Ryker fällt es nur gerade etwas schwer, sich auf seinen neuen Rudelführer einzustellen. Das ist schon alles."

Damon starrte den fraglichen Werwolf an.

Ein Muskel zuckte in Ryker Wange und Damon wusste, dass es dem Wolf schwerfiel, die Klappe zu halten.

„Ryker?" Zane und Lucien betraten den Raum und sahen ihren Kollegen an. Ihr Gesichtsausdruck war dunkel.

„Mir geht es gut." Ryker sah Zane an und nickte. „Uns allen geht es verdammt gut."

Lucien und Zane bewegten sich nicht, sondern sahen Damon nur an. Er nickte ihnen zu und sie verließen den Raum, machten sich aber nicht die Mühe, die Tür hinter sich zu schließen.

Er konnte spüren, dass seine Wächter befürchteten, zwei

tote Körper auf der anderen Seite vorzufinden, würden sie die Tür schließen.

Damon holte tief Luft und sah Ryker an. Er wusste, dass er seinen Respekt und seine Autorität über ihn verlieren würde, wenn er nicht schon beim ersten Mal richtig mit ihm umging. Das konnte er sich nicht leisten.

„Ryker, ich gebe dir einen Befehl. Und dieser Befehl lautet, dass du nicht abwesend sein wirst und in keinen Urlaub fährst. Sobald Boudier gefasst ist, kannst du deine Anfrage erneut stellen. Bis dahin fährst du nirgendwohin." Damon funkelte ihn an.

Er konnte sehen, dass Ryker mit den Worten rang, die er als Nächstes sagen wollte. Damons Bauchgefühl sagte ihm, dass Ryker ihm am liebsten sagen würde, dass er ihn mal könne und dass er tun würde, was er wollte.

Stattdessen nickte Ryker, drehte sich zur offenen Tür um und ging hinaus.

Damon fuhr sich mit der Hand über sein Gesicht und stieß ein leises Knurren aus. Er hatte Ryker noch nie so angespannt und verschlossen gesehen.

Er wusste, wie es war, sich ausgeschlossen zu fühlen, und wenn er Barrett nicht begegnet wäre, der ihn in das Rudel von Arkansas aufgenommen hatte, war sich Damon nicht sicher, wo er geendet wäre.

Damals war Damon verbittert, isoliert und allein gewesen. Er bevorzugte es damals so. Bis er ins Arkansas-Rudel kam. Bis er Ava traf. Jetzt war er für immer verändert.

Ryker anzusehen war, wie in einen Spiegel der Vergangenheit zu schauen.

Irgendetwas Dunkles ging in dem Leben seines Wächters vor sich und er wollte wissen, was es war.

Er würde nicht aufhören, danach zu suchen, bis er die Wahrheit aufgedeckt hatte.

KAPITEL SECHZEHN

Jacey verzog das Gesicht, als Schmerz sie aus dem Schlaf riss. Sie öffnete die Augen und blinzelte. Die ungewohnte Umgebung versetzte ihr Herz in Panik. Ihr Blick schweifte durch den Raum und blieb schließlich auf Barrett hängen. Er schlief in einem Sessel, der sich in gefährlichem Winkel gegen die Ziegelwand des Lofts lehnte.

Sie entspannte sich. Sie musste in seiner Wohnung über dem Mountain Top Bar und Grill sein.

Die Ereignisse der letzten Nacht kamen wieder zu ihr zurück. Ihr Magen zog sich zusammen.

Sie drückte sich auf ihrem Ellbogen hoch und atmete zischend ein, als sie den Schmerz in ihrer Hand spürte.

Barrett wachte mit einem Zucken auf. Der Sessel und Barrett fielen laut krachend auf den Holzfußboden.

Er runzelte die Stirn und rappelte sich schnell auf.

„Alles in Ordnung?" Sie zuckte vom Schmerz in ihrer Kehle zusammen.

Er verzog das Gesicht. „Ich bin nicht derjenige, der in eine Falle getappt ist. Wie geht es deiner Hand?"

Das Laken rutschte von ihrer Brust und sie spürte eine kühle Brise auf ihren nackten Brüsten.

Scheiße. Sie war nackt.

Barretts Gesicht wurde rot und er drehte schnell den Kopf weg. Sie zog das Laken bis unters Kinn und kniff die Augen zusammen.

Natürlich war sie nackt. Als sie gestern Abend in die Falle getappt war, war sie in ihrer Wolfsform gewesen. Sobald sie sich wieder in ihre menschliche Form zurückverwandelte, würde sie nackt sein.

„Ich habe deine Klamotten nicht gesehen, als ich dich gefunden habe." Er räusperte sich und rieb sich den Nacken. Er hielt seinen Blick aufs Fenster gerichtet.

„Ich habe sie in der Nähe von Menas Haus zurückgelassen." Sie schüttelte den Kopf und hob ihre Hand. „Ich hätte letzte Nacht nicht rausgehen sollen. Es war dumm von mir. Ich hätte es besser wissen müssen."

Er wirbelte herum und durchbohrte sie geradezu mit seinem intensivblauen Blick. „Jacey, es gibt nichts, wofür du dich entschuldigen müsstest. Du hattest jedes Recht, letzte Nacht dort draußen zu sein. Diese Jäger", sagte er mit tödlicher Stimme, „sind die Arschlöcher, die niemals dort draußen hätten sein dürfen. Wenn ich sie jemals wiederfinde, werde ich ihnen die Leber rausreißen."

Sie erstarrte. Irgendwie glaubte sie ihm das.

„Wie geht es deiner Hand?" Er kam zum Bett hinüber, wobei sein Blick auf ihre Verletzung gerichtet war.

Sie schluckte, als er sanft ihre Hand hochhob, um sie genauer zu betrachten.

„Sie tut immer noch weh, aber sie heilt", schaffte sie es zu sagen.

Sein Geruch umhüllte sie und ihr wurde bewusst, in welch intimer Situation sie sich mit ihrem Chef wiedergefunden hatte.

„Es heilt nicht so schnell, wie es sollte." Er runzelte die Stirn. „Diese Jäger haben die Falle möglicherweise vergiftet. Vielleicht heilst du deshalb nicht so schnell, wie du solltest." Er ging in die Küche und öffnete einen Schrank.

„Vielen Dank …, dass du … mich letzte Nacht gerettet hast." Sie spürte, wie sich ihr Gesicht um etwa tausend Grad erhitzte und sie war sich nicht sicher, ob es daran lag, dass sie zugeben musste, dass sie Hilfe gebraucht hatte, oder ob es vielleicht daran lag, dass sie splitterfasernackt war.

„Gern geschehen." Er unterbrach, was auch immer er tat, drehte sich um und sah ihr in die Augen. Etwas blitzte in seinem Blick auf und dann, einfach so, war es wieder weg.

Sie schaute weg, weil ihr unter seinem blauäugigen Starren zu heiß wurde. Sie hatte noch nie einen Mann getroffen, der sie so ungeschickt und tollpatschig fühlen ließ.

Sie hob ihre Hand und drehte sie hin und her. Die Verzahnung der Falle hatte sich in ihre Knochen gebohrt und die Sehnen und Knorpel beschädigt. Der Knochen war über Nacht geheilt. Sie versuchte, ihre Finger zu einer Faust zu ballen, und verzog das Gesicht.

„Du musst sanft mit dir sein. Lass dir Zeit, um zu heilen." Barrett kann zu ihr hinüber und reichte ihr eine Tasse mit einem heißen Getränk. „Trink das."

„Was ist das?" Sie runzelte die Stirn und nahm den Becher mit ihrer guten Hand entgegen.

„Etwas, das dir hilft, die Giftstoffe loszuwerden, die die Jäger möglicherweise in der Falle verwendet haben." Anstatt sich auf einen Sessel zu setzen, ließ Barrett sich neben ihr auf der Bettkante nieder.

Sie atmete den Dampf des heißen Bechers ein und sah ihn an. „Es riecht wie eine Wiese voller Frühlingsblumen."

Ein verheerendes Grinsen breitete sich auf seinem hübschen Gesicht aus. „Ich habe noch nie gehört, dass

19

jemand es so beschrieben hätte, aber ja. Diese Mischung enthält ein paar blühende Kräuter."

Sie nickte, unfähig, ihren Blick von ihm abzuwenden.

Er runzelte die Stirn. „Ist alles in Ordnung? Deine Haut ist etwas gerötet." Er streckte die Hand aus und legte sie auf ihre Stirn. „Fühlst du dich, als hättest du Fieber?"

Nein. Kein Fieber. Nur wie eine riesengroße Idiotin.

„Es geht mir gut. Ich schäme mich nur, dass ich letzte Nacht gerettet werden musste." Sie nahm einen Schluck ihres Tees und ließ den warmen, blumigen Geschmack ihren Hals hinuntergleiten. „Mein Versuch, mein Leben in den Griff zu kriegen, läuft im Moment nicht so gut." Sie schüttelte den Kopf.

„Es braucht Zeit, dein Leben wieder in den Griff zu kriegen. Ich sollte das wissen." Er schnaubte.

„Du?"

„Ja, ich." Er runzelte die Stirn. „Warum? Sehe ich etwa so aus, als hätte ich alles im Griff?"

Sie grinste bei seinem spöttischen Ton. „Besser als die meisten."

„Es braucht Zeit." Er zuckte mit den Schultern. „Du versuchst gerade erst, Fuß zu fassen. Sobald du dich in deine Routine eingelebt hast, wird es dir leichter fallen, dich auf dein neues Leben einzustellen."

„Ist es das, was du tust?" Sie nahm noch einen weiteren Schluck Tee und musterte seinen Gesichtsausdruck. „Hast du dich darauf eingestellt?"

„Für den Moment."

„Also siehst du dich selbst nicht für immer in Colorado?" Sie zitterte und zog das Laken näher an ihr Kinn.

Er runzelte die Stirn und schnappte sich einen Überwurf vom Ende des Bettes und wickelte ihn um ihre nackten Schultern. Seine Fingerspitzen berührten ihre Haut und sie vergaß fast zu atmen.

Seine Hände verharrten einen Moment zu lang auf ihr, um beiläufig zu sein, aber nicht lang genug, um intim zu sein. Es war egal. Schon die geringste Berührung von ihm ließ ihr Herz tausend Mal schneller schlagen.

„In Colorado bleiben?" Er trat zurück und sah aus dem Fenster. „Das ist eine schwierig zu beantwortende Frage." Sein Blick wandelte sich zu Sehnsucht, als er auf die Winterlandschaft hinunterblickte.

„Ich werde vermutlich dorthin gehen, wo ich hingehen muss. Und wenn ich in Colorado bleiben muss, werde ich das tun."

„Aber du bist frei. Single. An nichts und niemanden gebunden. Du kannst kommen und gehen, wie du es möchtest." Sie zuckte mit den Schultern. „Wenn die Bar nicht das ist, was du wirklich machen willst, verändere etwas. Es ist noch nicht zu spät."

Er drehte sich um und sah ihr eine Minute lang in die Augen, bevor er wieder wegschaute. Aber es war lange genug gewesen, dass sie einen Anflug von Traurigkeit in seinem Blick hatte sehen können.

„Da irrst du dich. Für mich ist es zu spät."

KAPITEL SIEBZEHN

Was zum Teufel war mit ihm los? Barrett stieß ein leises Knurren aus. Er konnte seinen Atem in der kalten Colorado-luft sehen. Er hob die Axt über seinen Kopf und schlug die Klinge hart und fest auf das Brennholz hinunter. Das Holz spaltete sich sauber und sogar bis ganz nach unten durch.

Barrett griff mit einer Hand nach einem weiteren Holz-stück und stellte es auf. Er wiederholte den Axtschwung und teilte das Holzscheit mit einem einzigen Schlag der Klinge in zwei Teile.

Er brauchte nicht noch mehr Holz für den Kamin im Loft. Er hatte haufenweise Holzscheite zerschlagen.

Was er brauchte, war ein Grund, sich von Jacey fern-zuhalten.

Er stieß ein weiteres Knurren aus und spaltete ein weiteres Stück Brennholz. Er bückte sich und stapelte die Holzstücke auf den stetig wachsenden Haufen Feuerholz.

Das, was Jacey letzte Nacht widerfahren war, war nicht sein einziger Grund, nervös zu sein. Er war ebenfalls über-fällig, etwas von Ryker zu hören. Sie hatten einen Zeitplan vereinbart. Ryker sollte ihn einmal im Monat am Donnerstag anrufen. Sie würden sich nicht beim Namen nennen und verschlüsselt miteinander sprechen. Über das Wetter. Bevor Ryker abgefahren war, hatten sie vereinbart, am Telefon nie über Dinge zu sprechen, die das Rudel betrafen. Obwohl sie sichere Leitungen hatten, war Ryker unglaublich paranoid und hatte Angst, dass irgendjemand herausfinden könnte, dass Barrett tatsächlich noch am Leben war.

Das würde sein Rudel in Gefahr bringen.

Vielleicht hatte Ryker es satt, ihn anzurufen. Vielleicht hatte Ryker sich wieder in das neue Rudel eingelebt. Vielleicht hatte Ryker ihn vergessen.

Es war wahrscheinlich am besten so.

Außerdem würde Ryker verdammt noch mal ausflippen, wenn er wüsste, dass Jacey oben auf seinem Dachboden war. Ryker würde sie als Bedrohung für seine Sicherheit ansehen, wenn sie herausfand, wer und was er gewesen war.

Nicht, dass er das zulassen würde. Sein altes Leben lag hinter ihm. Das hier war jetzt sein Leben. Seine Last zu tragen.

Er knurrte, als er die Axt mit einem harten tödlichen Schlag in das Holz schmetterte.

Warum hätte Ryker ihn nicht einfach sterben lassen können? Warum hatte er geglaubt, er müsse ihn zurückbringen? Es war ja nicht so, als hätte er hier jetzt irgendetwas Besonderes. Er hatte keine Position, keinen Job und keinen Zweck.

Er war nur der Besitzer eines unbekannten Bar und Grills. Und die einzige Gefahr, der er sich gegenübersah, war der Zwischenfall von gestern Abend, als er Jacey retten musste.

Er grinste, als er an den Ausdruck auf den Gesichtern der Jäger dachte, als er sich auf sie stürzte.

Es fühlte sich gut an. Wieder aktiv zu sein und in ein paar Ärsche zu treten. Selbst wenn es nur kurzzeitig war.

Er hielt inne und blickte auf den wachsenden Holzhaufen. Er war seit einer halben Stunde ohne Unterbrechung hier draußen und hatte noch nicht einmal angefangen zu schwitzen.

Er stieß die Axt in den leeren Hackklotz und sah zu seiner Dachgeschosswohnung hinauf.

Nachdem sie ihren Tee getrunken hatte, war sie wieder eingeschlafen.

Wenn sie aufwachte, würde sie hungrig sein. Er stapfte durch den Schnee und ging zurück zum Gebäude. Er hatte nicht viel zu essen in seiner Küche. Er würde zuerst ins Bar und Grill gehen, um ein paar Zutaten zu holen, mit denen er Jacey etwas zu essen machen konnte. Danach würde er ihre Kleidung suchen. Hinterher würde er Helen anrufen und ihr sagen, dass sie heute nicht kommen brauchte. Er wollte Jacey heute Nacht nicht alleine lassen, also würde er die Bar einfach schließen. Bei diesem Wetter würden sowieso nicht sehr viele Kunden reinkommen.

Genau wie Helen gesagt hatte. Er musste einmal pro Woche eine Pause einlegen und die Bar schließen.

Es gab keinen besseren Zeitpunkt dafür als jetzt.

* * *

Nachdem Barrett gegangen war, war Jacey nicht mehr in der Lage gewesen wieder einzuschlafen. Sie wickelte das Laken eng um ihren Körper und sah sich in seiner Wohnung um.

Sie bemerkte, dass er keine Bilder an den Wänden hatte und keinerlei persönliche Gegenstände seine Küchentheke schmückten. Auf seinem Nachttisch gab es nur eine Lampe und eine alte aufziehbare Uhr.

Wären da nicht ein paar über einen Stuhl gehangene Kleidungsstücke gewesen, hätte der Dachboden völlig verlassen ausgesehen.

Vielleicht lebten alle Männer gern so. Minimalistisch.

Sie ging zu dem kleinen Fenster hinüber, von dem aus sie die Rückseite des Gebäudes sehen konnte. Barrett war dort draußen, mit nackter Brust und nur in seiner Jeans und den Stiefeln. Er hob die Axt über den Kopf und spaltete das Brennholz mühelos mit einem Schlag. Er legte ein weiteres Stück Holz auf den Hackklotz und wiederholte das Ganze.

Sie sah ihm zu und war unfähig, ihren Blick von ihm abzuwenden. Die Muskeln auf seinem Rücken spielten unter der Bewegung und sie spürte, wie ihr Bauch vor Verlangen warm wurde.

Er war absolut umwerfend.

Sie holte tief Luft und zwang sich, vom Fenster wegzutreten. Sie ging zur anderen Seite des Raums hinüber, wo sie die Hauptstraße und die winzige Stadt aus den Fenstern sehen konnte.

Der Schnee fiel immer noch und bedeckte die Straße mit einer dicken weißen Schicht. Sie sah keinerlei Reifenspuren von irgendwelchen Fahrzeugen, die herumfuhren. Bei diesem Wetter kuschelten sich die Menschen lieber mit einer leckeren Tasse heißer Schokolade vor dem Feuer ein.

Ihr Magen knurrte und sie legte die Hand auf ihren Bauch.

So hungrig sie auch war, sehnte sie sich jedoch zuerst verzweifelt nach einer Dusche. Sie wollte die Erinnerung an die letzte Nacht von ihrem Körper waschen.

Sie hielt ihre verletzte Hand hoch. Das Fleisch war geheilt und sogar die dunklen Blutergüsse, die sie hatte, als sie aufgewacht war, waren jetzt verschwunden. Sie ballte die Hand zur Faust. Sie lächelte, als sie keine Schmerzen mehr spürte. Barretts Tee musste gewirkt haben.

Sie presste die Lippen zusammen und überlegte, ob sie warten sollte, bis Barrett wiederkam, bevor sie duschen ging.

Sie überlegte nicht lang. Sie konnte noch immer einen

Hauch des Geruchs der Jäger auf ihrem Körper riechen und wollte die Erinnerung daran nicht länger spüren.

Sie wickelte das Laken fest um sich, ging ins Bad und schloss die Tür hinter sich. Sie durchsuchte den Waschtisch und fand ein sauberes Handtuch und einen Waschlappen. Sie drehte sich zur Badewanne um, stellte das Wasser an und ließ das Laken zu Boden fallen. Auf der Innenseite der Tür hing ein schwarzer Bademantel. Den würde sie tragen müssen, bis sie ihre Kleidung zurückbekam.

Sie trat unter den Strahl des heißen Wassers und seufzte. Sie griff sich die Seife, schäumte sie auf und schrubbte ihre Haut, bis sie rosig war. Wenn sie könnte, hätte sie sich roh gerieben. Wenn das bedeutete, die Szene vom Vorabend aus ihrem Kopf löschen zu können.

Vielleicht war es eine schlechte Idee gewesen, hierherzukommen. Vielleicht hätte sie einfach in Mississippi bleiben und im Schatten der Schande leben sollen, eine Ausgestoßene zu sein. Es wäre kein einfaches Leben gewesen, aber es wäre sicherer.

Nein. Sie hätte nicht bleiben können. Hätte sie das getan, wäre sie unter dem Prüfstand dessen, was andere über sie sagten und dachten, zusammengebrochen.

Hier kannte sie zumindest niemand. Hier konnte sie zumindest von vorn anfangen. Sie konnte hierbleiben und genug Geld sparen, bis sie sich entscheiden konnte, was sie wollte und wohin sie als Nächstes gehen wollte.

Sie war immer noch jung und hatte praktisch ihr ganzes Leben vor sich.

Sie würde sich nicht für immer von einem Mann zerstören lassen.

Sie würde sich nie wieder verlieben.

KAPITEL ACHTZEH

Ryker schaute über seine Schulter, warf Zane einen Blick zu und beschleunigte sein Tempo. Seit er Damons Büro verlassen hatte, war Zane ihm gefolgt. Er konnte ihn anscheinend nicht abschütteln.

„Ryker. Warte doch mal", rief Zane.

Ryker stöhnte und drehte sich zu Zane um. „Was willst du?"

„Ich will mit dir reden."

„Ja. Nun, ich habe Scheiße zu tun." Ryker ging weiter auf sein Motorrad zu. Sein Anruf bei Barrett war längst überfällig. Er wusste, dass er nur tagsüber anrufen konnte, weil Barrett sein Telefon abends im Lärm der Bar nicht hören konnte. Aber jedes Mal, wenn Ryker sein Telefon in die Hand nahm, war einer der Wächter in der Nähe und ging ihm auf die Eier.

Er zweifelte nicht daran, dass Damon sie wahrscheinlich darauf angesetzt hatte, herauszufinden, warum er so verschlossen war.

„Ich sagte, warte!", donnerte Zane. Er lief schneller und holte Ryker ein.

Er packte Ryker am Arm. Ryker wirbelte herum und stieß Zane von sich weg. „Fass mich verdammt noch mal nicht an, Alter."

Zane funkelte und ballte seine Hände zu großen Fäusten. Aber er behielt sie an seinen Seiten. Ryker fragte sich, ob der Wolf ihn tatsächlich schlagen würde oder ob er nur eine Show aufführte. Zane war überaus stolz auf seine Selbstbeherrschung, aber so wie der Wächter ihn gerade ansah, konnte Ryker sich durchaus vorstellen, dass er versuchen würde, ihn umzuhauen.

„Was ist mit dir los?", knurrte Zane. „Schau mal, ich weiß, dass du Barrett nah warst, aber du musst dich verdammt noch mal besser daran gewöhnen, dass Damon jetzt Rudelführer ist."

„Ich habe nie irgendetwas dagegen gesagt, dass Damon Rudelführer ist", konterte Ryker.

„Nein, aber alle wissen, dass du noch immer um Barrett trauerst." Zane holte tief Luft und sah zum Himmel auf. Dann senke er seinen Blick zu ihm. „Schau mal, es tut uns allen weh, dass Barrett weg ist. Aber du musst weitermachen. Du musst es akzeptieren und nach vorne schauen."

„Was zum Teufel weißt du schon darüber, Zane?" Ryker schüttelte den Kopf. „Schau mal, entgegen der allgemeinen Expertenüberzeugung mache ich bereits weiter. Ich weiß, dass Barrett weg ist."

„Tust du das? Ich meine, seit er gestorben ist, bist du fast nie hier."

„Ich arbeite, erfülle meine Aufgaben als Wächter. Vielleicht solltest du das auch mal versuchen."

„Und wenn du nicht arbeitest, hältst du Abstand zu allen anderen."

„Was ich bereits getan habe, lange bevor Barrett starb." So viel stimmte.

Zane fuhr sich mit den Fingern durch die Haare und

schüttelte den Kopf. „Jetzt ist alles anders. Du musst dich mehr anstrengen, um Teil des Teams zu sein. Wir alle brauchen dich."

„Mann, wenn ich gewusst hätte, dass das hier der sentimentale Film der Woche wird, hätte ich meine Taschentücher mitgebracht."

Zane kämpfte mit einem Lächeln und verlor.

„Schau mal, nur weil ich nicht vierundzwanzig Stunden am Tag, sieben Tage die Woche mit euch rumhänge, heißt das noch lange nicht, dass ich kein Teil des Rudels bin. Ich kann mir schon selbst den Arsch abwischen, weißt du?"

„Na Gott sei Dank dafür." Zane schnaubte.

Die Spannung zwischen ihnen ließ nach.

„Mann, tu mir einfach den Gefallen und geh heute Abend ins Fitnessstudio. Trainiere mit ein paar der anderen Wächter. Iss vielleicht mal eine Mahlzeit mit ihnen."

„Wenn du jetzt anfängst, ‚Kum Ba Yah' zu singen, werde ich dir deine hässliche Fresse polieren", knurrte Ryker.

Zane stieß ein Lachen aus. „Du bist nur neidisch auf mein gutes Aussehen. Skylar sagt mir die ganze Zeit, wie umwerfend ich bin."

„Ich glaube, Skylar braucht eine Brille", meckerte Ryker.

Lucien verließ das Hauptgebäude der Wächterbasis. Er kam auf sie zu und sah zwischen Ryker und Zane hin und her.

„Ist hier alles in Ordnung?", fragte Lucien Zane.

„Nein. Zane wird ganz rührselig mit mir. Du solltest Skylar vielleicht sagen, dass ihr Gefährte ein warmer Bruder ist", sagte Ryker finster.

Lucien grinste. „Wow. Klingt fast so, als müsstet ihr zwei ein bisschen Kumpel-Zeit miteinander verbringen."

„Unwahrscheinlich", sagte Ryker trocken.

„Klingt so, als bräuchtest du ein bisschen Kumpel-Zeit mit allen Wächtern." Lucien verschränkte die Arme vor der

Brust und grinste wie ein Idiot. „Warum kommst du heute Abend nicht zu Granny zum Essen rüber?"

„Ah, nein." Ryker schüttelte den Kopf. Er wusste alles über Granny. Er wusste, dass die alte Dame für die Wächter und ihre Gefährtinnen kochte. Er würde der Einzige ohne Gefährtin sein, wenn er dort hinginge. Es würde komisch aussehen.

„Komm schon, Mann", sagte Zane. „Damon wird auch dort sein. Außerdem wird er dich in Ruhe lassen, wenn er sieht, dass du dich bemühst."

Ryker hob die Augenbrauen. Er wollte, dass Damon sich etwas entspannte. Vielleicht war es eine gute Idee, mit ihm zu Abend zu essen.

„Meinst du wirklich?" Ryker neigte den Kopf.

„Er wird dich ein bisschen mehr in Ruhe lassen", gab Zane zu.

„Ja, ich meine, was hast du denn zu verlieren? Iss eine gute Mahlzeit, versuche ein bisschen sozial zu sein und niemanden zu schlagen." Lucien boxte ihn in den Arm.

Zu Granny zu gehen war das Letzte, was er wollte. Aber vielleicht hatte Lucien recht. Wenn er dort auftauchte, würde es so aussehen, als würde er sich bemühen, sozialer zu sein. Vielleicht würde Damon ihm dann etwas mehr Spielraum geben.

Er musterte die beiden Wölfe und nickte schließlich. „Also gut. Aber unter einer Bedingung." Er hob den Finger, um seinen Punkt zu verdeutlichen.

„Sicher, was ist es?", fragte Zane.

„Zwing mich nicht, neben Granny zu sitzen. Ich will wirklich nicht, dass sie mir irgendwelche ihrer Waren zeigt und versucht, mir irgendwas zu verhökern", grummelte Ryker.

KAPITEL NEUNZEHN

Ryker betrat Grannys Haus und seufzte. Er fing an, zu glauben, dass er einen Fehler gemacht hatte, hierherzukommen.

„Ryker, ich bin so froh, dass du uns heute zum Abendessen Gesellschaft leistest."

Granny schenkte ihm ein breites Lächeln und tätschelte ihm mit ihrer faltigen Hand die Schulter. „Und da du keine Verabredung mitgebracht und keine Gefährtin hast, kannst du neben mir sitzen."

Ryker starrte Lucien an, der sein Lachen hinter einem Husten versteckte.

Er sah ihn an und formte mit dem Mund still das Wort *Arschloch*.

Catty stieß Lucien mit dem Ellbogen fest in die Rippen. Er hörte auf zu lachen und rieb sich die Seite.

Ryker grinste.

„Setzt euch hin und dann können wir anfangen zu essen", sagte Granny.

Er zog den einzigen leeren Stuhl am Tisch zu sich und setzte sich. Dann sah er sich unbehaglich in den engen Räumen um.

Damon saß ihm gegenüber mit Ava an seiner Seite. Lucien und seine Gefährtin Catty saßen neben Ava. Zane und Skylar saßen neben Ryker, während Jayden und seine Gefährtin Haley neben Skylar saßen.

Es war ein volles Haus. Genau das, was er nicht wollte.

Granny stellte einen riesigen Truthahn in die Mitte des Tischs und klatschte in die Hände.

„Lasst es euch schmecken."

„Granny, ich dachte, du wolltest diesen Truthahn für Weihnachten aufheben?", fragte Ava, als sie eine Schüssel mit grünen Bohnen an Damon weiterreichte. „Das alles hier sieht nach einem Festessen aus."

Ryker betrachtete die köstliche Auswahl auf dem Tisch. Ava hatte recht. Auf dem Buffettisch an der Wand gab es Grüne-Bohnen-Auflauf, Süßkartoffelauflauf, Truthahn, Kartoffelpüree und Soße, hausgemachte Preißelbeersoße und fünf verschiedene Desserts, die dem Geruch nach zu urteilen, Apfel-, Pfirsich- und Schokoladenkuchen waren.

„Ich habe beschlossen, dass ich nicht mehr auf die Feiertage warte, um zu feiern."

Die alte Dame lächelte traurig und zuckte mit den Schultern. „Ich meine, das Leben muss im Moment gelebt werden. Wenn ich nichts anderes von Barretts Tod gelernt habe, ist es das. Ab jetzt gibt es Porzellanteller zu jeder Mahlzeit."

„Du wärst besser dran, wenn du die Porzellanteller weglässt, weil irgendjemand die von Hand abwaschen muss. Es wäre leichter, einfach deinen besten Schnaps zu servieren", witzelte Ryker.

Alle hörten auf, Essen auf ihren Teller zu schaufeln, und sahen ihn an.

„Was?", fragte er finster. Konnte er keine Meinung haben?

„Ryker hat recht." Granny schlug mit der Hand auf den Tisch und stand auf. „Ich habe eine Flasche Wild Turkey, die schon seit Jahren im Schrank steht. Ich habe sie nie geöffnet." Sie eilte zurück in die Küche.

„Fantastisch Ryker. Jetzt wird sie sich besaufen." Damon hob eine Augenbraue. „Es ist schon schwer genug, sie im nüchternen Zustand in Schach zu halten, aber wenn sie erst einmal betrunken ist, ist sie wie ein Hurrikan der Kategorie fünf."

Ryker unterdrückte ein Grinsen und eine Klugscheißer-Antwort.

„Sie ist alt genug, um zu wissen, was sie will", stimmte Catty zu. „Außerdem bin ich eine der wenigen Frauen am Tisch, die trinken dürfen." Sie zeigte mit ihrer Gabel auf Ava. „Du bist schwanger, also gibt es für dich keinen Schnaps."

Ava grinste und strich mit der Hand über ihren runden Bauch.

„Nun, ich trinke keinen Wild Turkey", sagte Haley und verzog das Gesicht. „Ich habe versucht, Granny dazu zu bringen, Wein zu trinken, aber sie mag lieber die harten Sachen."

„Ich werde mit ihr trinken." Skylar rollte ihre Schultern. „Vielleicht hilft mir das beim Schlafen. Ich war in den letzten Monaten so gestresst."

„Stimmt ja. SKYLARS HAUS wird bald eröffnet", sagte Haley. „Werden wir ein großes Fest feiern? Ein Band durchschneiden?"

„Nein." Skylar schüttelte ihren Kopf und sah die Leute am Tisch an. „Ich habe mit Zane gesprochen und ich möchte es lieber ruhig halten. Ich möchte wirklich keine große öffentliche Aufmerksamkeit."

„Warum?", fragte Ryker und schob sich eine grüne Bohne in den Mund.

„Nun, weil ich nicht möchte, dass zu viele Menschen anfangen, nachzuforschen. Und obwohl SKYLARS HAUS sowohl gefährdeten Menschen-Mädchen als auch weiblichen

Wölfen offenstehen wird, fürchte ich, dass die Gefahr besteht, dass unsere Existenz entdeckt werden könnte, wenn zu viele Menschen anfangen, Fragen zu stellen."

„Warum öffnest du es dann nicht einfach nur für Wölfe? Ohne die Menschen mit einzubeziehen?" Für Ryker ergab es nicht viel Sinn, eine Einrichtung zu haben, die sowohl Menschen als auch Werwölfe in einer intimen Umgebung zusammenbrachte. Dinge konnten immer passieren und alles, was es brauchte, war ein einziger Mensch, der sah, wie sich jemand verwandelte, und schon würden sie die Geschichte an irgendeine Nachrichtenagentur verkaufen.

„Weil alle unsere Hilfe brauchen, nicht nur weibliche Wölfe", sagte Skylar leise und sah ihm in die Augen. „Ich möchte niemanden ausschließen, wenn es darum geht, wem ich helfen werde und wem nicht."

Ryker nickte. Er konnte ihre Gründe vielleicht nicht verstehen, aber er konnte ihre Meinung und Integrität respektieren.

„Hier haben wir sie." Granny kam mit einer staubigen Flasche Whisky zurück. Das Etikett war alt und löste sich schon und war mit Staub bedeckt.

„Igitt, Granny. Das Ding sieht aus, als wäre es draußen begraben gewesen. Bist du dir sicher, dass der noch gut ist?", spottete Jayden.

„Ja, da bin ich mir sicher. Ich hatte die Flasche an meinem geheimen Ort, wo niemand danach suchen würde." Granny lächelte breit.

„Warum macht mir das Sorgen?" Jayden sah gleichzeitig entsetzt und besorgt aus. Ryker grinste. Zumindest schenkten sie ihre Aufmerksamkeit nicht mehr ihm, sondern der alten Dame.

„Ryker, würdest du mir den Gefallen tun und die Flasche öffnen?" Granny reichte ihm die Flasche.

Er legte seine Gabel ab und drehte den Deckel der

Flasche auf. Er gab der alten Frau die Flasche zurück und aß weiter.

Granny ging zu ihrem Porzellanschrank und holte ein paar Kristallgläser heraus. Sie stellte sie auf den Tisch und goss jedes Glas gleich voll.

„Wer seins nicht will, kann es mir geben", sagte sie, während sie um den Tisch herumging und den Alkohol ausschenkte.

„Auf gar keinen Fall." Jayden funkelte sie an. „Das ist das Letzte, was du brauchst."

„Was soll das denn heißen?" Granny setzte sich und starrte ihren Enkelsohn hinter ihrem Glas Wild Turkey an.

„Es soll heißen, wenn du betrunken bist, wissen wir nicht, in welche Art Schwierigkeiten du wieder gerätst", sagte Jayden. Er lehnte sich auf seinem Stuhl zurück und winkte mit der Gabel in ihre Richtung.

„Jayden Allister Parker. Wenn du es wagst, das Debakel vom Valentinstag anzusprechen, werde ich dich übers Knie legen", knurrte Granny ihn an.

„Das möchte ich gerne sehen." Damon nickte. „Ich werde sogar ein Bild für dich auf Instagram teilen."

„Du bist gar nicht auf Instagram." Jayden kniff die Augen zusammen. „Außerdem solltest du auf meiner Seite stehen, egal, ob du Rudelführer bist oder nicht."

Damon zuckte mit den Schultern. „Sie ist deine Großmutter."

„Sie ist irgendwie auch deine Großmutter." Ava sah zu ihrem Gefährten auf und lächelte. „Ich meine, sie hat dich großgezogen, als du noch in Louisiana warst."

„Warum sprichst du keinen Toast aus, da es deine Idee war, Granny?" Zane hob sein Glas in die Luft und starrte sie an.

„Vielen Dank, Schätzchen." Sie schenkte ihm ein Lächeln und sah Jayden dann scharf an. „Zumindest haben wir einen

Gentleman am Tisch." Sie tätschelte Ryker die Schulter. „Ich möchte mich bei dir entschuldigen, Ryker. Für all diese Dummheiten. Das ist dein erstes Mal hier und diese Idioten machen sich über mich lustig."

„Soll ich sie für dich in den Arsch treten?", fragte Ryker.

„Nun, möglicherweise nehme ich dein Angebot an." Granny nickte mit dem Kopf.

„Hey, warum lässt du ihm die unanständige Sprache durchgehen?" Jaydens Mund klappte auf und er sah beleidigt aus.

„Weil er Arsch gesagt hat. Und Arsch ist genau genommen ein Wort in der Bibel." Sie funkelte ihn an.

„Großer Gott", murmelte Jayden.

„Jayden, pass auf, was du sagst!", donnerte Granny.

„Was? Gott ist auch in der Bibel." Jayden starrte sie mit großen Augen an.

Haley stieß ihren Gefährten mit dem Ellbogen an und er warf sowohl ihr als auch Granny einen finsteren Blick zu.

„Du könntest ihn jetzt mit rausnehmen, Ryker", schnaubte Granny.

„Darf ich zuerst noch meinen Truthahn aufessen?" Er nahm noch einen Bissen und kaute nachdenklich. Sein erster Besuch bei Granny war unterhaltsamer, als er gedacht hatte.

„Na sicher, Schätzchen." Sie tätschelte ihm noch einmal den Rücken und er schaufelte sich eine großzügige Portion Süßkartoffelauflauf auf seinen Teller.

Damon schnaubte.

„Granny. Der Trinkspruch." Ava hielt ihr Wasserglas hoch und bedeutete der alten Dame, weiterzusprechen.

Granny nickte und holte tief Luft. Sie streckte ihr Glas vor ihrem Körper aus und räusperte sich.

„Ich möchte sagen, es gibt nichts Schöneres als die Familie. Und dass jeder von euch für mich und für euch gegenseitig etwas Besonderes ist. Als Rudel sind wir vielleicht nicht immer einer Meinung, aber wir können uns immer aufeinander verlassen. Arkansas hat einen schweren Schlag erlitten und obwohl es uns möglicherweise verkrüppelt hat, hat es uns jedoch mit Sicherheit nicht gelähmt. Barrett war ein großartiger und fairer Anführer. Seine Erinnerung wird immer bei uns sein." Sie stieß ihr Glas gegen Rykers und dann gegen die anderen rund um den Tisch.

Ryker rutschte auf seinem Sitz herum. Wenn jemand über Barrett sprach, wurde er immer nervös. Als könnten sie in seinen Kopf sehen und die Wahrheit herausfinden.

Dass ihr Anführer tatsächlich überhaupt nicht tot war.

Alle stießen mit den Gläsern an und tranken ihren Whisky oder das Wasser, um ihre Solidarität zu zeigen.

„Das war ein schöner Toast, Granny", sagte Damon leise.

Zum ersten Mal musterte Ryker seinen neuen Rudelführer. Er konnte die Unentschlossenheit auf seinem Gesicht sehen und wusste, wie schwierig es sein musste, in die Fußstapfen von jemandem zu treten, der bei allen so hoch angesehen war.

Er würde es hassen, an Damons Stelle zu stehen.

„Danke, Schätzchen." Sie schenkte ihm ein Lächeln und füllte die Gläser erneut.

Sie hob ihr Glas und alle folgten ihrem Beispiel. „Und dieses Mal trinken wir auf unseren neuen Rudelführer in Arkansas. Möge er gut und weise und mit Respekt führen."

„Zur Hölle, ja." Jayden lächelte und trank seinen Whisky in einem Zug.

„Jayden …", warnte ihn Granny.

„Ich bin mit meinem Truthahn fertig. Soll ich ihn jetzt mit nach draußen nehmen, Granny?", fragte Ryker.

„Ich bitte darum", sagte Granny mit einem Grinsen auf den Lippen.

Alle am Tisch brachen in Gelächter aus. Sogar Ryker grinste.

Damon stand auf und trug seinen Teller zum Buffet. Er schnitt sich ein großzügiges Stück Apfelkuchen ab und ging wieder zurück. Bevor er sich setzte, klopfte er Ryker auf die Schulter.

„Ich wusste, dass du es nicht bereuen würdest, heute Abend herzukommen. Ich glaube, du bist ganz offiziell Grannys neuer Liebling. Sei nur vorsichtig, wenn sie anfängt, ihre Zeitschriften rauszuholen." Damon grinste.

Ryker verlor plötzlich den Appetit und schob seinen Teller weg. „Die mit den Waren?" Er wusste, dass die alte Frau Sexspielzeuge verkaufte. Und die wollte er wirklich nicht sehen.

„Ja. Genau die", schnaubte Damon.

Und wieder brach im Raum Gelächter aus.

KAPITEL ZWANZIG

Jacey stieg aus der Dusche und wickelte sich in Barretts großen Bademantel. Sie ging darin unter, aber das war ihr egal. Er war warm und roch nach ihm. Sie vergrub ihr Gesicht im Kragen des Mantels und atmete tief ein. Ihr Bauch wurde warm.

Sie verknotete den Gürtel des Bademantels und öffnete die Tür. Barrett stand mit schockiertem Blick direkt vor ihr.

„Ich, äh … ich hatte keine Klamotten, also habe ich mir deinen Bademantel geliehen", krächzte ihre Stimme.

„Das ist in Ordnung." Er nickte, leckte sich die Lippen und schaute weg. „Ich habe deine Klamotten gefunden. Ich habe sie in den Trockner gesteckt, damit sie warm werden. Nachdem ich dir was zu essen gemacht habe, kannst du dich wieder anziehen. Ich kann dich schließlich nicht nur in einem Bademantel zurück zu Mena bringen. Ich bin mir sicher, dass sie dazu etwas zu sagen hätte."

Er sah sie an. Sein Blick wurde dunkler und plötzlich wurde ihr warm, zu warm.

„Ich mache dir jetzt was zu essen." Er drehte sich um und ging in die offene Küche. Sie folgte ihm und fuhr sich mit den Händen durch die noch feuchten Haare. Sie bereute es jetzt, sie nicht geföhnt zu haben.

„Du musst mir nichts machen." Sie setzte sich auf den Barhocker an der Kücheninsel.

Er zog eine Pfanne aus dem Schrank und grinste sie an. „Trotz meines Versagens als Koch im Restaurant kann ich ein gutes Frühstück zaubern. Schinkenspeck mit Eiern. Das ist in meiner männlichen DNA verwurzelt."

Sein Lächeln war hinreißend und sie war sich ziemlich sicher, dass es auf jede Frau wirken würde, bei der er es anwandte.

Sie nickte und sah ihm zu, wie er ein paar Scheiben Speck in eine Pfanne legte. Das Fleisch brutzelte und knallte und füllte den Raum mit einem köstlichen Aroma.

„Ist es zu spät für Kaffee?" Er sah sie an.

„Nicht für mich. Ich kann die ganze Nacht Koffein trinken und trotzdem einschlafen." Sie zuckte mit den Schultern. „Es scheint auf mich nicht die gleiche Wirkung zu haben wie auf alle anderen."

Er nahm zwei Tassen aus dem Schrank und füllte sie mit Kaffee.

Er stellte eine Tasse mit einem kleinen Päckchen Zucker und einem Behälter Milch vor sie hin.

Sie goss die Milch hinein, lächelte und schob den Zucker zurück. „Ich trinke meinen Kaffee ungesüßt."

„Wirklich?" Er hob eine Augenbraue. „Ich auch."

Er nahm einen kleinen Schluck von seinem eigenen Kaffee und wandte sich dann wieder dem Speck zu. Sie saß schweigend da, als er die knusprigen Stücke aus der Pfanne nahm und sie auf einen Teller legte, den er mit Küchenpapier bedeckt hatte. Er griff nach dem Eierkarton, schlug die Eier auf und goss sie in die Pfanne mit dem Bratfett von dem Speck. Sie sah zu, wie er die Eier gekonnt wendete und ein paar Scheiben Brot in einen Toaster steckte. Er holte ein kleines Glas Brombeergelee und etwas Butter heraus und stellte beides auf die Kücheninsel.

„Bist du dir sicher, dass ich dir nicht helfen kann?" Sie verschränkte die Arme vor ihrer Brust.

„Nein, bleib einfach dort sitzen und rede mit mir", sagte er.

„Du musst dir wirklich nicht so viel Mühe machen." Sie rutschte nervös auf ihrem Sitz herum. „Ich sollte wirklich zurück nach …"

Sie wandte sich ab.

„Wolltest du … nach Hause gehen … sagen?"

Sie räusperte sich. „Zu Mena. Ich sollte zurück zu Mena gehen."

„Zu spät. Die Eier sind fertig." Er zuckte mit den Achseln. „Außerdem bin ich auch hungrig. Was für ein Gastgeber wäre ich denn, wenn ich dich für mich kochen lassen würde?"

„Danke", sagte sie leise. Er widmete sich weiter seiner Arbeit in der Küche und sie sah sich in der kahlen Wohnung um.

„Also, wie lange wohnst du schon in Colorado?" Sie sah ihn wieder an. „Du machst mir nicht den Anschein, dass du hier aufgewachsen bist."

„Colorado ist nicht mein ursprüngliches Zuhause. Ich wohne erst seit ein paar Monaten hier."

„Wo ist dein ursprüngliches Zuhause?" Sie hob die Kaffeetasse und trank einen Schluck des heißen Getränks.

Er drehte sich um und sah sie direkt an. „Nicht in Colorado", sagte er.

Warum war es so ein Geheimnis, wo er herkam, es sei denn … er versteckte sich?

„Du bist nicht aus Missouri, oder?" Angst schnürte ihr die Kehle zu. Missouri war ein Schurkenstaat. Es gab keinen regierenden Rudelführer und der Staat war ein

43

Zufluchtsort für alle Arten von Werwölfen, die Kriminelle waren.

„Auf gar keinen Fall", meckerte er.

Sie hatte das Gefühl, dass er ihr diesbezüglich die Wahrheit sagte. Also warum würde er ihr dann nicht sagen, woher er wirklich kam?

„Es ist nicht fair, weißt du."

„Was ist nicht fair?" Er runzelte die Stirn.

„Du weißt mehr über mich als ich über dich."

„Nur weil du mir erzählt hast, dass du aus Mississippi stammst und von deinem untreuen Partner verlassen wurdest, heißt das noch lange nicht, dass wir die Lebensgeschichte des anderen kennen", sagte er.

„Aber es bedeutet, dass du mehr über mich weißt als ich über dich. Ich meine, so weit ich weiß, könntest du auch ein Serienmörder sein."

Er lachte laut. „Wenn ich das wäre, warum lebst du dann noch?"

Sie zuckte mit den Schultern. „Vielleicht wartest du darauf, dass ich mich sicher fühle, bevor du mich tötest."

Er warf ihr einen komischen Blick zu. „Schätzchen, das klingt nach zu viel Zeit und Mühe. Zwei Dinge, von denen ich nicht viel habe."

Dieses Mal war sie diejenige, die lächelte.

Er servierte das Frühstück auf zwei Tellern, die er aus dem Schrank gezogen hatte. Er stellte die Mahlzeit vor ihr hin. Ihr Magen knurrte und sie grinste ihn verlegen an.

Er nahm sich seinen Teller und setzte sich neben sie auf einen Hocker. Sie begannen beide zu essen.

Sie schluckte das leckere Essen hinunter und warf ihm einen anerkennenden Blick zu. „Das ist wirklich lecker."

„Es freut mich, dass es dir schmeckt." Er biss von seinem Speck ab, kaute und schluckte ihn runter. „Möchtest du darüber reden, was letzte Nacht passiert ist?"

„Ich hätte niemals dort draußen sein sollen." Sie schüttelte den Kopf und legte die Gabel ab. „Nichts wäre passiert, wenn ich dringeblieben wäre." Tränen brannten in ihren Augen und sie blinzelte, um sie zurückzuhalten.

„Hör mir mal zu." Er streckte die Hand aus und strich eine Haarsträhne aus ihrem Gesicht. „Du hast nichts falsch gemacht. Diese Menschen waren diejenigen, die im Unrecht waren. Sie jagten und fingen Wölfe. Wenn ich sie noch einmal sehe, werde ich sie fertigmachen."

Seine tiefe Stimme ließ sie erzittern. Und das nicht auf gute Weise.

„Ich habe das Gefühl, dass sie nirgendwo hingehen werden. Sie werden zurückkommen", sagte sie leise und aß etwas von ihrem Ei.

„Warum glaubst du das?" Er erstarrte und beugte sich näher zu ihr.

„Wegen dem, was sie gesagt haben. Es klang so, als wollten sie so viele Wölfe wie möglich fangen." Sie zuckte mit den Schultern. „Ich dachte, es wäre illegal, Wölfe für ihr Fell zu töten." Der Gedanke machte sie krank.

„Es ist illegal." Er blickte in seine Tasse. „Ich hatte noch keine Probleme mit Jägern, seit ich hier wohne. Sie sind noch nicht einmal in die Bar gekommen. Vielleicht sind sie nur auf der Durchreise."

„Vielleicht." Unbehagen breitete sich auf ihrem Rücken aus.

Er streckte eine Hand aus und legte sie auf ihren Arm. Sie blickte in seine intensivblauen Augen. „Du bist hier sicher, Jacey. Und nächstes Mal, wenn du rennen willst, sag mir einfach Bescheid. Dann komme ich mit dir mit."

„Wirklich?" Sie riss ihre Augen weit auf. „Du würdest mit mir rennen gehen?"

„Sicher." Er zog seine Hand weg und konzentrierte sich wieder auf seinen Teller. „Du bist der einzige andere Wolf, den ich in dieser Gegend gesehen habe. Es ist ja nicht so, als hätte ich jemand anderen, mit dem ich laufen könnte." Ihr Herz sank. Sie war nichts Besonderes. Nicht für ihn.

Sie hob den Kopf und warf einen Blick aus dem Fenster. Der Schnee hatte endlich aufgehört zu fallen und die winzige Stadt mit einer weißen Decke zu überziehen.

Sie würde nicht für immer an diesem Ort bleiben. Sie musste nur lange genug bleiben, um ihr Herz zu heilen und ihre Scheiße wieder in den Griff zu bekommen. Sobald sie ein bisschen Geld und eine Ahnung hatte, was sie mit dem Rest ihres Lebens anfangen wollte, würde sie ein neues Leben beginnen.

Sie schüttelte ihre verletzten Gefühle ab. Es war gut, dass Barrett sich nicht für sie interessierte. Für ihre geistige Gesundheit war es gut. Sie sollte sich wirklich nicht so kurz nach ihrer Trennung auf jemanden einlassen. Sie brauchte diese Zeit, um sich auf sich selbst zu konzentrieren und darauf, was sie machen wollte.

Sie sah ihn wieder an und nickte. „Nächsten Freitag. Nachdem die Bar geschlossen ist und alle schlafen. Dann würde ich gerne laufen gehen."

„In Ordnung." Er nickte.

„Ich bin bei diesem Lauf nicht sonderlich weit gekommen. Sie haben mich gleich in der Nähe von Menas Haus gefangen."

„Ich weiß." Er öffnete den Trockner in der Küche und zog ihre Kleidung heraus.

Sie stieß einen Seufzer aus. „Ich hätte gedacht, der Schnee hätte sie völlig bedeckt."

„Sie sind vom Baum gefallen. Ich musste sie aus dem Schnee graben. Ein weiterer Pluspunkt für einen fantastischen Geruchssinn. Ich kann Sachen wie ein Bluthund aufspüren."

Sie lachte. Er fing an zu grinsen.

„Vielen Dank." Sie nahm noch einen Schluck Kaffee. „Ich freue mich auf unseren nächsten Lauf. Ich wollte gar nicht aufhören zu rennen, sobald ich angefangen hatte. Es war so lange her gewesen."

„Ich weiß, was du meinst." Er schüttelte den Kopf. „Es gibt in Colorado nicht viele Werwölfe. Du musst also vorsichtig sein, wenn du unterwegs bist."

„Das Letzte, was ich brauche, ist meine Spezies an die Menschen zu verraten. Wenn Jack Welbourn das herausfinden würde, würde er mich lebend häuten."

„Das wage ich zu bezweifeln. Er ist weicher, als die Leute denken." Barrett zuckte mit den Schultern.

„Du kennst ihn?" Sie riss ihre Augen weit auf.

Er versteifte sich. Sein Gesicht wurde hart. „Nein, nicht persönlich." Er nahm den Teller mit seinem halbgegessenen Frühstück und stellte ihn in die Spüle.

Sie hatte ungewollt einen Nerv getroffen.

Es war an der Zeit für sie zu gehen. Sie konnte an seiner verschlossenen Körpersprache erkennen, dass er sich zurückzog und nicht länger in der Stimmung war, mit ihr zu reden.

„Das war wirklich lecker. Vielen Dank." Sie stand auf und nahm ihre Kleidung von der Küchentheke. „Ich werde mich nur schnell anziehen und dann zu Mena rübergehen. Ich muss mich für heute Abend für die Arbeit fertigmachen."

Er runzelte die Stirn. „Glaubst du, dass du schon bereit bist, wieder zu arbeiten?"

„Ja, ich glaube schon." Sie sagte ihm nicht, dass sie nicht noch eine Nacht alleine verbringen wollte. Nachdem, was passiert war, würde sie lieber beschäftigt sein, damit sie nicht über die Vorfälle nachdenken musste.

„Ich dachte, du könntest dir den Abend freinehmen …"

„Definitiv nicht." Sie schüttelte den Kopf. Ihr Geld ging schnell zur Neige und das selbst ohne die Tatsache zu berücksichtigen, dass sie ihm immer noch das Geld für die Kleidung zurückzahlen musste, die er ihr gekauft hatte. Sie wollte einem Mann lieber nichts schulden. Jemals wieder.

„Vertraue mir. Ich bin härter, als ich aussehe."

Er drehte sich zu ihr um und ein wildes Lächeln umspielte seine Lippen. „Daran habe ich keinen Zweifel."

Ihr Körper erhitzte sich an Stellen, die mit Jeremy nie heiß geworden waren. Aber ein Blick von Barrett genügte und sie schmolz praktisch zu einer Pfütze auf dem Boden.

Sie nickte und flüchtete in die Sicherheit des Badezimmers, um sich umzuziehen.

KAPITEL EINUNDZWANZIG

„Scheiß drauf." Ryker zog sein Handy heraus und wählte die Nummer des Mountain Top Bar und Grills. Er hasste es, Barrett abends anzurufen. Es dauerte ewig, bis jemand ans verdammte Telefon ging, und normalerweise antwortete Barrett nicht selbst. Normalerweise war es dieser Mensch, Helen, die nie aufhörte zu quatschen.

„Hallo", dröhnte Barretts schroffe Stimme durch die Leitung.

„Dir ist schon bewusst, dass du ,Mountain Top Bar und Grill' antworten solltest", knurrte Ryker.

„Fick dich, Ryker", knurrte Barrett.

„Und siehst du, so wird dein Geschäft mit Sicherheit nicht wachsen", schnaubte Ryker.

„Ich bin gerade verdammt beschäftigt, also was willst du?"

„Nun, Frau Anstand, ich rufe an, um zu sehen, wie es Ihnen geht. So wie immer."

„Nein, nicht so wie immer. Du bist fast eine Woche zu spät. Und du hast dich nicht tagsüber gemeldet."

„Wow, vermisst du mich etwa?", antwortete Ryker trocken. Er wünschte sich, er könnte den Ausdruck auf

Barretts Gesicht sehen. Es wäre bestimmt unterhaltsam. „Hör mal, Damon ist mir auf den Sack gegangen."

„Er ahnt doch nichts, oder?" Er konnte die Dringlichkeit in Barretts Tonfall hören. Das Hintergrundgeräusch wurde etwas leiser, so als wäre er in einen anderen Teil der Bar gegangen.

„Tatsächlich glaubt er, dass ich ungehorsam bin. Er sagt, dass ich immer noch um dich trauere."

„Gut."

„Was meinst du mit gut? Weißt du eigentlich, dass er mich zum Abendessen bei Granny gezwungen hast?", meckerte Ryker.

Barrett lachte laut los.

Ryker grinste. Er hatte Barrett nicht mehr Lachen gehört, seit … nun, seit einer Ewigkeit.

„Hat sie versucht, dir ein paar ihrer speziellen Waren zu verkaufen?", fragte Barrett mit belustigtem Tonfall.

„Nun, zuerst hat sie mich essen lassen." Er wollte wirklich nicht darüber sprechen, wie die alte Dame ihren Katalog mit Sexspielzeugen herausgeholt hatte und ihn gefragt hatte, ob er daran interessiert sei, etwas zu kaufen. Er war überrascht gewesen, dass er es geschafft hatte, sein Abendessen bei sich zu behalten.

Barrett lachte erneut laut los.

„Großer Gott, Mann, du lachst wie eine verdammte Hyäne", meckerte Ryker.

„Nun, du sorgst für einige Unterhaltung."

„Sind die Dinge in Colorado so langweilig? Keinerlei Aufregung?" Ryker nickte. Das war gut. Barrett musste unsichtbar bleiben und durfte keinen Ärger machen. Sein Leben hing davon ab.

„Das würde ich nicht sagen. Gestern Abend haben ein paar menschliche Jäger einen weiblichen Wolf in einer Falle gefangen. Ich bezweifle allerdings, dass sie zurückkommen werden, nachdem sie einen Blick auf mich geworfen haben."

„Scheiße. Du hast dich doch nicht vor ihnen verwandelt, verdammt noch mal?" Ryker klammerte seine Finger fester um das Handy.

„Zur Hölle, nein. Ich war bereits in meiner Wolfsform. Aber ich hätte ihnen am liebsten die Leber rausgerissen."

„Aber du hast es nicht getan, oder?"

Rykers Brust verengte sich. Sie brauchten wirklich keine toten Menschen.

„Ich hatte keine Chance dazu. Ich musste das Weibchen da rausholen."

„Geht es ihr gut?" Ryker bekam ein schlechtes Gefühl in Bezug auf die Richtung dieses Gesprächs.

„Sie ist geheilt."

„Also, dann kann sie jetzt gehen, richtig? Als ich mich beim Bar und Grill umgesehen habe, habe ich sichergestellt, dass es nirgendwo Wölfe in der Nähe gibt. Bitte sag mir, dass das Weibchen weg ist." Ryker kniff die Augen zusammen.

„Nein, sie ist nicht weg. Sie arbeitet für mich."

„Scheiße, Barrett."

„Pass auf deinen Ton auf", donnerte Barrett durch das Telefon.

„Nein, du hörst mir jetzt mal zu, Barrett. Du wirst das Weibchen sofort wegschicken. Entlasse sie und sage ihr, dass sie weiterziehen soll. Sag ihr, dass es zu gefährlich ist. Sag ihr, sie soll wieder nach Hause gehen."

„Sie hat kein Geld und kann nirgendwo anders hin. Ihr Gefährte hat ihre Verpaarung aufgelöst und eine andere Frau in ihr Haus gebracht. Sie kann nicht zurück nach Mississippi gehen."

„Mississippi? Willst du mich verdammt noch mal verarschen?", schrie Ryker ins Telefon. „Das wird ja immer besser und besser."

„Sie weiß nichts. Nichts über mich. Also beruhige dich verdammt noch mal", murmelte Barrett ins Telefon.

„Irgendwie beruhigt mich das überhaupt nicht, Barrett. Nur ein Ausrutscher. Nur ein Ausrutscher und unser gesamtes Rudel ist in Gefahr."

„Fang bloß nicht an, mich über den Schutz des Rudels zu belehren, du Arschloch. Ich habe das Rudel mit meinem eigenen Leben beschützt. Ich bin für das Rudel gestorben. Und wenn du nicht alles durcheinandergebracht hättest, indem du diese Hexe und diese Fee miteinbezogen hättest, wäre ich auch immer noch tot", knurrte Barrett.

„Wolltest du wirklich, dass ich dich sterben lasse? Wolltest du das?", knurrte Ryker. Er hatte jetzt auf jeden Fall das verdammte Bedürfnis, Barretts Arsch eigenhändig zu begraben.

„Ich will, dass Leute aufhören, sich in mein Leben einzumischen. Ich will verdammt noch mal in Ruhe gelassen werden", erklärte Barrett.

„Also gut. Ganz wie du willst."

Ryker beendete den Anruf und versuchte, wieder zu Atem zu kommen. Wut und Sorge füllten seine Brust.

Barrett war ein verdammter Idiot.

Er würde seine Identität auffliegen lassen und das ganze Rudel in Gefahr bringen.

Er musste nach Colorado und das schnell, bevor Barrett etwas Dummes tat.

* * *

Jacey ignorierte Barretts Anordnung, sich den Abend freizunehmen. Sie ging kurz nach sechs in die Bar und lief direkt in die Küche. Barrett hatte sie nur einmal kurz angesehen und war ihr sofort durch die große Doppelschwingtür gefolgt.

„Ich dachte, ich hätte dir gesagt, du sollst dir heute Abend freinehmen." Er kniff die Augen zusammen.

Sie griff nach einer weißen Schürze und band sie sich um die Taille.

„Und ich habe beschlossen, trotzdem herzukommen. Ich kann das Geld gut gebrauchen."

Sie tat geschäftig und strich mit den Fingern über den kalten Grill, um sicherzustellen, dass er sauber war. Sie ging zu dem großen Gefrierschrank hinüber, zog eine Tüte Pommes heraus und legte sie auf die Theke.

„Jacey, du musst heute Abend wirklich nicht hier sein." Er griff sanft nach ihrer Hand und hielt sie hoch.

Bei seiner warmen Berührung stoppte ihr Atem in ihrer Kehle und sie wusste, dass sie etwas sagen musste, um die unangenehme Stille zu brechen.

Wie konnte jemand, der so groß und einschüchternd war, eine solch sanfte Seite haben?

Sein Blick fiel auf ihre verletzte Hand und ihre Atmung wurde schneller. Sie war ein solches Durcheinander, wenn sie ihm so nah war.

„Geh nach Hause. Ruh dich aus. Du bist noch nicht bereit, wieder zu arbeiten." Barrett sah sie mit intensivem Blick an.

Sie riss ihre Hand weg.

„Ich bin noch nicht bereit, wieder alleine zu sein." Die Worte platzten aus ihr heraus wie ein Felsbrocken, der einen Hügel hinunterrollte. „Ich würde lieber arbeiten und hier sein, wo ich weiß, dass ich sicher bin, als in meinem Zimmer zu sitzen und darüber nachzudenken, was passiert ist." Sie wollte ihm nicht von ihren Albträumen erzählen, die sie tagsüber gehabt hatte, und wie sie Augen auf sich spüren konnte, die sie durch das Fenster im zweiten Stock beobachteten. Sie war an diesem Nachmittag mit einem schweren Gefühl in der Brust von ihrem Mittagsschlaf aufgewacht. Sie wusste, dass es für sie sicherer war, zu arbeiten. Hier war sie von haufenweise Menschen umgeben, anstatt allein zu bleiben und ihren Kopf mit gefährlichen Gedanken zu füllen.

Er blinzelte. Aber er sagte nichts.

„Lass mich hierbleiben." Ihre Worte waren nur noch ein Flüstern, aber sie wusste, dass er sie trotz der Geräusche aus der Bar gehört hatte, die durch die Tür in die Küche drangen.

„Ich wollte die Bar heute zu lassen, aber Helen meinte, dass wir es auch alleine schaffen können. Ich weiß nicht, wie viele Kunden heute reinkommen werden, aber wenn du hierbleiben möchtest, ist das in Ordnung." Er nickte einmal.

Erleichterung machte sich in ihrem Körper breit.

„Vielen Dank." Ohne darüber nachzudenken, lief sie zu ihm hinüber und stellte sich auf die Zehenspitzen. Sie drückte ihre Lippen auf seine Wange.

Und dann wurde ihr klar, was sie getan hatte. Ihr Gesicht wurde heiß, sie trat einen Schritt zurück und musterte den Boden.

Er drehte sich leise um und ließ sie in der Küche allein. Sie schaute auf und stieß den Atem aus, den sie unbewusst angehalten hatte, nachdem sie ihm gestanden hatte, warum sie hierbleiben wollte.

Das grelle Leuchten der Oberlichter gab ihr ein Gefühl von Sicherheit und Schutz.

In diesem Raum konnte sich die Dunkelheit nirgendwo verstecken. Hier drinnen, in ihrer Küche und ihrem Heiligtum, konnte die Dunkelheit ihr nichts anhaben.

KAPITEL ZWEIUNDZWANZIG

Jacey verbrachte den Rest des Abends in der Küche und füllte die Bestellungen für eine hungrige Meute. Das Mountain Top Bar und Grill war die einzige Bar, die im Winter auf dem Berg geöffnet hatte. Nachdem sie für ein paar Tage geschlossen hatten, freuten sich die Einheimischen darauf, sich ihr Essen und Trinken schmecken zu lassen.

Es sollte ihr recht sein.

Sie zappelte nervös und verlagerte ihr Gewicht von einem Fuß zum anderen, als sie auf die Uhr schaute. Die Bar hatte vor einer Stunde geschlossen und sie hatte schon vor einer ganzen Weile das letzte schmutzige Glas abgewaschen. Sie konnte einfach nicht glauben, dass sie Barrett geküsst hatte.

Sie hatte sich selbst und ihn damit in Verlegenheit gebracht.

Stöhnend schloss sie die Augen und zog die Nase in Falten.

„Geht es dir gut, Schätzchen?" Helen runzelte die Stirn, als sie durch die Doppeltür kam. Sie nahm ihre Kellnerschürze ab und hängte sie an einen Haken an der Wand.

Sie öffnete ein Auge und sah Helen an. „Es geht mir gut. Ich habe nur gerade daran gedacht, dass ich in dieser Kälte zu Mena zurücklaufen muss."

Es hatte zwar aufgehört zu schneien, aber die Temperatur lag immer noch unter dem Gefrierpunkt.

„Ich fahr dich schnell rüber, Schätzchen." Helen lächelte breit. „Lass mich nur schnell meine Handtasche aus der Bar holen."

„Vielen Dank, Helen. Ich weiß es sehr zu schätzen." Jacey seufzte. Wenn sie mit Helen fuhr, müsste sie Barrett heute nicht noch mal ansehen.

Ihr Magen krampfte sich zusammen, als sich vor ihrem inneren Auge die Szene der Jäger wiederholte, die sie gefangen hatten. Während sie kochte, waren ihre Hände und ihre Gedanken beschäftigt gewesen, zu beschäftigt, um darüber nachzudenken, wie sie gefangen genommen worden war.

Es machte ihr Angst, darüber nachzudenken, was sie getan hätten, hätte Barrett sie nicht gerettet. Wohin hätten sie sie gebracht? Welch schreckliche Dinge hätten sie ihr angetan? Wie hätten sie sie getötet?

Sie schüttelte den Kopf und holte tief Luft. Sie musste sich in den Griff bekommen.

Sie war hier. Sicher. Bei Barrett.

Stöhnend schloss sie die Augen.

„Geht es dir gut?" Barretts tiefe Stimme ließ sie zusammenzucken.

Sie wirbelte herum und nickte. „Ja, alles in Ordnung. Ich habe nur gerade auf Helen gewartet. Sie wollte mich nach Hause bringen."

„Ich habe ihr gesagt, dass ich das übernehme. Wenn das in Ordnung ist." Er neigte den Kopf und beobachtete ihre Reaktion.

„Sicher. Ich will dir nur nicht zur Last fallen", log sie und nahm ihre Schürze ab. Sie versuchte, dabei sicherzustellen, dass sie es vermied, ihm in die Augen zu sehen.

„Du bist ganz und gar keine Last." Er kam einen Schritt näher und nahm ihre Hand.

Sie atmete zischend ein.

„Hat das wehgetan?" Er runzelte die Stirn.

„Nein." Wie sollte sie ihm denn sagen, dass ihr Herzschlag aussetzte, wenn er sie berührte? Oder dass ihr Bauch ganz heiß wurde? Sie würde wie eine Idiotin klingen.

Er nickte und ging zum Gefrierschrank hinüber. Er öffnete die Tür und schaute hinein. „Wir sollten bald eine Lieferung bekommen. Ich hatte nicht damit gerechnet, dass alle so viel bestellen würden. Wenn die Vorräte nicht bald ankommen, wird uns das Essen ausgehen."

„Das klingt nach einem guten Problem." Sie nickte.

„Und du bist der Grund dafür. Nicht ich." Er drehte sich um und sah sie an. „Alle lieben dein Essen. Sogar Abraham, der sonst alles hasst."

„Abraham? Meinst du den alten Mann, der immer am Ende der Bar sitzt und nie etwas sagt, sondern nur vor sich hinstarrt?" Er war ihr an ihrem ersten Abend hier aufgefallen und jedes Mal, wenn sie den Kopf aus der Küche streckte, warf sie ihm einen Blick zu. Zu Beginn hatte sie gedacht, dass er nur ein elendiger, gemeiner Mann sei. Aber nach genauerem Hinsehen fiel ihr die Art und Weise auf, wie er tatsächlich ein bisschen lächelte, wenn Helen kurz bei ihm anhielt und mit ihm sprach. Da wurde ihr klar, dass er gar nicht gemein war. Er war nur einsam.

Sie konnte sich damit identifizieren.

Seit sie ihr Zuhause in Mississippi verlassen hatte, waren ihr ein paar Dinge klarer geworden.

Zum Beispiel, wie einsam sie in ihrer Ehe gewesen war.

Es war ihr peinlich, das zuzugeben. Sie hatte gedacht, dass sie und Jeremy einander geliebt hatten. Aber in den letzten Tagen hatte sie sich gefragt, ob er überhaupt wusste, was Liebe eigentlich war.

Barrett hatte sie nicht gedemütigt oder angeprangert, weil sie von diesen Jägern geschnappt worden war. Jeremy hätte das getan.

Barrett hatte auch nicht gesagt, dass sie etwas falsch gemacht hatte. Während Jeremy sie mit Sicherheit beschuldigt hätte.

Und Jeremy hätte ihr auch kein Frühstück gemacht, so wie Barrett es getan hatte. Tatsächlich hatte Jeremy ihr in der gesamten Zeit, in der sie zusammen waren, nicht eine einzige Mahlzeit gekocht. Sogar an ihrem Jahrestag hatte er von ihr erwartet, eine leckere Mahlzeit auf den Tisch zu bringen.

Barrett grinste. „Sogar Abraham. Es sieht so aus, als würdest du viele Leute hier mit deinen Kochkünsten überzeugen."

„Ich bin mehr als nur eine Köchin", schoss sie zurück, während sie noch immer gedankenversunken über ihren ehemaligen Gefährten nachgrübelte.

„Das weiß ich." Sein Lächeln verschwand und er neigte den Kopf. „Ich wollte dir nicht den Eindruck vermitteln, dass ich denke, kochen wäre alles, was du kannst."

Sie schüttelte den Kopf und schaute hinunter auf den Fliesenboden. „Es tut mir leid. Ich wollte nicht zickig sein." Sie holte tief Luft und sah wieder zu ihm auf. „Es ist nur so, dass ich nach so vielen Jahren, in denen ich immer in eine bestimmte Schublade gesteckt wurde, endlich etwas anderes machen möchte. Etwas anderes sein will." Sie verzog das Gesicht. „Klingt komisch, nicht wahr?"

„Nein, überhaupt nicht komisch. Tatsächlich macht es

sehr viel Sinn." Er nickte und lehnte seine Hüfte gegen die Edelstahlarbeitsplatte. „Du versuchst, eine andere Art zu leben zu finden. Willst ein neues Leben ausprobieren."

„Ja. Genau." Sie riss die Augen weit auf. „Es ist aufregend und beängstigend zugleich. Und um ehrlich zu sein, hatte ich das Gefühl, ich wollte mein altes Leben in Mississippi zurück, als mich diese Jäger gefangen nahmen." Sie seufzte. „Ich fühle mich wie ein Feigling, das zugeben zu müssen."

„Jacey, du bist kein Feigling. Du willst dich nur sicher fühlen."

„Du bist zu nett." Sie schenkte ihm ein Lächeln.

„Das ist eine Premiere. Mir wurde noch nie gesagt, dass ich zu nett wäre", antwortete er trocken.

Sie lachte.

Es entlockte seinem hübschen Gesicht ebenfalls ein Grinsen.

„Du musst irgendeine Art Therapeut gewesen sein, bevor du hierhergezogen bist." Sie kniff die Augen zusammen. „Jetzt, wo ich dir mein Geheimnis erzählt habe, musst du mir deins erzählen. Warst du ein Therapeut?"

Er prustete los und richtete sich auf. „Wenn man es Therapeut nennt, eine Meute von verrückten Arschlöchern dazu zu bringen, produktiv zu sein, dann ja."

Er ging zum Lichtschalter an der Wand und drehte sich zu ihr um. „Komm. Lass uns von hier verschwinden. Es war ein langer Abend."

Sie nickte und wünschte sich, er hätte ihr seine Geschichte zu Ende erzählt. Wie er in Colorado gelandet war, wo es, im Vergleich zu den Menschen, nur so wenig Werwölfe gab. Er sah aus wie ein Mann, der tun konnte, was er wollte, und gehen konnte, wohin er wollte. Für sie war Colorado wirklich der letzte Ort, den sie sich für ein dauerhaftes Leben aussuchen würde.

Sie war hier gelandet, weil sie ihren Frieden und etwas Distanz brauchte. Sobald sie das Gleichgewicht in ihrem Leben wiedergefunden hatte, würde sie weiterziehen.

Dies würde nicht ihre dauerhafte Heimat werden. Und Barrett würde auch nicht ihr dauerhafter Gefährte sein.

KAPITEL DREIUNDZWANZIG

„Was gibt es Neues von Boudier?" Damon sprach in sein Handy, während er das Treiben auf der Wächterbasis beobachtete. Seine Wächter – verdammt, das klang seltsam – liefen geschäftig umher, stiegen auf ihre Harleys und machten sich auf ihren Weg, während andere zurückkommende Wächter in ihren wohlverdienten Feierabend gingen. Seit Boudier geflohen war, war es Damon gelungen, seine Wächter rund um die Uhr draußen auf Wache zu halten, mit Schichtwechsel alle zwölf Stunden.

Er wusste, dass es für seine Männer anstrengend war, so viele Überstunden zu machen, aber er musste Edward Boudier um jeden Preis finden. Er wollte, dass Boudier mit seinem Blut bezahlte.

„Es gab eine Spur in Nebraska. Einer der Wächter in Nebraska hat einen Tipp erhalten, dass Boudier an einer Raststätte in der Nähe der Autobahn gesehen wurde. Aber als sie dort ankamen, war er schon weg. Aber der bürgerliche Wolf, der ihn gesehen hat, sagte, dass er in einen Lastwagen gestiegen ist, der in Richtung Norden fuhr", sagte Zane.

„Er wird versuchen, nach Missouri zu gelangen", murmelte er.

Missouri war ein Schurkenstaat. Es gab keinen Rudelführer und jegliche Art krimineller Aktivitäten traf in diesem Staat zusammen.

„Sobald er die Staatsgrenze überschreitet, können wir ihn nicht mehr ausliefern", erwiderte Zane.

„Warum zum Teufel wurde in Missouri nie ein Rudelführer eingesetzt?", knurrte Damon und verstärkte seinen Griff um das Handy.

„Als die Rudel vor vielen Jahren gegründet wurden, haben sie beschlossen, dass es einen sicheren Ort geben muss, der fälschlicherweise beschuldigten Werwölfen Amnestie gewährt, bis sie ihre Unschuld beweisen können. Vergiss Braxton nicht. Er war unterwegs dorthin, als er fälschlicherweise beschuldigt wurde."

„Ich weiß, ich weiß. Aber es muss doch einen besseren Weg geben, um sicherzustellen, dass die echten Kriminellen für ihre Verbrechen bezahlen. Es ist nicht fair."

„Das Leben ist nicht fair", sagte Zane leise. Damon konnte dem Ton seiner Stimme entnehmen, dass der Wolf über Barrett und seinen Tod nachdachte.

„Verfolge die Spur. Ich schicke Braxton und Jayden nach Missouri, um zu sehen, ob sie irgendetwas herausfinden können." Damon kniff die Augen zusammen.

„Selbst wenn sie ihn dort finden, können sie ihn nicht einfach zurückbringen. Es verstößt gegen das Gesetz."

„Wenn sie ihn finden, garantiere ich dir, Zane, lasse ich sie seinen jämmerlichen Arsch über die Staatsgrenze nach Arkansas schleppen und dann werde ich selbst Gerechtigkeit üben." Damon beendete den Anruf. Er wollte nichts weiter über Fairness und Gerechtigkeit und Rechtmäßigkeit hören.

Er wollte, dass Boudier starb. Er wollte seinen Kopf auf einem Spieß.

Er würde nicht ruhen, bis die Tat vollbracht war.

Sein Blick fiel auf eine sexy Brünette, die mit einem Styroporbecher Kaffee und einer weißen Tüte den Bürgersteig entlanglief. Sie sah ihn an und lächelte.

Seine Brust hob sich und sein Herz flatterte leicht.

„Hey, Baby", sagte Ava und kuschelte sich an seine Brust.

Er schlang seine Arme um sie und hielt sie fest, während er ihren süßen Duft einatmete.

Sie sah zu ihm auf und schwenkte die Tüte hinter seinem Rücken. „Ich habe dir etwas mitgebracht."

Er hatte an diesem Morgen noch nichts gegessen. Es war gerade mal genug Zeit gewesen, um einen Kaffee zu trinken, und schon musste er zur Tür hinaus. Das war vier Uhr morgens gewesen. Jetzt war es fast mittags.

„Vielen Dank, mein Schatz." Er nahm den Kaffee, den sie ihm entgegenstreckte, und trank einen Schluck. Das schwarze Gebräu war genau, was er brauchte. Er hatte einen langen Tag vor sich.

„Und Donuts." Sie lächelte und öffnete die weiße Tüte. Sie zog einen zuckerglasierten Donut heraus und er nahm ihn gern entgegen.

Er biss in das süße Gebäck und stöhnte vor Vergnügen. Sein Magen knurrte.

„Komm, setz dich mit mir hin." Er deutete auf eine schmiedeeiserne Bank, die vor der Wächterbasis stand. Er folgte ihr und setzte sich neben sie. Er aß seinen Donut auf und sie reichte ihm noch einen.

Sie grinste und nahm sich selbst einen Donut mit Gelee aus der Tüte.

„Ich dachte, du hättest gesagt, die sind alle für mich?" Er hob die Augenbrauen und grinste.

„Sind sie auch. Aber ich habe mir einen Gelee-Donut mitgebracht. Irgendwie war mir nach Zitronenfüllung." Sie biss ab und stöhnte. „Oh Gott. Das ist so lecker." Sie schloss die Augen und legte ihre Hand auf ihren wachsenden Bauch.

Er legte seine Hand auf ihre. Ihm gefiel, wie hübsch sie mit seinem Kind in ihrem Bauch aussah. Sie meckerte ein wenig darüber, dass sie fett wurde, aber für ihn war sie wunderschön.

Sie aß den Donut auf und leckte sich die Fingerspitzen ab. „Irgendwas Neues über Boudier?"

„Er wurde gesehen. Ich habe jemanden dorthin geschickt."

Sie setzte sich auf. „Er wurde gesehen? Wo?"

Er kniff die Augen zusammen. „Das sag ich dir nicht."

Ihr Mund fiel auf. Dann drückte sie ihre sexy Lippen zu einem Schmollmund zusammen. „Warum nicht?"

„Weil du es Haley und Catty erzählst, die dann von Granny verhört werden, bis sie die Informationen aus ihnen herausbekommt. Und als Nächstes trommelt Granny alle Weibchen zusammen und macht sich selbst nach Norden auf, um Boudier eigenhändig einzufangen." Er schüttelte den Kopf. „Also erzähle ich es dir nicht. Es ist zu deinem eigenen Besten."

Sie funkelte ihn an. „Also gut." Ava verschränkte die Arme vor der Brust.

„Sei mir nicht böse." Der Ton seiner Stimme wurde sanfter. „Ich will nur nicht, dass dir etwas passiert. Der Gedanke, dass dir oder unserem Baby etwas zustoßen könnte, macht mich wahnsinnig."

Ihr Gesichtsausdruck wurde weicher und sie lächelte. „Ich weiß, Baby. Ich weiß." Sie seufzte und lehnte ihren Kopf gegen seine Schulter. „Ich habe früher immer gedacht, dass wir unbesiegbar wären. Dass wir tun könnten, was wir wollten, und uns nichts je verletzen würde, weil wir Werwölfe sind."

Er nickte. Er hatte dasselbe gedacht.

„Bis die Sache mit Barrett passiert ist", fügte er hinzu.

Sie hob ihren Kopf und sah ihn an. „Ja. Das stimmt. Mir war bis dahin nicht klar, wie viele Risiken ich tatsächlich eingegangen bin. Ich weiß, dass du denkst, Granny hätte mich zu allem angestiftet, aber das war nicht immer so."

„Ich weiß", grinste er.

„Du weißt es?"

Er drehte sich zu ihr und sah sie an. „Ava. Du bist die sturste Frau, die ich in meinem ganzen Leben je getroffen habe. Du würdest dich kopfüber in die Gefahr stürzen, ohne darüber nachzudenken."

Sie schüttelte den Kopf. „Jetzt nicht mehr. Jetzt habe ich das Kleine, an das ich denken muss." Sie tätschelte ihren Bauch. „Es tut mir leid, Damon."

„Was tut dir leid?" Er runzelte die Stirn. In welchen Schwierigkeiten steckte sie denn nun schon wieder?

„Dass ich so ein Quälgeist bin."

„Ava, du bist meine Gefährtin. Jetzt und für immer. Ich würde niemals sagen, dass du ein Quälgeist bist."

Sie warf ihm einen ungläubigen Blick zu.

„Du bist nur etwas hartnäckig … manchmal."

Sie runzelte die Stirn und stieß ein Lachen aus. „In Ordnung. Damit kann ich leben."

„Es tut mir leid, dass ich in letzter Zeit so viel zu tun hatte." Er hielt sie fest.

„Du bist der Rudelführer. Du musst viel zu tun haben." Sie zuckte mit den Schultern und kuschelte sich näher an ihn.

„Ich habe das Gefühl, dass mir viel Zeit mit dir entgeht, Ava." Er berührte ihre Wangen mit seinem Finger und hob ihr Kinn zu sich an. „Hast du das Gefühl, dass ich dich vernachlässige?" Sorge machte sich in seinem Magen breit.

Sie prustete los. „Nun, da du mir jede Nacht nur drei Orgasmen bescherst, fühle ich mich total vernachlässigt."

„Ich meine es ernst."

„Ich auch." Sie setzte sich auf und drehte sich zu ihm, damit sie ihn direkt ansehen konnte. „Nein, ich fühle mich nicht vernachlässigt. Du bringst mir jeden Abend Blumen, Süßigkeiten oder Schokolade mit und kannst deine Finger nicht von mir lassen, wenn du Zuhause bist. Ich bin diejenige, die sich entschuldigen muss." Sie schaute weg.

„Du willst dich bei mir entschuldigen? Wofür zum Teufel?" Er hatte keine Ahnung, wovon sie sprach.

„Ich bin diejenige, die dich anspringt, sobald du durch die Tür kommst. Ich bin diejenige, die die ganze verdammte Zeit nach Sex verlangt." Sie schüttelte den Kopf. „Ich weiß nicht, was mit mir los ist. Es ist, als hätte sich mein Sexualtrieb vervierfacht. Du bekommst gar keinen Schlaf mehr, weil ich dich dauernd bespringe, als wären wir rammelnde Karnickel."

Er warf den Kopf zurück und stieß ein Lachen aus. Ryker lief an ihnen vorbei und sah ihn komisch an. Trotzdem konnte er nicht aufhören zu lachen.

„Was ist denn so lustig?" Sie drückte ihre Lippen zu einer dünnen Linie zusammen und runzelte die Stirn.

„Die Tatsache, dass du denkst, dass du zu viel Sex willst, ist so lustig", schnaubte er.

„Aber du bekommst nie Schlaf. Du musst irgendwann schlafen, Damon. Ich muss aufhören, dauernd an deinem …" Sie zeigte auf seinen Schritt und ihre Augen wurden groß.

„An meinem Schwanz zu spielen?" Er mochte die Art, wie sie ihn ansah.

Sie schlug ihm auf den Arm. „Das hier ist ernst."

Er blickte hinunter auf die Beule in seiner Jeans. „Ja, das weiß ich. Ich habe ein bisschen Zeit vor meinem nächsten Anruf, falls du mich für ein … Meeting … in mein Büro begleiten willst."

„Damon", rief Lucien ihm zu, als er seine Harley parkte und den Motor abschaltete. „Ich habe Neuigkeiten."

Er atmete aus und nickte. Er stand auf und half Ava auf die Beine.

„Wie wäre es, wenn ich dir heute dein Abendessen ins Büro bringe und wir Sekretärin und Chef spielen würden?", flüsterte sie in sein Ohr.

„Nur wenn du nichts als einen Trenchcoat und eine Brille trägst."

„Wird gemacht." Sie gab ihm einen schnellen Kuss und winkte Lucien zu, als sie zurück zu ihrem Auto ging.

„Was gibt es Neues?", fragte Damon und verschwendete keine Zeit.

„Ich habe mit Lorcan gesprochen. Er hat herausgefunden, wer der Maulwurf in Texas war, der Boudier aus seiner Zelle gelassen hat." Lucien stemmte die Hände in seine Hüften. „Sein Name ist Bubba. Er ist nicht mal aus Texas. Ursprünglich aus …"

„Louisiana", beendete Damon den Satz.

„Ja." Lucien sah ihn fragend an. „Woher weißt du das? Hast du diese Informationen schon bekommen?"

„Nein." Ein Schauer lief ihm den Rücken hinunter und er sah weg. „Bubba gehörte zu dem roten Wolfsrudel, das Ava damals entführt hat. Nachdem ich sie hierher zurückgebracht hatte, machte ich mich auf die Suche nach ihm. Obwohl Barrett mir befohlen hatte, das nicht zu tun." Er zuckte mit den Schultern. „Es stellte sich heraus, dass es tatsächlich unnötig war. Ich habe nie wieder von ihm gehört. Ich bin jedes Stückchen Informationen durchgegangen, das wir über Louisiana und alle roten Wölfe hatten. Bubba hatte sich einfach in Luft aufgelöst."

„Scheiße."

„Allerdings." Damon kniff die Augen zusammen. „Wie

zum Teufel hat Texas ihn als Wächter aufgenommen, wenn er doch eindeutig ein roter Wolf ist."

„Sie behaupten, er habe gesagt, dass er dem Staat Louisiana entflieht. Texas und Louisiana haben wegen Boudier nichts füreinander übrig. Also haben sie ihn in den Staat gelassen und als er sich als Wächter bewarb, wurde er angenommen. Sie sagten, dass Bubba Texas wichtige Informationen darüber gegeben hat, was Boudier vorhatte. Also dachten sie, sie würden ihn behalten." Lucien zuckte mit den Schultern.

„Haben sie ihm genug vertraut, um ihn zum Wächter zu machen?"

„Nein, verdammt. Sie wollten ihn nur so lange in ihrer Nähe behalten, bis Boudier gefasst werden konnte. Tatsächlich stammt ein Großteil der Informationen aus Texas, die Barrett in der Nacht des Tribunals über Boudier hatte." Lucien verschränkte die Arme vor der Brust.

„Und dann hat Bubba sein eigenes Rudel verraten."

„Als bekannt wurde, das Boudier nach Texas gebracht werden sollte, hat Bubba angeblich versucht, das Rudel zu verlassen. Zumindest behauptet dies einer der Wächter, die Bubba nahestanden. Er sagte, Bubba hätte völlig verängstigt ausgesehen."

„Aha." Damon rieb sich das Kinn und dachte an sein erstes Treffen mit ihm. Er war in ein geheimes Lager der roten Wölfe eingedrungen, in welchem Ava als Geisel festgehalten wurde, nachdem sie sie entführt hatten. Die roten Wölfe hatten geplant, ihr ein Medikament zu geben, damit sie ständig läufig wäre. Auf diese Weise hätten sie sie ununterbrochen schwängern können, um ihre schwindenden Zahlen wiederaufzubauen. Aber ein Weibchen konnte so viele Schwangerschaften nicht bewältigen, ohne dass ihr Körper davon Schaden nahm. Am Ende hätte es sie getötet.

„Haben sie gesagt, wie Bubba Boudier befreien konnte?"
Damon funkelte ihn an.

„Ja. Eines Nachts hat er seine Zelle allein bewacht und
ihm einfach die Tür geöffnet. Das Arschloch ist in normaler
Kleidung vom Gelände spaziert, die Bubba für ihn hineinge-
schmuggelt hatte.

„Wo ist Bubba jetzt?" Damon spürte, wie sein Herz in der
Brust schneller schlug. Sollte er Bubba jemals wiederfinden,
würde er ihm die verdammte Leber herausreißen und ihn
zwingen, sie selbst zu fressen.

„Sie können ihn nicht finden. Er ist in derselben Nacht
wie Boudier verschwunden." Lucien neigte den Kopf. „Sie
glauben aber nicht, dass sie gemeinsam unterwegs sind."

„Warum das?" Damon sah seinen Wächter an.

„Als Boudier an der Raststätte gesichtet wurde, wurde
niemand mit ihm gesehen. Also ist Bubba entweder allein
unterwegs oder ..."

„Oder Boudier hat bereits eine Silberkugel in seinem
Kopf versenkt", beendete Damon Luciens Gedanken.

Das Dröhnen einer Harley hallte die Straße hinunter.
Damon kniff die Augen zusammen, als Ryker auf seiner
Harley vorbeiraste.

„Ich dachte, er hätte seine Schicht gerade beendet. Sollte
er nicht schlafen gehen?", fragte Lucien.

„Das sollte er. Aber versuch das mal Ryker zu sagen."
Damon schaute dem ungehorsamen Wächter hinterher.

„Ryker ist anders. Er stand Barrett sehr nahe. Ich glaube,
sie waren so etwas wie beste Freunde." Lucien fuhr sich mit
der Hand durch die Haare.

„Ich glaube nicht, dass Barrett jemals einen besten Freund
hatte." Er sah Lucien an. „Ich meine, verstößt das nicht gegen
den Rudelführer-Code, oder so? Distanziert bleiben.
Unnahbar bleiben."

„Keine Ahnung. Aber sollte das eine Voraussetzung sein,

machst du es super, Bruder." Lucien grinste und schlug ihm auf die Schulter.

„Arschloch", murmelte Damon. Er rieb sich mit der Hand übers Gesicht. „Ich werde noch einen Wolf brauchen, um Bubba zu finden."

„Ich mache es", bot Lucien an. „Es wäre mir lieber, wenn Jaxon in Ginnys Nähe und in Arkansas bleibt. Mit ihrer Schwangerschaft und allem, was passiert ist, muss er für sie da sein."

„Ja, das stimmt. Obwohl Ginny den Nachlass ihres verstorbenen Mannes geerbt hat, fühle ich mich noch nicht wohl dabei, sie nach Louisiana zurückkehren zu lassen."

„Ich glaube, sie selbst auch nicht. Jaxon hat mir erzählt, dass sie das Haus und alles, was sich darin befindet, so schnell wie möglich zum Verkauf anbieten möchte."

Damon musterte Lucien. „Sie will nichts aus dem Haus haben? Keinerlei Familienerbstücke oder so?"

Lucien rieb sich das Kinn. „Nun, Jaxon meinte, dass ihre Mutter ihr das Besteck als Hochzeitsgeschenk gegeben hatte. Aber da es ihre Mutter war, die sie mit einer Silbergabel in den Rücken gestochen hat, hat Ginny ihrer Familie gegenüber nicht gerade sentimentale Gefühle. Für keinen von ihnen."

„Ich kann die Anwälte anweisen, den Nachlass aufzulösen, wenn sie das wirklich möchte. Aber ich muss zuerst mit ihr sprechen", sagte Damon. Seit Ginny Louisiana verlassen hatte, nachdem sie ihren missbrauchenden Ehemann getötet hatte, war sie irgendwie für sich geblieben. Er konnte es verstehen. Als er damals ins Rudel von Arkansas kam, war er auch eher ein Einzelgänger gewesen. Er hatte jedoch andere Gründe gehabt als sie, daher war er sich nicht sicher, ob es einen Unterschied machen würde, mit ihr zu sprechen. Aber er wollte es versuchen.

„Ich sage ihr Bescheid, bevor ich losfahre." Lucien nickte. „Sonst noch irgendwas?"

„Ich schicke dir ein Foto von Bubba. Ich glaube, dass ich der Einzige im ganzen Arkansas-Rudel bin, der ihn mal getroffen hat und weiß, wie er aussieht."

„Hast du irgendeinen Rat für mich?"

„Ja." Er drehte sich um und sah Lucien an. „Er mag zwar groß sein, aber er ist ungeschickt und kann Schläge nicht gut wegstecken. Denk daran, wenn du ihm begegnest."

Lucien grinste. „Das werde ich." Er ging zurück zu seinem Motorrad und setzte sich auf die Harley.

Damon sah dem Wächter nach, als er wegfuhr, und wünschte sich, er wäre derjenige, der auf diese Mission gehen würde.

KAPITEL VIERUNDZWANZIG

„Die Lieferung der Lebensmittel wird nicht rechtzeitig vor dem nächsten Schneesturm hier ankommen." Barrett wandte sich an Helen und Jacey. Er hatte sie in die Bar gerufen, nachdem sie am Samstagabend geschlossen hatten.

„Aber ich dachte, du hättest gesagt, sie würden Montagnachmittag angeliefert werden." Helen stemmte die Hände in die Hüften. „Nun vermutlich werden wir nur Alkohol und kein Essen servieren. Aber unseren Kunden wird das nicht gefallen."

„Dann werden sie richtig sauer sein, wenn uns der Schnaps ausgeht." Barrett fuhr sich mit den Fingern durch die Haare.

„Was?" Helen riss die Augen auf.

„Unsere Alkohollieferung wird es auch nicht hierherschaffen. Sie sitzen beide in Denver fest. Sie wissen, wie schlecht die Straßenverhältnisse den Berg hinauf nach Silverton sind, und der Lkw-Fahrer hielt es für Zeitverschwendung, es überhaupt zu versuchen. Ich schließe die Bar auch am Montag. Ich werde morgens als Erstes mit meinem Anhänger losfahren und das Essen und den Alkohol holen.

Ich werde versuchen, noch am Montag zurückzukommen, wenn sich das Wetter lange genug hält, um den Berg wieder hochzufahren."

„Bist du verrückt geworden?" Helen runzelte die Stirn. „Wenn sie die Fahrt auf den Berg nicht wagen, warum zum Teufel denkst du, dass du es kannst? Du solltest die Bar einfach schließen, bis der Truck alles geliefert hat." Sie zuckte mit den Schultern.

„Und wenn ich diese Woche kein Geld verdiene, kann ich dich nicht bezahlen, Helen. Ich weiß, dass du das Geld brauchst."

Helens Augen trübten sich. Er hasste es, sie vor Jacey zurechtzuweisen, aber Helen war manchmal einfach zu eigensinnig. Sie hatte sich nie gut um sich selbst gekümmert. Kümmerte sich immer nur um andere. Die alte Frau erinnerte ihn an eine andere alte Dame, die er früher einmal kannte.

Sie blinzelte die Tränen weg. „Ich habe es immer geschafft, Barrett. Mach dir um mich keine Sorgen. Außerdem denke ich nicht, dass du alleine den Berg hinunterfahren solltest."

„Ich komme mit", sagte Jacey.

Sie drehten sich beide zu ihr um und starrten sie an.

„Was?" Sie zuckte mit den Schultern. „Es ist doch nur die kurze Fahrt nach Denver. Nachschub aufladen und wieder zurück, oder nicht?"

„Die Straßenverhältnisse sind gefährlich. Ich glaube nicht …" Barrett kniff die Augen zusammen.

„Ich habe nicht gefragt, ob es gefährlich ist. Ich kenne die Risiken. Außerdem wäre es besser, wenn wir zu zweit fahren würden. Auf diese Weise könnte einer von uns Hilfe holen, wenn unterwegs doch irgendetwas passiert."

„Ich weiß nicht …" Er wollte sie nicht in Gefahr bringen.

Helen spitzte die faltigen Lippen. „Ich würde mich besser

fühlen, wenn du nicht alleine unterwegs wärst. Und Jacey hat recht. Wenn etwas passiert, so wie ein Unfall, kann der andere Hilfe holen."

Er sah Helen finster an. „Du hilfst nicht gerade. Du solltest auf meiner Seite stehen", murmelte er.

„Ich stehe auf deiner Seite. Du bist vielleicht mein Chef, aber ich werde mich immer um dich sorgen. So wie um meine Familie." Sie hob das Kinn.

Er sah Jacey an. „Bist du dir sicher, dass du mitkommen willst? Es könnte gefährlich werden."

„Auf jeden Fall." Sie nickte begeistert. „Außerdem muss ich mal für ein paar Tage bei Mena raus. Ich werde sonst noch verrückt."

„Ich dachte, du magst sie." Barrett runzelte die Stirn.

„Oh, ich mag sie. Ich mag nur ihr Haus nicht. Es fühlt sich gruselig an. Sogar tagsüber. Ich glaube, es liegt daran, dass es alt ist. Ich habe das Gefühl, dass ich beobachtet werde."

„Schätzchen, das Einzige, was dich in diesem alten Haus beobachtet, ist der Geist von Menas totem Ehemann." Helen lachte.

„Meinst du das ernst?" Jacey riss die Augen weit auf.

„Vor ein paar Jahren hatte Mena mal einen Spinner dort, der behauptete, er könne mit den Toten reden. Es wurde gemunkelt, dass sie versuchte, mit ihrem toten Ehemann zu kommunizieren, um herauszufinden, wo er seine alten Ölanleihen versteckt hielt." Helen lachte.

„Aber ich dachte, Mena wäre reich. Ich meine, sie ist doch immer mit Gold und Diamanten behangen. Ich glaube, sie schläft sogar damit." Jacey runzelte die Stirn.

„Schätzchen, die Hälfte ihres Schmucks ist nicht echt, oder zumindest habe ich das gehört." Helen lehnte sich flüsternd zu ihr hinüber, obwohl niemand sonst im Raum war.

„Hat sie mit dem Geist ihres Mannes gesprochen?", fragte Jacey mit großen Augen.

„Nun, das Medium hat ihr ein paar Tausend Dollar berechnet und behauptet, der tote Ehemann hätte ihn gebeten, unter den Dielen in ihrem Schlafzimmer zu suchen. Die arme Frau nahm eine Brechstange und suchte unter jedem Stück des Holzfußbodens im ganzen Haus. Für nichts und wieder nichts. Als sie versuchte, noch mal mit dem Medium Kontakt aufzunehmen, um sich zu beschweren, hatte er seine Telefonnummer geändert." Helen schüttelte den Kopf. „Das Gerücht besagt, dass das Medium ein Quacksalber war und er versehentlich böse Geister ins Haus gelassen hat."

„Helen. Ich bin mir sicher, dass das nicht stimmt." Barrett warf der Kellnerin einen bösen Blick zu.

„Nun, das haben mir die Leute erzählt. Sie sagen, dass sie manchmal aufwachen und ihre Bettdecke von einem unsichtbaren Geist weggerissen wurde." Helen kniff die Augen zusammen. „Ist dir so etwas auch passiert, Jacey?"

„Nein." Ihr Gesicht wurde blass.

„Helen", warnte er sie.

„Gäste haben auch gesagt, dass sie von einem Stöhnen aus ihrem tiefen Schlaf gerissen wurden. Es gibt Berichte, dass sie jemanden am Fußende ihres Bettes haben stehen sehen."

„Helen, du bist wirklich nicht sehr hilfreich. Das klingt für mich nach einem riesigen Haufen Scheiße", knurrte er.

Helens Augen wurden größer. „Ich versichere dir, ich habe aus zuverlässigen Quellen gehört, dass in diesem Haus paranormale Aktivitäten stattfinden."

„Musst du nicht nach Hause gehen?" Er runzelte die Stirn.

Sie zuckte mit den Schultern. „Ich versuche nur, zu helfen." Sie schlang den Riemen ihrer Handtasche um ihre Schulter und ging zur Tür. Sie legte ihre Hand auf den Griff und drehte sich noch einmal um. „Wenn du in dem Haus paranormale Aktivitäten erlebst, besorge dir ein bisschen Weihwasser und besprenkele den Raum damit. Hänge etwas

Knoblauch an die Fenster und streue Salz um dein Bett." Sie winkte und ging dann zur Tür hinaus.

„Bitte ignoriere sie." Barrett wandte sich wieder an Jacey.

Sie nickte, sagte aber nichts.

Er kam näher und legte seine Hände auf ihre Schultern. Sie sah ihm in die Augen.

Diese karamellfarbenen Augen ließen sein Herz immer höherschlagen und seinen Bauch heiß werden. Er war diese Art Gefühle nicht gewohnt und er war sich nicht sicher, woher sie kamen.

„Du glaubst doch nicht etwa den ganzen Mist, den Helen von sich gibt, oder?"

„Natürlich nicht." Sie zwang sich zu einem Lächeln, aber sie konnte ihn nicht täuschen.

„Jacey?"

„Schau mal, ich glaube nicht an Geister. Aber in diesem Haus ist irgendwas Seltsames los. Es fühlt sich merkwürdig an, irgendwie schwermütig. Ich kann es nicht richtig erklären. Ich schlafe nachts mit eingeschaltetem Licht, weil ich das Gefühl habe, dass mich jemand beobachtet."

Seine Hände glitten von ihren Schultern. Er hatte ihr Zimmer von seinem Fenster aus beobachtet, bevor er zu Bett ging. Wie hatte sie das spüren können? Es war weit genug weg, dass er nie wirklich etwas anderes im Raum gesehen hatte. Nur das Licht.

„Vielleicht ist es nur ein Auto, das vorbeifährt. Ich meine, du siehst niemanden, oder?"

„Nein. Aber ich habe das Gefühl, dass derjenige, der mich beobachtet, irgendwie wartet."

„Worauf wartet er?" Er neigte den Kopf.

„Er wartet darauf, mir wehzutun." Sie schaute weg, aber nicht bevor er die Angst durch ihre Augen blitzen sehen konnte.

„Hast du dich vor den ... Jägern so gefühlt?"

„Nein."

Er entspannte sich. „Ich glaube, dass du immer noch ein Trauma wegen dem Vorfall mit den Jägern hast. Das ist völlig normal. Du wurdest in der Nacht gefangen genommen und jetzt fühlst du dich nachts verletzlich." Er beugte sich näher zu ihr. „Würdest du sagen, dass es das akkurat beschreibt?"

Sie nickte.

Er zog sie an seine Brust. Sie kämpfte nicht gegen ihn an und er konnte fühlen, wie ihr Körper an seinem zitterte.

Sie legte ihre Hände um seinen Rücken und sank in seine Umarmung.

Ihr Körper zitterte an seinem, als er sie hielt und sein Kinn auf ihren Kopf legte. Sein Herz schmerzte für sie, aber gleichzeitig schwoll das riesige Gefühl in seiner Brust, dass sie ihn brauchte.

Der Wunsch, sie um jeden Preis zu beschützen, spülte wie eine Welle durch seinen Körper und er schlang seine Arme noch fester um sie. Er war sich nicht sicher, wie lange sie dort so standen. Aber etwas zwischen ihnen veränderte sich. Etwas, das er nicht verstehen konnte.

Seit dem Tag, als sie in die Bar gekommen war, wusste er, dass sie anders war, und hatte versucht, sich von ihr fernzuhalten. Er konnte ihr keine Transparenz bieten. Sie war von ihrem ehemaligen Gefährten verletzt worden und sie war keine Frau, die eine Beziehung mit einem Mann tolerieren könnte, der ihr nur Halbwahrheiten gab.

Er zitterte. Der bloße Gedanke an eine Beziehung mit Jacey machte ihm Angst.

Sie schniefte und löste sich schließlich aus seiner Umarmung. „Es tut mir leid."

„Entschuldige dich niemals dafür, verletzbar zu sein. Es bringt den besten Teil in uns hervor", sagte er und sah in ihre karamellfarbenen Augen.

Sie neigte den Kopf und starrte ihn an. „Wie kommt es, dass du dich nie verpaart hast?"

Die Frage schockierte ihn. „Ich wollte es nie." Er hatte diese Worte immer und immer wieder zu seinen Wächtern gesagt. Jetzt war er sich nicht sicher, warum es ihm so schwerfiel, dies zuzugeben.

Sie schenkte ihm ein kleines Lächeln. „Man kann es dir nicht vorwerfen. Sich zu verpaaren macht einen schwächer, als man es jemals für möglich gehalten hätte. Es kann dich auf eine Weise zerstören, die du nicht kanntest." Sie ging zur Wand hinüber und nahm ihren Mantel vom Haken. Sie schob ihre Arme hinein und nahm ihre Tasche.

„Bist du so weit?", fragte er.

„Ja."

Er öffnete die Hintertür und ließ sie zuerst hinausgehen. Er wollte zu seinem Jeep laufen, aber sie legte ihre Hand auf seinen Arm und blieb stehen.

„Macht es dir etwas aus, wenn wir zu Fuß gehen?" Sie warf ihm einen unsicheren Blick zu.

„Macht dir die Kälte nichts aus?" Er wusste, dass ihr Wolfsblut heißer war als das eines Menschen, aber er konnte einfach nicht aufhören, sich um ihr Wohlergehen zu sorgen.

„Tatsächlich würde mir die frische Luft guttun. Mir ist beim Kochen den ganzen Abend heiß geworden", gab sie zu.

„Dann lass uns gehen." Er drehte sich um und sie begannen ihren Fußweg zu Menas Haus, das einen knappen Kilometer die Straße hinunter gelegen war.

„Wenn es dir nichts ausmacht, werde ich mit reinkommen."

Sie sah ihn mit großen Augen an.

„So habe ich das nicht gemeint." Er räusperte sich. „Ich wollte mich nur in deinem Zimmer umsehen, um zu sehen, ob ich herausfinden kann, was dich so unwohl fühlen lässt."

„Barrett, das brauchst du wirklich nicht zu tun." Sie

vergrub ihr Kinn im Kragen ihres Mantels und schob die Hände in ihre Taschen.

„Es ist okay, um Hilfe zu bitten, weißt du", sagte er.

Sie riss den Kopf hoch und runzelte die Stirn. „Das ist tatsächlich ein guter Rat. Du solltest ihn gelegentlich selbst befolgen."

Er prustete los. „Ich bin schrecklich darin, wenn ich meinen eigenen Rat annehmen soll."

Sie lachte und der melodische Klang hallte durch die dunkle Nacht. Sein Herz fühlte sich leichter davon an.

„Ist dir warm genug?" Er sah, wie sie zitterte, und bedauerte, nicht den Jeep genommen zu haben.

„Mir wird wieder warm werden, wenn wir reingehen", versicherte sie ihm.

„Komm her." Er öffnete seine Jacke.

Sie zögerte.

„Schau, es ist nur ein Angebot von Wärme, keine Rosen und Kerzenlicht", sagte er.

„Das ist gut. Ich habe noch nie Rosen bekommen, also weiß ich nicht, was ich verpassen würde." Sie grinste und kuschelte sich an ihn. „Du bist wie eine wandelnde Heizung." Sie seufzte.

Sein Körper spannte sich an und schmerzte. Ihr Duft war plötzlich überall um ihn herum und er konnte sich wirklich nicht daran erinnern, dass er jemals jemanden gerochen hatte, der so verdammt gut roch.

Er schloss sie fester in seine Arme.

Seine Atmung wurde schneller und sein Herz schlug hart hinter seinen Rippen. Er spürte, wie die Temperatur seines Blutes heißer wurde und sein Körper mit einer Lust schmerzte, die so stark war, dass er glaubte, sich nicht beherrschen zu können.

Was zum Teufel war mit ihm los? Er hatte noch nie zuvor auf eine Frau so reagiert. Als ihn diese Hexe und diese Fee von den Toten zurückholten, hatten sie da auch irgendetwas mit seiner Seele getan?

Er knurrte.

Jacey blieb stehen und versteifte sich. „Was ist los? Hast du was gesehen?"

Er schüttelte den Kopf. „Nein. Mir geht nur gerade so viel durch den Kopf ", log er. Es war nicht sein Kopf, der ihn so fühlen ließ. Der Grund befand sich etwas weiter südlich von seinem Reißverschluss.

Sie blieben vor Menas viktorianischem Haus stehen. Das ältere Haus ähnelte einem Puppenhaus für Kinder mit den weißen Zierleisten auf der kastanienbraunen Verkleidung.

Schnee lag auf den steilen Dächern und Giebeln, was das Haus wie das perfekte Weihnachtsquartier für verliebte Pärchen erscheinen ließ.

Was zur Hölle war mit ihm los? Seine Gedanken spielten in seinem Kopf verrückt, als wäre er ein Idiot.

Wenn er diese Fee und diese Hexe jemals in die Finger kriegen würde, würde er sicherstellen, dass sie sich wünschten, sie hätten ihn niemals von den Toten zurückgeholt.

Jacey löste sich aus seiner Umarmung und wühlte in ihrer Handtasche herum, um den Schlüssel für die Haustür zu finden. Mena stellte sicher, dass alle ihre Gäste nicht nur einen Schlüssel für ihr Zimmer, sondern auch einen für die Haustür hatten. Sie wollte nicht dauernd unterbrochen werden, wenn sie ihre alten Filme schaute, nur um jemanden ins Haus zu lassen.

„Bist du dir sicher, dass es dir nichts ausmacht, dich in meinem Zimmer umzusehen?" Jacey steckte den Schlüssel in die Vordertür und drehte ihn im Schloss herum. Sie öffnete die Tür und trat ein.

Sie sah ihn an, als würde sie erwarten, dass er sagte, er hätte seine Meinung geändert. Er wusste, dass es eine schlechte Idee war, mit ihr in ihr Zimmer zu gehen. Aber er konnte sie nicht im Stich lassen. Nicht jetzt.

„Überhaupt kein Problem." Seine Stimme klang hart und kratzig in seinen Ohren. Er hoffte, dass sie die Veränderung an ihm nicht bemerkt hatte. Er wollte sich wirklich nicht auf jemanden einzulassen, der offensichtlich keine Beziehung suchte. Selbst wenn es nur Sex war.

Er wusste, wenn er ihre vollen Lippen und den weichen Körper betrachtete, dass Sex mit Jacey ganz unglaublich sein würde. Es würde mehr als überwältigend sein.

„Geht es dir gut?" Sie neigte den Kopf. „Du siehst aus, als hättest du Schmerzen."

„Es geht mir gut." Er wies ihre Besorgnis zurück und war verlegen, dass jemand, den er kaum kannte, ihn wie ein offenes Buch lesen konnte.

Er hatte Schmerzen, das stimmte. Schmerzen, weil seine Eier etwas angestaut hatten.

Er schluckte schwer und betrat das Haus.

Er betrachtete die kunstvollen antiken Möbel im Raum und die Familienfotos an den Wänden. Ein Gefühl der Nostalgie überkam ihn. Er hatte einst selbst ein Leben mit Familienfotos geführt. Lange bevor er Rudelführer geworden war.

Seit er nach Arkansas gezogen war, hatte er nur selten Kontakt zu seiner Familie gehabt. Er hatte die Familie im Streit verlassen, als er sich geweigert hatte, sich mit der Tochter des alten Rudelführers zu verpaaren. Olivia war wirklich wunderschön gewesen, aber er wusste, dass er sie nicht als Gefährtin wollte. Zur Hölle, er wollte niemanden als seine Gefährtin.

Als er sich weigerte, hatten ihn seine Familie und der Rat nach Arkansas versetzt, um dort als Rudelführer zu dienen. Es war ihm nicht erlaubt gewesen, mit seiner Familie zu sprechen, und er hatte sein Los in Arkansas akzeptiert.

Er hatte sich eine neue Familie geschaffen. Er wusste

noch nicht einmal, ob seine eigene Familie überhaupt wusste, dass er gestorben war. Ein Bruder, dem er das Leben immer schwergemacht hatte, und eine Schwester, die er vergötterte.

Jetzt war er wieder entwurzelt worden und hatte auch seine Familie in Arkansas verloren.

Einmal, nur ein einziges Mal, wollte er haben, was er wollte. Und auf die Regeln und alle anderen scheißen.

Sie drückte einen Finger auf ihre Lippen, um ihm zu signalisieren, still zu sein, und winkte mit der Hand, dass er ihr die Treppe hinauffolgen sollte.

Seine Schritte waren trotz seines Versuchs, leise zu sein, laut auf der mit Teppich ausgelegten Treppe zu hören. Er versuchte sein Bestes, um ihr nicht auf den Arsch zu starren, aber er war schließlich auch nur ein Mann. Und sie hatte einen wirklich hübschen Arsch. Den besten Arsch, den er je gesehen hatte.

Er holte tief Luft und atmete langsam aus.

Sie kamen oben an und er folgte ihr den Flur entlang zu ihrem Zimmer.

Etwas fühlte sich merkwürdig an. Er hielt inne und blickte auf eine geschlossene Tür.

„Mein Zimmer ist hier hinten." Sie zeigte mit dem Finger und runzelte die Stirn.

Er atmete tief ein. Der schwache kupferne Geruch der Gefahr lag in der Luft. „Wessen Zimmer ist das?"

„Es ist leer." Sie zuckte mit den Schultern. „Ich glaube, dort war dieser Typ drin. Charles?"

„Charles." Der, den er erschreckt hatte, als er mit Jacey flirtete. Er wusste, dass er den Kerl nicht gemocht hatte. Deshalb roch hier etwas seltsam. Wenn ein gefährlicher Mensch einen Ort verlässt, blieb der Geruch seiner Absichten manchmal zurück. Charles Absichten mit Jacey waren nicht gut gewesen.

Barrett hatte es von Anfang an gewusst.

„Er ist nicht noch mal zurückgekommen, oder?"

„Nein. Ich bin die Einzige, die im Moment hier wohnt." Sie ging zu ihrem Zimmer und steckte den Schlüssel in die Tür. Sie drehte den Knauf und öffnete die Tür. „Komm rein."

Er trat hinter ihr ein.

Jaceys Duft war überall im Raum und umhüllte ihn wie eine sinnliche Decke.

Er zog seine Jacke aus und fuhr sich mit der Hand über das Gesicht. Er musste sich in den Griff kriegen.

Er ging zu den Fenstern hinüber und blickte über seine Schulter. „Öffnest du diese Fenster jemals?"

„Nein." Sie schüttelte den Kopf und kaute besorgt mit den Zähnen auf ihrer Lippe. „Siehst du irgendetwas?"

„Nein." Er schaute hinaus und alles, was er sehen konnte, war die dunkle Nacht. Sie waren zu weit oben, als dass irgendjemand hochklettern und durch das Fenster schauen könnte. Er versuchte, eins von ihnen zu öffnen. Sie waren alle von innen verriegelt. „Sie sind abgeschlossen und es ist zu hoch, als dass jemand hier hereinschauen könnte."

Er ging durch den Raum, bemerkte aber nichts Außergewöhnliches. Er zeigte auf den Kamin. „Benutzt du den?"

„Bis jetzt nicht. Ich war mir nicht sicher, wie." Sie setzte sich aufs Bett. „Ich wollte Mena fragen, aber sie schläft immer noch, wenn ich morgens aufstehe. Ich vergesse immer, sie zu fragen, wenn ich abends wiederkomme."

Er hockte sich vor den Kamin und öffnete das Gasventil. Er drückte die Zündung und hielt sie für eine Weile gedrückt. Er sah sie über die Schulter an. „Ich stelle nur sicher, dass das Gas in der Leitung vorgefüllt ist. Wenn du dir nicht sicher bist, wann das Gas das letzte Mal benutzt wurde, ist das immer eine gute Idee."

Er wandte sich wieder dem Kamin zu und drückte auf den Zündknopf. Der Kamin entzündete sich und die Flammen tanzten über den Keramikscheiten.

Ihr entwich ein entzücktes Lachen. „Vielen lieben Dank." Sie stand auf und ging zum Kamin hinüber. „Ich wollte schon immer vor einem Feuer einschlafen."

In seinen Gedanken sah er Bilder aufblitzen, wie sie nackt vor einem Feuer lag und er sich seinen Weg ihren wunderschönen Körper hinunter küsste.

„Danke." Sie stellte sich auf ihre Zehenspitzen und umarmte ihn. Er schlang seine Arme um ihre Taille und drückte sie an sich.

Sie zog sich zurück, ihre Hände ruhten auf seiner Hüfte und sie schaute hinauf in seine Augen.

Ihre Augenlider waren schwer und ihre Atmung wurde schneller.

Anstatt sich von ihm zu lösen, glitten ihre Hände über seinen Rücken.

Er zitterte.

„Ich weiß, dass das gegen die Regeln verstößt …", flüsterte sie.

„Scheiß auf die Regeln." Er konnte ihre Erregung riechen und war völlig in ihrem süßen, süßen Duft verloren. „Jacey, mir fällt das wirklich schwer."

„Das muss es nicht." Sie drückte sich gegen seine Erektion. Er knurrte.

„Ich lasse niemanden an mich heran. Es ist Teil dessen, wer ich bin", sagte er.

„Und ich suche nicht nach *für immer*. Ich genieße es nur, mein Leben zurückzuerobern." Ihre rosafarbene Zunge schoss heraus und leckte über ihre Lippen.

„Du musst damit aufhören."

„Womit?", fragte sie unschuldig.

„Diese Sache mit deiner Zunge. Hör mal, ich bin auch nur bis zu einem gewissen Grad ein Gentleman", stöhnte er. „Zwing mich nicht, etwas zu tun, was wir beide bereuen werden."

„Ich habe es satt, im Leben immer nur Regeln zu folgen und die Dinge zu tun, die von mir erwartet werden. Ein einziges Mal will ich einfach etwas für mich selbst tun. Ich will einmal egoistisch sein", sagte sie.

„Sag mir, was du willst."

„Ich will geküsst werden. Wirklich geküsst. Ich will wissen, dass du, wenn du mich küsst, an niemand anderen denkst."

„Das ist der leichte Teil." Seine Stimme war heiser. „Das Schwierige wird sein, bei deinen Lippen aufzuhören." Er neigte seinen Kopf zu ihr und ihr Atem stockte in ihrer Kehle. „Du willst, dass ich dich küsse, und das ist etwas, worüber ich schon eine sehr lange Zeit nachgedacht habe. Aber ich werde nicht hier stehen und sagen, dass das alles ist, was ich mit dir machen will, Jacey. Ich bin viele Dinge, aber ein Lügner bin ich nicht."

Sie schluckte, als der Raum sich mit seinen unanständigen Worten füllte. Unentschlossenheit lag schwer in ihrem Blick.

„Was willst du, Jacey?" Er krallte ihre Kleider in seinen Händen zusammen und versuchte, sich zurückzuhalten. Mit jedem Atemzug, den er ihren Duft einatmete, wurde er vor Lust noch wilder.

Sie leckte sich die Lippen und sah ihm in die Augen. „Ich will, dass du mich küsst."

Er knurrte leise und sein ganzer Körper zitterte vor Erregung.

Er neigte seinen Kopf und drückte seinen Mund auf ihren. Seine Zunge tauchte in ihren Mund und schmeckte ihren Duft, ihre Verletzlichkeit, ihre Süße.

Sie stöhnte und öffnete ihren Mund weiter und ließ sich von ihm mit gieriger Hingabe plündern.

Dies war kein sanfter Kuss. Es war nicht der Kuss, den sie

verdiente oder brauchte. Es war der Kuss, den er brauchte und wollte. Hart und wild.

Sie schmeckte noch besser, als sie aussah, und das sollte etwas heißen. Er hatte davon geträumt, seitdem sie in sein Leben getreten war, und die Realität war noch besser als alles, was er sich jemals hätte vorstellen können.

Seine Hände packten ihre Hüften noch fester, als er sie fordernd küsste. Er drückte seine Erektion gegen ihren Bauch und schluckte ihr leises Stöhnen mit seinem Mund. Sein Körper forderte mehr. Etwas, das weniger Kleidung beinhaltete. Er war sich nicht sicher, wie lange er noch die Kontrolle über seine Instinkte haben würde.

Ihre Hände glitten seine Arme hinauf. Als sie seine Schultern erreichte, fanden ihre Finger ihren Weg in sein Haar und sie hielt sich daran fest, als sie seinen Kuss mit der gleichen Dringlichkeit erwiderte, die auch er fühlte.

„Verdammt", murmelte er und küsste ihren Hals hinunter. „Du schmeckst so verdammt unglaublich." Er vergrub sein Gesicht in ihrer Halsbeuge und biss sanft in ihr Fleisch.

„Oh Gott." Sie stöhnte, klammerte sich an ihn und keuchte. Sie zitterte in seinen Armen und rieb sich an seiner Erektion. „Hör nicht auf."

Er nahm ihr Gesicht zwischen seine Hände und zwang sie, ihn anzusehen. Ihr Schlafzimmerblick ließ sein Herz höherschlagen und bei ihrem Stöhnen wünschte er sich, sie wären auf einer einsamen Insel, weit weg von allem und jedem.

„Ich möchte mehr tun, als dich nur zu küssen", sagte er.

„Dann tu es", sagte sie atemlos.

„Bist du dir sicher?" Er bereute die Frage sofort. Er wollte nicht, dass sie ihre Meinung ändern konnte. Wenn sie das tat, würde er mit dem Gesicht voran in den Schnee springen müssen, um seinen Körper wieder abzukühlen.

„Ja."

„Wie weit willst du gehen?" Scheiße. Was zum Teufel war denn heute mit seinem Gewissen los?

„Weit genug." Sie blinzelte und er konnte die Unentschlossenheit in ihren Augen wieder sehen.

Er nickte und versuchte, zu schlucken. Er war sich nicht sicher, wie weit er mit ihr gehen konnte, ohne alles mit ihr zu tun.

Aber für sie würde er es versuchen.

KAPITEL FÜNFUNDZWANZIG

Jacey konnte die Schmetterlinge in ihrem Bauch nicht länger beruhigen.

Sie war noch nie so geküsst worden, wie Barrett sie küsste. Noch nicht einmal ihr Gefährte hatte sie je so geküsst. Sie war noch nie so geil gewesen, wie sie es jetzt war.

Sie wollte, dass er ihr die Kleider herunterriss und es ihr direkt hier vor dem Kamin besorgte. Aber sie traute sich nicht, ihn darum zu bitten. Sie war schon einmal zurückgewiesen worden. Sie wollte sich wirklich nicht in die Verlegenheit bringen, wieder zurückgewiesen zu werden.

Er küsste sie und seine Zunge stieß in ihren Mund. Gott, er schmeckte heiß und scharf und sexy.

Sie hatte wirklich nicht damit gerechnet, dass dies passieren würde.

Aber es fühlte sich zu gut an, um jetzt aufzuhören.

Sie strich mit den Händen über seine Brust und spürte jeden Muskel, der unter seinem T-Shirt verborgen lag. Sie fand den Saum des Shirts und schob ihre Finger darunter, um seine nackte Haut zu berühren.

Er stöhnte bei ihrer Berührung.

Sie strich über jeden definierten, heißen Muskel, als sie mit ihren Fingern seine Brust hinaufglitt. Sein fantastischer Körper war hart wie Stahl.

Sie wollte diesen Körper an ihrem eigenen spüren. Sie griff nach dem Saum seines T-Shirts und zog es hoch.

Er sah ihr in die Augen, zog sich mit einer schnellen Bewegung das T-Shirt über seinen Kopf aus und warf es zu Boden.

Mit schwerem Atem ließ sie ihren Blick auf seine nackte Brust sinken. Seine Muskeln wurden vom Schein des Feuers beleuchtet. Er sah aus wie ein griechischer Gott, der auf die Erde geschickt wurde, um ihr Vergnügen zu bereiten.

Er griff nach ihrer Hand, drückte sie an seine Brust und zog sie näher an sich. Sie starrte in seinen intensiven Blick und war unfähig, in ihrem Kopf auch nur einen zusammen-hängenden Gedanken zu formulieren.

Er sah ihr weiter in die Augen, während er seine freie Hand unter ihr Oberteil schob. Seine Fingerspitzen wanderten über ihren Rücken und ließen Schauder auf ihrer Haut zurück.

Sie wollte, dass er sie überall berührte. Und sie wollte seinen harten Körper an ihrem spüren. Sie brauchte es, wie sie noch nie irgendetwas gebraucht hatte.

Sie trat zurück, griff den Saum ihres Pullovers und zog ihn über den Kopf, bevor sie ihn auf den Boden warf.

Sein Blick verdunkelte sich und seine Atmung wurde schneller. Er war genauso erregt wie sie.

Er trat näher und strich mit einem Finger über den Träger ihres pinkfarbenen Spitzen-BHs. Sie dachte, ihr Herz würde unter dieser so unschuldigen Berührung fast explo-dieren, und war insgeheim froh, dass sie eine Woche vor ihrer Abreise aus Mississippi neue Höschen und BHs gekauft hatte. Sie wollte ganz von vorn anfangen. Und sie konnte sich keinen besseren Weg vorstellen, als mit neuen Dessous zu beginnen.

„Wunderschön", sagte er, als er mit einem Finger über die Rundung ihrer Brust strich. Sein Blick folgte seinem Finger. Die Fingerspitze streichelte ihre Brustwarze durch den Stoff des BHs. Sie stöhnte.

Er neigte den Kopf und drückte seinen Mund auf ihren. Sie fuhr mit den Fingern durch sein Haar, zog ihn nah an sich und küsste ihn tief zurück. Sie saugte seine Zunge in ihren Mund. Er knurrte.

Es war ihr egal. Sie brauchte das. Sie brauchte ihn.

Seine Hand griff um sie herum. Sie spürte, wie er ihren BH öffnete. Gekonnt zog er ihr den BH von den Schultern, ohne dabei den Kuss zu unterbrechen.

Er zog sie an sich und ihre Brustwarzen rieben sich in süßer Folter an seiner Brust.

Er bückte sich hinunter und hob sie hoch. Sie küsste ihn weiter, während er zum Sessel neben dem Kamin hinüberging und sich setzte.

„Ich muss dich besser sehen können." Seine tiefe Stimme ließ sie innerlich erzittern.

Seine Hände waren stark und doch sanft, als er sie um ihre Wangen legte und sie erneut küsste. Sie konnte das Verlangen, das durch ihren Körper und in ihren Unterleib strömte, nicht länger aufhalten. Ihr Körper stand in Flammen.

Er vergrub sein Gesicht in ihrem Nacken und leckte über ihr empfindliches Fleisch. Gänsehaut bildete sich auf ihrem Rücken und sie krümmte sich ihm entgegen, um ihm noch näher zu sein.

„Barrett." Sie hauchte seinen Namen und vergrub ihre Fingernägel in seinem muskulösen Fleisch.

Er hob den Kopf. „Sag meinen Namen. Ich will, dass du meinen Namen sagst, wenn du kommst."

Ihr Gesicht wurde von seinen geilen Worten heiß, aber sie wollte ihn zu sehr, als dass sie ihn hätte aufhalten können. Er konnte alles zu ihr sagen, solange er sie weiter berührte.

Er neigte seinen Kopf, umschloss ihre Brustwarze mit seinen Lippen und saugte. Sie wäre fast gekommen. Sie griff zwischen ihre heißen Körper und packte seine Erektion durch seine Jeans.

„Jacey." Ihr Name klang wie ein geflüsterter Fluch auf seinen Lippen.

Sie packte ihn noch fester, als er gierig an ihrem empfindlichen Nippel saugte. Sie fummelte an seiner Jeans herum, bis sie sie schließlich aufgeknöpft hatte. Sie öffnete den Reißverschluss und schob ihre Hand hinein.

Sein Schwanz zuckte in ihrer Hand und er zischte, als er versuchte, seine Lust zu kontrollieren.

Sie mochte es. Es gefiel ihr, dass sie beide so außer Kontrolle geraten waren, dass sie sich wahrscheinlich gegenseitig am Feuer verbrennen würden.

„Noch nicht. Du wirst mich zu schnell kommen lassen." Er griff ihre Hand und schob sie von seinem Schwanz weg.

Es war ihr egal. Sie wollte ihn so.

„Lass mich zuerst ein bisschen Spaß haben." Er grinste und es hätte ihr Angst machen sollen. Das tat es aber nicht.

Seine Hand glitt zu ihrem Oberschenkel und langsam zwischen ihre Beine.

Sie schloss die Augen.

„Jacey, sieh mich an", befahl er.

Sie gehorchte und hielt seinem Blick stand, obwohl sie das überwältigende Bedürfnis hatte, ihre Augen fest zusammenzukneifen.

„Gefällt dir das?" Seine Finger streichelten sie durch ihre Jeans.

„Ja", flüsterte sie, als sie versuchte, ihre Augen weiter offenzuhalten.

„Sieh mich weiter an", befahl er. Seine Hände fanden den Knopf ihrer Jeans und öffneten den Reißverschluss. Langsam und quälend schob er seine Finger in ihr pinkfarbenes Spitzenhöschen direkt über ihre Perle.

„Hör nicht auf."

„Das habe ich auch nicht vor." Er senkte seinen Kopf und küsste sie. Seine Finger bewegten sich wie seine Zunge in ihrem Mund. Sie klammerte sich an ihn und stöhnte.

Er unterbrach den Kuss und sah sie an. Er zog seine Hand heraus und riss ihr die Jeans herunter. Sie schüttelte sie ab. Seine Augen wanderten über ihren nackten Körper und er knurrte.

„Ich will dich schmecken und dabei zusehen, wie du unter meiner Zunge kommst." Er schob sie sanft auf den Sessel, bis sie saß. Er grinste und kniete sich vor ihr hin.

„Halte deine Augen offen. Auch wenn du kommst."

„Ich glaube nicht, dass ich das kann."

„Du kannst es. Ich will, dass du mir zusiehst, wie ich dich lecke." Er spreizte ihre Beine mit den Händen und sein Blick wanderte an ihren Oberschenkeln zu ihrer vom Höschen verhüllten Pussy hinauf.

Ihr gesamter Körper stand in Flammen und sie war sich nicht sicher, wie lange sie es aushalten würde.

Seine Hand glitt ihren Schenkel hinauf und legte sich über sie. „Du bist so verdammt nass."

Sie stöhnte und krümmte sich gegen seine Hand.

Er neigte den Kopf und küsste ihr Höschen.

„Oh Gott, Barrett."

„Leise. Mena wird dich hören und denken, du brauchst Hilfe." Er hakte seine Daumen unter beide Seiten des Höschens und riss einmal kräftig daran. Das Geräusch der zerreißenden Spitze hallte in ihren Ohren wider.

„Die waren neu." Sie war sich nicht sicher, warum sie das sagte. Es war ihr einfach in den Sinn gekommen.

„Dann trage lieber kein Höschen in meiner Nähe. Jemals."
Sein dunkler Blick fiel auf ihre nackte Pussy. Er legte ihre
Beine auf seine Schultern und grinste, bevor er seinen Mund
in ihrem nassen Fleisch vergrub.

Sie krümmte sich ihm entgegen und griff in sein Haar.
Seine Zunge massierte und leckte ihre Perle und sie konnte
einfach nicht stillhalten. Sie krallte ihre Finger in sein Haar
und drückte seinen Mund gegen sie.

Sie warf den Kopf zurück. Er sah zu ihr auf und runzelte
die Stirn. „Sieh mich an."

Sie neigte den Kopf zur Seite und sah ihm dabei zu, wie
er seinen Kopf wieder zwischen ihren Beinen versenkte.

Er sah ihr in die Augen, während er ihr empfindliches
Fleisch leckte.

„Barrett." Sie spürte die Spannung in ihrem Körper
aufsteigen und wurde schlaff, als ihr Orgasmus sie wie eine
Flutwelle mit sich riss. Sie konnte kaum die Augen offenhal-
ten, als sie kam, aber ein Versprechen war ein Versprechen.
Barrett hörte nicht auf, ihr in die Augen zu sehen, während
er sie mit seinem Mund über den Abgrund trieb.

Sie zitterte unter den Nachbeben ihrer Leidenschaft und
legte ihre Hände um seine Wangen.

Sie griff nach ihm und packte seinen Schwanz mit ihren
Händen.

Er hielt ihre Hand fest und schaute ihr tief in die Augen.
„Ich wollte, dass es heute Nacht nur um dich geht. Ich
erwarte nicht, dass du …"

Sie riss ihre Augen weit auf und blickte auf seine harte
Erektion hinunter. „Möchtest du nicht, dass ich dich
berühre, Barrett?" Vielleicht hatte sie ihn falsch verstanden.

„Mehr als alles andere, aber …"

Sie rutschte vom Sessel, bis sie auf seinem Schoß saß.
Sein Gesicht war noch immer feucht von ihrer Nässe und sie
lehnte sich zu ihm, um ihn zu küssen.

Er erwiderte den Kuss und schlang seine Arme fester um ihre Taille. Sie zog sich zurück und versuchte, an seinem Körper hinunterzurutschen, aber er hielt sie fest.

„Ich muss mich revanchieren." Sie grinste und blickte auf die Spitze seines Schwanzes, der aus seiner Jeans ragte.

„Ich möchte lieber, dass du mich küsst." Er berührte ihre Wange. Sie schmiegte sich in seine Hand.

Etwas Einsames lag in seinem Blick. Etwas, das sie noch nie zuvor darin gesehen hatte.

Sie biss sich auf die Lippe und dachte über ihren nächsten Schritt nach.

„Es scheint nicht fair zu sein. Du hast deinen Mund an mir benutzt – ich möchte dir ebenfalls meinen Mund geben."

„Dann küss mich, während du das hier tust." Er drückte ihre Hand um seinen Schwanz und stöhnte.

„Dieses Mal machen wir es auf deine Weise." Sie grinste und schlang ihren Arm um seinen Hals, während sie mit der anderen Hand seinen harten Schwanz packte.

KAPITEL SECHSUNDZWANZIG

Barretts Herzschlag beschleunigte sich unter Jaceys Berührung. Es schlug so heftig und schnell, dass er glaubte, das Organ würde wie eine Rakete aus seiner Brust schießen und explodieren.

„Lehn dich zurück." Ihre Stimme war heiser und sexy. So verletzbar er sie auch gesehen hatte, mochte er doch auch die Art, wie sie nun die Führung übernahm.

Er grinste. Er würde sie öfter zum Orgasmus bringen müssen.

Er drehte sich um und lehnte sich im Sessel zurück. Ihr Blick fiel hinunter zu seinem prallen Schwanz, der aus seiner Jeans ragte und gegen seinen Bauch drückte. Ihre Zunge schoss heraus und sie leckte sich über die Lippen ihres so küssbaren Mundes.

Ein leises Knurren entwich seinem Hals.

Er streckte die Hand nach ihr aus und zog sie auf seinen Schoß. Er schlang seine Hand um ihren Nacken. Ihr warmer Atem auf seiner Wange und das heftige Stöhnen an seiner Brust ließen ihn unglaublich hartwerden.

„Fass mich an." Er führte ihre Hand zu seinem Schwanz.

Er hatte seine Jeans nicht ausgezogen und wünschte sich nun, er hätte es getan, damit sie besser rankommen würde. Aber er konnte es nicht. Er wusste, wäre er völlig nackt, würde er sie lieben, bis die Sonne aufging.

Und er glaubte nicht, dass sie dafür schon bereit war.

Sie schob ihre Hand unter den Reißverschluss und schloss sie fest um die Wurzel seines harten Schwanzes. Sie drückte zu und er hätte fast seinen Samen in ihrer Hand verschüttet.

Sie drückte ihren Mund auf seinen und küsste ihn langsam und tief, während er ihre Hand auf seiner harten Erektion auf und ab bewegte. Sie bewegte sich langsam, quälend langsam, und zog das Vergnügen in die Länge.

Sie richtete sich auf, atemlos und wunderschön. Ihr Blick hielt seinem stand und schwankte nie, außer um ab und zu hinunter auf seinen Schwanz zu blicken und dann wieder zurück in seine Augen zu schauen.

Er stieß gegen ihre Hand und stöhnte.

Sie sagte nichts, sondern sprach nur mit ihren Augen. Lust, Begierde und Verlangen füllten den Raum.

Die Luftfeuchtigkeit im Raum erhöhte sich schnell und schon bald bedeckte ein dünner süßer Schimmer ihre Körper.

„Jacey", flüsterte er ihren Namen in die Nacht. Sie hob ihren Blick zu seinem und schlang ihre freie Hand um seinen Hals.

Er brauchte mehr. Er musste sie berühren. Er senkte seinen Kopf und saugte ihre Brustwarze in seinen Mund. Ihre Atmung wurde schneller und sie krümmte sich ihm auf seinem Schoß entgegen. Er hob den Kopf und schob seine Hand zwischen ihre Beine.

„Du bist immer noch nass. Für mich." Er wollte sie auf jede erdenkliche Weise in Besitz nehmen. Und doch war das unmöglich. Er wusste besser als jeder andere, dass das Jetzt alles war, was sie hatten.

Seine Finger glitten in ihr enges Fleisch. Sie stöhnte und sah ihm in die Augen.

Sie bewegte ihre Hand schneller auf seinem Schwanz und er stieß seinen Finger in ihre nasse Hitze hinein und wieder heraus, während sich ihre Körper als Einheit bewegten.

Sie spreizte ihre Beine noch weiter für ihn und drückte ihren nassen Mund auf seinen. Er erwiderte den Kuss. Eine Welle der Lust und des Verlangens drohte sie beide zu verschlingen.

„Barrett", flüsterte sie gegen seine Lippen und sah ihn an.

Sie stöhnte und er beschleunigte die Bewegung seiner Finger. Sie war so kurz davor, sich in der Ekstase zu verlieren.

Gieriges Verlangen breitete sich tief in seinem Bauch aus und stieg seinen Rücken hinauf. Er drückte seinen Kopf an ihren und knurrte, als sie immer wilder wurden.

„Oh Gott." Sie stöhnte und zitterte, als sich ihr Orgasmus in ihrem schönen Körper ausbreitete.

Ihre lustvolle Ekstase löste seine eigene aus. Er knurrte, als sein Samen von der Spitze seines Schwanzes spritzte und auf seiner Jeans landete. Sie hörte nicht auf, ihn zu streicheln, bis er völlig trocken war.

Erschöpft und verausgabt sanken sie in den Sessel zurück. Er zog sie in seine Arme und hielt sie fest. Sie kuschelte sich in seine Wärme und seufzte zufrieden, als sie sich an ihn lehnte.

„Was ist hier gerade passiert?", flüsterte sie gegen seinen Hals.

Er zwinkerte unter ihrem warmen Atem und umarmte sie noch fester.

„Ich glaube, *wir* sind gerade passiert", sagte er leise. Er hatte keine intelligente Retourkutsche oder irgendetwas Witziges zu sagen. Er wusste, dass er die Dinge normal und lässig halten sollte. Aber etwas hatte sich zwischen ihnen verändert; etwas hatte sich gelöst. In dem Moment, in dem ihr Zimmer betrat, hatte er gewusst, dass sie nie wieder so sein würden wie zuvor.

„Das war … überwältigend", sagte sie.

Er küsste ihren Kopf und atmete ihren Duft ein. Gott, sie roch so gut.

Wie Zuhause und Frieden. Als ob sie zu ihm gehörte. Es war nichts, was er je zuvor gefühlt hatte.

Er war sich nicht sicher, wie lange sie dort so saßen. Ihre Atmung wurde langsam und tief und gleichmäßig. Er warf einen Blick aus dem dunklen Fenster.

Sie waren sicher auf dem Berg, wo die Vergangenheit sie nicht finden konnte und die Zukunft nicht existierte.

Er schob seine Arme unter ihre Beine und stand auf. Sie schlief weiter mit ihrem Kopf, der an seiner Schulter ruhte. Er zog die Bettdecke hinunter und legte sie sanft ins Bett. Dann deckte er sie zu und zog die Laken bis zu ihrem Hals hoch.

Sie sah aus wie eine schlafende Prinzessin, die darauf wartete, dass ihr Prinz kam und sie wachküsste.

Er rieb sich die Stelle über dem Herzen und runzelte die Stirn.

Sie ließ sein Herz schmerzen.

Er war kein Prinz. Er steckte fest. Er musste sich verstecken und existierte nur.

Er ging zum Kamin hinüber und schaltete ihn aus. Der Raum war jetzt warm genug und er wusste, dass die Sonne in ein paar Stunden aufgehen würde.

Nachdem er seine Hose zugeknöpft hatte, zog er sich das T-Shirt über den Kopf. Dann hob er seine Jacke vom Boden auf. Vorsichtig schloss er Jaceys Tür hinter sich.

Er blieb ein paar Minuten im Flur stehen und starrte auf die geschlossene Tür.

Er schüttelte den Kopf und machte sich auf den Weg die Treppe hinunter und hinaus in die Nacht. Bevor er ging, vergewisserte er sich, dass Jaceys Zimmer und die Haustür abgeschlossen waren.

Er schaute in den Nachthimmel hinauf und atmete tief ein.

Heute Nacht hatte er sich lebendig gefühlt, etwas, dass er nicht mehr gespürt hatte, seit er von den Toten zurückgekehrt war.

Die Haare in seinem Nacken stellten sich unmerklich auf. Er drehte sich um und ballte die Fäuste.

Aber er sah niemanden.

Er fuhr sich mit den Fingern durch die Haare.

Es war nicht die Angst vor etwas, das in der Dunkelheit verborgen lag, die ihn nervös machte.

Es war die Angst davor, etwas zu wollen, was er niemals haben konnte.

* * *

Er hockte hinter dem Baum, von dem aus er beobachtete, wie der große Wolf das viktorianische Haus verließ. Er sah zwischen dem eleganten Haus und dem Schnee, der auf den Bäumen lag, völlig fehl am Platz aus. Werwölfe bevorzugten das warme Klima im Süden. Deshalb gab es in den südlichen Bundesstaaten so viele von ihnen.

Er sah Barrett mit zusammengekniffenen Augen nach. Wie zum Teufel war dieses Arschloch immer noch am Leben? War er etwas anderes als ein Wolf? Er hob die Nase und atmete tief ein.

Als ob er die Bewegung spüren konnte, drehte sich Barrett um und prüfte die Umgebung.

Er sah zu, wie sich Barrett wieder entspannte und zurück zu seiner beschissenen Bar ging, aus der er vorher gekommen war.

Barrett musste langsam geworden sein. Er würde wirklich sauer sein, wenn er wüsste, dass er verfolgt wurde, seitdem dieses heiße kleine Weibchen auf dem Berg aufgetaucht war.

Er wandte seine Aufmerksamkeit wieder dem jetzt dunklen viktorianischen Haus zu. Nicht ein einziges Licht war an. Es wäre der perfekte Zeitpunkt, um ihr einen kleinen Besuch abzustatten. Dem Geruch von Sex nach zu urteilen, der Barrett umgab, würde das Weibchen sicher Lust auf ein kleines Sexspielchen haben.

Er atmete tief ein und lehnte den Kopf wieder gegen die Rinde des Baumes.

Er musste sich selbst daran erinnern, dass es noch nicht an der Zeit war. Er musste warten. Er musste auf den perfekten Augenblick warten.

Und dann würde er Barrett bezahlen lassen.

KAPITEL SIEBENUNDZWANZIG

Jacey zog den Gürtel ihres Bademantels zu und drückte etwas Zahnpasta auf ihre Zahnbürste. Sie summte ihr Lieblingslied, während sie sich die Zähne putzte.

Obwohl sie in der letzten Nacht nur ein paar Stunden geschlafen hatte, war sie mit der Sonne aufgewacht.

Sie hatte sich noch nie besser gefühlt.

Sie wusch sich das Gesicht und schob ihre Pflegeprodukte zurück in die kleine Tasche und sah sich im Spiegel an.

Sie lächelte ihrem Spiegelbild zu.

Ihre Augen strahlten und die Haut hatte einen schönen Schein.

Das war es, was großartiger Sex mit einem Mädchen machte.

Ein Lachen quoll aus ihrer Brust.

Sie würde heute mit Barrett nach Denver fahren, um Vorräte für die Bar abzuholen. Sie biss sich auf die Lippe.

Ihr Herzschlag beschleunigte sich und plötzlich konnte sie es kaum erwarten, stundenlang mit ihm im Jeep zu sitzen. Ihr Körper wurde warm, wenn sie nur daran dachte.

Sie drückte die Hände gegen ihr erhitztes Gesicht. „Reiß

dich zusammen, Mädchen. Das ist keine Verabredung und es wird keinerlei Sex irgendeiner Art geben. Es ist geschäftlich." Sie betrachtete erneut ihr Spiegelbild.

Eine Nacht mit Barrett und sie hatten noch nicht einmal richtigen Sex gehabt. Und dennoch sehnte sich ihr Körper nach ihm wie nach einer Droge.

Sie konnte sich nur vorstellen, wie Sex mit diesem Mann sein würde.

Sie holte tief Luft und packte ihre Sachen ein. Als sie in den Flur trat, zitterte sie. Sie wünschte sich, sie könnte Mena bitten, die Heizung höher aufzudrehen. Aber sie wollte die alte Frau nicht verärgern. Sie wohnte hier ziemlich günstig und dafür war sie dankbar. Es würde ihr Zeit geben, etwas Geld zu sparen.

Sie schloss die Tür und warf ihre Waschtasche auf das Bett. Dann öffnete sie den Schrank und zog eine schwarze Jeans und einen roten Pullover heraus. Sie wünschte, sie hätte ein paar niedliche Stiefel, die zu diesem Outfit passten, aber ihre Winterstiefel waren praktischer, um sie warmzuhalten.

Außerdem ging es hier um die Arbeit. Nicht um eine Verabredung.

Sie ließ sich Zeit, während sie Locken in ihre Haare drehte, als sie vor dem Spiegel an der Kommode saß. Gewissenhaft trug sie etwas Make-up auf und rundete es mit ein bisschen Lipgloss mit Kirschgeschmack auf den Lippen ab.

Sie trat einen Schritt zurück und bewunderte sich.

Als sie einen Blick auf die Uhr warf, bemerkte sie, dass es erst sieben Uhr morgens war. Sie hatte noch Zeit für einen Kaffee, bevor Barrett sie abholte. Sie ging in die Küche und direkt zur Kaffeemaschine hinüber. Gott sei Dank stellte Mena immer die Zeitschaltuhr an der Kaffeemaschine an. Sie hatte wirklich keine Lust, dem Kaffee beim Kochen zuzusehen.

Sie nahm einen Schluck und seufzte. Perfekt.

Neben der Kaffeekanne lag ein kleiner Zettel mit eleganter, aber zittriger Kursivschrift. Jacey nahm ihn und las die Worte darauf.

„Im Kühlschrank steht Kuchen. Bitte bedien dich."

Wie aufs Stichwort knurrte ihr Magen.

Sie legte ihre Hand auf den Bauch und öffnete den weißen Kühlschrank. Darin stand ein in eine großzügige Menge Plastikfolie eingewickelter Kuchen auf der mittleren Ablage.

Vorsichtig zog sie den Kuchen heraus und stellte ihn auf die Küchentheke.

Sie begann die mühsame Aufgabe, die Plastikfolie vom Kuchen abzuwickeln. Sollte Mena jemals einen neuen Job brauchen, sollte sie in das Umzugsgeschäft einsteigen. Mit ihren Verpackungskünsten würde bei Überlandumzügen nie irgendetwas kaputtgehen.

Als sie schließlich das letzte Stück Plastikfolie vom Kuchen abzog, schaute sie auf das Gebäck hinunter. Es war ein Zimt-Streuselkuchen und er roch wundervoll.

Sie öffnete ein paar Schubladen und fand schließlich ein Messer. Dann nahm sie sich einen kleinen Teller aus dem Schrank. Sie schnitt sich ein kleines Stück ab und legte es auf den mit winzigen Ranken verzierten Porzellanteller.

Sie nahm eine Gabel aus der Schublade und brachte ihren Teller und den Kaffee ins Esszimmer.

Sie ließ sich auf einem der antiken Stühle nieder und sah sich im Raum um. Ihr Blick fiel auf den Kamin und sie wünschte sich, es gäbe ein Feuer darin. Sie trank einen Schluck Kaffee und musterte den Rest des Zimmers.

Unter den Decken verliefen dunkle Balken, die sich von der weißen Zimmerdecke abhoben. Die drei großen Fenster, die einen Erker bildeten, waren mit einem roten Plüschvorhang verziert, der bis zum Boden hinunterreichte. Die

Wände wurden von einer alten Tapete mit einem winzigen Blumenmuster geschmückt. Obwohl es nicht ihr Stil war, hatte sie das Gefühl, dass es den Raum gemütlich machte. Der Tisch selbst war groß und hatte passende Stühle und ein Buffet, das an der Wand stand. Bilder von Blumen und Landschaften schmückten die Wände und ein altmodischer Kristallleuchter hing in der Mitte über dem Tisch.

Er sah aus wie etwas aus einem Puppenhaus.

Sie nahm ihre Gabel und aß ein Stück von ihrem Kuchen. Der Geschmack von Butter und Zimt explodierte auf ihrer Zunge und sie lächelte.

Es war perfekt.

Genau das, was sie nach der Art von Nacht brauchte, die sie gerade erlebt hatte.

Sie nahm sich Zeit und genoss den Kuchen und den Kaffee. Als sie auf die große Standuhr im Flur blickte, bemerkte sie, dass es noch nicht einmal acht Uhr war.

Sie konnte nicht länger warten. Sie eilte nach oben und griff sich ihren Mantel und ihre Tasche. Nachdem sie ihr Zimmer abgeschlossen hatte, ging sie die Treppe wieder hinunter. Sie ging zur Haustür hinaus und atmete die frische Winterluft ein.

Normalerweise mochte sie kalte Luft nicht, aber heute war es anders.

Heute schien sie den anderen Duft der Luft zu schätzen wissen.

Heute begann sie ihr neues Leben.

Sie lächelte und lief die Straße zum Bar und Grill hinunter.

Sie ging um das Gebäude herum und vorsichtig die rutschigen Stufen hinauf. Oben angekommen hob sie ihre Hand, um an die Tür zu klopfen, und erstarrte.

Was, wenn er noch schlief? Was, wenn er nicht wollte, dass sie in seine Privatsphäre eindrang? Was, wenn er …

Bevor sie sich die nächste Frage stellen konnte, wurde die Tür aufgerissen und Barrett stand dort. Sein nasses Haar fiel über seine breiten Schultern und er runzelte die Stirn, als er sie sah. Er war barfuß und trug nichts als seine Jeans.

Ihr Körper wurde heiß, als sie ihn sah, und sie ließ ihre Hand fallen.

„Entschuldige. Ich bin früh aufgewacht und dachte, ich spare dir die Fahrt, um mich abzuholen." Ihr Blick glitt über seine muskulöse Brust zum Reißverschluss seiner Jeans hinunter. Als sie bemerkte, dass sie wie eine Idiotin klang, sah sie zu seinem Gesicht hoch.

Sie fühlte sich wie ein Trottel. Sie hatte sich geirrt und jetzt war sie der Arsch.

„Ich kann später wiederkommen, wenn ..."

Sie konnte nicht zu Ende sprechen. Er packte sie am Ellbogen und zog sie in die Wärme seiner Wohnung.

Er hielt ihrem Blick stand und schlug die Tür hinter ihr zu.

Ihr Herz schlug heftig in ihrer Brust. Noch nie in ihrem Leben hatte ein Mann sie so angesehen, wie Barrett sie ansah. Zielgerichtet, besitzergreifend, raubtierhaft.

„Ich wollte mir gerade ein T-Shirt anziehen und dich abholen kommen." Seine Stimme klang dunkel und heiser. Und er stand viel zu nah bei ihr, als dass sie hätte wieder zu Atem kommen können.

„Oh", war das Einzige, was sie sagen konnte. Er hatte in der letzten Nacht seine Hände und seinen Mund überall auf ihrem Körper gehabt und jetzt benahm sie sich schüchtern. Sie wünschte sich, der Boden würde sich öffnen und sie verschlingen. Sie war wirklich nicht gut im Flirten.

Er nahm ihre Hand und führte sie in die Küche. Ihre Augenlider flatterten bei der Berührung. Eine so einfache Berührung hatte eine solche Wirkung auf sie.

„Ich habe Kaffee gekocht." Er zog einen Hocker unter der Küchentheke hervor und sie setzte sich.

Sie war ohnehin schon nervös in seiner Nähe. Und sie wusste wirklich nicht, ob noch mehr Koffein ihr helfen würde.

Er nahm eine Tasse aus dem Schrank und füllte sie. Er stellte sie vor sie hin, bevor er sich selbst auch eine Tasse eingoss.

Er deutete in Richtung Badezimmer und nahm seine Tasse. „Ich mache mich weiter fertig und dann können wir gehen."

„Keine Eile", sagte sie und sah ihn über ihre Kaffeetasse hinweg an.

Sie beobachtete ihn, als er wieder ins Nebenzimmer ging. Er bewegte sich mit der Anmut eines Löwen, jeder Muskel spannte sich mit zielgerichteter Bewegung an.

Er war mächtig und gefährlich und so wunderschön.

Zwischen ihnen lagen wirklich Welten.

„Ich muss den Anhänger ankoppeln, bevor wir losfahren können. Es wird leichter sein, den Berg hinunterzufahren, als wieder hinaufzugelangen." Er streckte den Kopf aus dem Badezimmer und starrte sie an. „Bist du dir sicher, dass du kommen willst?"

Ihr entging die Zweideutigkeit dieser Bemerkung nicht und sie errötete. Sie räusperte sich und nickte wie wild. „Absolut. Ich denke wirklich, dass es mir guttun würde, mal von diesem Berg runterzukommen." Sie lächelte leicht.

Er nickte und verschwand wieder im Badezimmer.

„Musstest du das vorher schon mal machen? Deine eigenen Vorräte holen?", fragte sie und trank noch einen Schluck Kaffee. Er kochte besseren Kaffee als Mena.

In den ersten paar Nächten, die sie bei Mena verbracht hatte, hatte die ältere Frau wirklich guten Kaffee gekocht, aber in letzter Zeit war er fast immer bitter gewesen. Sie war schon fast versucht, doppelt so viel Milch hinzuzufügen, um ihn erträglicher zu machen.

Vielleicht würde sie ihrer Vermieterin ein Päckchen Kaffee als Geschenk mitbringen.

„Nein. Mir sind noch nie zuvor die Vorräte ausgegangen." Er kam aus dem Badezimmer und trug ein hautenges schwarzes T-Shirt, das sich um seinen muskulösen Oberkörper spannte. „Du bist der Grund, warum mir alles ausgegangen ist. Die Leute lieben deine Kochkunst. Auf meine haben sie keinen großen Wert gelegt."

Sie lachte. „Nun, du machst aber ein anständiges Frühstück."

„Ich bin ein Mann." Sein Blick wurde ernst. „Wir müssen wissen, wie man Frühstück macht. Es ist etwas, das man im Männer-Camp lernt."

Sie lachte laut los. Dabei musste auch er grinsen. Zum ersten Mal, seit sie ihm begegnet war, schien er sich wohlzufühlen. Fast so, als hätte er Spaß.

„Du musst öfter lächeln."

„Ist das so?" Er runzelte die Stirn.

„Ja. Es steht dir gut." Sie rutschte vom Barhocker und trug ihre leere Kaffeetasse zur Spüle. Sie drehte das Wasser auf und spülte die Tasse aus.

Er trat hinter sie und schlang seine Arme um ihre Taille. Er kuschelte sich an ihren Hals und sie schloss genussvoll die Augen.

„Ich glaube, du bist der Grund für mein Lächeln", murmelte er an ihrem Nacken. Er drückte seine Lippen gegen das empfindliche Fleisch in ihrer Halsbeuge.

Sie zitterte.

Sie musste sich in den Griff kriegen. Sie fing ein neues Leben an und sollte sich wirklich nicht auf einen superheißen Werwolf einlassen, der ihr das Höschen zum

Schmelzen brachte. Sie musste sich auf ihre Zukunft konzentrieren.

Sie holte tief Luft und beruhigte sich. Sie stellte die Tasse in die Spüle und drehte sich um.

Ihre Brüste streiften seinen Oberkörper. Sie biss sich auf die Lippe und stöhnte. Dann sah sie ihm ins Gesicht. Seine tiefblauen Augen starrten mit geweiteten Pupillen zu ihr herab.

Er wollte sie. Sie konnte sein Verlangen riechen.

Sie begehrte ihn genauso stark.

„Wir sollten vermutlich losfahren", zwang sie sich zu sagen, obwohl es nicht war, was sie meinte. Sie wollte sich am liebsten alle Kleidung ausziehen und dann seine und im Bett bleiben und alle möglichen versauten Dinge mit ihm tun.

Er seufzte und nickte. „Das sollten wir." Er trat zurück, um ihr Platz zu geben.

Es fühlte sich eher wie eine Leere an und gefiel ihr nicht.

Er drehte sich um und griff nach den Schlüsseln auf der Kücheninsel.

Mit ausgestreckter Hand deutete er auf die Tür. „Nach dir."

KAPITEL ACHTUNDZWANZIG

Nachdem sie den kleinen Anhänger an den Jeep gekoppelt hatten, fuhren sie auf die Hauptstraße am Berg.

Barrett ließ sich Zeit. Ein Teil von ihm wollte die Fahrt mit Jacey so lange wie möglich in die Länge ziehen, während der andere Teil wusste, dass er sich einfach beeilen und die Fahrt hinter sich bringen sollte. Es war gefährlich, sich ihr anzunähern. Gleichzeitig konnte er nicht leugnen, dass er einfach nur in ihrer Nähe sein wollte.

Er streckte die Hand aus und drehte die Heizung am Armaturenbrett auf und richtete die Lüftungsschlitze auf sie. Er sah sie zittern, obwohl sie sich nicht über die Kälte beschwert hatte. Ihm war verdammt heiß, aber er würde gerne leiden, wenn das bedeutete, dass sie sich wohlfühlte.

„Ich fühle mich wohl. Du musst die Heizung nicht aufdrehen." Sie blickte zu ihm hinüber und lächelte.

„Mir ist vielleicht kalt", log er. Eine Schweißperle bildete sich an seiner Schläfe. Er versuchte, sie zu ignorieren.

Sie streckte die Hand aus, wischte den Schweiß von seinem Gesicht und hielt ihm den Finger hin. „Wirklich? Schwitzt du etwa Eiskristalle?"

Er zuckte mit den Schultern. „Du sahst so aus, als wäre dir kalt."

„Das ist es nicht. Tatsächlich ist mir ziemlich heiß."

„Oh, zum Glück, verdammt." Er griff nach dem Fenstergriff und kurbelte das Fenster hinunter. Ein kalter Windstoß schlug ihm ins Gesicht.

Sie lachte und kurbelte ihr eigenes Fenster runter.

Es störte ihn nicht einmal, dass sie darüber gelacht hatte, dass er sich unwohl fühlte.

„Wirst du es schaffen, mit diesem Anhänger den Berg wieder hochzufahren?" Sie deutete über die Schulter.

„Wahrscheinlich nicht", sagte er.

Sie riss ihren Kopf zu ihm herum. „Warum nehmen wir ihn dann mit?"

Er grinste. „Weil ich ihn gegen einen größeren Lkw tauschen werde." Er wandte seinen Blick für ein paar Sekunden von der schneebedeckten Straße ab, um sie anzusehen.

„Ich habe einen Freund in Denver, Alfred, der ein größeres Fahrzeug hat. Aber er braucht selbst auch ein Transportmittel und der Jeep hat nicht viel Laderaum. Deshalb habe ich den Anhänger für ihn angekoppelt."

Sie nickte verständnisvoll. Dann runzelte sie die Stirn. „Warum hat er uns nicht einfach alles auf den Berg geliefert? Auf diese Weise hätte er immer noch sein Fahrzeug und wir würden unsere Vorräte bekommen."

„Weil er die Berge hasst." Barrett musterte die Straße. Der Schnee fiel unablässig mit dicken Flocken herab. Er fragte sich, ob sie heute Abend alles aufladen und es zurückschaffen würden, bevor die Straßen vereisten.

„Und doch lebt er in Colorado", murmelte sie.

Er gluckste. „Er hasst ja Colorado nicht. Er hasst nur die Berge." Er zuckte mit den Schultern. „Er hat mir nie wirklich erzählt, warum. Und ich habe ihn nie gefragt. Ich dachte immer, es ginge mich nichts an." Außerdem wusste er, dass Alfred anfangen würde, Fragen über Barretts Vergangenheit zu stellen, wenn er sich zu sehr mit ihm anfreundete. Und das konnte er sich nicht leisten.

„Ist er ein Wolf?"

Barrett runzelte die Stirn. „Nein. Aber er ist auch kein Mensch. Oder zumindest riecht er nicht nach Mensch."

„Wie hast du ihn kennengelernt?"

„Ryker hat mich mit ihm in Verbindung gebracht ..."

Sobald die Worte seinen Mund verlassen hatten, wusste er, dass er einen Fehler gemacht hatte.

„Ist Ryker ein Wolf?"

Er starrte stur geradeaus, die Haare in seinem Nacken standen aufrecht.

„Barrett, nach der letzten Nacht bin ich mir ziemlich sicher, dass wir den Punkt bloßer Freundschaftlichkeit überschritten haben." Sie schaute aus dem Beifahrerfenster.

Letzte Nacht. Das Bild von ihr, nackt in seinen Armen, hatte sich in sein Gehirn gebrannt und auf sein Herz tätowiert.

„Ich versuche nicht, geheimnisvoll zu sein, Jacey", sagte er leise. „Ich bin nur eine sehr private Person."

Sie drehte sich um und sah ihn an. „Das weiß ich." Sie zuckte die Achseln. „Ich hoffe, dass du weißt, dass ich deine Angelegenheiten an niemanden weitererzählen würde. Es ist ja nicht so, als hätte ich Freunde hier." Sie blickte nach vorn und schluckte hart. „Tatsächlich habe ich überhaupt gar keine Freunde."

„Du hast mich." Seine Brust brannte. Großer Gott. Was war bloß los mit ihm? Er klang wie ein liebeskranker Teenager.

Sie sah ihn an. Ein kleines Lächeln huschte über ihre hübschen Lippen.

„Ich meine", sagte er und räusperte sich, „es ist nur so,

dass du nicht allein bist." Er umklammerte das Lenkrad noch fester. „Ich weiß, wie es ist, allein zu sein. Zu denken, dass man niemanden auf der Welt hat. Ich weiß, wie es ist, mit nichts und niemandem aus der Vergangenheit von vorne beginnen zu müssen. Am Anfang ist es schwierig, aber mit jedem Tag, der vergeht, findest du ein Stückchen mehr Routine und neue Gewohnheiten. Schon bald wirst du dein altes Leben vergessen, weil du zu beschäftigt damit sein wirst, dein neues Leben zu leben."

„Ist es das, was du getan hast? Dein altes Leben vergessen?", fragte sie leise.

„Noch nicht." Ein tiefes Gefühl der Traurigkeit überkam ihn. Eine Traurigkeit, die er nicht erklären konnte. „Aber es gibt immer noch Morgen."

* * *

„Ich möchte nicht, dass du auf der Harley mitfährst. Nicht in deinem Zustand." Damon kniff die Augen zusammen und sah Ava an.

Sie stand mit ihrem Helm unter dem Arm vor seinem Motorrad und starrte ihn an.

„Warum nicht?"

„Weil du schwanger bist", konterte er.

„Na und? Schwangere Frauen fahren andauernd auf Harleys. Außerdem bin ich ein Werwolf, also bin ich hart im Nehmen." Sie hob trotzig das Kinn.

„Ava ..."

Sie hob die Hand und er verstummte. „Fang bloß nicht so an, Damon. Ich habe es satt, nichts anderes zu tun, als den ganzen Tag lang nur zu essen. Ich will einen kleinen Ausflug machen. Es muss ja keine lange Fahrt sein – eine kurze tut es auch."

„Ava ...", erwiderte er und fuhr sich mit den Fingern

durch die Haare. Er starrte sie über den Lenker des Motorrads an.

„Du fährst nur ins Büro, stimmt's?" Sie stemmte die freie Hand in die Hüfte und wartete auf seine Antwort.

„Ja, aber …"

„Es ist nur eine zehnminütige Fahrt von unserem Haus bis zur Wächterbasis. Ich weiß, dass Ginny bei Jaxon ist. Ich kann später mit ihr im Auto zurückfahren." Ihr Gesicht wurde ein bisschen traurig. „Bitte?"

Er knurrte und wusste bereits, dass Ava diesen Streit gewinnen würde. Verdammt, sie gewann jeden Streit.

Sie wartete nicht darauf, dass er antwortete, sondern zog sich ihren Helm auf den Kopf und lief zu ihm hinüber. Er bestand darauf, dass sie einen Helm trug, seit er herausgefunden hatte, dass sie schwanger war.

Sie grinste, als sie ihre Hände auf seine Schultern legte und langsam auf die Harley kletterte. In ihrem Zustand dauerte es etwas länger als gewöhnlich.

Ava schlang ihre Arme um seine Taille und beugte sich zu seinem Ohr. „Siehst du? Ist das nicht schön? Genau wie in alten Zeiten, bevor ich fett geworden bin."

Schauder der Lust liefen ihm den Rücken hinunter. Er wurde jetzt schon hart.

„Du wirst noch mein Tod sein, Weibchen", knurrte er.

Sie schlug ihm auf die Schulter. „Sag so etwas nicht. Und bitte sage das auch nicht in der Nähe einer deiner Wächter."

Er sah über die Schulter und runzelte die Stirn. „Warum nicht?"

„Weil ich glaube, dass Barretts Tod sie ein bisschen verunsichert hat. Es schadet nicht, ein bisschen abergläubisch zu sein, wenn es um Werwölfe geht."

„Oh, zur Hölle. Sie fangen besser nicht an, sich wie ein Haufen Pussys zu benehmen", knurrte er.

Ava lachte an seinem Ohr. „Ich kann mir wirklich nicht

vorstellen, wie sich deine großen, bösen Wächterjungs wie ein Haufen Pussys benehmen könnten."

Das entlockte auch Damon ein Lächeln.

„Halt dich fest." Er ließ den Motor an und die Harley erwachte zum Leben und dröhnte unter seinen Fingerspitzen. Er verstärkte seinen Griff und bog vom Haus ab.

Er liebte ihr kleines Haus am Stadtrand von Little Rock. Nachdem Avas ursprüngliches Haus von ein paar abtrünnigen roten Wölfen bombardiert worden war, hatte sie es reparieren und wiederaufbauen lassen. Das Grundstück um das Haus war nicht groß, nur ein paar Hektar, aber es war bewaldet und man hatte jeden Abend eine großartige Aussicht auf den Sonnenuntergang.

Ihre eigene private Oase.

Seitdem er seine neue Rolle als Rudelführer übernommen hatte, war er immer seltener hier und schlief stattdessen oft in seinem alten Zimmer auf der Wächterbasis. Er musste in der Nähe bleiben, bis sie Boudier fangen und sicherstellen konnten, dass er seine gerechte Strafe für Barretts Tod erhielt.

Er entspannte sich und erhöhte die Geschwindigkeit auf der Straße. Der kühle Wind und Avas Duft ließen ihn tief einatmen. Dies fühlte sich richtig an und für ein paar Sekunden war alles auf der Welt so, wie es sein sollte.

Die Fahrt ging für seinen Geschmack viel zu schnell vorbei. Er bog ab und lenkte das Motorrad auf das Gelände der Wächterbasis von Arkansas. Er verlangsamte seine Geschwindigkeit, als er die Einfahrt entlangfuhr. Braxton sprach mit Jaxon auf dem Bürgersteig und sie unterbrachen ihre Unterhaltung, als sie ihn entdecken. Sie beide nickten ihm respektvoll zu.

Er wollte schon lachen. Niemals in einer Million Jahren hätte er, Damon Trahan, erwartet, einst Rudelführer von Arkansas zu werden.

Und doch war er hier.

Er bog auf seinem Parkplatz vor dem Gelände ein und schaltete den Motor ab. Er stellte die Harley auf den Ständer und wartete darauf, dass Ava zuerst abstieg.

„Siehst du", sagte sie, als sie ihren Helm vom Kopf zog, „das hat doch Spaß gemacht, oder nicht?" Sie schenkte ihm ein atemberaubendes Lächeln.

„Ich hätte noch weiterfahren können", gab er zu. Seit er seine neue Rolle angenommen hatte, fuhr er seine Harley nur noch auf dem Weg zur Arbeit. Er vermisste die Tage, an denen er einfach mit dem Wind im Rücken losfahren konnte, der ihn einem unbekannten Ziel näherbrachte.

„Ich hätte Zeit." Sie grinste.

„Ich leider nicht." Er sah über seine Schulter zu Jaxon und Braxton, die auf ihn zu gelaufen kamen. Sie sahen nicht glücklich aus und er spürte, wie es seine Sinne in höchste Alarmbereitschaft versetzte.

Sie folgte seinem Blick und nickte.

„Hey, Damon, Ava." Braxton nickte.

„Was gibt's Neues?", fragte Jaxon zur Begrüßung.

„Ich wollte euch gerade dasselbe fragen." Damon schob die Hände in seine Jeanstaschen und sah seine Wächter an.

„Wie ich sehe, habt ihr Männer ein paar Sachen zu besprechen, also werde ich euch euch selbst überlassen." Ava drückte Damon einen Kuss auf die Wange und sah dann Jaxon an.

„Ist Ginny hier? Ich würde gern mit ihr zurückfahren, wenn ihr das nichts ausmacht", sagte Ava.

„Das ist sie." Jaxon deutete auf eine Baumgruppe am Rande des Geländes. „Sie wollte aber eigentlich erst mit Damon sprechen."

„Na sicher. Gar kein Problem." Ava deutete auf eine Bäckerei am Ende der Straße. „Ich glaube, ich höre ein paar

Schokoladenkekse, die ganz laut meinen Namen rufen." Sie tätschelte über ihren Bauch und lief in Richtung Bäckerei.

„Sag Ginny, sie soll reinkommen und ich werde mich in meinem Büro mit ihr unterhalten." Damon nickte. Er drehte sich um und betrat das Gebäude der Basis.

Er hatte sein Büro aufgeschlossen und sich auf dem großen Ledersessel hinter seinem Schreibtisch niedergelassen. Ein paar Minuten später klopfte es leise an der Tür.

„Herein", sagte er.

Die Tür öffnete sich. Draußen stand Jaxon mit Ginny an seiner Seite. Jaxon lächelte seine Gefährtin an und bedeutete ihr, den Raum zu betreten. Er folgte ihr.

„Setz dich." Damon deutete auf den Stuhl ihm gegenüber.

„Setz dich, mein Schatz", ermutigte Jaxon sie. Ginny blinzelte und ließ sich auf dem Stuhl nieder.

Als Ginny nach dem Mord an ihrem teuflischen Ex-Ehemann in das Rudel von Arkansas gekommen war, war sie dünn gewesen, zu dünn. Aber jetzt, unter dem Schutz des Rudels und der Liebe von Jaxon, hatte sie an Gewicht zugelegt und sah aus wie eine gesunde werdende Mutter.

Ihm fiel auf, wie sie ihre Hand in einer schützenden Geste über ihren hervorstehenden Bauch legte. Sie war schwanger und würde noch vor Ava ihr Kind zur Welt bringen, wenn die Berechnungen des Arztes stimmten.

„Wie lange noch?" Er deutete auf ihren Bauch.

„Acht Wochen." Sie seufzte. „Aber ich habe das Gefühl, dass sie jetzt schon bereit wäre herauszukommen. Ich kann nicht länger als zwei Stunden am Stück schlafen, bevor ich aufstehen muss, um zur Toilette zu rennen."

Er lachte. „Ja, so geht es Ava auch. Außer dass sie, nachdem sie ins Badezimmer gegangen ist, auf dem Rückweg immer in der Küche vorbeigeht, um sich einen Snack oder zwei zu holen."

Dies zauberte ein Lächeln in Ginnys Gesicht.

„Vielen Dank, dass du dir Zeit für uns nimmst, Damon", sagte Jaxon von seiner Position hinter Ginny.

„Selbstverständlich." Er sah von Jaxon zu Ginny. „Jaxon sagte, dass du über dein Erbe von John sprechen möchtest."

Sie erblasste bei der Erwähnung ihres toten Mannes. „Ich glaube, dass ich einen Käufer für das Haus in Shreveport gefunden habe. Ihm sagt der Preis zu und ihm gefällt die Tatsache, dass alle Möbel mit inbegriffen sind."

„Bist du dir sicher, dass du es so machen willst? Mir wurde erzählt, dass die Einrichtung des Hauses genauso viel wert ist wie das Haus selbst."

„Ich bin mir sicher." Sie rieb sich über dem Bauch. „Ich hoffe, dass ich das Geschäft in ein paar Tagen abschließen kann, und habe mich gefragt, ob Jaxon mit mir mitkommen darf." Sie sah zu ihm auf. „Ich weiß, mit allem, was los ist, und während ihr versucht ..."

„Deinen Vater zu finden ...", führte er ihren Gedankengang fort.

Ihr Ausdruck wurde härter, als sie ihn unterbrach. „Wir haben vielleicht die gleiche DNA, aber das ist alles, was wir gemeinsam haben. Er ist für mich kein Vater."

„Ich verstehe." Damon nickte. Er hatte nicht gewollt, dass seine Worte so hart klangen. Er hatte es nur eilig, tausend andere Dinge zu erledigen. Aber ein guter Rudelführer würde es besser wissen. Ein guter Rudelführer würde zuhören. So wie Barrett seinen Männern immer zugehört hatte.

„Ich habe damit nichts andeuten wollen . Deine Treue zum Rudel von Arkansas wurde uns tausendfach bewiesen. Bitte vergib mir."

Bei seinen Worten riss sie die Augen auf. Sie sah zu Jaxon hoch.

Er lächelte sie ermutigend an und drückte ihre Schulter.

„Ich muss dorthin, um die Papiere zu unterschreiben und sicherzustellen, dass das Geld auf das richtige Konto überwiesen wird." Sie sah für eine Minute weg, als wäre sie in Gedanken versunken. „Offensichtlich hatte er mehr Geld, als irgendjemand wusste."

„Er kam aus einer sehr reichen Familie."

„Ja, aber der Betrag, über den wir hier sprechen, ist jenseits dessen, was wir ursprünglich alle gedacht haben." Sie sah unter ihren Wimpern zu ihm auf, als wäre sie verlegen.

„Wie viel genau?"

„Um die fünfundzwanzig Millionen herum", antwortete Jaxon.

„Heilige Scheiße", zischte Damon. Jaxon kniff die Augen zusammen und sah ihn an.

„Entschuldige, Ginny", sagte Damon leise.

Sie lachte. „Jaxon hat schon Schlimmeres gesagt."

„Hey." Jaxon täuschte verletzte Gefühle vor. Aber Damon wusste es besser. Er hatte den Wolf noch nie zuvor so glücklich gesehen.

„Nun, herzlichen Glückwunsch, Ginny. Sieht so aus, als müsstest du dir nie wieder Sorgen ums Geld machen." Damon lächelte. Nach der Hölle, durch die Ginny mit ihrem missbrauchenden Ehemann und dem sadistischen Vater gegangen war, verdiente sie alles Glück der Welt, das Geld auch nur kaufen konnte. Und noch etwas mehr.

Sie leckte sich die Lippen und blicke von Jaxon zu ihm. „Ich weiß. Aber mich interessiert das Geld ehrlich gesagt nicht." Sie zuckte mit den Schultern. „Ich meine, es ist nett und alles, aber es ist bedeutungslos für mich. Ich werde einen großen Betrag an SKYLARS HAUS spenden. Was sie für missbrauchte Mädchen tut, ist fantastisch."

„Das ist sehr großzügig von dir. Vielen Dank." Damon nickte. Das Weibchen dachte immer noch an andere, selbst nach all dem Schrecken, der ihr angetan worden war. Jaxon sollte das besser zu schätzen wissen. „Und es steht Jaxon frei, dich nach Shreveport zu begleiten, um die Papiere zu unterzeichnen und die Angelegenheiten des Nachlasses zu regeln. Du sagtest, es wird erst in ein paar Tagen sein." Er sah Jaxon an. „Ich hoffe, dass wir Boudier bis dahin geschnappt haben."

„Damon, es gibt noch etwas." Ginny rieb sich den Bauch und blinzelte schnell.

„Was ist es?" Er lehnte sich vor und stützte seine Handflächen auf den Schreibtisch vor sich.

„Wenn John so viel Geld hatte, hätte mein Vater Zugang dazu gehabt."

„Was meinst du damit?" Damon neigte den Kopf.

„Nun, als Gegenleistung für die Heirat mit mir wollte mein Vater, dass John McGregor sein Reich finanziert."

„Sein Reich?", schnaubte Damon.

Sie wurde rot und es war ihr offensichtlich peinlich, einen so sadistischen Vater zu haben. „Ja. Zumindest hat er es immer so genannt. Ich glaube wirklich, dass er mehr als nur ein einfacher Psychopath ist. Ich glaube, dass er bis aufs Mark durch und durch böse ist." Sie erzitterte und schlang die Arme um sich.

Jaxon rieb ihre Schulter. „Ginny, das alles liegt jetzt hinter dir."

„Tut es das?" Sie blickte über ihre Schulter zu Jaxon. Damon beobachtete den Austausch mit Besorgnis. „Edward Boudier wird vermisst. Bis er geschnappt wird, ist niemand in Sicherheit." Sie blickte auf ihren Bauch hinunter.

„Du bist sicher. Er wird dir nie wieder wehtun. Das schwöre ich." Jaxon kniete sich neben sie und nahm ihre beiden Hände in seine. Er drückte beruhigende Küsse auf ihre Handrücken.

Damon rutschte auf seinem Sitz herum. Dieser Moment erschien ihm zu intim, als dass er ein Zuschauer dabei sein wollte.

Ginny lächelte Jaxon mit unendlicher Liebe in den Augen an.

Damon war froh, dass die beiden sich nach ihrem mühsamen Start wiedergefunden hatten. Sie beide verdienten einander und ein Leben gefüllt von Glück. Aber Ginny hatte recht. Niemand war in Sicherheit, bis ihr Vater gefangen genommen wurde und für seine Sünden mit seinem Blut bezahlt hatte.

Ginny riss ihren Blick von Jaxon los und sah ihn an. Ihr Lächeln war verschwunden und an seine Stelle war ein Ausdruck von Traurigkeit getreten.

„Der Grund, warum ich das überhaupt anspreche, ist dieser: Wenn ich fünfundzwanzig Millionen Dollar geerbt habe, dann ist meine Frage, wie viel Geld mein Vater hat, wenn John ihm jedes Jahr die Hälfte von dem, was er verdient hat, überschrieben hat."

„John hat deinem Vater die Hälfte seines Geldes bezahlt?" Damon hob seine Augenbrauen. „Das ist eine gottlose Summe und ich kenne niemanden, der jemandem die Hälfte seines Einkommens übergeben würde."

„Nun, es war ja nicht für umsonst." Sie musterte eine Sekunde lang den Boden, bevor sie seinem Blick wieder begegnete. „Mein Vater hatte John überzeugt, dass er ihn zu gegebener Zeit zum nächsten Rudelführer machen würde. Wann immer John es ansprach, sagte Edward zu ihm, dass er noch warten wollte, bis sein Ruhestand vollständig finanziert und alle seine Schulden beglichen worden seien."

„Hatte dein Vater irgendwelche Schulden?" Damon war über den geradezu obszönen Betrag an Geld informiert worden, den Boudier in Bargeld, Antiquitäten und sogar in einem Offshore-Konto auf den Bahamas zurückgelassen hatte.

„Schulden?", schnaubte Ginny. „Mein Vater stellte immer sicher, dass er niemandem je irgendetwas schuldete. Er wollte immer der Einzige sein, der alle Fäden zog. Er hatte keine Schulden. Ich glaube, dass er das nur gesagt hat, damit er weiter Geld von ihm bekam."

„Das passt zu Boudiers Charakter." Damon nickte. Ein Schauer lief ihm kalt den Rücken hinunter und er sah Ginny an.

„Und deshalb glaube ich, dass das Geld, was John ihm gegeben hat, irgendwo versteckt ist. Ich glaube, dass er es irgendwo unter einem anderen Namen hält. Bis zum richtigen Zeitpunkt." Ginnys Stimme wurde leise.

„Zum richtigen Zeitpunkt für was?" Damon kannte die Antwort bereits. Aber er musste die Frage trotzdem stellen.

„Der richtige Zeitpunkt, um uns alle bezahlen zu lassen." Ginny schluckte schwer.

„Dafür gibt es keine Beweise." Jaxon warf Damon einen Blick zu, der Bände sprach.

„Danke, dass du mir all das erzählt hast, Ginny." Damon stand auf und ging um den Schreibtisch herum. „Ich weiß deine Ehrlichkeit sehr zu schätzen."

Sie nickte und Jaxon half ihr auf die Beine.

„Ich muss mit Damon sprechen. Ich rufe dich später an." Jaxon schloss sie in seine Arme und küsste sie auf die Lippen.

„In Ordnung." Sie lächelte und nickte. „Ich gehe zur Bäckerei und fahre dann mit Ava nach Hause."

„Danke dir, Ginny." Damon nickte anerkennend und sah ihr hinterher, als sie die Tür hinter sich schloss.

„Was denkst du?", fragte Damon Jaxon.

„Es würde erklären, warum wir ihn nicht finden können. Wenn er genug Geld und Ressourcen hat, kann er versteckt bleiben, bis er gefunden werden will", sagte Jaxon.

Damon fuhr sich mit der Hand über das Gesicht und seufzte. „Ich verstehe Boudier nicht. Wenn ich er wäre und das Geld hätte, das du und Ginny vermuten, würde ich irgendwo außerhalb der USA leben. So wie in Mexiko oder zur Hölle, vielleicht sogar in Europa. Es macht überhaupt keinen Sinn, dass er hierbleibt."

„Boudier ist ein Psychopath. Natürlich ergibt es keinen Sinn. Weil Barrett ihn erledigt hat, will Boudier jetzt Blut."

„Ja und Barrett ist tot." Damon blickte zu Jaxon auf und runzelte die Stirn. „Und das, was einer Rache an Barrett am nächsten käme, ist, sich an Arkansas zu rächen."

Jaxon nickte und sah auf die Tür, durch die Ginny verschwunden war.

„Ich werde ihn niemanden mehr verletzen lassen, Damon. Ich habe einfach zu viel zu verlieren. Ich werde den Scheißkerl in sein Grab schicken, bevor er sich Ginny nähern kann." Jaxon sah Damon mit hasserfüllten Augen an.

Damon wusste, dass der Wächter sich immer noch für Barretts Tod schuldig fühlte. Barrett hatte sein Leben gegeben, um Jaxon zu retten. Und Damon war derjenige gewesen, der, durch eine Reihe von Ereignissen, die Hinrichtung durchgeführt hatte.

„Er wird fallen. Ich werde dafür sorgen, dass der Bastard bezahlt. Ich habe genug von dieser Tribunal-Scheiße. Sobald ich ihn in die Finger kriege, wird nichts mehr von ihm übrig sein", knurrte Damon.

Boudier hatte zu viele verletzt, um weiterzuleben. Und wenn es das Letzte war, was er tun würde, würde er den Werwolf bis in die letzten Ecken der Welt jagen und ihm eigenhändig den Kopf abreißen.

KAPITEL NEUNUNDZWANZIG

Die Fahrt nach Denver dauerte Stunden, war für Jacey aber immer noch zu kurz. Sie waren stundenlang unterwegs gewesen, aber mit Barrett verging die Zeit wie im Fluge. Sie hatte es genossen, ungezwungen mit ihm zu sprechen, und war noch nicht bereit, in die Realität zurückzukehren.

„Hast du Hunger?" Er sah sie mit seinen intensivblauen Augen an.

Ihr Bauch wurde warm und lebhafte Bilder der letzten Nacht blitzten vor ihrem inneren Auge auf.

„Ja." Ihre Stimme klang eher wie ein Krächzen und ihre Kehle war staubtrocken.

„Wir werden Mittagessen gehen, bevor wir zum Lagerhaus fahren." Er bog in eine belebte Straße ein. Jacey bemerkte, wie die Frauen, die den Bürgersteig entlangliefen, sich nach Barrett umdrehten und zweimal hinschauten.

Eine große, schlanke Brünette in teuren flauschigen Stiefeln und einer Kunstfellweste über ihrem schwarzen Rollkragenpullover blieb lange genug stehen, um Barrett einen sexy Blick zuzuwerfen.

Wenn Barrett sie sah, zeigte er nicht, dass er sie bemerkt hatte. Auf jeden Fall nicht so, wie sie es wollte. Ein finsterer Blick breitete sich auf ihren perfekten Gesichtszügen aus, als er ihr keinen zweiten Blick schenkte.

Jacey grinste.

„Was?" Barrett hielt an einer roten Ampel und drehte sich zu ihr.

„Hä?" Sie drehte den Kopf schnell zum Beifahrerfenster und tat so, als würde sie sich die Weihnachtsdekorationen ansehen.

„Ich habe das gesehen. Du hast gegrinst. Warum?" Er neigte amüsiert den Kopf.

„Nein, das habe ich nicht." Sie schüttelte den Kopf und sah zu der roten Ampel hoch. Das rote Licht wurde grün. Aber Barrett rührte sich nicht.

„Es ist grün." Sie deutete auf die Ampel.

„Ich fahre nicht weiter, bis du mir sagst, warum du gegrinst hast." Er wandte seinen Blick nicht von ihr ab.

Hinter ihnen ertönte eine Hupe und sie drehte sich in ihrem Sitz um. Ihr Herz schlug schnell und sie zeigte mit dem Finger auf die Ampel.

„Es ist grün. Du kannst nicht einfach hier stehen bleiben." Ihre Stimme war nun eine ganze Oktave höher.

„Das kann ich und ich werde es." Er beugte sich zu ihr und grinste. Seine strahlenden Augen waren voller Belustigung.

„Also gut. In Ordnung." Sie starrte in sauer an. „Ich fand es nur lustig, dass du die Frau nicht wahrgenommen hast, die versucht hat, deine Aufmerksamkeit zu erregen." Sie verschränkte die Arme vor der Brust und schnaufte. „Können wir jetzt fahren?"

Er grinste und fuhr über die Kreuzung, kurz bevor die Ampel gelb wurde.

* * *

Barrett versuchte sein Bestes, um sein Grinsen zu verbergen. Aber er scheiterte kläglich.

Also hatte Jacey tatsächlich seine Reaktion auf die menschliche Frau beobachtet. Und es gefiel ihr anscheinend, dass er auf ihren flirtenden Blick nicht eingegangen war.

Er hatte nie wirklich vielen Frauen gegenüber Interesse gezeigt, schon gar nicht menschlichen Frauen. Wenn er die Zeit dazu hatte, genoss er ihre Gesellschaft. Aber als Rudelführer hatte er kaum Zeit gefunden, seine sexuellen Triebe zu befriedigen. Dieser Job hatte ihn wie den Osterhasen am Ostersonntag hin- und herspringen lassen.

Er fuhr mit dem Jeep auf den Parkplatz hinter einem Restaurant in Denver. Der Parkplatz begann sich mit Autos von Kunden zu füllen, die zum Mittagessen eintrafen, also suchte er sich eine Stelle aus, von der er später leicht wieder herausfahren konnte.

„Ich hoffe, du hast Hunger. Es gibt hier die besten Steaks." Er stieg aus und lief zu ihrer Tür herum. Sie hatte ihre Tür bereits geöffnet und sprang heraus, bevor er es zu ihrer Seite schaffte.

„Ein Steak werde ich nicht ablehnen. Besonders keins, was mir sehr empfohlen wurde." Sie grinste ihn an.

Sein Magen wurde warm und etwas zog sich in seiner Brust zusammen. Geistesabwesend griff er mit der Hand hoch und rieb sich über die Brust. Er runzelte die Stirn.

„Alles in Ordnung?" Sie zog ihre Augenbrauen zusammen und kam näher.

Das Gefühl in seinem Bauch wurde noch stärker.

„Ich fühle mich einfach ein bisschen komisch."

„Oh, ich hoffe, du wirst nicht krank." Besorgnis breitete sich auf ihrem atemberaubenden Gesicht aus und es verschlimmerte seine Symptome.

„Ja." Sein Körper schmerzte, sein Herz schien zu rasen und seine Körpertemperatur war erhöht. Das klang alles sehr nach Symptomen der Grippe. Allerdings bekamen Werwölfe nie die Grippe. Er schüttelte den Kopf und deutete auf das Restaurant. „Lass uns reingehen und uns einen Tisch suchen, solange es noch einen gibt."

Er hatte etwas von dem zusätzlichen Geld genommen, das Ryker ihm für Notfälle hinterlassen hatte. Er sagte sich selbst, das Essen ein Notfall war. Aber er wusste es besser. Er wollte Jacey mit einem schönen Restaurant beeindrucken.

Er öffnete die Tür und ein warmer Luftstoß kam ihnen entgegen. Sie lächelte und zog sich den Mantel aus, als ein Kellner sie schnell zu einer Sitzecke im hinteren Teil des Restaurants führte. Er beobachtete ihre Reaktion auf das Lokal.

„Nicht, was ich erwartet habe." Sie sah sich in dem gehobenen Steakhouse um, dessen Tische weiße Stofftischdecken hatten und auf deren Mitte gemütliche Kerzen standen. Die Ziegelwände und Holzböden waren schwach beleuchtet und verliehen dem Restaurant eine gemütliche und intime Atmosphäre.

„Lass mich raten. Du hast Erdnussschalen auf dem Fußboden und Country-Musik erwartet."

Sie grinste ihn schuldbewusst an und nickte langsam.

Er stieß ein Lachen aus. „Das ist in Ordnung. Ich werde öfter unterschätzt."

Sie hob ihre Hand und machte große Augen. „Nicht, dass ich erwartet hätte, dass du geizig bist, es ist nur so …"

„So anders als ich?" Er hob die Augenbrauen.

„Nein." Sie schüttelte den Kopf. „Teuer. Es wirkt eher wie ein Restaurant, in das du mit einer Verabredung gehst. Nicht für ein ungezwungenes Mittagessen." Sie sah sich um.

Er ließ die Schultern hängen. Sie hatte recht. Das hier war viel zu schön. Und so gerne er auch mit ihr zusammen war, wusste er, dass er seine sichere Entfernung zu ihr halten musste. Würde er sich Jacey zu sehr nähern, würde er zwangsläufig seine Geheimnisse verraten.

„Es wird ein langer Tag, also iss dich satt", sagte er schroff und griff nach seiner Speisekarte.

Er warf ihr einen heimlichen Blick zu und bemerkte, wie ihr Gesichtsausdruck trauriger wurde. Scheiße. Er hatte schon wieder das Falsche gesagt. Er wollte wirklich keinen falschen Eindruck erwecken.

Scheiße.

„Also was schlägst du vor?" Sie sah ihn über den Rand ihrer Speisekarte an.

„Ich esse normalerweise das T-Bone." Er begegnete ihrem Blick und neigte den Kopf. „Aber das Filet-Steak ist auch fantastisch."

„Dann werde ich das nehmen." Sie legte die Speisekarte auf den Tisch, als der Kellner kam und ihre Wassergläser füllte.

„Kann ich Ihnen beiden einen Cocktail bringen?" Der junge männliche Kellner lächelte sie beide an, aber sein Blick blieb etwas zu lange auf Jacey hängen.

„Ich nehme nur ein Wasser", sagte Jacey und sah zu Barrett hinüber.

„Eistee", sagte Barrett.

„Es tut mir leid, aber wir haben nur normalen Tee."

„Natürlich, selbstverständlich." Er hätte es wissen müssen. An Orten, die nördlich der Mason-Dixon-Linie lagen, wurde kein Eistee serviert. „Ich nehme einem Bourbon auf Eis."

„Sehr gut. Möchten Sie mit einer Vorspeise beginnen?", fragte der Kellner.

Barrett sei Jacey fragend an. Sie schüttelte den Kopf.

„Nein. Aber ich denke, wir sind bereit, zu bestellen."

Barrett nahm beide Speisekarten und reichte sie dem Kellner.

„Die Dame bekommt das Filet-Steak, medium-rare", er sah sie prüfend an, um sicherzustellen, dass er das Richtige bestellt hatte.

Sie lächelte und nickte. „Das klingt perfekt."

„Und als Beilage?" Der Kellner hielt seinen Stift über seinem Bestellblog.

Sie sah ihn an. „Was auch immer du empfiehlst, Barrett."

„Sie nimmt die doppelt gebackenen Kartoffeln und die grünen Bohnen." Er sah sie an und wartete.

Sie lächelte und lehnte sich in ihrem Stuhl zurück. Sie schien mit ihrer Bestellung zufrieden zu sein.

„Und für Sie, Sir?" Der Kellner kritzelte die Bestellung auf seinen Block und wandte sich dann an ihn.

„T-Bone, medium-rare. Mit den gleichen Beilagen."

„Ich werde die Bestellung weiterleiten und Ihnen sofort Ihr Getränk bringen." Der Kellner drehte sich um, um zu gehen.

„Moment, bitte bringen Sie der Dame ein Glas Ihres besten Merlots", sagte Barrett.

„Selbstverständlich." Der Kellner lächelte und eilte davon.

Sie grinste ihn schuldbewusst an.

„Mach dir keine Sorgen. Dein Stoffwechsel wird den Alkohol schneller verbrennen, als du ihn trinken kannst."

„Vielen Dank. Ich wollte wirklich gern ein Glas, wollte aber nicht wie eine Säuferin wirken." Sie seufzte.

Er lachte. „Du könntest nicht wie eine Säuferin aussehen, selbst wenn du es versuchen würdest." Er zog seine Jacke aus und legte sie auf die Bank in ihrer Sitzecke. „Außerdem konnte ich den Gedanken nicht ertragen, dass du dein Steak mit einem Glas Wasser ruinierst. Das wäre eine schreckliche Kombination."

„Da hast du recht." Etwas machte sich auf ihrem Gesichtsausdruck breit. Ihre Augen leuchteten auf, als der Kellner mit ihren Getränken zurückkehrte.

Er stellte sie mit müheloser Präzision vor sie hin, bevor er leise wieder verschwand.

Er sah ihr zu, wie sie das Kristallweinglas am Stil anhob. Sie hob das Glas an ihre Lippen und atmete den Duft des Weins ein. Sie hatte das schon mal gemacht.

„Also magst du Wein? Ich habe nur geraten, als ich ihn für dich bestellt habe. Ich hoffe, das macht dir nichts aus."

„Ganz und gar nicht." Sie lächelte. „So etwas hat noch nie jemand für mich gemacht. Es ist schön, das Gefühl zu haben, dass sich jemand um einen kümmert." Sie errötete und nippte an ihrem Glas.

Er trank ebenfalls. Der weiche Geschmack des Bourbons überzog seine Zunge und glitt seinen Hals hinunter.

„Wie ist der Wein?"

„Es ist der beste Wein, den ich je probiert habe." Ihre Augen funkelten.

Er lachte.

„Nein, ich meine es völlig ernst. Mein Ex hat mich immer nur Bier kaufen lassen. Er hat mir nie erlaubt, Wein zu kaufen." Sie hob das Glas und lächelte. „Das hier ist etwas Besonderes."

Er umschloss das Glas in seiner Hand fester. „Warum hat er dich keinen Wein kaufen lassen? Hatte er etwas dagegen?"

„Er sagte, dass er dafür kein Geld verschwenden wollte. Er sagte, wenn ich etwas trinken wollte, dann solle ich Bier trinken, so wie er. Weil es billiger ist." Sie zog die Nase in Falten. „Aber ich kann Bier nicht ausstehen. Es riecht und schmeckt ekelhaft."

„Also was hast du getrunken?"

„Wasser." Sie nahm noch einen Schluck und ließ ihren Blick durch den Raum gleiten.

Wut breitete sich in seinem Bauch aus. „Ich nehme an, er war derjenige, der das Geld kontrolliert hat."

Sie sah ihn an und nickte. „Er hat alle Rechnungen bezahlt und ich habe den Haushalt geführt. Er sagte, so funktioniert das."

„Wolltest du jemals aufs College gehen?"

„Das wollte ich. Aber wir haben direkt nach der Highschool geheiratet." Sie zuckte mit den Schultern und ein Hauch von Traurigkeit lag auf ihrem Gesicht. „Er sagte, er wollte keine Gefährtin oder Frau, die nicht Zuhause sein würde. Er hatte sehr genaue Vorstellungen darüber, wie eine Ehe auszusehen hatte."

„Nun, das scheint mir ziemlich einseitig zu sein", knurrte er leise.

„Da hast du recht. Aber ich habe es zu der Zeit nicht so gesehen. Meine Eltern waren schon immer zusammen und meine Mutter hat nie außerhalb gearbeitet. Sie schien immer glücklich zu sein. Ich glaube, dass ich versucht habe, das auch für mich zu finden." Sie seufzte.

„Was würdest du machen, wenn du zurück aufs College gehen würdest?"

Ihre Augenbrauen schossen in die Höhe, sie lehnte sich auf dem Stuhl zurück und sah ihn an. „Wow, ich bin mir nicht sicher." Sie legte ihre Hände in ihren Schoß. „Im Moment habe ich das Gefühl, dass ich nur versuche, zu überleben. Ich weiß nicht, ob ich mich diesem gedanklichen Größenwahn hingeben sollte."

„Warum nicht?" Er nahm noch einen Schluck. „Jeder hat Ziele und Pläne für die Zukunft. Das ist es, was uns weitermachen lässt."

„Und was sind deine Pläne?" Sie neigte den Kopf. Die Art, wie sie ihn mit diesen umwerfenden Karamellaugen ansah, ließ seine Abwehrkräfte schwinden.

„Nun, mein Plan ist es, das Mountain Top Bar und Grill

erfolgreich zu machen. Ein bisschen Geld zu verdienen und dann weiterzuziehen." Die Antwort war so ehrlich, wie er sie unter den gegebenen Umständen geben konnte.

„Also hast du nicht vor, in Colorado zu bleiben?" Sie trank noch einen weiteren Schluck von ihrem Wein.

„Ich dachte, dass ich dich nach deinen Plänen gefragt habe." Er grinste. „Ich weiß, wenn jemand versucht, das Gespräch auf mich zu lenken."

Sie seufzte und musterte ihr Weinglas. „Ich weiß es nicht. Als ich noch ein kleines Mädchen war, dachte ich immer, dass ich Krankenpflegerin werden wollte. Aber jetzt bin ich mir nicht mehr so sicher."

„Was machst du gerne? Wenn du etwas findest, was dir Spaß macht, solltest du versuchen, daraus eine Karriere zu machen."

„Nun, wenn ich nicht gerade das Haus geputzt habe, habe ich gekocht. Ich hatte vor, mit all den Rezepten, die ich mir über die Jahre ausgedacht habe, ein Kochbuch zu schreiben. Ich habe Jeremy davon erzählt, aber er sagte, es sei eine dumme Idee."

„Dein Ex ist ein Arschloch. Und wenn mir dieser Scheißkerl jemals über den Weg läuft, wird er sich wünschen, er wäre tot." Wut pulsierte durch seine Adern.

„Wow. Halte bloß nicht zurück, wie du wirklich fühlst." Sie kicherte.

„Entschuldige." Er sah sich um, um sicherzustellen, dass niemand um sie herum ihn anstarrte. Glücklicherweise saßen sie in einer gemütlichen Ecke, in der es nur wenige andere Leute gab.

„Du hast recht. Er ist ein Arschloch." Sie schüttelte den Kopf und starrte über seiner Schulter ins Leere, als würde sie in die Vergangenheit blicken. „Ich bin überrascht, dass ich so lange gebraucht habe, um das herauszufinden."

„Wenn man in einer Kleinstadt aufwächst, wird man dazu erzogen, Dinge auf bestimmte Weise zu sehen."

„Ja, da hast du recht. Meine Eltern haben ihn vergöttert. Selbst nachdem er mir gesagt hat, dass er sich scheiden lassen und unsere Verpaarung auflösen wollte, sagten sie zu mir, dass es meine Schuld sei, dass er nicht glücklich war."

Er knurrte und ballte die Hände zu Fäusten.

Sie sah mit überraschten Augen zu ihm auf.

„Das ist totale Scheiße. Niemand ist auf jemand anderen angewiesen, um ihn glücklich zu machen. Wenn er nicht glücklich war, war das seine eigene verdammte Schuld. Und er ist ein Idiot." Dieses Mal erregten seine Worte die Aufmerksamkeit einiger Geschäftsleute in Anzügen, die ihn ansahen.

Es war ihm egal. Jeder, der Jacey so fallen lassen würde, war ein verdammter Idiot.

„Du hast recht." Sie lehnte sich zurück und musterte ihn. „Und um ehrlich zu sein, war ich auch nicht glücklich." Sie hob ihre Hände mit offenen Handflächen. „Ich meine, ich glaube, dass ich mich einfach an die Routine gewöhnt habe. Als er an diesem Tag nach Hause kam und meine Welt auf den Kopf stellte, hatte ich Angst. Ich wusste nicht, was mit mir passieren würde oder was ich tun sollte. Ich war immer darauf angewiesen, dass er mich im Haus behält und mir ein Dach über dem Kopf gibt." Sie verschränkte die Arme vor ihrer Brust und schüttelte den Kopf. „So einen Fehler werde ich nie wieder machen."

Sie schwiegen einen langen Moment.

„Weißt du, ich denke immer noch über dieses Kochbuch nach. Ich meine, ich habe wirklich viele Rezepte. Ein paar von ihnen habe ich noch nie gekocht, weil Jeremy immer dasselbe essen und nie etwas Neues probieren wollte."

„Dann solltest du es tun. Du kannst kochen, was du willst,

und wir probieren es an den Kunden aus." Barrett trank noch einen Schluck.

„Wirklich?" Sie verzog das Gesicht. „Ich meine, deine Kunden sind ganz anders als zum Beispiel die Kunden hier." Sie sah sich in der eleganten Umgebung um.

„Jacey, Leute sind Leute. Wenn das Essen gut ist, werden sie es essen. Vertrau mir", sagte er.

Ein Lächeln erblühte auf ihrem Gesicht und ließ es erstrahlen. Er konnte sehen, dass sie ernsthaft darüber nachdachte.

„Wo siehst du dich, nachdem du dein Kochbuch veröffentlicht hast?", fragte er.

Sie lachte melodisch und hob abwehrend die Hände. „Warte mal eine Sekunde. Ich habe das Kochbuch ja noch nicht einmal fertig."

„Ich weiß, aber du musst dir selbst immer einen Schritt voraus sein. Setze dir noch ein nächstes Ziel."

„Nun, na ja, lass mich mal überlegen", sagte sie und blickte verträumt zur Decke hinauf. „Ich würde sagen, nach meinem erfolgreichen Kochbuch möchte ich jemanden finden, der sein Leben mit mir teilt. Ein oder zwei Kinder haben und ein Haus auf dem Land."

„Nicht in der Stadt?"

„Definitiv nicht. Ich brauche genug Platz, um rauszukommen und rennen zu gehen." Sie warf ihm einen Blick zu.

„Gefällt mir." Er grinste. Er konnte sich Jacey an diesem Ort vorstellen. Ein großes Haus inmitten einer weitläufigen Landschaft, vielleicht mit sanften Hügeln und Wäldern, so weit das Auge reichte. Er konnte sich vorstellen, wie sie durch den Vorgarten rannte und zwei kleinen blonden Kindern hinterherjagte, die aussahen wie sie, und einen Hund hatte, der hinter ihr herrannte und kläffte. Wahrscheinlich einen Labrador.

Was er sich nicht vorstellen konnte, war der Mann an ihrer Seite. Der Gedanke machte ihn ein wenig krank.

„Bitteschön." Der Kellner erschien mit ihrem Essen und stellte es vor sie hin.

„Brauchen Sie noch etwas anderes, Sir?", fragte der Kellner.

„Nein, danke", sagte Barrett.

Der Kellner nickte und ließ sie allein, damit sie essen konnten.

KAPITEL DREISSIG

Die Tür zu seinem Büro flog auf und knallte hart gegen die Wand. Damon hob den Kopf und sah den Eindringling wütend an. Jeder Wächter in Arkansas sollte es besser wissen, als ohne Einladung einfach ins Büro des Rudelführers zu stürmen.

„Colorado", sagte Jayden mit den Händen in den Hüften.

„Was?" Damon runzelte die Stirn.

„Boudier. Er ist in Colorado", wiederholte Jayden. Ein finsterer Blick lag auf seinem Gesicht und er atmete schwer. „Uns wurde soeben berichtet, dass er dabei gesehen wurde, wie er die Staatsgrenze nach Colorado überquerte."

„Bist du dir sicher?" Damon stand auf.

„Ja."

„Colorado ist weit vom Süden entfernt. Dort leben nicht sehr viele Werwölfe."

„Was es zum perfekten Ort macht, um sich dort zu verstecken." Jayden nickte.

„Möglicherweise." Damon hob sein Handy hoch. „Du musst alle Wächter, die uns zur Verfügung stehen, zusammentrommeln und nach Colorado fahren."

„Wie bald?", fragte Jayden.

„Sofort. Lass sie auftanken und dann sollen sie ihre Ärsche auf die Straße schwingen." Er tippte ein paar Nummern in sein Handy ein, als Jayden die Tür hinter sich schloss.

„Hallo?" Die schroffe Stimme seines Wächters erklang in der Leitung.

„Ryker, Boudier wurde soeben gesichtet. Er ist in Colorado", knurrte Damon. „Du musst sofort in diese Richtung fahren. Ich schicke den Rest der Wächter los, sobald sie aufgetankt haben."

„Damon ..."

„Verdammte Scheiße, Ryker, tu einfach, was dir gesagt wurde", knurrte Damon. Er beendete den Anruf und knallte sein Handy auf den massiven Schreibtisch. Seine Geduld mit Ryker war zu einem Ende gekommen. Ryker wurde von Tag zu Tag unberechenbarer. Die Trauerzeit für Barrett war jetzt vorbei.

Jetzt war die Zeit, für seine Gerechtigkeit gekommen.

* * *

„Scheiße, Scheiße, Scheiße!", knurrte Ryker. Eine Frau, die gerade aus der Tankstelle kam, vermied Augenkontakt und machte einen riesigen Bogen um ihn, als sie zu ihrem Minibus lief.

Er zog die Zapfpistole aus seinem Tank und steckte sie zurück in die Zapfsäule. Ihm war von der Fahrt kalt geworden. Er befand sich in Kansas in der Nähe der Grenze zu Colorado und wollte nach Barrett sehen, da er ihn nicht erreichen konnte.

Und jetzt das. Boudier war in Colorado gesichtet worden. Was bedeutete, dass er wusste oder vermutete, dass Barrett am Leben war. Oder vielleicht wollte Boudier auch nur eine so große Entfernung wie möglich zwischen sich und dem Süden schaffen. Die Haare in seinem Nacken standen ihm zu Berge.

Nein. Sosehr er sich auch wünschte, dass dies der Fall sein würde, wusste er tief in seiner Seele, dass es nicht so war.

Jetzt war es sogar noch dringender, schnell nach Colorado zu gelangen. Er musste vor Boudier bei Barrett ankommen.

Die Frage war jedoch, wie zum Teufel hatte Boudier herausgefunden, dass Barrett lebte und sich in Colorado aufhielt?

Er kniff die Augen zusammen. Die einzige andere Person, die außer ihm und Celeste etwas über Barrett wusste, war Ella.

„Diese verfluchte Hexe." Er knirschte zwischen zusammengebissenen Zähnen. Er hatte gewusst, dass er der verdammten Hexe von Yazoo City nicht trauen konnte. Er hätte es besser wissen sollen.

Er wählte die Nummer des Bar und Grill und als niemand antwortete, rief er Barretts Handy an. Es war die einzige Nummer, die er sonst nie anrief. Er wollte nicht, dass sie zu Barrett zurückverfolgt werden konnte. Aber das war jetzt egal.

Er legte auf, als niemand antwortete. Er sprang auf seine Harley und ließ den Motor an.

Ihnen lief die Zeit davon.

KAPITEL EINUNDDREISSIG

„Das war so lecker." Jacey lächelte und warf Barrett einen Blick zu, der neben ihr im Auto saß. „Die beste Mahlzeit, die ich seit meiner Ankunft in Colorado gegessen habe."

„Das würde ich nicht sagen." Er sah zu ihr hinüber und bog in die nächste Straße ab. „Deine Kochkünste sind auch fantastisch. Professionelle Qualität." Er blickte zurück auf die Straße. „Ich könnte mir vorstellen, wie du dein eigenes Restaurant führst."

Sie errötete bei seinem Kompliment. Es war wahrscheinlich das größte Kompliment, das ihr jemals in ihrem ganzen Leben gemacht wurde.

„Glaubst du wirklich?"

„Auf jeden Fall", sagte er und warf ihr einen ernsten Blick zu.

„Ich bin mir nicht sicher, ob ich ein Restaurant mögen würde. Ein Kochbuch, ja. Ich habe schon immer gern geschrieben, also wäre das genau mein Ding." Sie blickte aus dem Fenster. „Ich kann einfach nicht glauben, wie viel Schnee hier vom Himmel fällt." Sie sah ihn wieder an.

„Glaubst du, wir werden es die Berge wieder hoch schaffen?"
Sie schaute aus dem Fenster und betrachtete die grauen
Wolken, die schwer am Himmel hingen.

„Wir werden es schaffen. Alfreds Truck schafft es durch
jedes Wetter." Er grinste. Ihr Herz schlug heftig in ihrer Brust
und sie kämpfte gegen den Drang an, in sein hübsches
Gesicht zu starren.

Nachdem sie noch ein paarmal in der bezaubernden
Stadt Denver abgebogen waren, begann sich die Umgebung
zu verändern. Statt gehobener Boutiquen und Restaurants
gab es nun Lagerhäuser und Industriebauten.

Barrett verlangsamte seine Geschwindigkeit und bog in
die Einfahrt eines großen Lagerhauses ein. Er fuhr herum
und parkte in der Nähe eines hohen Zauns mit Stacheldraht
obendrauf.

„Ist das normal?" Sie deutete auf den Zaun, der wie die
Absperrung um ein Gefängnis aussah.

„Für Alfred ist es das. Er ist unglaublich paranoid. Der
verrückte alte Dachs glaubt, dass jemand hier einbrechen
und sein Zeug stehlen wird."

Jacey verzog das Gesicht. „Hat er denn etwas, das es wert
wäre, gestohlen zu werden?"

„Lass dich vom Äußeren nicht täuschen. Er ist ein ehemaliger Army Ranger und sammelt schon seit Jahren militäri-
sche Erinnerungsstücke. Er hat mich noch nie sehen lassen,
was dort drin ist, aber mir wurde erzählt, dass es ein ziemliches Vermögen wert ist."

„Aha." Männer und ihr Spielzeug. Sie würde es nie
verstehen.

Ein Mann Anfang dreißig, der einen Overall und eine
schmuddelige Baseballkappe trug, tauchte in der Ladeluke
auf. „Kann ich euch helfen?", rief er und wischte sich die
Hände an den Oberschenkeln ab. Er steckte ein rotes
Bandana-Halstuch in seine Gesäßtasche.

„Wir suchen nach Alfred. Ich muss mir seinen Truck ausleihen." Barrett stemmte die Hände in seine Hüften.

„Alfred ist nicht hier. Er ist gestern nach Colorado Springs gefahren. Er meinte, er würde spät heute Abend zurückkommen." Er kam zu ihnen hinüber und streckte die Hand aus. „Ich bin übrigens Jim. Ich arbeite gelegentlich für Alfred und halte die Stellung, wenn er nicht hier ist."

Barrett schüttelte Jims Hand. „Barrett. Alfred lässt mich von Zeit zu Zeit seinen Truck leihen."

Jim nickte und schaute in ihre Richtung.

„Das ist Jacey. Sie gehört zu mir." Barretts Ton wurde leiser und tiefer und obwohl der Mann ein Mensch war, verstand er die Nachricht klar und deutlich.

„Also wird er erst spät zurück sein?" Barrett schaute weg und sie konnte sehen, dass er nachdachte.

„Sag Alfred, dass ich morgen zurückkommen werde." Er zeigte auf den Jeep. „Ich werde den Anhänger hierlassen, wenn das in Ordnung ist."

„Meinetwegen." Jim nickte ihm zu. „Wann werdet ihr wieder hier sein?"

„Bei Tagesanbruch. Vielleicht etwas früher." Barrett nickte, drehte sich um und ging zurück zum Jeep. Jacey folgte ihm.

„Also was werden wir zwischen jetzt und morgen machen?", fragte sie.

„Ich werde nicht zurückfahren, falls es das ist, was du fragst."

„Aber was ist mit der Bar? Sie wird noch einen weiteren Tag geschlossen bleiben müssen." Sie biss sich vor Sorge auf die Lippen.

„Jacey, es ist nur eine Bar. Wen kümmert ein weiterer Tag?" Er schenkte ihr ein beruhigendes Lächeln.

Sie ging zur Beifahrerseite und öffnete die Tür. Die Wärme in der Fahrerkabine des Jeeps kam ihr gerade recht und obwohl ihre Körpertemperatur höher war als die eines Menschen, war das Wetter in Colorado nicht nach ihrem Geschmack.

Sie bevorzugte die Südstaaten.

Sie beobachtete Barrett durch den Rückspiegel, als er sich daran machte, den Anhänger abzukoppeln. Innerhalb weniger Sekunden glitt er neben sie auf den Fahrersitz.

„Hattest du schon Gelegenheit, dir Denver anzuschauen?", fragte er, als er den Motor des Jeeps wieder anließ.

„Nein. Als ich dort gelandet bin, bin ich direkt in ein Hotel gefahren und habe begonnen, nach Jobs zu suchen", gab sie zu.

„Heute hatte ich tatsächlich das erste Mal das Gefühl, die Stadt wirklich zu sehen. Sie ist wirklich toll."

„Du solltest mal Aspen sehen. Es ist wunderschön dort", sagte er mit einem Lächeln auf den Lippen.

„Warst du schon einmal dort?"

„Ja, aber das ist schon eine ganze Weile her. Ich bin früher mit meiner Familie in den Winterferien dort gewesen", sagte er mit einem sehnsüchtig in die Ferne gerichteten Blick in den Augen.

„Das klingt wundervoll." Sie seufzte. „Ich habe früher immer davon geträumt, mal irgendwohin in den Urlaub zu fahren, wo es schneit. Skifahren, rodeln, snowboarden. Ich glaube, das würde ich alles gerne mal versuchen."

„Vergiss den Wein vor dem Kamin nicht."

„Ich glaube, das wäre möglicherweise mein Lieblingsteil der Reise." Sie lächelte.

„Ich weiß, dass es mein Lieblingsteil wäre", gab er zu.

Sie lachte.

Sie fuhren durch die Stadt Denver und Barrett zeigte ihr die Weihnachtsdekorationen in den verschiedenen Straßen und Geschäften. Sie lächelte, als sie zusah, wie Gruppen von Familien mit warmen Mützen und Handschuhen und heißem Kakao in Bechern in den Händen den Bürgersteig entlangliefen. Es sah einfach so passend aus.

Barrett bog in die Einfahrt eines Hotelhochhauses ein und stieg aus dem Jeep.

Er lief um den Jeep herum und öffnete ihr die Tür. Ein Hotelpage kam sofort an seine Seite.

Barrett drehte sich um und sprach in gedämpften Tönen zu dem Pagen. Sie war sich nicht sicher, warum sie hier waren, warf jedoch einen Blick auf die Schaufenster der Boutiquen nebenan.

„Jacey." Er erschien an ihrer Seite. Ihr Herz flatterte ein wenig.

„Was machen wir hier?", fragte sie.

„Ich dachte mir, wir würden die Nacht in Denver verbringen und morgen früh aufstehen, um unsere Lebensmittel-Lieferung dann abzuholen. Das lässt uns genug Zeit, die Stadt ein wenig zu erkunden und gemeinsam Abendessen zu gehen."

Sie blinzelte. „Aber ich habe nicht genug Geld, um hierzubleiben."

„Ich werde es spendieren." Er zog sie sanft am Ellbogen.

„Aber ich habe auch keine Klamotten gepackt." Sie sah zu ihm auf.

„Jacey, bitte mach dir keine Sorgen. Ich bin schließlich der Grund, warum du in dieser Lage steckst. Du warst freundlich genug, mich hierher zu begleiten, und jetzt stecken wir hier für die Nacht fest. Dir etwas zum Anziehen zu kaufen, ist das Mindeste, was ich tun kann."

Seine Güte berührte sie. „Barrett, das brauchst du wirklich nicht machen." Sie rieb sich den Arm und sah sich um. Den Pagen, Kammerdienern und dem Portier nach zu urteilen, würde dieses Hotel ein Vermögen kosten.

„Ich weiß. Aber ich möchte es gern." Er deutete mit der

Hand auf die Tür. „Lass uns einchecken. Dann entscheiden wir den Rest."

Der Portier lächelte und öffnete die Tür für sie. Sie lächelte zurück und dankte ihm.

Sie betraten das Hotel. In der Mitte des Eingangsbereichs stand ein großer Brunnen. Herrliche Klaviermusik erklang aus dem Hotelrestaurant dahinter. An der Wand befand sich ein Kamin, um den sich Menschen versammelt hatten, die, wie sie vermutete, heißen Kaffee aus ihren Bechern tranken. Sie gingen zum Brunnen hinüber, während Barrett zur Rezeption ging. Unterwasserlichter in Blau- und Grüntönen leuchteten die bunten Kois an, die im Brunnen hin und her schwammen.

Einer der Aufzüge öffnete sich und eine Frau in schwarzen Lederstiefeln über einer schwarzen Jeans betrat die Lobby. Sie war atemberaubend schön mit flammend rotem Haar und einem kurvenreichen Körper. Ihr üppiger Busen spannte den weißen Pullover, den sie trug, so weit das Material es zuließ. Sie ertappte Jacey dabei, wie sie sie anstarrte, kniff die Augen zusammen und hob ihr Kinn, als sie das Hotel verließ, während ihr der Kammerdiener auf Schritt und Tritt folgte.

Jacey sah zu Boden. Sie gehörte nicht hierher. Jetzt war sie sich dessen sicher.

Sie drehte sich um und wollte Barrett sagen, dass sie nicht hierbleiben würde. Und stattdessen stieß sie mit dem Gesicht voran direkt gegen seine breite Brust.

„Alles in Ordnung? Ich wollte dich nicht anrempeln." Er hielt sanft ihren Ellbogen und sah ihr in die Augen.

Sie blinzelte die Tränen weg, die begannen, unter ihren zarten Augenlidern zu brennen.

„Alles in Ordnung. Es ist meine Schuld, dass ich dich nicht gesehen habe." Sie musterte den Boden.

Als sie wieder aufsah, starrte er sie seltsam an. Hatte er

seinen Fehler bemerkt? War auch ihm aufgefallen, dass sie nicht hierhergehörte?

„Komm mit. Lass uns unser Zimmer anschauen gehen und dann sehen wir uns die Sehenswürdigkeiten in Denver an." Er verschränkte seine Finger in ihren.

Von der Geste erröteten ihre Wangen. Und ihr Unterleib wurde ganz warm.

Sie gingen Hand in Hand, als sie in den Fahrstuhl stiegen.

„Welche Etage, Sir? Madam?", fragte der Hotelpage höflich.

„Vierzehnte", antwortete Barrett.

„Sehr gut, Sir." Der Hotelpage drückte den Knopf mit seinem von einem weißen Handschuh bedeckten Finger und blickte stur geradeaus. Jacey beobachtete ihn, während sie hinauffuhren, und er blinzelte nicht ein einziges Mal.

Der Fahrstuhl klingelte.

„Vierzehnte Etage, Sir und Madam", sagte der Hotelpage knapp.

Sie stiegen aus und als sich die Tür hinter ihnen schloss, prustete sie los.

„Sie bezahlen tatsächlich jemanden, damit er auf einen Knopf drückt?", fragte sie und lachte.

„Ja. Leute bezahlen für Protzigkeit." Er grinste. Er ging ein paar Meter, streckte die Schlüsselkarte aus und drückte sie gegen die Tür. Das Schloss blinkte grün auf und er öffnete die Zimmertür.

„Die Dame zuerst." Er hielt die Tür für sie auf.

Sie ernüchterte. Was zur Hölle hatte sie sich gedacht? Sie konnte nicht eine ganze Nacht mit ihm in einem Bett verbringen. Wenn sie das tat, gäbe es kein Zurück mehr. Sie kannte sich selbst gut genug, um zu wissen, dass sie sich nicht weigern würde, mit ihm zu schlafen. Sie sollte sich selbst und ihre Unabhängigkeit finden. Und nicht versuchen, ein schnelles Bedürfnis zu befriedigen.

Aber wie gut er ihre Bedürfnisse doch kannte.

„Jacey?" Barrett runzelte die Stirn.

„Ja, entschuldige." Sie zwang ihre Füße, loszulaufen, und trat über die Schwelle der Tür. Sie würde sich nicht blamieren, indem sie zu ihm sagte, dass sie nicht mit ihm im selben Bett schlafen könne, wo er doch gerade letzte Nacht erst sein Gesicht zwischen ihren Beinen vergraben hatte.

Das Zimmer war groß und gehörte zu einer Suite. Eine große L-förmige Couch stand mit Blick auf den großen Fernseher an der Wand und es gab einen Schreibtisch. Die Fenster reichten vom Boden bis zur Decke und ermöglichten einen wunderbaren Ausblick auf die Stadt und den Schnee, der draußen fiel.

Sie warf einen Blick in das Nebenzimmer und entdeckte ein großes Bett. Ein einziges großes Bett.

„Es tut mir leid. Die Rezeptionistin sagte, dass alle Zimmer mit zwei Betten für die Nacht ausgebucht sind. Es gibt in der Stadt einen Kongress. Das ist alles, was sie noch hatten", sagte er.

„Es ist schon in Ordnung", sagte sie und erstarrte. Warum hatte sie das gesagt? Es war nicht in Ordnung. Es war überhaupt nicht in Ordnung.

„Wenn du etwas trinken möchtest, gibt es einen kleinen Kühlschrank im Schrank unter dem Fernseher. Ich werde zur Rezeption runtergehen, um mich um etwas zu kümmern. Ich komme gleich wieder." Er ging zur Tür hinaus und ließ sie alleine im Zimmer zurück.

Sie spähte ins Schlafzimmer. Obwohl das Bett ein Kingsize-Bett war, war es immer noch zu klein, um es mit Barrett zu teilen und die Dinge zwischen ihnen beiläufig zu halten. Er war ein großer Wolf und würde schon die Hälfte des verdammten Bettes nur mit seinem Körper einnehmen. Sie konnte sich nicht vorstellen, die ganze Nacht mit ihm im

Bett zu liegen und ihn nicht zu berühren. Es würde praktisch unmöglich sein.

Sie ging zurück in den Wohnraum der Suite und öffnete den Kühlschrank. Sie nahm sich eine eiskalte Flasche Wasser, öffnete sie und trank einen großen Schluck. Die Dinge passierten zu schnell und sie brauchte mehr Zeit, damit sie über alles nachdenken konnte.

Sie ging zum Fenster hinüber und schaute hinaus. Der Schnee fiel mit stiller Stärke sanft auf die Erde und ließ sie sich nach einem Kamin, einem Glas Wein und einem guten Buch sehnen.

Sie trank ihr Wasser aus und warf die Flasche in den Müll. Sie hatte nur noch ein paar Minuten, bis Barrett zurückkommen würde. Sie ging ins Badezimmer, um sich ein wenig Wasser ins Gesicht zu spritzen und ihren Körper abzukühlen.

KAPITEL ZWEIUNDDREISSIG

„Ist diese Jacke warm genug?" Barrett schob zwei Finger unter den Kragen von Jaceys Jacke und prüfte die Dicke des Materials.

„Sie ist sehr warm." Sie runzelte die Stirn. „Warum fragst du das?"

Er neigte den Kopf und zog ihren Mantel bis zu ihrem Kinn hoch. Dann zog er ihr die Kapuze über den Kopf. Die Kapuze blieb nicht oben, sondern fiel wieder auf ihre Schultern hinunter.

„Das wird nicht funktionieren. Du brauchst eine Mütze, die auf deinem Kopf bleibt." Er runzelte die Stirn und sah sich um. Dann entdeckte er eine Boutique im Hotel. „Warte hier auf mich", wies er sie an und ging in den Laden. Nach ein paar Minuten kam er wieder heraus und hatte die Mütze gekauft, die er im Schaufenster entdeckt hatte.

Er eilte zurück zu ihr und zog die weiße Strickmütze mit einer rosa Rose an der Seite über Jaceys Kopf.

„Was machst du denn?" Sie runzelte die Stirn und schlug seine Hände weg.

„Ich stelle sicher, dass du warm genug bleibst", sagte er und warf einen Blick auf ihre Stiefel. „Sind diese Stiefel warm?"

„Ach du meine Güte, du bist wie eine Mutter, die sich übertrieben um eine Fünfjährige sorgt." Sie stemmte die Hände in die Hüften und funkelte ihn an. „Warum stellst du mir all diese verrückten Fragen?"

„Weil wir die Stadt besichtigen werden und ich nicht möchte, dass dir dabei kalt wird."

„Mir wird nicht kalt."

„Bist du dir sicher?" Dieses Mal war er es, der die Stirn runzelte.

„Du benimmst dich wirklich merkwürdig." Sie streckte die Hand aus und legte ihre Handfläche auf seine Stirn. „Du wirst doch nicht krank, oder?"

Jedes Mal, wenn sie in berührte, drehte es ihm den Magen um. Vielleicht hatte er sich wirklich etwas eingefangen. Aber er war sich ziemlich sicher, dass es sich dabei nicht um eine Krankheit handelte.

Er trat einen Schritt zurück und schüttelte den Kopf. Das wohlbekannte Dröhnen eines Motors ließ seine Brust anschwellen. Das passierte bei diesem Geräusch immer.

Er sah sie an und grinste langsam. „Es ist so weit."

„Wofür?", fragte sie.

Er drehte sich in dem Moment um, als eine brandneue Harley-Davidson V-Rod vor der Tür anhielt. „Dafür."

„Eine Harley? Aber es schneit", sagte sie.

„Stell dir vor, du würdest rodeln gehen." Er grinste. „Magst du Motorräder nicht?"

„Ich habe noch nie auf einem gesessen", gab sie zu, aber in ihren Augen funkelte es.

„Noch nie?" Er runzelte die Stirn. „Das ist ein absolutes Verbrechen. Jeder sollte mindestens einmal im Leben mit einer Harley-Davidson gefahren sein, bevor er stirbt."

Sie grinste.

„Hast du Lust drauf?" Er neigte den Kopf.

Das Grinsen in ihrem Gesicht wurde breiter und seine Brust schwoll mit einer ungewohnten Emotion an, die er noch nie zuvor gefühlt hatte. „Definitiv. Ist das deine?"

„Nein. Ich habe sie nur für den Tag gemietet. Ich dachte mir, es gibt keine bessere Art, Denver zu sehen, als vom Rücken eines Motorrads." Er nahm ihre Hand und sie gingen zu der elegant aussehenden Maschine hinaus.

„Sie müssen Barrett sein?" Der Mann, der einen gefütterten Motorradanzug trug, stieg von der Harley und schüttelte Barretts Hand. „Wissen Sie, im Winter vermieten wir nicht oft Motorräder." Er zitterte und schaute zwischen Barrett und Jacey hin und her. „Sind Sie sich sicher, dass Sie beide das machen wollen? Ich hätte einen Mustang, den ich Ihnen vermieten könnte, der schön warm ist." Sein Blick verharrte für Barretts Geschmack ein wenig zu lange auf Jacey.

„Wir sind uns absolut sicher", antwortete Jacey und näherte sich dem Motorrad, um die geschwungene Form und das Chrom zu bewundern.

Der Mann nickte und nahm den auf dem Rücksitz eingehakten Helm ab und reichte ihn Barrett. „Ich habe nur einen Helm mitgebracht. Aber ich kann im Büro anrufen und noch einen herbringen lassen."

„Das wird nicht nötig sein", antwortete Barrett. „Ich brauche keinen. Solange dieser hier Jacey passt."

Er nahm dem Mann den Helm aus der Hand und gab ihn ihr. Sie grinste und zog den Helm über ihren Kopf. Barrett schob das Visier vor ihrem Gesicht hinunter. „Du wirst das hier geschlossen halten wollen, damit dir der Wind und Schnee nicht in die Augen bläst."

„Aber ich glaube wirklich, dass Sie Ihren Fahrspaß mehr genießen würden, wenn Sie ebenfalls einen Integralhelm hätten." Der Mann runzelte die Stirn. „Sie werden erfrieren, wenn Sie nichts auf dem Kopf haben."

Barrett griff in seine Gesäßtasche und zog eine Strickmütze heraus. Er zog sich das warme Material über seinen Kopf. „Das ist alles, was ich brauche."

„Nun …" Der Mann sah wirklich fast aus, als würde er sich mit Barrett streiten wollen. Barrett hatte keine Zeit für diese Scheiße. Er wollte sich auf den Weg machen und seine Zeit mit Jacey genießen. So kurzlebig sie auch sein würde.

„Wann muss ich die Harley zurückbringen?" Barrett zog den Riemen unter Jaceys Kinn fest und ruckelte an ihrem Helm. Er war ein bisschen locker, aber nicht viel zu viel. Er zog den Riemen noch etwas straffer. Und dann holte er ein Paar Lederhandschuhe aus seiner Tasche und hielt sie ihr hin.

„Woher hast du die denn?" Sie nahm sie entgegen und zog sie über ihre schlanken Finger.

„Aus dem gleichen Laden, in dem ich dir deine Mütze gekauft habe." Er zog ein zweites Paar heraus und zog sie sich an. Er ballte seine Finger kurz zu Fäusten und war bereit, das Motorrad unter sich zu fühlen.

„Ich kann sie jederzeit vor sieben Uhr abholen", sagte der Mann, der noch immer die Hände in seine Hüften stemmte.

„Perfekt. Also dann, bis später."

Barrett stieg auf das Motorrad und wartete darauf, dass Jacey hinter ihm aufstieg. Er war noch nie zuvor mit einer Frau auf dem Motorrad gefahren. Er hatte es immer bevorzugt, allein zu fahren. Es war das Einzige, was er bis jetzt immer nur für sich behalten hatte.

Sie schlang ihre Arme um seine Taille und lehnte ihren Kopf gegen seinen Rücken. Er lächelte vor sich hin, als er den Motor startete. Der Motor heulte auf und mehrere Leute starrten sie an.

Sie alle dachten wahrscheinlich, es sei zu kalt, um mitten

im Winter mit dem Motorrad unterwegs zu sein, während es schneite. Das war ihm egal. Sie würden es nicht verstehen. Sie waren nur Menschen.

Das Adrenalin pulsierte in seinen Adern, als er losfuhr und an der Ausfahrt zur Straße kurz anhielt. Als sie frei war, bog er mit dem Motorrad auf die Straße ab. Der sanfte Schnee traf sein Gesicht und seine Wangen und schmolz in Bruchteilen von Sekunden auf seiner fiebrigen Haut.

Das Dröhnen des Motors und das Gefühl des eiskalten Windes ließen sein Blut schneller fließen. Jacey verstärke ihren Griff um ihn. Er stöhnte fast, weil er das Gefühl ihres Körpers an seinem Rücken so sehr liebte.

Er fuhr Straße für Straße entlang und nahm sich Zeit, ihr die Sehenswürdigkeiten von Denver zu zeigen. Die Ampeln waren mit roten und grünen Zweigen und immergrünen großen, bunten Ornamenten geschmückt. Die flackernden Straßenlaternen wurden von großen roten Schleifen und Mistelzweigen verziert. Die Schaufenster waren sorgfältig dekoriert und nicht ein Quadratzentimeter war übersehen worden.

Er verließ das Geschäftsviertel der Stadt und fuhr in Richtung des Wohnviertels weiter. Hier war der Verkehr langsamer und ruhiger und er nahm sich Zeit, jede Straße entlangzufahren, um ihr die weihnachtlich geschmückten Häuser zu zeigen.

Er blieb an einem Stoppschild stehen und blickte über seine Schulter. „Wie geht es dir? Hältst du durch?"

„Mir geht es gut. Aber ich hätte wirklich gedacht, dass du schneller fährst", sagte sie neben seinem Ohr.

„Schneller?" Er grinste. „Halte dich gut fest."

Er fuhr los und erhöhte seine Geschwindigkeit. Das Heulen des Motors schickte Energieimpulse durch seinen ganzen Körper. Sie kicherte nah an seinem Ohr, als sie sich fester an ihn klammerte.

Der Verkehr vor ihnen war langsam und er sah sich um. Er erhöhte seine Geschwindigkeit und schlängelte sich gekonnt zwischen den langsamen Autos hindurch.

Das Lachen seiner Mitfahrerin ließ ihn die Geschwindigkeit noch erhöhen.

Wäre es eine andere Frau gewesen, hätte sie sicher vor Angst geschrien. Aber nicht Jacey.

Er fuhr aus der Stadt hinaus. Auf der Autobahn angekommen drehte er die Harley auf und ließ sich von der Geschwindigkeit treiben.

Sie mussten nirgendwo sein und niemand wusste, wer sie waren. In diesem Moment waren sie beide frei.

Eine halbe Stunde später spürte er, wie sie hinter ihm zu zittern begann. Er bog an der nächsten Ausfahrt ab und fuhr zu einer Tankstelle. Er stellte den Motor aus und stieg zuerst ab.

„Du fängst an zu frieren." Er schob das Visier an ihrem Helm nach oben. Ihre karamellbraunen Augen starrten ihn amüsiert an.

„Ein bisschen. Aber ich will so gern noch weiterfahren", sagte sie und nahm seine Hand, als er ihr beim Absteigen von der V-Rod half.

„Geh rein und hol dir einen Kaffee. Ich werde auftanken und komme in einer Sekunde nach." Er öffnete den Riemen unter ihrem Kinn und zog ihr den Helm vom Kopf.

„In Ordnung." Ihre Wangen waren rosig und er wusste, dass sie kalt sein würden, wenn er sie berührte.

Es schien ihr jedoch nichts auszumachen. Sie ging in das Gebäude und zum Kaffeestand hinüber. Er widmete seine Aufmerksamkeit der Zapfsäule und drückte ein paar Knöpfe.

Während er auftankte, beobachtete er Jacey im Inneren der Tankstelle. Er bemerkte, dass sich ein paar Männer nach ihr umdrehten und ihr Blicke zuwarfen, sich jedoch nicht trauten, auf sie zuzugehen.

Gut. Er würde es hassen, heute jemanden töten zu müssen.

Nachdem er vollgetankt hatte, ging er ebenfalls hinein. Er ging zu dem Platz hinüber, an dem sie saß und an einem Becher nippte. Es sah aus wie Tee.

„Kein Kaffee?" Er runzelte die Stirn.

„Nein, ich dachte, dass ich stattdessen lieber eine heiße Schokolade trinke." Sie hielt ihm den Becher hin. „Möchtest du mal probieren?"

Seine Fingerspitzen berührten ihre und ihre Pupillen weiteten sich bei diesem simplen, unbedeutenden Körperkontakt.

Er hob den Becher an seine Lippen und trank einen Schluck. Die heiße, zuckerhaltige, süße Schokolade floss auf seine Zunge und glitt seinen Hals hinunter.

Er lächelte und gab ihr den Becher zurück.

„Das ist lecker."

„Es ist perfekt. Besonders an einem Tag wie diesem." Sie drehte sich um und blickte aus dem Fenster. Der Schnee, der gleichmäßig auf den Boden fiel, verlieh der Welt draußen eine besondere Stille.

Er ging zur Kasse und bezahlte sowohl das Benzin als auch die heiße Schokolade.

Dann kam er zu ihr zurück und stellte sich neben sie. Gemeinsam beobachteten sie durch das Fenster, wie der Schnee draußen fiel. Es war nicht gerade romantisch, aber wenn es um Jacey ging, würde er nehmen, was er kriegen konnte.

Nachdem sie ihre heiße Schokolade ausgetrunken hatte, verließen sie gemeinsam das Gebäude und liefen hinaus in das verschneite Wetter. Er schloss den Riemen an ihrem Helm und startete das Motorrad.

Dieses Mal ließ er sich Zeit, um zum Hotel zurückzukehren.

KAPITEL DREIUNDDREISSIG

Jacey blickte zur Badezimmerdecke hinauf. Sie tauchte ihre Finger in das Schaumbad und seufzte. Sie wusste nicht genau, wie lange sie schon hier dringesessen hatte, aber sie hatte das Gefühl, dass sie bald aus der Badewanne steigen sollte, sonst würde sie am Ende einer schrumpeligen Pflaume ähneln.

Nachdem sie ins Hotel zurückgekehrt waren, blieb Barrett unten, um sich um die Bezahlung der gemieteten Harley zu kümmern. Er hatte zu ihr gesagt, sie solle schon mal nach oben gehen und sich in der Badewanne wieder aufwärmen.

Sie hatte nicht mit ihm diskutiert. Sie hatte es sehr genossen, mit ihm Motorrad zu fahren, aber nach einer Stunde fühlte sie sich wie ein Eis am Stiel.

Sie hörte, wie sich die Tür zu ihrem Zimmer öffnete und erstarrte.

„Jacey?"

„Ja." Sie griff nach einem Handtuch und rappelte sich auf. „Ich bin in einer Minute draußen."

„Keine Eile", rief Barrett durch die geschlossene Tür. „Ich werde in dem anderen Badezimmer duschen und mich dort fertigmachen. Ich habe dir für heute Abend etwas zum Anziehen besorgt. Ich lege die Sachen aufs Bett."

„In Ordnung." Sie wickelte das Handtuch fest um ihren nackten Körper. „Vielen Dank."

Sie stieg aus der Wanne und ging zum Waschbecken. Sie suchte unter dem Waschbecken nach einem Föhn und erstarrte. In der Mitte des Regals stand ein hübscher Geschenkkorb mit einem rosafarbenen Schleifenband. Sie hob ihn hoch und stellte ihn auf die Marmortheke.

Sie griff nach der kleinen Karte, die an dem Band befestigt war.

„Für Jacey Miller. Viel Vergnügen!"

Barrett. Er muss das organisiert haben, während wir mit dem Motorrad unterwegs waren, dachte sie.

Sie lächelte und öffnete die Schleife und das Zellophanpapier.

In dem Geschenkkörbchen befanden sich Lippenstifte, Lidschatten und jede Art von Kosmetik, die sich ein Mädchen wünschen könnte.

Es war auch nicht billig. Es waren alles hochwertige Produkte. Produkte, die sie sich niemals hätte leisten können.

Ihr Herz schien in ihrer Brust anzuschwellen. So schroff und groß er auch war, Barrett war der aufmerksamste Mann, den sie in ihrem Leben jemals getroffen hatte. Er war zu gut, um wahr zu sein.

Sie atmete tief durch, zog den Föhn heraus und hielt inne. Sie musste sich ihre Klamotten holen, während Barrett noch in der Dusche war.

Sie öffnete die Tür und spähte hinaus. Sie hörte, wie er im anderen Badezimmer das Wasser aufdrehte, und eilte mit dem Handtuch um ihren Körper gewickelt zum Bett hinüber.

Dort blieb sie stehen.

Auf dem Bett lagen ein feuerrotes Wickelkleid und ein paar wunderschöne hautfarbene Stöckelschuhe. Neben dem Kleid lag eine einzelne rote Rose.

Jacey Miller war noch nie in ihrem Leben in Ohnmacht gefallen. Aber jetzt war sie ziemlich nah dran.

* * *

Barrett betrat das Wohnzimmer und erstarrte. Jacey, die aus dem dunklen Fenster schaute, drehte sich um, als er eintrat.

„Wow", hauchte er. „Du siehst umwerfend aus."

„Vielen Dank." Sie blickte an ihrem Kleid hinunter. „Du siehst selbst auch ziemlich gut aus."

Er wischte sich die verschwitzte Hand an der Hose ab und strich die Weste glatt, die er über seinem schwarzen Hemd trug. Es fühlte sich wie eine Ewigkeit an, seitdem er das letzte Mal die Gelegenheit hatte, sich schick anzuziehen. Es störte ihn noch nicht einmal, dass er für den heutigen Abend einen Großteil seines Notfall-Geldes ausgegeben hatte.

„Vielen Dank für das Make-up und das Kleid und alles", sagte sie unter ihren Wimpern. „Du hättest das wirklich nicht tun müssen."

„Das weiß ich. Aber ich wollte es gern."

Sie blickte aus dem Fenster. „Ich nehme an, du hast dir einen besonderen Ort ausgesucht, an den wir heute Abend gehen werden?"

„Ja. Ich habe einen Tisch in einem Restaurant für uns reserviert. Es wird dir gefallen."

„Also fahren wir nicht noch mal im Schnee Motorrad?", witzelte sie mit einem Grinsen.

„Zumindest nicht heute." Er streckte ihr den Arm entgegen. „Bist du hungrig?"

„Ehrlich gesagt bin ich am Verhungern. Was seltsam ist." Sie schob ihren Arm unter seinen und sah zu ihm auf. „Nach all dem Essen, das ich zum Mittagessen verspeist habe, sollte ich überhaupt keinen Hunger haben."

„Das ist ein gutes Zeichen. Es bedeutet, dass du das Leben genießt." Er sah zu ihr herab und öffnete die Tür zum Flur. Er trat zur Seite, damit sie zuerst hinausgehen konnte.

Ihr Duft traf ihn mitten in der Brust, als sie an ihm vorbeiglitt. Sein Körper wurde hart und er kämpfte darum, sich unter Kontrolle zu halten.

Sie gingen zum Fahrstuhl und er drückte den Knopf.

Der Aufzug klingelte sofort und die Türen öffneten sich.

Sie traten ein und der Hotelpage drückte schnell auf den Knopf.

Barrett legte seine Hand auf Jaceys Kreuz.

Es fühlte sich wie eine Ewigkeit an, bis sich die Fahrstuhltüren in der Hotellobby öffneten.

„Nehmen wir den Jeep?" Sie sah zu ihm auf. Sein Herz blieb fast in seiner Brust stehen.

Sie hatte eine dunkle Bronzefarbe als Lidschatten auf ihren Augen verwendet, die ihre natürliche Karamellfarbe betonte. Ihre langen, dunklen Wimpern blinkten langsam, als sie darauf wartete, dass er ihr antwortete. Sie hatte noch nie Lippenstift getragen, aber heute Nacht zierte eine hübsche rosa Farbe ihre vollen Lippen, die im Licht der Hotellobby verführerisch glänzte. Sie trug keinen Schmuck, verdammt, das brauchte sie nicht, sie war selbst ein Juwel, und das Kleid legte sich wie ein Traum um ihre Kurven. Er sah weg und bemerkte, dass sich jeder Mann im Raum umgedreht hatte, um sie anzusehen.

Er nahm ihre Hand und schlang seinen Arm um ihren Körper, als er sie hinausführte. „Nein, das werden wir nicht."

Sie sah mit großen Augen zu ihm auf. Er lächelte. „Ich wollte heute Abend etwas trinken und wollte nicht, dass wir uns Sorgen um einen nüchternen Fahrer machen müssen." Er zwinkerte.

Sie lachte. Das Geräusch traf ihn mitten ins Herz.

Er streckte die Hand aus. Sie blinzelte und griff danach.

„Nochmals. Vielen Dank." Sie sah zu ihm auf undschüttelte den Kopf. „All das muss dich ein Vermögen gekostet haben. Ich bin mir nicht sicher, wie ich mich jemals bei dir revanchieren kann."

„Das hast du schon", sagte er.

„Was?"

„Du hast dich schon revanchiert. Durch deine Anwesenheit. Hier heute Abend. Das ist alles, was ich brauche." Er riss seinen Blick von ihr los und starrte geradeaus, während sie liefen. Er hatte Angst, dass sie die Wahrheit erkennen würde, wenn er sie weiterhin ansah. Dass sie seine Schwäche war, seine Schwachstelle.

Sie blieb stehen und drückte seine Hand. Er drehte sich um und sah sie an. „Ich habe das Gefühl, dass ich mich, nachdem ich alles in meinem Leben verloren habe, endlich selbst gefunden habe. Du hast es möglich gemacht, indem du mir eine Chance mit einem Job gegeben hast, den ich noch nie zuvor gemacht habe. Wenn du nicht gewesen wärst, weiß ich nicht, was ich hätte tun sollen."

„Du hättest auch ohne mich überlebt. Du bist eine sehr starke Frau, Jacey." Er runzelte die Stirn und sah sie an. „Ich hoffe, du weißt das."

Sie zuckte mit den Schultern, als würde sie ihm nicht wirklich glauben.

„Das Hotelrestaurant sieht gut aus." Sie blieb am Restauranteingang in der Lobby stehen.

„Wir essen nicht im Hotel. Wir gehen aus. Es ist ein europäisches Restaurant und es führt den besten Wein in ganz Colorado."

„Führst du diesen Wein auch bei dir in der Bar?" Ihre Augenbrauen schossen in die Höhe.

„Glaubst du, dass sich irgendjemand in der Bar solchen Wein leisten können würde?", erwiderte er trocken. „Das wäre ein Nein. Aber ich habe immer eine Flasche für einen seltene besonderen Anlass auf Lager."

„Oh ja? Wie was?", fragte sie.

Ein paar Sekunden vergingen und er räusperte sich. „Nun, dieser Anlass ist noch nicht eingetreten. Aber wenn es so weit ist, werde ich den Wein trinken."

Sie berührte seinen Arm und lachte. „Du bist wirklich lustig, weißt du das?"

Er runzelte die Stirn. „Das hat noch nie jemand zu mir gesagt."

Sie hatten ihn als Draufgänger, Hurensohn (wenn sie dachten, dass er nicht zuhörte) und Sturkopf bezeichnet. Aber noch nie als lustig.

Sie traten vor dem Hotel in die kalte Luft hinaus. Sie gingen einen Häuserblock weiter, bevor sie an ihrem Ziel ankamen.

Er öffnete die Tür zu dem eleganten Restaurant und ließ Jacey zuerst eintreten. Er ging zur Empfangsdame hinüber und lehnte sich vor, um ihr seinen Namen zu geben.

„Hier entlang, Sir." Die Empfangsdame trug zwei Speisekarten, als sie ihnen den Weg zu ihren Plätzen zeigte.

Jacey schien nicht zu bemerken, dass die Leute ihre Köpfe verdrehten, als sie hinter der Empfangsdame herlief und ihr zum Tisch folgte. Aber Barrett sah sie. Er sah jeden der gaffenden Menschen mit bösem Blick an, die es wagten, in ihre Richtung zu schauen. Sie verstanden den Hinweis schnell und schauten weg.

Barrett zog Jaceys Stuhl für sie heraus und setzte sich ihr dann gegenüber. Der Tisch befand sich in einer ruhigen Ecke, genau wie er es bei der Reservierung erbeten hatte.

Das Flackern des Kerzenlichts in der Mitte des Tisches verstärkte die Atmosphäre des romantischen Ortes.

Die Empfangsdame reichte ihnen ihre Speisekarten und entfernte sich leise.

Sie nahm ihre Stoffserviette und faltete sie auseinander, bevor sie sie auf ihren Schoß legte. Er tat dasselbe und sah auf, als der Kellner sich ihrem Tisch näherte.

„Guten Abend, Sir, Madam, ich bin Rafe. Ich werde heute Abend Ihr Kellner sein." Er verneigte sich leicht.

„Kann ich Ihnen zu Beginn einen Cocktail oder vielleicht eine Flasche Wein bringen?" Er reichte Barrett die Wein- und Spirituosenkarte.

Er öffnete sie und fand schnell den Wein, den er wollte. „Wir nehmen eine Flasche von diesem, bitte." Er gab ihm die Speisekarte zurück.

„Ja, Sir." Das Gesicht des Kellners leuchtete auf. „Sehr gut, Sir. Darf ich mit Ihrer Bestellung für eine Vorspeise beginnen?"

„Ja. Wir beginnen mit der Moulard-Enten-Foie-Gras-Terrine", erklärte er.

„Exzellente Wahl. Ich leite das weiter und werde Ihren Wein holen." Er verneigte sich noch einmal kurz und verschwand in Richtung Küche.

„Foie Gras?" Sie hob die Augenbrauen. „Ich habe noch nie Französisch gegessen."

„Es ist lecker, vertrau mir. Du wirst einen Bissen probieren und dich sofort verlieben."

Sie zog die Nase in Falten. „Ich bin mir nicht so sicher."

Der Kellner erschien mit einer Flasche Wein. Er hielt sie Barrett zur Inspektion hin und er nickte zustimmend. Dann begann Rafe, die Flasche zu entkorken. Der Korken kam mit einem lauten Knall heraus. Rafe goss ein wenig Wein in ein Glas. Barrett wirbelte die dunkelrote Flüssigkeit in dem langstieligen Weinglas herum, hob sie an seine Nase und atmete ein. Dann trank er einen Schluck.

„Perfekt." Er hielt ihm das Glas hin, damit er es füllen konnte.

Rafe füllte dann Jaceys Glas.

„Haben Sie entschieden, was Sie bestellen möchten?", fragte er und sah sie beide an.

Barrett sah Jacey an und vergewisserte sich, dass er für sie mitbestellen sollte. Sie nickte und nippte glücklich an ihrem Wein.

„Für den zweiten Gang nehmen wir den in Butter pochierten Maine-Hummer."

„Ausgezeichnete Wahl, Sir." Raffe lächelte und verschwand schnell wieder.

„Wie ist der Wein?" Er sah sie über sein Glas hinweg an.

„Wundervoll." Sie lächelte und lehnte sich entspannt auf ihrem Stuhl zurück. Er hatte sie noch nie lockerer gesehen und war froh, dass er sie mit dem teuren Wein verwöhnt hatte.

„Dieses Restaurant ist wunderschön." Sie sah sich in dem Raum mit den kunstvollen Blumenarrangements um.

„Vielen Dank, dass du mich hierhergebracht hast." Sie sah ihn wieder an. „Ich war noch nie an einem so schönen Ort." Sie sah sich um und legte ihre Hände in den Schoß. „Warst du schon einmal hier?"

„Ja. Aber es ist eine Weile her. Vor vielen Jahren. Als ich noch jünger war. Meine Familie kam im Winter gerne zum Urlaub her. Meine Mutter liebte das Essen. Also hat mein Vater immer dafür gesorgt, dass wir hierherkommen."

„Oh. Wo wohnen deine Eltern?", fragte sie.

Er schaute weg. Er hatte zu viel gesagt. Viel zu viel.

„Sie lebten früher an der Ostküste. Aber sie wurden beide bei einem Flugzeugabsturz getötet."

„Oh Gott. Das tut mir so leid, Barrett. Ich wollte wirklich

nicht neugierig erscheinen." Sie griff über den Tisch und berührte seine Hand.

„Es ist schon in Ordnung. Es ist sehr lange her."

„Hast du sonst noch Familie?"

„Einen Bruder und eine Schwester. Aber wir stehen uns nicht mehr sehr nah." Er trank einen Schluck Wein und musterte sein Glas. Sein Magen schmerzte ein wenig, wenn er an Addison und Edgar dachte. Seit er von den Toten auferstanden war, hatte er immer öfter an seine Geschwister gedacht.

„Das tut mir leid."

„Das sollte es nicht. Dinge passieren." Er zuckte die Schultern. „Das alles ist sehr lange her." Eine Zeit, bevor er Rudelführer von Arkansas wurde und seine größte Verantwortung darin bestand, zu wählen, in welchem Ferienhaus er übernachten sollte. Er war jung und dumm gewesen und hatte seine Familie auf jede Weise enttäuscht, die wichtig gewesen wäre.

Jetzt schien das alles ein Leben lang her zu sein.

Rafe erschien wie von Zauberhand mit ihrem ersten Gang. Er füllte Jaceys Wasserglas wieder auf. „Guten Appetit." Dann verschwand er wieder in Richtung Küche.

„Das hier ist wirklich sehr lecker." Er legte ein paar der Köstlichkeiten auf ihren Teller, bevor er sich selbst bediente.

Sie spießte ein Stück mit der Gabel auf und schob es sich vorsichtig in den Mund.

Ihr Gesichtsausdruck veränderte sich von unsicher zu Genuss. Als sie zu Ende gekaut hatte, sah sie ihn mit ihren großen Augen an. „Das war gut."

„Das habe ich dir doch gesagt. Du tust gerade so, als würde ich dich mit etwas Ekligem füttern." Er schnaubte und nahm sich selbst noch etwas mehr. Der reichhaltige Geschmack von Butter und Knoblauch explodierte auf seiner Zunge.

„Es war definitiv nicht, was ich erwartet hatte." Sie aß noch ein Stück und seufzte.

„Ich bin froh, dass ich dir die schönen Dinge des Lebens näherbringen kann." Er grinste. „Aber wenn du denkst, dass das hier lecker ist, warte mal ab, bis das Hauptgericht kommt. Das ist wirklich himmlisch."

„Und der Nachtisch?" Sie hob eine Augenbraue.

„Der ist ein Traum."

KAPITEL VIERUNDDREISSIG

Während Barrett die Rechnung bezahlte, ging Jacey bereits hinaus, um dort auf ihn zu warten.

Die kalte Luft fühlte sich gut auf ihrer Haut an. Nachdem sie eine so extravagante Mahlzeit genossen und so wundervollen Wein getrunken hatte, tat die frische Luft gut. Sie schlang die Arme um sich. Es hatte aufgehört zu schneien und eine dicke weiße Decke bedeckte den Boden.

„Hey, Schätzchen, ist dir kalt?" Eine raue Stimme hinter ihr ließ es ihr kalt den Rücken hinunterlaufen.

Sie drehte sich um und ließ die Hände zu ihren Seiten sinken.

Zwei Männer in Jeans und Wintermänteln starrten sie an. Sie konnte das Bier in ihrem Atem riechen und wusste sofort, dass sie betrunken waren.

Sie antwortete nicht, sondern sah nur ins Restaurant hinein, um zu sehen, ob sie Barrett entdecken konnte. Einer der Männer stellte sich ihr in den Weg und versperrte ihr die Sicht.

„Entschuldigen Sie." Sie versuchte, um ihn herumzulaufen, um ins Restaurant zurückzukehren, aber er packte sie am Arm.

„Das ist aber nicht sehr nett. Wo bleiben denn deine Manieren, kleines Südstaaten-Mädchen?" Er grinste auf sie herab.

Ein leises Grollen ertönte hinter dem Mann, als Barrett durch die Tür des Restaurants gestürmt kam. Er prallte gegen den Mann, der sie festhielt, und stieß ihn weg.

„Fass sie verdammt noch mal nicht an, verstanden?" Barrett stellte sich vor Jacey und war wie eine Mauer zwischen ihr und den Angreifern. Angst trommelte wie wild in ihrer Brust.

„Ich sehe keinen Ring an ihrem Finger, also heißt das, dass sie zu haben ist", grinste der Mann.

Barrett versenkte seine Faust im Gesicht des Menschen, woraufhin der zu Boden fiel. Der andere Mann sah aus, als würde er seinem Freund zu Hilfe kommen wollen, bis Barrett ihm einen Blick zuwarf, der so angsteinflößend war, dass er töten könnte. Der zweite Typ trat zurück.

„Du hast mir die verdammte Nase gebrochen", schrie der Typ am Boden.

Jacey schaute sich um und zu diesem Zeitpunkt hatte sich bereits eine kleine Menge gebildet. Der Manager des Restaurants kam vor die Tür.

„Was geht hier draußen vor sich?" Der ältere Herr mit grauem Haar und Anzug sah Barrett und den Kerl am Boden an.

„Er hat mir die verdammte Nase gebrochen", schrie der Mann.

Der Manager sah Barrett an und runzelte die Stirn.

„Er hat Jacey angefasst." Barrett funkelte ihn an. Er sah aus, als wäre er bereit, dem Manager ebenfalls eine zu verpassen.

„Stimmt das?" Der Manager sah sie an. „Hat er Sie angefasst?"

„Das stimmt. Ich habe versucht, wieder hineinzugehen, und er hat angefangen, mich zu belästigen." Sie legte eine Hand auf Barretts Arm. Sie konnte spüren, wie sich die Muskeln unter dem Material seiner Kleidung zusammenzogen. Sein Zorn war spürbar.

„Werden Sie nichts unternehmen? Er hat mir die Nase gebrochen!"

Der Manager senkte den Blick zu dem Mann am Boden. „Dann schlage ich vor, Sie fassen nicht ungefragt Frauen an. Und wenn Sie Ihren mitleidigen Kadaver nicht vom Eingangsbereich meines Restaurants entfernen, rufe ich die Polizei."

„Schau mal, du Arschloch, ich habe Rechte ..." Der Typ am Boden begann sich aufzurütteln, um sich dem Manager gegenüberzustellen, aber sein Freund stellte sich dazwischen.

Der Manager kniff die Augen zusammen und zog sein Handy heraus. „Ich rufe die Polizei."

„Lass uns abhauen, Mann. Bevor er die Polizei ruft. Das können wir uns nicht leisten", murmelte der zweite Mann leise.

Sie sah zu den beiden Männern hinüber und es traf sie wie der Schlag. Sie wusste plötzlich, wo sie sie schon einmal gesehen hatte.

Ihre Beine gaben nach. Barrett fing sie auf, bevor sie zu Boden fallen konnte.

„Geht es dir gut?", fragte er mit vor Sorge verzogenem Gesicht.

„Ja. Mir ist nur schwindlig", log sie.

„Lassen Sie mich ein Taxi rufen", bot der Manager des Restaurants an.

„Nein, es geht mir gut. Ich brauche nur frische Luft", versicherte Jacey ihm.

„Bist du dir sicher?" Barrett starrte sie an.

„Ja."

Er schlang seinen Arm fest um sie und sie eilten zu ihrem Hotel zurück. Sie sprachen nicht und als sie das Hotel erreichten, gingen sie direkt zu den Aufzügen.

Der Hotelpage begrüßte sie und drückte den Knopf für ihre Etage.

Als sie in ihrer Etage ausgestiegen waren, legte Barrett seine beiden Hände um ihr Gesicht.

„Geht es dir gut?" Er lehnte sich vor, seine Augen waren mit Sorgen erfüllt.

„Ja. Es ist nur ..." Sie leckte sich die Lippen.

„Was?"

Sie sah ihm in die Augen. „Barrett, ich bin mir ziemlich sicher, dass das die Typen waren, die versucht haben, mich zu fangen, als ich ein Wolf war."

* * *

Sie kehrten in ihr Zimmer zurück und er musste sich sehr zusammenreißen, nicht in den Jeep zu springen und nach diesen Typen zu suchen. Aber Jacey war immer noch erschüttert und sie wollte nicht, dass er ging. Er konnte die Angst in ihren Augen aufsteigen sehen.

Stattdessen ließ er ihr ein Schaumbad ein, damit sie sich entspannen konnte. Er versprach ihr, dass er nicht gehen würde.

Ungeduldig lief er im Wohnbereich auf und ab und schaute aus dem Fenster auf die Lichter der Innenstadt von Denver hinunter. Er öffnete die Glasschiebetür und trat in die kalte Luft hinaus.

Die Temperatur war erheblich gesunken und er knöpfte sein Hemd auf, um den kühlen Wind auf seiner Haut zu spüren. Sein Hemd flatterte im Wind, als die kalte Luft seine

Brust traf. Er hob den Kopf zum dunklen Himmel und stieß ein frustriertes Knurren aus.

Er hätte sie nicht allein lassen dürfen. Sie hätte drinnen mit ihm warten sollen. Er hätte sie besser beschützen müssen.

Sollte so etwas jemals wieder geschehen, wusste er tief in seiner Seele, dass er für sie töten würde.

Er ließ den Kopf an seine Brust sinken, als sich die Erkenntnis wie eine dicke Decke über ihn legte.

Sie war seine Gefährtin.

Er hatte es die ganze Zeit gewusst, aber er hatte versucht, sich selbst vom Gegenteil zu überzeugen. Jetzt würde es nicht gut für sie enden. Er konnte mit niemandem zusammen sein. Er sollte eigentlich tot sein.

Sie suchte nicht nach einem Gefährten. Sie versuchte nur, sich selbst zu finden.

Er blickte über die Stadt, während die Lichter unter ihm funkelten. Wie war es nur so weit gekommen?

Kopfschüttelnd ging er wieder hinein. Er ging hinüber und spähte ins Schlafzimmer. Jacey hatte sich in ihrem Bademantel zusammengerollt und schlief auf dem Bett.

Er ging ins Badezimmer, um sich ebenfalls bettfertig zu machen. Als er wieder herauskam, legte er sich neben Jacey ins Bett und schloss sie in seine Arme.

* * *

Barrett war früh wach und duschte, bevor Jacey aufwachen und bemerken konnte, dass er die ganze Nacht an ihrer Seite geschlafen hatte.

Sie gähnte und bedeckte ihren Mund mit der Hand. „Du hättest mich wecken sollen."

„Das wollte ich gerade tun", sagte er. Sie sah heute besser aus. Mehr wie ihr gewöhnliches Selbst. Die Angst in ihren

Augen war verschwunden und wurde von ruhiger Gewissheit ersetzt.

„Ich werde nach unten gehen und uns Kaffee und etwas zu essen holen, das wir mitnehmen können."

„Ich werde fertig sein, wenn du wiederkommst." Sie kroch aus dem Bett und zog ihren Bademantel eng um ihren Körper.

Sein Körper spannte sich an und er wollte wirklich gern sehen, was unter ihrem Bademantel steckte. Nicht, dass er es nicht bereits auf intimste Weise gewusst hätte.

Er ging zum Aufzug.

Als er im ersten Stock ankam, ging er zu dem hauseigenen Restaurant und bestellte zwei Kaffee und etwas Gebäck zum Mitnehmen.

Dann ging er zur Rezeption.

„Kann ich Ihnen helfen, Sir?

„Ja, ich muss Ihr Telefon benutzen. Mein Handy ist leer und ich habe kein Ladegerät dabei", sagte er.

„Selbstverständlich." Der Mann an der Rezeption stellte ihm ein Festnetztelefon zur Verfügung und entfernte sich, damit er ungestört sprechen konnte.

Er wählte die einzige Nummer, die er, neben Rykers Nummer, auswendig gelernt hatte.

„Hallo?", antwortete Helen.

„Helen, hier ist Barrett."

„Ich habe mich zu Tode um dich und Jacey gesorgt", sagte sie. „Als ihr beide gestern nicht zurückgekommen seid, hätte ich fast die Polizei gerufen."

Sein Magen zog sich zusammen. „Nun, ich bin froh, dass du das nicht gemacht hast." Er wollte wirklich nicht die Aufmerksamkeit der Polizei auf sich ziehen. Er sollte ein toter Mann sein.

„Schau, ich rufe an, um dir zu sagen, dass wir die Nacht hier verbringen mussten, weil ich den Truck gestern nicht bekommen habe. Wir fahren heute dorthin, um den Lkw und die Vorräte abzuholen. Das bedeutet, dass wir noch einen Abend schließen müssen."

„Soll ich schnell rüberfahren und einen Zettel raushängen, auf dem steht, warum wir geschlossen haben?", fragte Helen. „Die Leute werden wissen wollen, warum die Bar zu ist."

„Ich gebe einen Scheißdreck darauf, was die wollen. Die Straßen sind schon schlimm genug. Wage es ja nicht, bei diesem Wetter rauszugehen, nur um einen Zettel anzuhängen, warum wir geschlossen haben. Sie werden es schon merken. Außerdem kann ich mir nicht vorstellen, warum bei diesem Wetter überhaupt irgendjemand kommen würde."

„Um zu trinken. Wenn sie Durst haben, tun sie fast alles", erklärte sie.

Sie lag nicht falsch.

„Wie dem auch sei, ich rufe nur an, um dir Bescheid zu geben, dass wir erst heute zurückkommen und du den Tag noch frei hast", sagte er. Menschen begannen die Hotellobby zu füllen und es wurde etwas lauter.

„Danke, für deinen Anruf, Schätzchen. Wir sehen uns dann morgen." Sie legte auf.

Barrett legte den Hörer zurück auf die Gabel und sah den Mann am Empfang an. „Vielen Dank."

„Jederzeit, Sir."

Er ging zurück zum Hotelrestaurant und nahm seine Bestellung entgegen. Er trank einen großen Schluck von seinem schwarzen Kaffee und seufzte. Sie hatten einen sehr langen Tag vor sich. Er brauchte allen Kaffee, den er kriegen konnte.

KAPITEL FÜNFUNDDREISSIG

Jacey knabberte noch immer an ihrem Erdbeer-Käsekuchen, als Barrett vor dem Industriegebäude vorfuhr, das sie bereits gestern aufgesucht hatten.

„Keine Eile. Ich werde nur kurz mit Alfred sprechen, bevor wir das Fahrzeug wechseln. Du hast genug Zeit, um zu Ende zu frühstücken." Er griff nach seinem Kaffeebecher und stieg aus dem Jeep.

Der jüngere Mann, den sie gestern getroffen hatten, kam aus der offenen Luke der Laderampe. Er nickte zur Begrüßung, als er Barrett sah. Barrett erwiderte die Geste.

Sie trank einen Schluck Kaffee und seufzte.

Während sie Barrett in seiner engen Jeans und der graugrünen Jacke über den Parkplatz laufen sah, machte ihr Magen Purzelbäume. Er bewegte sich mit unerwarteter Anmut für jemanden seiner Größe und seine Schönheit war anders als alles, was sie jemals gesehen hatte.

Ein älterer Mann mit einem langen weißen Bart, einer Truckermütze und einem finsteren Blick kam heraus. Er sah

Barrett und spuckte seinen Kautabak auf den kalten Boden. Er streckte die Hand aus und Barrett schüttelte sie.

Sie unterhielten sich für eine Weile, bis Barrett über seine Schulter auf den Jeep deutete und dann auf den Anhänger zeigte, den er an der Seite geparkt hatte. Der alte Mann nickte und Barrett kam zum Jeep zurückgerannt.

Er öffnete die Tür, stieg ein und ließ den Motor an. „Stell sicher, dass du alle deine Sachen mitnimmst."

„Also lässt er uns seinen Truck borgen?" Sie trank ihren Kaffee aus und warf den leeren Becher in die Papiertüte mit den benutzten Servietten.

„Ja. Ich muss ihn in einer Woche zurückbringen, was wirklich gut passt. Es bedeutet, dass ich mich nicht beeilen muss, morgen gleich wieder zurückzufahren."

Er parkte den Jeep neben dem Anhänger. Er stieg aus und sie folgte ihm.

Sie griff nach der Tüte mit dem Müll vom Frühstück und knüllte sie zu einer Kugel zusammen. Sie öffnete die Tür zum Rücksitz und griff nach ihrer Reisetasche mit all den Sachen, die Barrett ihr auf dieser Reise gekauft hatte. Er hatte sogar das Kleid aufgehängt, das sie letzte Nacht getragen hatte, damit es nicht faltig wurde.

Sie war immer noch erstaunt über seine Großzügigkeit. Er war wie kein anderer Mann, den sie je gekannt hatte.

„Lass mich das halten." Er kam zu ihrer Seite des Jeeps herum, nahm ihr die Reisetasche ab und schob sich den Riemen über seine breite Schulter. Er griff nach ihrer Hand und sie gingen gemeinsam zu dem Gebäude hinüber.

Im Inneren des Gebäudes ertönte ein lautes Dröhnen und das Garagentor öffnete sich. Ein sehr großer Lkw mit geschlossener Ladefläche kaum herausgeschossen. Er sah aus wie einer dieser Umzugswagen, nur größer und in Tarnfarbe.

„Was ist das denn?"

„Dieses Ding wird uns den Arsch und unsere Vorräte retten." Er grinste sie an.

„Werden wir es damit den Berg hinaufschaffen?" Sie sah den Lastwagen misstrauisch an. „Wenn der Lieferwagen es nicht schafft, warum glaubst du dann, dass dieser Truck es schaffen wird?"

„Der hier wird es schaffen, weil er einen größeren Motor hat und die Reifen speziell für Schnee geeignet sind. Es war früher ein altes Armeefahrzeug, aber Alfred hat es für den Transport von Vorräten und anderem Zeug umgerüstet."

„Anderes Zeug? Will ich davon wissen?"

„Wahrscheinlich nicht." Er zog sie mit sich, als er zum Truck hinüberging. Der alte Mann sprang aus der Kabine und landete direkt vor ihnen. Er musterte Jacey mit einem misstrauischen Blick.

„Alfred, das ist Jacey. Sie arbeitet für mich im Bar und Grill. Sie hat sich freiwillig gemeldet, um mir beim Abholen der Vorräte zu helfen." Barrett stellte sie gegenseitig vor.

„Schön, dich kennenzulernen." Er streckte die Hand aus. Sie schüttelte sie. Sein Griff war fest, aber nicht zu hart, und sein Gesichtsausdruck wurde etwas weicher. „Du bist zu hübsch, um körperlich zu hart zu arbeiten." Er warf Barrett einen schmutzigen Blick zu.

„Entspann dich, Alfred. Sie wird nichts heben müssen." Barrett funkelte ihn an.

„Gut", grummelte er. „Heutzutage behandeln Männer Frauen nicht mehr wie Damen." Er schüttelte den Kopf und sah sie an. „Wenn er dir Ärger macht, sag mir Bescheid, okay, Schätzchen?"

Sie kämpfte gegen ein Grinsen an und sah zu Barrett auf. „Das werde ich tun."

Alfred gab Barrett die Schlüssel und klopfte gegen die Tür. „Sei vorsichtig mit meinem alten Mädchen hier." Er warf Barrett einen kurzen Blick zu. „Du weißt, dass ich nicht jedem meine Sachen leihen würde."

Barrett seufzte schwer. „Ich weiß, ich weiß. Ich weiß es sehr zu schätzen. Und ich werde auf deinen Lkw aufpassen."

Alfred nickte und ging zurück zum Gebäude, ohne sich zu verabschieden.

„Ist der immer so?" Sie sah Barrett an.

„Normalerweise ist er schlimmer. Wir haben ihn heute gut gelaunt erwischt." Barrett deutete auf den Truck. „Bist du so weit?"

„Ja. Ich habe sichergestellt, dass wir alles aus dem Jeep mitgenommen haben." Sie hielt die Mülltüte hoch. Er nahm sie und warf sie in einen nahe gelegenen Mülleimer.

Er führte sie zur Beifahrerseite des Lastwagens herum und öffnete die Tür. Sie kletterte hinein und er schloss die Tür hinter ihr. Sie sah sich in der großen Fahrerkabine um. Die große Konsole in der Mitte zwischen den Schalensitzen war wegen mangelnder Reinigung recht staubig.

Barrett stieg ein und warf ihr einen Blick zu, bevor er mit dem Lkw losfuhr.

„Es sollte nicht lange dauern, bis wir alles aufgeladen haben, und dann können wir nach Hause fahren", sagte er, als er auf die Straße abbog.

Sie nickte und sah zum Beifahrerfenster hinaus.

Nach Hause. Es fühlte sich nicht wie ein Zuhause für sie an, war aber auch kein unbekannter Ort mehr. Und sie wusste, dass dies mehr mit Barrett zu tun hatte.

Es hätte ihr Angst machen müssen. Aber das tat es nicht. Sie wusste, dass sie sich darauf konzentrieren musste, unabhängiger zu sein, und sich nicht so sehr auf ihn zu verlassen. Verletzlich zu sein war es gewesen, was sie überhaupt erst in diese Situation gebracht hatte. Sie war von ihrem Ex zu abhängig gewesen und er hatte ihre Schwächen gegen sie genutzt.

So sehr sie von Barrett fasziniert war und sich von ihm angezogen fühlte, wusste sie doch, dass dies nicht von Dauer sein würde.

Liebe war es nie.

Sobald sie zurück auf dem Berg waren, würde sie ein langes Gespräch mit ihm führen und ein paar Grenzen setzen müssen.

Es wäre das Beste für sie beide, trotz der Schmerzen in ihrer Brust.

KAPITEL SECHSUNDDREISSIG

„Wir müssen uns alle hinsetzen und ein Glas Wein trinken", befahl Ava. Sie hatte alle Frauen, einschließlich Granny, zu einem Mädchenabend zu sich nach Hause eingeladen. Nachdem Damon und die Wächter nach Colorado aufgebrochen waren, um Boudier zu finden, waren sie alle besorgt gewesen. Sie dachte, ein gemeinsames Abendessen wäre eine willkommene Ablenkung.

„Du und Ginny könnt ja nicht trinken. Und dann fühle ich mich schuldig, wenn ich vor euch beiden trinke." Haley beäugte ihr Glas Weißwein. „Vielleicht sollte ich dann auch nicht trinken."

„Ginny und ich sind schwanger. Der Rest von euch ist das nicht. Außerdem habe ich auch noch mit Schokolade überzogene salzige Karamellbonbons. Ich verpasse also nicht viel mit dem Wein", sagte Ava mit einem strahlenden Lächeln. Sie öffnete eine große rechteckige Dose mit Süßigkeiten und zeigte sie den anderen Frauen.

„Ja, von denen nehme ich auf jeden Fall auch eins", sagte Ginny und leckte sich fast über die Lippen.

„Also ich werde trinken. Und ich werde mich definitiv

nicht schuldig fühlen", kündigte Catty an. Sie trank einen großen Schluck Rotwein und lächelte. „Und Schokolade esse ich auch." Sie schnappte sich ein Stück und steckte es sich in den Mund. Sie seufzte anerkennend. „Die ist wirklich lecker, Ava."

„Danke dir!" Sie lächelte. „Ich habe sie beim Süßwarenladen an der Uferpromenade gekauft."

„Ich teile Cattys Meinung. Ich brauche auch etwas zu trinken. Ich komme nur dazu, einmal selbst etwas zu trinken, wenn ich nicht im Bella Luna bin", sagte Kate, ließ sich auf einen Stuhl fallen und hielt sich an ihrem Glas Weißwein fest.

„Ich dachte, dass du jeden Abend mit deinen Gästen Wein trinkst", sagte Skylar und nahm sich ein Karamellbonbon.

„Oh, ja, die Gäste bekommen Wein. Aber in letzter Zeit scheinen die Kunden, die ich so habe, ziemlich große Trinker zu sein. Normalerweise ist kein Wein für mich mehr übrig." Kate zuckte mit den Schultern. „Das ist wahrscheinlich am besten so. Die Arbeit war in letzter Zeit verrückt. Wir waren jeden Monat ausgebucht. Ich musste sogar eine Hilfskraft einstellen."

„Und behält die das B&B im Auge, während du hier bist, Schätzchen?", fragte Granny und goss sich selbst eine großzügige Menge Wein in ein Glas.

„Maria. Sie ist eine Freundin von Beau und eine großartige Köchin. Sie ist geschieden und braucht das zusätzliche Einkommen. Ich bin sehr dankbar, dass ich sie habe", sagte Kate.

„Nun, wir sind froh, dass du hier bei uns bist, Schätzchen." Granny tätschelte ihr Bein und ließ sich auf die Couch fallen.

Ava sah sich im Raum um und versuchte, die Stille zu ignorieren, die sich unter den Frauen ausbreitete. Catty neigte den Kopf und musterte sie misstrauisch. Haley starrte trübsinnig auf das Innere ihres Weinglases. Ginny kaute auf einem Stück Schokolade und vermied Augenkontakt. Kate war die Einzige, die ihren Wein genoss.

Skylar stand auf und seufzte. „Also gut. Ich werde fragen, wenn sonst niemand hier die Eier dafür hat."

„Ich hab die Eier dazu", sagte Catty und wedelte mit der Hand in der Luft herum. „Aber du solltest fragen. Ich bin es leid, immer diejenige zu sein, die die ganze Zeit alle nervt."

Skylar verdrehte die Augen und wandte sich an Ava. „Also, was sind die Neuigkeiten? Wie nah sind die Wächter dran, Boudier zu schnappen?"

Ava stopfte sich noch ein Karamellbonbon in den Mund und zuckte mit den Schultern.

„Ich weiß es nicht", sagte sie mit einem Mundvoll Karamellschokolade.

„Ava, du bist die Frau des Rudelführers. Du weißt mit Sicherheit irgendetwas." Catty kniff die Augen zusammen.

„Meine Güte, Catty, hör auf, mich so anzusehen", sagte Ava mit gerunzelter Stirn.

„Ich kann nicht anders. Das ist mein Anwältinnen-Kreuzverhör-Blick." Sie funkelte sie noch mehr an. „So bringe ich die Kriminellen dazu, mir alles zu erzählen."

„Nun, ich bin aber keine Kriminelle", gab Ava zurück.

„Haben sie ihn schon gefangen?" Haley sah von ihrem Weinglas auf.

„Verdammt, Mädels. Ihr solltet noch nicht einmal wissen, dass sie nach Colorado gefahren sind." Ava kaute auf einem Fingernagel. „Wenn Damon herausfindet, dass ich euch das erzählt habe, wird er sehr wütend sein."

„Beruhige dich, Schätzchen", versicherte ihr Granny. „Niemand wird Damon etwas sagen. Es ist nur so, dass wir uns Sorgen um unsere Männer machen. Wir wollen einfach nicht, dass ihnen etwas passiert."

„Ich weiß. Ich weiß." Ava rieb sich den Bauch und ließ

sich auf einen Stuhl fallen. „Um deine Frage zu beantworten, nein. Sie haben Boudier noch nicht geschnappt. Aber sie sind nah dran."

„Ich freue mich wirklich darauf, wenn diese ganze Sache vorbei ist", sagte Catty und trank noch einen großen Schluck Wein. „Ich habe das Gefühl, wenn Boudier endlich erledigt ist, können wir endlich alle unsere Leben weiterleben."

Stille machte sich im Raum breit und alle drehten sich zu Ginny um. „Bitte hört auf, mich so anzusehen. Wie ihr wisst, habe ich meine Meinung zu dem Widerling bereits geäußert."

„Aber er ist dein Vater, Ginny", sagte Haley leise.

„Er mag vielleicht mein leiblicher Vater sein, aber glaube mir, wenn ich sage, er war noch nie mein Vater und wird es auch nie werden. Ich habe mehr Grund, ihn tot sehen zu wollen, als irgendjemand von euch." Sie zuckte mit den Schultern.

„Wir wollen nur deine Gefühle nicht verletzen, Ginny", sagte Skylar leise. Sie griff hinüber und drückte ihre Hand.

Ginny lächelte. „Ich weiß. Und ich vertraue darauf, dass Damon und die anderen Wächter ihn schnappen werden. Tatsächlich hoffe ich, dass sie ihn töten, anstatt ihn vor ein Tribunal zu bringen. Edward Boudier wird niemals etwas Gutes tun, solange er auf dieser Erde wandelt."

Ava nickte. In diesem Punkt konnte sie zustimmen.

* * *

Das Beladen des Lastwagens ging schneller, als Barrett es für möglich gehalten hätte. Der Eigentümer der Transportfirma bot Barrett an, den Lkw für ihn mit dem Gabelstapler zu beladen. Barrett war froh über die Hilfe. Je früher sie losfahren konnten, desto eher würden sie nach Silverton zurückkehren können.

Es hatte wieder begonnen zu schneien, als sie zurückfuhren. Die Reifen waren auf dem Eis einige Male ausgebrochen, aber durch seine geschickte Fahrweise hatte er den Truck auf der Straße halten können.

Jacey hatte den größten Teil der Rückfahrt geschlafen und lehnte mit dem Kopf gegen das Fenster. Er warf ihr immer wieder Blicke zu und war dankbar, dass sie nicht sehen konnte, wie er sie anstarrte.

Sie bewegte sich und hob den Kopf. Sie blickte zu ihm hinüber und lächelte faul, als sie ihre Arme über dem Kopf ausstreckte. „Warum hast du mich nicht geweckt? Ich werde heute Nacht nicht schlafen können."

Er grinste. „Ich dachte, du brauchst die Ruhe."

„Wow, wie nah sind wir denn schon?" Sie schaute aus dem Fenster, als versuche sie, ein unsichtbares Zeichen zu erkennen. Aber hier oben gab es keine Zeichen. Hier oben gab es nur Anonymität.

„Wir sind in ungefähr fünf Minuten da."

„Wow. Ich habe wirklich zu lange geschlafen." Sie schüttelte den Kopf und griff nach ihrer Wasserflasche in der Konsole. Bevor sie losgefahren waren, hatte er aufgetankt und Wasser für sie beide besorgt.

„Du wirst viel Energie brauchen, wenn du mir hilfst, die ganzen Sachen abzuladen", witzelte er.

„Ja. Und ich kann es kaum erwarten, diese Woche meine neuen Rezepte in der Bar auszuprobieren." Sie grinste und ihre Augen funkelten vor Aufregung.

Kurze Zeit später hielten sie hinter der Bar an. Frischer Schnee war auf die kalte Erde gefallen und die Bäume zitterten unter dem Gewicht des Eises. Es war absolut malerisch.

Er stellte den Motor ab. „Ich schließe die Hintertür auf und dann können wir anfangen, die Vorräte zu entladen. Du hast noch deine Handschuhe, oder? Es wird kalt werden."

„Ich hab sie hier." Sie hielt ihr Paar isolierte Handschuhe

hoch und schloss den Reißverschluss ihres Mantels bis zu ihrem Kinn.

Er nickte und ging zur Hintertür. Er schloss sie schnell auf und öffnete die Tür. Er trat ein und schaltete das Licht an. Das Telefon in der Bar begann zu klingeln. Er drehte sich um und wollte es schon ignorieren, überlegte es sich dann aber anders. Was, wenn es Helen war? Sie rief wahrscheinlich an, um zu sehen, ob sie gut zurückgekommen waren. Diese Frau machte sich einfach zu viele Sorgen. Sie würde am Ende noch wegen eines Herzinfarkts sterben.

Er drehte sich um und rief über seine Schulter. „Ich bin gleich wieder da. Ich nehme nur schnell diesen Anruf an."

Er lief in die Bar und griff nach dem Telefon.

„Hallo?"

„Barrett, wo zum Teufel warst du?", schrie Ryker regelrecht durch das Telefon. „Ich versuche seit gestern, dich zu erreichen. Du gehst nicht an dein Handy."

„Mein Akku war leer und ich musste nach Denver, um Vorräte abzuholen. Ich bin gerade wieder zur Tür herein." Barrett senkte die Stimme, als er Jacey in die Küche kommen hörte. Er ging mit dem schnurlosen Telefon zur Vordertür der Bar und hinaus auf die Veranda, damit Jacey ihn nicht hören konnte.

„Großer Gott, Barrett. Weißt du eigentlich, was los ist? Ich habe versucht, dich zu warnen …"

In diesem Moment ertönte hinter ihm eine ohrenbetäubende Explosion, die die Fenster der Bar sprengte und ihn von der Veranda in einen Haufen Schnee schleuderte. Wütende Hitze stieg hinter ihm auf und er fühlte sich, als stünde er in Flammen.

Er rollte sich auf den Rücken. Sein Ohr schmerzte und lautes Rauschen erklang in seinem Kopf. Er blinzelte auf den massiven Feuerball, der seine Bar verschlang.

Jacey.

Er rappelte sich auf die Beine und sein Herz machte einen Satz in seiner Brust. Sie war immer noch dort drin.

„Scheiße!", schrie er und rannte zurück in die Bar, die jetzt vollkommen von orangeroten Flammen eingenommen wurde. Er schrie und rief ihren Namen, als Rauch und Feuer in seine Lunge drangen. Keine Antwort.

Er stürmte in die Küche und hielt schützend einen Arm hoch, um irgendetwas zu finden, das aussah wie Jacey.

Feuer berührte ihn und kroch seinen Rücken hinauf. Er konnte buchstäblich fühlen, wie das Fleisch auf seinen Knochen schmorte.

Vielleicht war sie von der Explosion nach draußen geschleudert worden? Gedanken rasten durch seinen Kopf, während der Schmerz sich über alle freiliegenden Nerven-enden an seinem Körper ausbreitete.

Er rannte durch die Hintertür in die kalte Nacht hinaus.

Auf dem schneebedeckten Boden lag Jacey. Sie war regungslos. Er eilte an ihre Seite und kniete sich neben sie hin. Der kalte Schnee brachte Erleichterung für sein bren-nendes Fleisch.

Jacey bewegte sich leicht, öffnete aber ihre Augen nicht.

Sie lebt. Alles wird gut werden. Alles muss gut werden.

Er hörte Stimmen auf der Straße vor der Bar. Er blickte über seine Schulter, als seine Nachbarn in ihren Trucks vorfuhren, um das Feuer zu sehen. Jemand rief einer anderen Person zu, er solle sich ein paar Schläuche schnappen und versuchen, das Feuer zu löschen. Er wusste, dass es nicht lange dauern würde, bis sie sie hinter der Bar entdecken würden. Wie würde er erklären, dass er so schwere Verbren-nungen hatte und dennoch bei Bewusstsein war?

Er schob seine Arme unter Jaceys Körper und unter-drückte ein Knurren. Er ignorierte den Schmerz in seinem Rücken, stand auf und rannte in den Schutz des Waldes.

KAPITEL SIEBENUNDDREISSIG

Jacey verzog wegen des Schmerzes, der wie ein Feuerwerk durch ihr Gehirn schoss, ihr Gesicht. Sie öffnete die Augen und sah zu der verbrannten Gestalt auf, die über ihr kniete.

Ein entsetzter Schrei entwich ihren Lippen.

„Alles in Ordnung, Jacey." Barretts raue Stimme erklang aus dem Körper des verbrannten Mannes. Er stand auf und trat zurück. „Ich bin es. Barrett."

„Oh mein Gott. Was ist passiert?" Sie kroch in eine sitzende Position und vergaß dabei ihren eigenen Schmerz.

„Es gab eine Explosion in der Bar. Ich wurde von der Veranda geschleudert. Ich dachte, du wärst dort drin, also bin ich in die Küche gerannt und habe dich gesucht. Bist du in Ordnung? Bist du verletzt?", fragte er.

„Es geht mir gut. Du bist derjenige, der verletzt ist." Sie war schockiert, dass er immer noch in der Lage war zu stehen, geschweige denn sich Sorgen um sie zu machen.

„Ich kann den Schmerz ertragen. Ich habe es schon mal geschafft." Seine Stimme klang angespannt, so als würde er nicht mehr viel länger durchhalten.

„Warum sind wir im Wald?" Sie konnte die Bar durch die Bäume brennen sehen.

„Weil Leute zur Bar gelaufen kamen. Ich dachte, es wäre einfacher, schnell abzuhauen, als wenn sie mich so sehen und sich dann fragen, warum ich in ein oder zwei Tagen geheilt bin." Er zuckte mit den Schultern. Er stieß ein Zischen aus.

„Ich weiß nicht, was passiert ist. Ich habe in der Küche nichts angemacht. Weder den Ofen noch den Herd. Ich ging zur Hintertür und hörte etwas, das wie ein Ticken klang. Das Nächste, woran ich mich erinnere, ist ein ohrenbetäubendes Geräusch und dass ich zu Boden geworfen wurde. Ich glaube, ich war ohnmächtig."

„Hast du dein Handy noch?"

„Ja, ich glaube schon." Sie suchte in ihrer Manteltasche und zog das Handy heraus. Sie hielt es ihm hin. „Ich würde denken, dass jemand bereits die Feuerwehr angerufen hat."

„Du hast gesagt, dass du ein Ticken gehört hast. Ticken bedeutet eine Bombe. Ich rufe nicht die Feuerwehr an. Ich rufe jemanden an, der uns helfen kann." Er tippte ein paar Nummern ein und hielt das Telefon hoch, aber weg von seinem Ohr.

„In der Bar ist gerade eine Bombe hochgegangen. Ich brauche Hilfe. Triff uns bei Mena."

Barrett legte auf und gab Jacey das Telefon zurück. „Wir müssen zu Menas Haus gelangen, ohne dass uns jemand sieht. Kannst du laufen?"

„Natürlich kann ich laufen." Ihre Brust zog sich zusammen. „Ich bin diejenige, die auf dich aufpassen sollte. Mein Gott, du bist …" Sie schlug sich die Hand vor den Mund. Ihn auch nur anzusehen, schmerzte in ihrer Brust. Das Fleisch fiel buchstäblich von seinem Gesicht.

„Wir müssen los."

Sie nickte und unterdrückte ihre Tränen. Sie musste stark für ihn sein.

„Wir bleiben im Wald. Wir können durch den Hintereingang in Menas Haus gelangen."

„Was ist, wenn sie die Hintertür abgeschlossen hat?" Sie sah ihn an.

„Sie schließt den Hintereingang nie ab."

Es schien eine Ewigkeit zu dauern, den Weg zu Menas Haus zurückzulegen. Er beschwerte sich nicht, aber sie hörte ihn bei jedem Schritt stöhnen. Sie wagte es nicht, ihn anzusehen, weil sie wusste, täte sie das, würde sie anfangen zu weinen.

Sie schlichen durch die Hintertür hinein und achteten darauf, keinerlei Geräusche zu machen. Der Fernseher war aus, was ungewöhnlich war. Aber sie hatten keine Zeit, sich damit zu beschäftigen. Sie ging nach oben in ihr Zimmer und wartete darauf, dass Barrett ihr folgte.

Sie zog den Schlüssel aus ihrer Jeanstasche und schloss die Tür auf. Er trat ein und Schmerz verzerrte sein verbranntes Gesicht.

„Sag mir, was ich tun soll. Sag mir, wie ich dir helfen kann", bettelte sie.

„Geh und dreh die Dusche auf. So kalt, wie es nur irgendwie geht." Die Worte zischten zwischen seinen zusammengebissenen Zähnen hindurch.

Sie eilte ins Badezimmer und drehte die Dusche auf. Sie hielt die Finger unter das fließende Wasser und wartete, bis es kalt wie Eis war. Sie drehte sich um, aber Barrett stand bereits in dem kleinen Badezimmer hinter ihr.

„Du musst mir helfen, mich auszuziehen", sagte er durch seine Zähne.

Sie wusste, dass es ihm schwerfiel, um Hilfe zu bitten.

Sie trat hinter ihn und erstarrte. Die Rückseite seines T-Shirts war mit seiner Haut verschmolzen.

„Du musst es ausziehen, Jacey, damit ich heilen kann",

sagte er. Er griff nach dem Waschbecken und packte fest zu. „Bitte."

Übelkeit überkam sie. Um ihm zu helfen, würde sie ihn verletzen müssen.

Sie biss die Zähne zusammen, griff nach dem zerfetzten T-Shirt und zog langsam daran.

Er machte kein Geräusch, obwohl sie sah, wie sich die Muskeln anspannten, als sie das T-Shirt von seinem verbrannten Fleisch zog. Als sie den Stoff abgezogen hatte, war sein Körper eine blutende Katastrophe.

Er drehte sich um und nickte. „Ich schaffe meine Jeans alleine. Ich komme bald wieder. Ich muss mich nur eine Weile unter das kalte Wasser stellen."

Sie nickte und schloss die Badezimmertür hinter sich. Sie lehnte ihren Rücken gegen die Wand und rutsche zu Boden. Heiße Tränen liefen ihr das Gesicht hinunter und durchnässten ihr Oberteil.

Nach ungefähr zwanzig Minuten stand sie auf und öffnete die Tür nur einen Spalt breit. Sie spähte hinein. „Barrett?"

„Ja", hauchte er.

„Fühlst du dich besser?"

„Nicht wirklich." Seine Stimme klang müde und erschöpft.

„Ich habe keine Medizin, aber ich kann nachsehen, ob Mena irgendetwas unten hat."

„Schau nach, ob sie Wodka hat. Das wäre besser, um die Schmerzen zu lindern." Er trat aus der Dusche und hob langsam ein Handtuch auf. Die untere Hälfte seines Körpers war nicht so verbrannt wie seine Brust und der Rücken. Er wickelte das Handtuch um seine Taille.

„Warte in meinem Zimmer auf mich." Sie eilte die Treppe hinunter. Es interessierte sie jetzt nicht mehr, ob sie Mena weckte oder nicht. Sie suchte durch die

Schränke in der Küche, bis sie den Alkohol gefunden hatte.

„Gott sei Dank." Sie nahm die Flasche Wodka und eilte zurück nach oben.

Barrett stand in der Mitte ihres Zimmers.

„Hier." Sie legte ihre Hand auf seine unverbrannte Taille und reichte ihm die Flasche. „Trink das und leg dich hin."

„Ich kann mich nicht hinlegen." Er schraubte den Deckel ab und hob die Flasche an seine Lippen. Dann trank er einen großen Schluck.

„Dann setz dich hin. Bitte", bettelte sie.

Er nickte schließlich und ging zum Sessel hinüber. Er setzte sich auf die Kante und achtete darauf, seinen verbrannten Rücken nicht gegen den Stuhl zu lehnen. Er nahm noch einen langen Zug aus der Flasche, bevor er sich langsam im Sessel zurücklehnte.

Eine lange Minute später entspannte sich sein Körper und sie wusste, dass er einschlief.

Sie nahm die Flasche aus seiner Hand und stellte sie auf den Boden. Sie holte ein Kissen von ihrem Bett, schob es hinter ihn und half ihm, sich anzulehnen. Er zuckte zusammen, kämpfte aber nicht gegen sie an, als er in einen tiefen Schlaf versank, den er so dringend brauchte.

Sie trat zurück. Sein Werwolfblut würde ihn heilen. Aber es würde mindestens eine Woche dauern. Bis dahin würde sie sich um ihn kümmern.

* * *

Es drehte Ryker den Magen um. Nachdem sein Telefonat mit Barrett unterbrochen worden war und er kurz darauf einen Anruf von ihm von einer unbekannten Nummer wegen einer Bombe erhielt, wusste er, dass sie alle tief in der Scheiße steckten. Er hatte es fast den Berg hinaufgeschafft, war aber anscheinend nicht rechtzeitig gekommen. Wäre er zehn Minuten früher dort gewesen, hätte er die Bombe möglicherweise stoppen können. Er konnte Barrett nicht noch einmal im Stich lassen. Er hatte ihn nicht von den Toten zurückgeholt, nur um ihn wieder am Boden zu sehen.

„Scheiße", knurrte Ryker angesichts der Menschenmenge, die sich vor der brennenden Bar versammelt hatte. Die Feuerwehr war vor Ort und versuchte, das Gebäude zu löschen und die Schaulustigen davon abzuhalten, sich zu sehr zu nähern. Ein paar von ihnen machten sogar Videos auf ihren Handys.

„Verdammte Verlierer." Er bog in Menas Einfahrt ein und stellte das Motorrad auf den Ständer, bevor er den Motor abstellte. Er rannte die Stufen hinauf und blickte über seine Schulter zurück, um zu sehen, ob ihn jemand beobachtet hatte. Sie waren alle zu sehr mit dem Feuer beschäftigt. Sogar Mena stand dort draußen an der Seite. Selbst von hinten konnte er das bunte Muumuukleid unter ihrem dicken Wintermantel heraushängen sehen. Sie hatte ihre pelzgefütterte Kapuze ins Gesicht gezogen, um zu verhindern, dass der Schnee ihre Haare nass machte.

Gut. Je weniger Leute ihn sahen, desto besser.

Er ging ins Haus und sah sich im Untergeschoß um, konnte Barrett aber nicht sehen.

Dann ging er nach oben und nahm immer zwei Stufen gleichzeitig. Er betrat den Flur und entdeckte ein schwaches Licht unter einer geschlossenen Tür. Er atmete tief ein. Barretts Geruch lag hier überall in der Luft. Aber er war anders als sonst, irgendwie schlecht.

„Barrett?" Er ging den Flur entlang zu der geschlossenen Tür und stieß sie auf.

Er erstarrte, als er eine Frau auf dem Bett sitzen sah, die Barrett beobachtete, während er auf einem Sessel schlief.

Er funkelte das Mädchen an. „Wer zum Teufel bist du? Und was hast du Barrett angetan?"

Das Weibchen sprang vom Bett auf und stellte sich zwischen ihn und Barrett.

„Wage es ja nicht, auch nur einen Schritt näherzukommen." Sie hob eine Wodkaflasche hoch, die auf dem Boden stand.

„Oder was? Willst du mich zu Tode trinken?", schnaubte er.

Sie funkelte ihn an und warf die Flasche so hart sie nur konnte in seine Richtung. Er versuchte, sich zu ducken, aber das Ende der Flasche traf ihn an der Seite des Kopfes und schnitt ihm in die Schläfe.

„Scheiße", schrie er und berührte seinen Kopf mit den Fingern. Er zog seine Finger zurück. Sie waren blutverschmiert.

„Schau mal, ich weiß nicht, wer du bist, aber du näherst dich Barrett nicht." Sie breitete die Arme aus, als wäre sie bereit, mit ihm zu kämpfen.

Er hätte gelacht, wenn er die Zeit dazu gehabt hätte.

„Ich weiß nicht, wer du bist, Weibchen ..."

„Mein Name ist Jacey. Ich gehöre zu Barrett." Sie hob ihr Kinn.

Er erstarrte. „Moment. Was meinst du damit, du gehörst zu Barrett?" Er kniff die Augen zusammen.

„Ich meine, dass ich seine Seite nicht verlassen werde, bis ich herausgefunden habe, wer die Bar in die Luft gesprengt hat", konterte sie.

„Also warst du bei ihm, als es passierte?" Ryker neigte den Kopf. Er kannte Frauen und obwohl sie versucht hatte, ihm mit einer Flasche Wodka den Kopf abzutrennen, hatte er nicht das Gefühl, dass sie eine Spezialistin war, wenn es zu Bomben kam.

„Ich war hinten und habe die Vorräte für die Küche abgeladen." Sie schüttelte den Kopf. „Moment, warum erzähle ich dir das überhaupt? Woher weiß ich denn, dass du nicht derjenige bist, der die Bombe gelegt hat?"

„Weil Barrett mich gerade vor einer Stunde angerufen hat, um ihn abzuholen." Er sah sie von oben bis unten an. „Ich vermute, dass er dein Telefon dafür benutzt hat."

Sie ging zu ihrem Mantel und zog ihr Handy aus der Tasche. Sie rief den letzten Anruf auf dem Bildschirm auf und zeigte ihm die Nummer.

Er nickte und sah dann wieder zu Barrett hinüber. „War er drinnen, als die Bombe hochging?"

„Nein, auf der Veranda." Sie sah zu Boden und blinzelte. „Er ist wieder reingegangen, weil er dachte, dass ich dort drin sei."

„Scheiße", murmelte Ryker. „Nun, wir können nicht hierbleiben. Wir müssen los."

„Aber Barrett braucht Ruhe."

Er sah zu ihr auf und funkelte sie an. „Schau mal, Lady. Wenn Barrett hierbleibt, ist er bis Tagesanbruch tot. Die Person, die die Bombe gelegt hat, denkt, dass er tot ist, aber wenn er hierbleibt, weiß jeder, dass er lebt. Und dazu gehört auch der Mörder."

KAPITEL ACHTUNDDREISSIG

Barrett spürt einen Stoß gegen seinen Ellbogen und runzelte die Stirn. Sein Körper fühlte sich schwer an und er war nicht bereit, aufzuwachen. Noch nicht.

„Barrett, steh auf." Eine tiefe, aber vertraute Männerstimme versetzte ihn in Alarmbereitschaft.

Er zwang sich, die Augen zu öffnen. Über ihm gebeugt standen Jacey und Ryker. Er blinzelte und die Ereignisse der Nacht kamen zu ihm zurück.

„Ryker." Er stand auf und streckte seine Hand aus. Ryker erstarrte.

„Was ist los?" Er sah von ihm zu Jacey.

„Barrett, schau in den Spiegel. Deine Haut ist fast geheilt", sagte sie leise.

Er ging zum Spiegel über der Kommode und betrachtete sein Spiegelbild. Seine Brust war an der Stelle, an der das Feuer sein Fleisch verbrannt hatte, vollständig geheilt. Es gab einen kleinen Bereich über seinem rechten Auge, der immer noch vernarbt war, aber es sah tatsächlich so aus, als würde auch das heilen. Er drehte sich um und schaute sich seinen Rücken im Spiegel an.

„Was zum Teufel?" Er betrachtete die geheilte Haut im Spiegel. Er hatte auf seinem Rücken die schlimmsten Verbrennungen erlitten, wo sein T-Shirt mit seiner Haut verschmolzen war. Jetzt sah man nicht einmal eine Spur davon. „Wie ist das möglich?"

„Ich weiß es nicht. Vielleicht hat es etwas damit zu tun, als wir dich zurückgeholt haben." Ryker kratzte sich das Kinn. „Erinnere mich daran, diese Fee zu fragen."

„Fee?" Jacey sah mit großen Augen zwischen Ryker und Barrett hin und her. „Du kennst tatsächlich die Fee?"

„Ja. Nun, eine von ihnen", antwortete Ryker. „Sie hat uns einen Gefallen getan."

„Ich habe gehört, dass Feen unserer Art nicht sonderlich wohlgesonnen sind." Jacey verschränkte die Arme vor der Brust.

„Nun, es ist mir egal, was du gehört hast, Weibchen", spie Ryker. Er wandte sich wieder an Barrett. „Und ich will von dir wissen, wer zum Teufel das ist? Und woher weißt du, dass wir ihr vertrauen können?" Er zeigte mit seinem Finger in Jaceys Richtung.

Barretts Wut stieg in ihm auf. Er drehte sich zu seinem Wächter um und knurrte tief und leise. „Sprich ja nie wieder so mit ihr und wenn du deinen Finger behalten willst, solltest du ihn besser senken."

Ryker ließ die Hand fallen und funkelte ihn an. „Heilige Scheiße. Nicht du auch noch. Zuerst Damon, dann Braxton und Jayden. Dann dieses Arschloch Zane und schließlich noch Lucien und Jaxon. Ich weiß nicht, was zum Teufel in dem Wasser ist, was ihr trinkt, aber haltet diese verdammte Scheiße ja von mir fern."

Barrett funkelte ihn an. Ryker wusste, dass Jacey Barretts Gefährtin war, ohne dass er es gesagt hatte.

„Ich habe für so etwas jetzt keine Zeit, Ryker. Wir müssen herausfinden, wer diese Bombe gelegt hat." Barrett rollte die Schultern und lockerte die Spannung in seinem Rücken.

„Nun, hättest du dein Handy aufgeladen, hättest du gewusst, dass du vorsichtig sein musst. Ich habe seit gestern versucht, dich verdammt noch mal anzurufen."

„Wovon redest du, Ryker?" Barrett stemmte die Hände in die Hüften. Er bemerkte, dass Ryker Jacey einen Blick zuwarf.

„Du kannst vor Jacey sprechen."

Ryker funkelte ihn an und seufzte. „Edward Boudier ist aus Texas geflohen. Tatsächlich hat seine Spur hierher nach Colorado geführt."

„Scheiße." Er stieß das Wort mit einem leisen Knurren aus.

„Moment. Boudier? Der ehemalige Rudelführer von Louisiana?" Jacey runzelte die Stirn. „Warum würde er nach Colorado kommen?"

„Er kommt her, um zu Ende zu bringen, was er angefangen hat." Ryker zeigte mit dem Finger auf Barrett. „Er kommt, um sicherzustellen, dass Barrett Middleton tot ist."

* * *

„Barrett Middleton. Du hast gesagt, dein Name wäre Barrett Midland." Jacey leckte sich über die trockenen Lippen. Plötzliche Übelkeit überkam sie und sie stolperte rückwärts zu dem Sessel, auf dem er bis eben gesessen hatte.

Ihre Beine gaben nach. Sie ließ sich auf den Sessel fallen.

„Jacey, es tut mir leid. Ich konnte dir nicht sagen, wie ich wirklich heiße ... Ich sollte doch ..."

"... tot sein." Sie sah zu ihm auf. „Ich weiß. Als sich der Rudelführer von Arkansas für seinen Wächter geopfert hat, war das alles, worüber die Werwolfgemeinschaft wochenlang gesprochen hat. Vor allem in Mississippi."

„Du kommst aus Mississippi?" Ryker neigte den Kopf.

Sie ignorierte ihn und starrte Barrett an. „Du hast mich angelogen."

„Jacey, das musste ich." Er sah sie mit flehenden Augen an.

„Genug!" Ryker hob seine Hand. „Wir haben keine Zeit für diese dummen Pärchenstreitereien. Boudier ist in der Nähe und wir müssen hier verdammt noch mal raus, bevor er dich findet." Er zeigte mit dem Finger auf Barrett.

„Jacey kommt mit uns mit", stellte Barrett fest.

„Oh nein. Ich bin hier, um sicherzustellen, dass du in Sicherheit bist. Ich weiß noch nicht einmal, wer sie ist. Nach allem was wir wissen, könnte sie auch mit Boudier zusammenarbeiten", erwiderte Ryker.

Barrett trat zwei Schritte vor und schlug Ryker ins Gesicht. Ryker grunzte und stolperte zurück, hielt aber sein Gleichgewicht. Er rieb sich das Kinn und starrte Barrett an.

„Wir lassen Jacey nicht hier. Wenn Boudier diese Bombe gelegt hat, heißt das, dass er uns beobachtet hat und weiß, dass Jacey bei mir ist. Und das bedeutet, dass er versuchen wird, sie zu verletzen, nur um sich an mir zu rächen." Er funkelte ihn an. „Jacey kommt mit uns mit."

„Verdammte Scheiße!", knurrte Ryker und warf seine Hände in die Luft. „Also gut. Das Mädchen kann mitkommen."

Dem Ausdruck auf Rykers Gesicht nach zu urteilen, war er nicht froh darüber, dass sie mitkam. Sie selbst war es ja nicht einmal.

„Wir müssen deinen Jeep nehmen", sagte Ryker.

„Ich habe ihn in Denver gelassen. Ich habe mir einen größeren Lkw geliehen, um meine Vorräte hierherzubringen."

Ryker erstarrte. „Groß genug, um meine Harley damit zu transportieren?"

Jacey konnte nicht anders, als sich ein wenig ausgeschlossen zu fühlen, während die beiden großen Männer miteinander sprachen, als hätten sie vergessen, dass sie auch noch im Raum war.

„Ja", sagte Barrett. „Wir müssen von hier weg und irgendwohin, wo es sicher ist."

„Alle deine Immobilien wurden nach deinem Tod an Damon übergeben. Du hast keine mehr", sagte Ryker.

„Nicht ich. Aber jemand anderes, den ich kenne, hat welche." Er streckte die Hand aus. „Lass mich dein Handy sehen."

Ryker zog sein Handy aus der Jacke und gab es Barrett.

Barrett tippte ein paar Zahlen ein und wartete.

„Hier spricht Barrett Middleton. Ich brauche noch einen Gefallen, dieses Mal von dir, nicht von deiner Frau. Ich brauche einen Unterschlupf in Colorado."

Barrett stemmte die Hand in die Hüfte, während er sprach. Er sah sie an und schenkte ihr ein beruhigendes Lächeln, so als würde alles in Ordnung sein. Jacey war davon überhaupt nicht überzeugt.

„Großartig. Vielen Dank." Er gab Ryker das Telefon zurück.

„Wer war das?" Ryker runzelte die Stirn.

„Eric Nordstrom. Wir haben einen Unterschlupf. In der Nähe von Aspen. Abgeschieden. Nur grundlegendes Personal, das er wegschicken wird, sobald wir dort ankommen. Das Haus liegt in den Bergen und ist nur schwer zu erreichen. Außerdem gibt es dort überall Kameras."

„Großartig. Jetzt müssen wir nur noch deinen Lkw holen und meine Harley aufladen", sagte Ryker.

Jacey stand auf und ging zum Fenster hinüber. Sie lächelte. „Nun, wenn du den Truck holen willst, wäre jetzt der beste Zeitpunkt." Sie drehte sich um und sah beide an. „Die Feuerwehr hat ihn gerade von der Rückseite des

Gebäudes weggefahren und direkt hier vor Menas Haus geparkt."

„Nimm deinen Mantel und deine Tasche und lass uns gehen", erwiderte Barrett. Er hielt einen Moment inne und schaute an seiner nackten Brust und dem Handtuch hinunter, das er um seine Taille gewickelt hatte.

„Ich habe ein paar Ersatzklamotten in meiner Satteltasche. Du kannst dich im Schnee umziehen", schnaubte Ryker.

Jacey schnappte sich ihre Sachen und eilte in den Flur. Sie rannte die Treppe hinunter, die Männer direkt hinter ihr. Die Haare in ihrem Nacken stellten sich auf und ein Schauer lief ihren Rücken hinunter.

Sie öffnete die Haustür und rannte hinaus. Sie stand an der Beifahrertür und wartete, während Ryker ein paar Klamotten für Barrett aus der Satteltasche holte. Ein paar Sekunden später kam er zu ihr hinübergerannt.

Verdammtes Herz. Ihr Körper verriet sie und wurde beim Anblick von ihm in seinen dunklen Jeans und dem schwarzen T-Shirt ganz heiß. Er hatte keine Jacke, aber er sah auch nicht so aus, als würde er frieren.

„Wenn wir in Aspen ankommen und alleine sind, müssen wir reden", sagte er und schob seine Hände in die Taschen.

„Ja, das müssen wir allerdings." Sie öffnete die Tür und drehte sich um. „Ich werde auf dem Rücksitz sitzen, du und Ryker sitzt vorne. Ich bin mir sicher, dass ihr beide viel aufzuholen habt." Sie riss die Tür auf und kletterte hinein.

KAPITEL NEUNUNDDREISSIG

Es dauerte über sechs Stunden, bis sie das Haus in Aspen erreichten. Ryker sagte die ganze Zeit kaum ein Wort. Barrett wusste, dass Ryker wütend war.

Nun, Ryker würde einfach darüber hinwegkommen müssen. Barrett war eher besorgt um die Situation mit Jacey.

Er wusste, wie sie sich fühlen musste. Aus ihrer Perspektive hatte er sie angelogen und das war etwas, das für sie nie in Ordnung sein würde. Sie hatte ihm das von Anfang an gesagt.

Er hatte es ganz königlich vermasselt.

Er sah zu dem Haus auf, das vor ihnen erschien.

„Scheiße. Das ist riesig." Ryker parkte in der runden Einfahrt und stellte den Motor ab.

„Ich würde von Eric Nordstrom nicht weniger erwarten."

Barrett öffnete die Tür und kletterte hinaus.

Die Morgendämmerung brach gerade über den Bergen herein und die Außenbeleuchtung war noch immer an. Sie verlieh der Backstein- und Holzvilla einen leichten Schein.

Jacey stieg aus dem Truck und schlug die Tür hinter sich zu. Sie trat neben ihn und blickte auf das Haus.

„Du kennst den Typen, dem das gehört?" Sie riss ihren Blick vom Haus los und sah ihn an.

„Das könnte man so sagen."

„Er muss Multimillionär sein." Sie sah wieder auf das Haus.

„Milliardär", sagte Ryker, als er an ihnen vorbeiging, um seine Harley aus dem Lastwagen zu entladen.

Die große doppelte Eingangstür aus Holz und Schmiede-eisen öffnete sich und eine ältere Frau kam heraus und begrüße sie mit einem Lächeln.

Barrett rannte zum Eingang hinüber und streckte ihr die Hand entgegen. „Ich bin Barrett Middleton. Sie müssen Nancy sein. Ich gehe davon aus, dass Eric Ihnen gesagt hat, dass wir herkommen."

„Ja, Sir, das hat er." Sie lächelte breit und sah an ihm vorbei zu Jacey.

Jacey kam zu ihnen hinüber. „Hallo. Ich bin Jacey Miller."

Die ältere Frau lächelte. „Ich bin Nancy. Ich bin Mr. Erics Haushälterin." Sie sah Barrett erneut an. „Ich habe genug Essen für Sie in der Küche, dass Sie für mindestens eine Woche das Haus nicht verlassen werden müssen. Danach schauen Sie bitte in eine der großen Gefriertruhen im Keller. Ich habe immer Vorräte für einen ganzen Monat dort drin. Aufläufe und verschiedenen Mahlzeiten, solche Dinge."

„Vielen Dank dafür. Ich weiß es wirklich zu schätzen", sagte Barrett. Er blickte über seine Schulter, als Ryker seine Harley von der Ladefläche des Lastwagens führte. Er senkte den Ständer zum Boden und stellte das Motorrad neben dem Lastwagen ab.

„Wenn Ihr Freund so weit ist, kann ich Ihnen eine Tour durch das Haus geben", sagte Nancy.

Barrett drehte sich um und winkte Ryker zu. Ryker seufzte und ließ sich Zeit, zur Haustür hinüber zu schlendern.

„Ich bin Nancy, die Haushälterin von Mr. Eric", sprach sie Ryker an.

„Ryker." Er schob seine Hände in seine Jeanstaschen und grüßte die ältere Dame mit einem Kopfnicken.

Barrett sah ihn scharf an. Er würde Ryker am liebsten eine verpassen, weil er so verdammt respektlos war.

Nancy schien nicht beleidigt zu sein. Stattdessen öffnete sie die Tür und winkte sie herein. „Ich werde Ihnen die Tour geben und alle Fragen beantworten, die Sie noch haben könnten, bevor ich gehe."

„Ich hoffe, wir machen Ihnen keine Umstände. Es war ziemlich kurzfristig", sagte Jacey leise. Barretts Herz wurde weich von Jaceys großzügiger Aufmerksamkeit.

„Überhaupt nicht. Mr. Eric hat das Vier-Jahreszeiten in Vail für mich gebucht. Er sagte, es wäre dieses Jahr Teil meines Weihnachtsbonus'", sagte Nancy freudig. „Ich könnte mir wirklich keinen besseren Boss wünschen."

„Zweifellos", sagte Barrett. Es war Jahre her, dass er mit Eric zu tun gehabt hatte, als er noch in South Carolina lebte, und es war rein geschäftlich gewesen. Einige fanden den Mann kalt, aber Barrett hatte immer das Gefühl gehabt, dass Eric den Leuten nicht traute, weil sie nur hinter seinem Geld her waren. Barrett konnte das nachempfinden.

Ryker schloss die Tür hinter ihnen, als sie eintraten. Er sah sich um und nahm die teuren Holzverkleidungen an den Wänden und Kassettendecken mit großen Balken in sich auf.

„Das hier ist der Eingangsbereich und wenn sie etwas im Freien unternehmen möchten und wärmere Sachen brauchen, drücken Sie einfach auf dieses Holzpaneel hier."

Nancy drückte auf das dritte Holzpaneel und es öffnete sich wie eine Wandschiebetür und enthüllte einen Schrank mit Wintermänteln und Stiefeln.

„Wow, das ist aber clever." Jacey nickte.

„Wenn Sie mir jetzt folgen wollen." Nancy bog nach

rechts ab. Sie kamen in einen großen Wohnbereich mit einem Steinkamin, der bis zu der zehn Meter hohen Zimmerdecke hinaufreichte. Es gab zwei Sitzbereiche mit Sofas. Einer mit Blick auf den Kamin und der andere mit Blick auf die großen raumhohen Fenster.

„Der Kamin wird mit Feuerholz beheizt. Draußen auf der Terrasse gibt es bereits eine große Menge gehacktes Holz, wenn Sie es brauchen. Wenn Ihnen das Holz ausgeht, gibt es noch mehr draußen im Schuppen. Das ist das kleinere Gebäude an der Seite des Haupthauses. Dort draußen befinden sich auch die Ski-Ausrüstungen, Schneemobile, ein paar Geländefahrzeuge sowie ein paar Autos und Lastwagen. Aber bei diesem Wetter fahren wir mit den Autos nicht raus.

Gleich hier drüben ist die Küche." Nancy hörte nicht auf zu laufen, während sie sprach. Sie musste wissen, dass sie die ganze Nacht gefahren waren und sich ausruhen wollten.

Die Küche war genauso luxuriös wie der Rest des Hauses. Professionelle Edelstahlgeräte mit weißen Quarzarbeitsplatten und schwarzen Streifen. Die riesige Kücheninsel hatte Sitzhocker und es gab einen großen Küchentisch in der Nähe des großen Fensters mit einem atemberaubenden Blick auf die schneebedeckten Berge.

Sie zeigte ihnen die beiden Badezimmer im Erdgeschoss, eines in der Nähe der Küche und das andere in der Nähe der Garageneinfahrt.

Sie folgten ihr, als Nancy sie in den Speisesaal führte, wo es einen großen Tisch gab, der Platz für sechzehn Personen bot. Sie zeigte ihnen das Fitnessstudio und die Tür, die zu der Garage führte, welche Platz für sechs Autos hatte. Dann ging sie mit ihnen zurück ins Wohnzimmer und öffnete die großen Glastüren, die zu einem riesigen Außen-Wohnbereich mit einer großen Küchenzeile, einer Sitzecke, zwei Feuerstellen und einem beheizten Pool führten.

Als Nächstes gingen sie die massive Treppe im Eingangsbereich hoch, die nach oben zu den sieben Schlafzimmer führte.

Er beobachtete Jaceys Gesichtsausdruck, als sie von einem der riesigen Schlafzimmer mit einer spektakulären Aussicht auf einen fließenden Bach hinunterblickte.

Im Obergeschoss gab es weitere sechs Badezimmer, die jeweils an die Schlafzimmer angeschlossen waren.

„Das Einzige, was ich Ihnen noch nicht gezeigt habe, ist der Weinkeller unten." Nancy lächelte. „Hinter der Tür befindet sich eine kleine Treppe, die dort hinunterführt."

„In der Nähe des Badezimmers?", fragte Jacey.

„Ja. Genau die. Wenn Sie diese Treppe hinuntergehen, werden Sie in einen Flur kommen. Gehen Sie nach rechts und Sie kommen zum Weinkeller. Wenn Sie nach links gehen, führt Sie das zum Kinoraum. Zögern Sie nicht, auch die Popcornmaschine anzuwerfen und sich an den Süßigkeiten zu bedienen."

„Sie sollten sich eher Sorgen machen, dass wir den ganzen Wein trinken", murmelte Ryker.

Nancy lachte. „Ach du liebe Güte. Ich glaube nicht, dass das möglich wäre. Dort unten gibt es über zweitausend Flaschen."

„Wirklich?" Jaceys Augen weiteten sich.

„Ja. Und bitte bedienen Sie sich am Wein. Mr. Eric hat mir die Anweisung gegeben, Sie wissen zu lassen, dass Sie sich bitte ganz wie zu Hause fühlen sollen." Sie sah Barrett an. „Gibt es sonst noch irgendetwas, das ich Ihnen zeigen kann, während ich hier bin?"

„Nein, danke, Nancy. Sie waren eine enorme Hilfe." Er lächelte. „Ich bin mir sicher, dass Sie es kaum erwarten können, Ihren Urlaub in Vail anzutreten."

„Ich war noch nie im Vier-Jahreszeiten." Ihre Augen glänzten. „Es wird ein wahrer Genuss werden." Sie ging in Richtung Haustür und zog einen Schlüssel aus ihrer Tasche.

„Das ist der Schlüssel zum Sicherheitsraum. Er befindet sich ebenfalls im Keller. Um ehrlich zu sein, bin ich nie dort drin. Wir hatten noch nie Probleme mit Einbrechern, wahrscheinlich weil wir so gut zwischen den Bergen versteckt liegen. Der Alarm ging nur einmal los, als ein Bär versuchte, ins Haus zu gelangen."

„Ein Bär?" Jaceys Stimme schwankte.

„Oh, machen Sie sich keine Sorgen, Schätzchen. Die befinden sich jetzt im Winterschlaf. Sie werden hier keinen Bären sehen." Sie sah Barrett wieder an. „Mr. Eric sagte mir, wenn Sie hineingehen, werden Sie die Kameras und ihre Standorte sehen können. Sollten Sie die Umgebung überwachen müssen. Oh. Und im Sicherheitsraum befindet sich ebenfalls ein weiterer Schlüsselbund für das Haus und die große Garage. Mr. Eric sagte, wenn Sie Fragen zum Sicherheitssystem hätten, sollen Sie ihn anrufen."

„Das werde ich. Vielen Dank noch mal, Nancy, für alle Ihre Hilfe. Wir wissen es wirklich sehr zu schätzen." Barrett lächelte.

„Genießen Sie das Haus und Ihren Aufenthalt." Sie lächelte und griff nach dem Griff ihres kleinen Handgepäckkoffers. Sie zog die Zugstange heraus und rollte die Tasche aus der Vordertür in Richtung eines kleinen Toyotas, der an der Seite geparkt stand.

Barrett schloss die Tür und runzelte die Stirn. „Wo ist Ryker hingegangen?"

„Er sagte, er müsse einen Anruf tätigen." Jacey zuckte mit den Schultern und ging in die Küche. Er folgte ihr.

„Wir müssen reden", sagte er.

„Was du nicht sagst." Sie wirbelte herum, ihre Augen voller Wut. „Du lässt mich dir alles über mein Privatleben erzählen und dann hast du im Gegenzug gelogen."

Er sah an die Decke und dachte über seine nächsten

Worte nach. „Ich wollte dich nicht verletzen, Jacey. Aber ich war …"

„Du solltest tot sein." Sie neigte den Kopf.

„Bist du enttäuscht?", erwiderte er trocken.

„Ich bin enttäuscht, dass du mich angelogen hast. Ich dachte, dass du anders wärst. Ich dachte, ich wäre dir …" Ihre schlanke Kehle bewegte sich, als sie schwer schluckte.

„Wichtig?" Er trat näher. „Natürlich bist du mir wichtig. Mehr als du denkst. Hätte ich dir gesagt, wer ich bin, wer ich wirklich bin, hätte ich dich in Gefahr gebracht."

„Ich bin sowieso in Gefahr!"

Ihre Worte trafen ihn. Seine Brust schmerzte wegen ihrer durchschlagenden Wahrheit.

„Ich weiß. Es tut mir leid." Er verzog das Gesicht. „Wenn ich das alles zurücknehmen könnte, würde ich es."

„Du bist also der Rudelführer von Arkansas." Sie sah ihn an, als würde sie ihn zum ersten Mal treffen.

„Ich war der Rudelführer. Damon Trahan ist mein Nachfolger."

„Ja. Davon habe ich gehört." Sie ging zum Fenster hinüber, verschränkte die Arme vor der Brust und blickte auf die Berge vor sich. „Also warum hast du deinen Tod vorgetäuscht?"

„Das hat er nicht", antwortete Ryker von der anderen Seite des Raums. „Er hat sein Leben geopfert und stürzte mit einem silbernen Messer im Herzen von einer Klippe."

Barrett warf Ryker einen warnenden Blick zu, dass er sich aus dem Gespräch raushalten sollte.

„Aber dann solltest du tot sein." Jacey runzelte die Stirn und versuchte zu verstehen, was sie ihr sagen wollten.

„Er war tot", antwortete Ryker.

„Ryker …", warnte Barrett ihn erneut.

Jacey hob die Hand. „Nein, ich möchte hören, was Ryker zu sagen hat. Er scheint hier der Einzige zu sein, der keine

Angst hat, mir die Wahrheit zu sagen." Sie sah Ryker an. „Barrett war tot?"

„Ja. Ich wusste nicht, dass Barrett an diesem Tag sein Leben für Jaxon opfern würde …"

„Jaxon?" Sie runzelte die Stirn.

„Der Wächter, den Boudier tot sehen wollte. Edward Boudier brachte ihn vor ein Tribunal. Er wollte Jaxons Leben als Gegenleistung für die Ermordung seiner Frau und seines Schwiegersohns."

„Jaxon hat aber keinen von ihnen getötet. Es war Ginny Boudier. In Notwehr."

Jacey nickte. „Ich habe gehört, dass Ginnys Mutter sie mit einer silbernen Gabel gestochen hat, um sie davon abzuhalten, ihren gewalttätigen Ehemann zu verlassen."

„Das stimmt. Sie haben gekämpft und ihre Mutter stieß gegen ein silbernes Geweih an der Wand, das sie aufspießte und sofort tötete. Jaxon kam herein, um Ginny dort rauszuholen, und dann tauchte ihr Gefährte auf. Er wollte Jaxon umbringen und dann hat Ginny ihn ebenfalls getötet."

Jacey zitterte und schlang ihre Arme um sich. „Ginny hatte einen gewalttätigen Gefährten?"

„Sie wurde von ihrem Vater gezwungen, sich mit ihm zu verpaaren. Sie waren keine echten Gefährten. Wie du weißt, würde ein echter Gefährte seinem Weibchen niemals etwas tun."

Etwas flackerte über ihr Gesicht. Sie sah zu ihm auf. „Also hast du dich für Jaxon geopfert."

Barrett sagte nichts.

„Ja, das hat er", antwortete Ryker. „Die Blutschuld wurde bezahlt, als Barrett starb. Aber mit ein wenig Hilfe von unserer Nachbarin, der Hexe Ella, und mit etwas Feenzauber waren wir in der Lage, Barrett zurückzubringen."

„Moment mal. Sprichst du von der Hexe von …?"

„Ja, die aus seiner Ecke kommt", stellte Ryker trocken fest.

„Aber wie ist das möglich?", fragte Jacey.

„Ella hat Blutmagie eingesetzt, um Barrett lange genug am Leben zu halten, bis Celeste dort ankommen konnte. Sie ist eine sehr mächtige Fee und es ist das Haus ihres Mannes, in dem wir gerade stehen. Celeste war diejenige, die ihn geheilt hat." Ryker breitete die Arme aus.

Überraschung zeigte sich auf Jaceys Gesicht.

„Und jetzt, da Boudier weiß, dass Barrett lebt, wird er nicht ruhen, bis er es geschafft hat. Dieses Mal für immer." Ryker schnaubte. „Und mir fehlt eine Fee und eine Hexe, weswegen es wichtig ist, dass Barrett dieses Mal am Leben bleibt."

„Oh Gott." Jaceys Hand flog zu ihrem Mund und ihre Beine gaben fast nach. Sie hockte sich hin. „Boudier wird nicht aufhören, bis er dich gefunden hat."

„Das interessiert mich nicht", knurrte Barrett. „Was mich interessiert, ist die Tatsache, dass der Rat erneut versuchen wird, die Blutschuld zu erzwingen, wenn jemand anderes herausfindet, dass ich noch lebe."

„Was bedeutet, dass Jaxon nicht sicher ist. Er könnte immer noch getötet werden", erklärte Ryker. „Du bist vielleicht sauer darüber, dass er dich angelogen hat, aber er hat größere Probleme, wie zum Beispiel seine Wächter am Leben zu halten."

„Ryker, das ist genug", knurrte Barrett.

„Gut. Ich werde rausgehen und meine Harley in die Garage bringen." Ryker stürmte zur Vordertür hinaus.

Barrett ging zu Jacey und kniete sich neben ihr hin. „Jacey, es tut mir so leid. Ich wollte dich niemals verletzen. Das wollte ich wirklich nicht."

„Ich weiß. Es ist nur …" Sie schüttelte den Kopf und winkte ab. „In den letzten zwei Tagen ist so viel passiert und ich bin wirklich erschöpft." Sie drückte ihre Hand gegen ihre Schläfe. „Ich brauche etwas Zeit, um das alles zu verarbeiten."

„Das verstehe ich." Sein Kopf verstand es, aber sein Herz hörte nicht auf zu schmerzen. Ihr wehzutun war das Letzte, was er gewollt hatte.

„Such dir ein Schlafzimmer aus. Ich hole deine Sachen aus dem Truck." Er drehte sich um und ging hinaus. Sein Herz war schwer und seine Seele gequält.

KAPITEL VIERZIG

Jacey wachte erschrocken im Bett auf. Ihr Herz pochte wie wild und sie holte ein paarmal tief Luft.

Sie versuchte, sich an den Traum zu erinnern, der ihren Körper in solche Alarmbereitschaft versetzt hatte, aber die Bilder verblassten bereits wie Rauchschwaden.

Sie sah sich um und ihr wurde bewusst, wo sie sich befand. Sie atmete tief ein und lehnte sich entspannt auf dem Bett zurück. Nachdem Barrett ihre Sachen geholt hatte, hatte sie sich für das Schlafzimmer am Ende des Flurs entschieden. Es war eins der Hauptschlafzimmer mit einem Kamin und einer kleinen Sitzecke am Fuße des Bettes. Sie strich mit der Handfläche über die üppige hellblaue Tagesdecke, die über ihren Beinen lag. Die Wände waren mit einer hübschen cremefarbenen Tapete verziert und die großen Möbel waren teuer und prunkvoll.

Wer auch immer dieser Eric Nordstrom war, er hatte offensichtlich viel Geld.

Sie warf die Bettdecke zurück und stand auf. Ihre Füße berührten den kalten Holzfußboden und es ließ sie erschauern. Sie hob die Arme über den Kopf und streckte ihre schmerzenden Muskeln. Sie fühlte sich, als wäre sie in eine Schlägerei geraten. Emotional gesehen war sie verprügelt worden. In so kurzer Zeit war zu viel passiert, als dass sie alles hätte verstehen können. Sie ging zum Fenster und zog die Vorhänge zurück. Es wurde dunkel draußen und der Sonnenuntergang würde schon bald von der Dunkelheit verschluckt werden.

Sie warf einen Blick auf die Uhr auf ihrem Nachtisch. Sieben.

Sie hatte den ganzen Tag geschlafen.

Ihr Magen knurrte und sie drückte ihre Handfläche gegen ihren Bauch. Sie hatte seit dem Mittagessen am Vortag nichts mehr gegessen.

Sie blickte hinunter auf ihren BH und ihr Höschen, die einzigen Kleidungsstücke, in denen sie geschlafen hatte. Sie wollte sich gern duschen, bevor sie loszog, um etwas zu essen zu finden.

Sie ging ins Badezimmer und drehte das Wasser auf. Sie stand dort und sah sich in dem weißen Marmorbad um. Alles, die Böden, die Oberflächen, die Dusche und sogar die große Badewanne bestanden aus weißem Marmor mit schwarzen Streifen. Alles war so elegant.

Ein großer weißer, flauschiger Bademantel hing an einem Haken an der Badezimmertür. Den konnte sie anziehen, bis sie Zeit hatte, ihre Kleidung zu waschen.

Sie nahm sich ein Handtuch und einen Waschlappen aus dem Schrank unter dem Waschbecken heraus und hängte sie über die Dusche. Sie prüfte die Wassertemperatur mit einem Finger und stieg dann in die Dusche.

Sie versteifte sich, als der harte Strahl des heißen Wassers auf ihren Rücken traf. Bald entspannten sich ihre Muskeln und sie hob ihr Gesicht dem Wasser entgegen. Sie hielt den Atem an und ließ das Wasser die nicht vergossenen Tränen wegspülen, die noch immer in ihren Augen brannten.

Barrett. Jedes Mal, wenn sie an ihn dachte, wollte sie weinen.

Ein Teil von ihr konnte verstehen, warum er ihr nicht die Wahrheit gesagt hatte. Sie konnte verstehen, warum er gelogen hatte. Aber der andere Teil in ihr, der Teil, der von ihrem Herzen regiert wurde, fühlte sich bis aufs Mark von ihm verraten.

Tränen liefen über ihr Gesicht und mischten sich mit dem Wasser.

Emotional gesehen wusste sie nicht, wo ihre Seele aufhörte und Barrett begann. Nach so kurzer Zeit hatte sie ihm ihr Herz geschenkt und jetzt war sie sich nicht sicher, was sie tun sollte.

Sie hatte Geschichten über Barrett Middleton gehört, als sie noch in Mississippi wohnte. Darüber, dass er der jüngste Rudelführer war, der jemals die Macht übernahm. Er war von Rätseln umgeben und viele Werwölfe wussten nicht, ob sie ihn mögen oder vor ihm Angst haben sollten. Zumindest wurde ihr das immer erzählt.

Jack Welbourn hatte nie etwas Schlechtes über Barrett gesagt. Gerüchten in Mississippi zufolge standen sich die beiden Rudelführer so nahe, als könnten sie Vater und Sohn sein. Jeder Werwolf in Mississippi hatte einen gesunden Respekt vor Jack und seiner Meinung. Deshalb war Barrett Middleton von den Werwölfen in Mississippi immer geachtet worden.

Sie hatte Gerüchte darüber gehört, wie unglaublich gutaussehend Barrett angeblich war und dass er jede Frau haben konnte, die er wollte. Es wurde aber auch gemunkelt, dass er sich nie verpaart hatte, weil er keine Gefährtin fand oder jemals finden würde. Dass er irgendwie verflucht sei.

Sie hatte nie wirklich an Flüche geglaubt, aber nachdem sie jetzt gehört hatte, dass er von den Toten auferstanden war, begann sie, ihre Haltung zu diesem Thema zu ändern.

Jetzt war Boudier hinter ihm her.

Edward Boudier war der meistgehasste Rudelführer, der jemals auf der Erde wandelte. Als sie noch bei ihren Eltern wohnte, ließen sie sie niemals nach Louisiana fahren, noch nicht einmal nach New Orleans zum Mardi Gras, weil sie Angst vor Boudier hatten.

Jetzt war er geflohen und niemand war vor seine Rache sicher.

Sie rieb sich mit der Hand über ihr Herz und versuchte das Unbehagen, das sich in ihrem Brustkorb bildete, wegzuwischen.

Etwas war hinter ihnen her. Etwas Schlimmes. Und sie war sich nicht sicher, ob sie es dieses Mal überleben würden.

* * *

Ryker schob seinen Teller über die Kücheninsel und seufzte. Er mochte Jacey vielleicht nicht und vertraute ihr noch weniger, aber die Frau konnte kochen wie niemand sonst.

„Möchtest du noch mehr?" Jacey sah vom Herd zu ihm hinüber. Sie hielt ihren Pfannenwender hoch und wartete auf seine Antwort. „Ich kann dir noch einen Hamburger machen."

„Er hatte doch schon zwei." Barrett runzelte die Stirn von seinem Platz an der Kücheninsel. Er hatte seinen zweiten Burger aufgegessen und sah immer noch sauer aus. Auf wen, darüber war sich Ryker nicht sicher.

„Alles gut." Er hielt die Hände hoch, aber sein Blick war noch immer auf Barrett gerichtet.

Barrett kniff die Augen zusammen.

Ryker stöhnte und biss die Zähne zusammen. „Das war lecker. Danke, dass du gekocht hast." Das war das Maximum an Dankbarkeit, dass er Jacey zeigen würde.

„Wie schwer war es, das zu sagen?" Sie sah ihn an und war unbeeindruckt von seiner schroffen Art.

„Schwerer, als du denkst." Er schnaubte. So viel musste er dem Weibchen lassen. Sie ließ sich von ihm zumindest nicht einschüchtern.

„Ich habe Kekse gebacken, aber sie müssen noch abkühlen." Sie deutete auf das Kuchenblech, das auf dem Tisch stand.

„Welche Sorte?" Er beäugte das Blech und spürte, wie ihm das Wasser im Mund zusammenlief. Er war zwar voll bis obenhin, aber einen Nachtisch würde er nie ablehnen. Man wusste schließlich nie, ob der heutige Tag der Letzte sein könnte, also hatte er sich nie irgendetwas entsagt.

„Zuckerkekse und Erdnussbutter."

Verdammt. Er ging zu dem Tisch hinüber und schnappte sich jeweils einen direkt vom Blech. Er biss in den Zuckerkeks und stöhnte. Der Keks schmolz fast auf seiner Zunge.

„Das ist so lecker." Er aß den Rest und probierte dann den Erdnussbutterkeks. Er stöhnte. Der war sogar noch besser. „Ist das ein Fertigteig?" Er sah sie an. Er würde ganz viel davon kaufen und ihn im Gefrierschrank lagern müssen.

„Nein. Ich habe sie selbst gemacht." Sie rümpfte beleidigt die Nase.

„Wirklich?" Er fragte sich, ob sie versuchte, sich mit ihren Kochkünsten bei ihm einzuschleimen. Wenn ja, würde er stark bleiben müssen. Er würde sich nicht von ihr einlullen lassen.

„Ryker ist zuckersüchtig. Wenn du die draußen stehenlässt, wird nichts übrigbleiben." Barrett schnappte sich drei der Zuckerkekse und zwei Erdnussbutterkekse. Er starrte Ryker wütend an, während er aß.

„Hier, willst du nicht auch einen?" Barrett reichte ihr einen Zuckerkeks.

Sie grinste verlegen und schüttelte den Kopf. „Nein, ich

habe schon ein bisschen vom Teig genascht, bevor ich sie gebacken habe."

„Gibt es noch Teig?" Ryker musterte sie. Keksteig liebte er sogar noch mehr als Kekse.

„Ja." Sie kniff warnend die Augen zusammen und zeigte mit ihrem Pfannenwender auf ihn. „Aber den hebe ich für morgen auf."

„Da du gekocht hast, werden wir den Abwasch übernehmen", bot Barrett an.

„Was?" Dieses Mal war es Ryker, der die Nase rümpfte. „Ich wasche nicht ab."

„Bist du dir sicher?" Jacey schaute zwischen ihnen hin und her, sammelte die drei Teller ein und stellte sie in die Spüle. Sie hatte bereits gekocht und gegessen, als er und Barrett die Treppe hinunterkamen. Sie hatte beiden gesagt, sie sollten sich hinsetzen, und dann bereitete sie ihnen ein paar Hamburger zu, ohne zu fragen, ob sie überhaupt Hunger hatten. Sie dachte sich wahrscheinlich, dass Ryker schon allein aus Prinzip ablehnen würde.

„Ja." Barrett kniff die Augen zusammen und sah Ryker an. „Wir werden abwaschen."

„Also gut, nun ja, ich werde ..." Als es heftig an der Vordertür klopfte, zogen beide Werwölfe plötzlich ihre Waffen aus dem Bund ihrer Jeans. Eric Nordstrom hatte eine Menge Waffen im Sicherheitsraum gelagert und Ryker und Barrett hatten sich bedient.

„Bleib hier." Barrett sah Jacey an. „Bleib außer Sichtweite." Barrett sah ihn an und sie gingen beide zusammen in Richtung Haustür.

Ryker schaute auf die Kamera an der Haustür, konnte aber kein klares Bild von der Haustür bekommen. Er sah zu Barrett hinüber, der mit seiner Waffe nach vorn gerichtet hinter der Tür stand.

„Ich kann nichts sehen. Wer auch immer dort draußen ist,

weiß, dass es hier eine Kamera gibt, und verdeckt sie mit irgendetwas."

Es klopfte noch einmal heftig an der Tür.

„Öffne sie", sagte Ryker zu Barrett. „Ich habe ein volles Magazin und du auch. Wer auch immer es ist, wir können ihn schnell ausschalten."

Barrett nickte und griff nach der Türklinke. Er schloss die Tür auf und riss sie auf.

„Keine verdammte Bewegung!", knurrte Ryker, als er mit dem Finger auf dem Abzug auf die Person auf der anderen Seite der Tür zielte. Er sah einen sehr wütenden Damon dahinterstehen.

„Steck deine beschissene Waffe weg, Ryker", donnerte Damon. Braxton, Jayden, Jaxon, Zane und Lucien traten hervor und flankierten ihre neuen Rudelführer.

Ryker atmete tief aus und steckte die .45-mm wieder hinter seinem Rücken in den Bund seiner Jeans. „Scheiße, Damon. Du hättest mich wirklich vorwarnen können. Ich hätte dich fast mit Silber durchlöchert."

„So leicht kann man mich nicht töten." Damon kniff die Augen zusammen und blickte über Rykers Schulter. Er erstarrte, riss die Augen weit auf und wurde sichtlich blass.

Ryker stieß die Tür weit auf und trat zur Seite. „Es gibt vermutlich etwas Erklärungsbedarf."

KAPITEL EINUNDVIERZIG

„Was macht ihr denn hier?" Barrett rutschte das Herz in die Hose. Er sah jedem seiner Wächter in die Augen. Sein Blick fiel auf Damon. Eine Vielzahl von Emotionen strömte über Damons Gesicht. Trauer, Schock, Erleichterung.

„Ich habe Damon angerufen, nachdem die Bombe hochgegangen ist", warf Ryker ein. „Ich musste sie wissen lassen, was los ist."

„Jetzt hast du sie in Gefahr gebracht", donnerte Barrett.

„Sie sind sowieso schon in Gefahr. Jeder Wächter in Arkansas ist das", widersprach Ryker Barrett. „Wenn du denkst, dass Boudier einfach abhauen wird, nachdem er dich getötet hat, liegst du falsch. Er wird sich seine Zeit nehmen, einen nach dem anderen von uns zu erledigen. Wir müssen uns bereit machen und vorbereitet sein."

Ryker hatte recht.

Er ließ seinen Blick über die Männer schweifen, über die er einst geherrscht hatte. Der Ausdruck des Schocks auf ihren Gesichtern erschütterte ihn bis aufs Mark.

„Wie sich herausstellt, bin ich nicht so tot, wie alle dachten", sagte Barrett trocken.

Damon blinzelte und sah auf den Boden. Sein Gesicht zeigte eine Mischung aus Schmerz und Verrat.

„Du siehst wie Barrett aus." Jayden schob sich an Damon vorbei und kam näher. Er drang in Barretts persönlichen Freiraum ein, beugte sich vor und schnüffelte an seinem Nacken. „Riecht nach Barrett."

„Hau ab, du Arschloch." Barrett stieß Jayden gegen die Brust.

„Klingt auch nach Barrett", sagte Jayden aufgeregt.

Zane kam herein und nahm Barretts Kopf zwischen seine Hände. Seine Augen tränten. Sein Gesichtsausdruck wurde hart und dann zog er Barrett in eine enge Umarmung.

Barrett umarmte seinen Freund und schluckte den Schmerz hinunter, den er all seinen Männern zugefügt hatte.

Als Zane ihn losließ, trat Braxton vor und grinste leicht. Barrett schüttelte seine Hand, aber das war dem Wolf nicht genug. Braxton zog ihn in eine Umarmung.

Jayden stand bereit, um ihn zu begrüßen, als Braxton ihn losließ. Er umarmte ihn fest.

„Jayden, wenn du jetzt auch noch anfängst, mein Bein zu rammeln, trete ich dir in die Eier", grummelte Barrett. Er war für diese Art emotionaler Ausbrüche nicht gemacht.

Jayden lachte und ließ ihn los.

„Schön, dich zu sehen, Barrett." Lucien streckte die Hand aus. Und zog ihn dann in eine schnelle, aber harte Umarmung.

Jaxon stand mit weit aufgerissenen Augen und offenem Mund im Türrahmen. Er sah sogar noch wütender aus als Damon, als er ihn lebend sah. Aus gutem Grund.

Barrett fuhr sich mit den Fingern durch die Haare. „Jaxon, es tut mir leid. Ich weiß, das bedeutet, dass du jetzt nicht mehr sicher bist."

Jaxon stürzte sich auf ihn und packte ihn am Kragen. Sein Gesichtsausdruck war intensiv und voller Qual.

„Du lebst."

„Ja." Barrett räusperte sich. „Das tut mir leid."

„Willst du mich verarschen? Du lebst. Das ist unglaublich." Jaxon umarmte ihn fest. Der Wolf versuchte, nicht zu schluchzen.

Barrett umarmte ihn zurück. „Du bist nicht sauer?"

Jaxon löste sich von ihm und sah Barrett in die Augen. „Willst du mich verarschen? Warum sollte ich denn sauer sein?"

„Weil die Blutschuld jetzt nicht mehr bezahlt ist." Barrett biss die Zähne zusammen.

„Das ist mir egal. Die Tatsache, dass du bereit warst, zu sterben, um mich retten, war mehr, als ich je verdient hätte. Ich werde bereitwillig jeden Preis zahlen, auch wenn es mich mein eigenes Leben kostet, damit du am Leben bleibst."

Barrett schluckte schwer. Jetzt waren es seine Augen, die feucht wurden.

Jaxon wischte sich über die Augen und sah weg. Barrett sah Damon an, der sich seit seiner Ankunft nicht bewegt hatte.

„Es gibt eine Menge Dinge, die ich wissen muss", sagte Damon leise.

„Es gibt eine Menge Dinge, die ich zu erzählen habe", antwortete Barrett.

„Großartig. Jetzt, nachdem dieser schnulzige Moment vorbei ist, könnt ihr Weicheier mir in die Küche folgen? Wir können uns bei Kaffee und hausgemachten Keksen unterhalten", sagte Ryker.

Barrett war der Letzte, der in die Küche kam, und als er eintrat, lagen alle Augen auf ihm.

„Was ist los?" Jacey blieb stehen, als sie in die Küche kam. Sie sah Barrett an. Alle Wächter musterten sie aufmerksam. „Wer ist das?", fragte Jayden schließlich.

„Jacey Miller." Barrett trat dazwischen und behinderte ihre Sicht.

„Und sie ist ...", fragte Zane.

„Sie geht euch nichts an", knurrte Barrett.

Alle Augenbrauen der Wächter schossen in die Höhe, aber keiner fragte weiter.

„Sind das Freunde von dir, Barrett?" Jacey trat neben ihn und legte ihre Hand auf seinen Arm.

Er sah zu ihr hinunter und seine Brust schmerzte. „Ja."

Sie nickte. „Nun, wenn das so ist, backe ich noch mehr Kekse." Sie ging zum Ofen und schaltete ihn wieder ein.

„Soll ich den Keksteig holen?", fragte Ryker.

„Nein. Lass die Finger vom Keksteig." Sie sah ihn mit zusammengekniffenen Augen an. Barrett biss sich auf die Wange, um nicht laut loszulachen.

„Also gut", knurrte Ryker und zeigte mit der Hand auf die teure Kaffeemaschine. „Ihr Arschlöcher könnt euch euren eigenen Kaffee kochen. Das mache ich nicht für euch." Er ging zum Küchentisch zurück und schnappte sich eine Handvoll Erdnussbutterkekse, bevor Jaxon sich einen nehmen konnte.

„Großer Gott, Ryker. Sei kein verdammtes Schwein", meckerte Jayden.

Ryker funkelte Jayden an. „Du hast Glück, dass ich nicht das ganze Blech abgeleckt habe."

Braxton und Zane lachten. Barretts Brust fühlte sich leicht an, etwas, dass er nicht mehr gefühlt hatte, seitdem er von den Toten auferstanden war.

„Das reicht." Damon warf einen Blick durch den Raum, ging dann zum Fenster hinüber und schaute hinaus.

Der Raum wurde still und sie setzten sich alle. Barrett konnte spüren, dass die Wächter verwirrt waren. Sie standen in Konflikt, weil sie dankbar dafür waren, dass er noch immer lebte, und aber gleichzeitig ihrem neuen Rudelführer treubleiben wollten.

Damon drehte sich um und sah ihn an. „Du lebst. Warum fängst du nicht damit an, wie das möglich ist?"

Barrett nickte langsam. „Ich möchte zuerst sagen, dass ich in der Nacht, als ich starb, wirklich bereit dazu war. Deshalb habe ich Damon zu meinem Nachfolger ernannt." Er sah Damon an, der schwer schluckte.

„Ich möchte mich dafür entschuldigen, dass ich dich gezwungen habe, mich in dieser Nacht anzugreifen, Damon. Ich wusste, dass du es niemals tun würdest, es sei denn, ich würde etwas Drastisches machen."

„Deshalb hast du so getan, als würdest du Ava angreifen", führte Damon seine Gedanken fort.

„Ja, und das tut mir wirklich leid."

„Ich weiß. Ava sagte mir, dass du in der Nacht vor deinem Tod um Vergebung gebeten hast." Damon stemmte die Hände in die Hüften und funkelte ihn an. „Also sag uns, warum du lebst."

Barrett warf Ryker einen Blick zu.

„Nun, das ist möglicherweise meine Schuld." Ryker kaute nachdenklich auf seinem Keks. „Nachdem diese Hexe vor dem Rat für Boudier gelogen hat, habe ich sie gefunden, bevor sie abhauen konnte. Ich hatte gehofft, dass sie irgendeinen Zauber hat, um jemanden von den Toten zurückzubringen."

„Du wusstest, dass Barrett sterben würde?" Damon neigte den Kopf.

„Nein. Das war für mich genauso überraschend wie für alle anderen. Ich wollte versuchen, Jaxon zurückzubringen." Er lehnte sich gegen die Wand. „Wie dem auch sei, die Hexe meinte nur, ich solle abhauen und dass sie mir bei so einer Scheiße nicht hilft. Aber nachdem es Barrett war, der von der Klippe stürzte, hat sie es sich anders überlegt." Er grinste. „Anscheinend hat sie etwas für unseren Rudelführer übrig."

Damon sträubte sich. Jacey drehte sich um und kniff die Augen zusammen.

„Ehemaliger Rudelführer", korrigierte Barrett ihn. Er brauchte wirklich keine Spannung zwischen sich und Damon. Es gab im Moment größere Probleme.

„Sie eilte zum Grund der Klippe hinunter und schleppte ihn in eine versteckte Höhle."

„Ella hat Barrett zurückgeholt?", fragte Lucien.

„Nicht ganz. Hier wird es kompliziert." Ryker nahm sich noch einen Keks und schob ihn in seinen Mund. Er ließ sich Zeit beim Kauen und zwang sie alle, zu warten.

Das sah Ryker ähnlich, sie alle mitten in einem Notfall auf die Palme zu bringen.

„Sprich endlich weiter!", donnerte Damon.

Ryker seufzte. „Also gut. Ich hatte Celeste Nordstrom bereits angerufen, als ich von dem Tribunal erfuhr."

„Wer ist Celeste Nordstrom?", fragte Jayden.

„Sie ist die Frau von Eric Nordstrom. Dem Besitzer dieses Hauses. Und sie ist eine Fee." Barrett fuhr sich mit der Hand übers Gesicht.

„Fee? Und wann haben wir angefangen, uns mit Feen herumzutreiben?" Zane runzelte die Stirn.

„Als mich ihre Mutter anrief und fragte, ob ich ihr Hilfe nach Vermont schicken könnte. Ich habe Ryker dorthin geschickt. Um zu helfen."

„Gegen eine bösartige Feenkönigin und ihre Dämonen zu kämpfen ist mehr, als nur zu helfen", sagte Ryker trocken. „Du lässt es fast so klingen, als wäre ich dorthin gefahren, um beim Kuchenbasar zu helfen."

„Ja. Ryker wäre wirklich schrecklich, wenn er bei einem Kuchenbasar helfen müsste. Er würde alle Gewinne aufessen", murmelte Jacey.

Barrett lächelte und drehte sich um. Sie schaute nicht auf, als sie noch mehr Kekse zum Backen auf das Blech legte.

Ryker funkelte sie an, antwortete aber nicht.

„Celeste kam spät am Abend des Tribunals dort an. Ich habe sie zur Höhle gebracht. Ella hatte genug Blutmagie, um den Verfall aufzuhalten, aber nicht genug, um ihn vollständig zurückzubringen. Sie hat aber auch dafür gesorgt, dass alles Silber aus seinem Körper verschwand."

„Also war Barrett tot?" Lucien kniff die Augen zusammen. „So richtig tot?"

„Richtig tot." Ryker stieß sich von der Wand ab und schien von der ganzen Unterhaltung gelangweilt zu sein. „Als Celeste dort ankam, brachte sie ihn von den Toten zurück. Anscheinend kann sie Leute durch ... Berührung heilen." Er zuckte mit den Schultern. „Ich bin mit Ella in der Höhle geblieben und wir haben abwechselnd über Barrett gewacht. Da seine Verletzungen so schwerwiegend waren, hat es sehr lange gedauert, bis er vollständig geheilt war. Als ich das Gefühl hatte, dass es sicher war, habe ich ihn im Schutz der Dunkelheit hinausgeschmuggelt und so weit weggebracht, wie ich nur konnte. Was sich in diesem Fall als Colorado herausstellte."

„Warum hast du es mir nicht gesagt?", drängte Damon den Wolf.

„Weil es für euch alle sicherer ist, besonders für Jaxon, wenn ich tot bin." Barrett sah den Wolf an. „Ryker hat das Richtige getan, es euch nicht zu sagen. Er hat euch beschützt, euch alle."

Der Raum wurde still.

Zane räusperte sich. „Heißt das, du bist unser Rudelführer?"

„Nein. Dieser Titel bleibt bei Damon. Ich glaube, dass das Beste wäre, wenn ihr alle vergessen würdet, dass ihr mich gesehen habt, und nach Arkansas zurückkehrt."

„Das können wir nicht." Damon schüttelte den Kopf. „Boudier ist hier."

„Ich weiß. Er hat meine Bar in die Luft gesprengt." Barrett runzelte die Stirn. Ryker räusperte sich. „Entschuldigung, er hat Rykers Bar in die Luft gesprengt."

„Das haben wir gesehen", sagte Braxton. „Wir haben Boudier bis hinauf auf den Berg verfolgt und gesehen, welchen Schaden er angerichtet hat."

„Den Dingen zufolge, die wir in diesem viktorianischen Haus gefunden haben ..." Damon wurde unterbrochen.

„Welches Haus? Sprichst du von Menas?" Barrett drehte es den Magen um.

„Ja. Das ist es. Wir haben Boudier bis zu diesem Haus verfolgt. Die alte Frau, der das Haus gehörte, war ermordet worden und lag in einem Gefrierschrank im Keller. So wie es aussah, war sie schon eine Weile tot."

„Aber das ist nicht möglich." Jacey sah sie an und wurde sichtlich blass.

„Ja. Ich habe selbst gesehen, wie Mena letzte Nacht das Feuer beobachtet hat. Ich habe ihr dummes Muumuukleid gesehen, das sie immer so gerne trägt." Ryker verstummte.

„Hast du ihr Gesicht gesehen?" Damon neigte den Kopf. „Wann hast du sie das letzte Mal tatsächlich gesehen?"

„Ich habe sie nur von hinten gesehen. Nein, ich habe ihr Gesicht nicht gesehen. Sie hatte einen Mantel an und die Kapuze über den Kopf gezogen. Es hat geschneit." Rykers Augen flitzten zwischen den Wölfen hin und her.

„Ich habe dort gewohnt. Normalerweise kam ich immer spät von der Arbeit, sodass ich sie abends nicht gesehen habe. Aber sie war immer lange wach und schaute Filme. Ich konnte das Licht vom Fernseher unter der Tür sehen. Und wenn ich morgens aufgestanden bin, habe ich sie nicht gesehen, weil sie immer so gerne ausschlief."

„Das letzte Mal, dass du sie Angesicht zu Angesicht gesehen hast, war …?", fragte Damon.

„An dem Tag, als ich eingezogen bin. Sie sagte, dass sie es nicht mag, wenn Leute sie belästigen, und dass sie Kaffee und Frühstück bereitstellen würde. Sie sagte, dass es ein ziemlich entspanntes Haus sei."

„Das haben wir uns schon gedacht." Damon schaute von Jacey zu Barrett. „Wir glauben, dass Boudier dich nach Colorado verfolgt hat. Er hatte jemanden, der bei Mena wohnte, einen Typen namens Charles, der einer von Boudiers angeheuerten Schlägern ist. Der hat Boudier mitgeteilt, dass er dich gefunden hat. Boudier kam einen Tag, nachdem Jacey bei Mena eingezogen ist, dort an. Wir schätzen, dass er Menas Haus als die perfekte Basis angesehen hat, wo er unterschlüpfen konnte, um dich zu beobachten. Also hat er Mena am Tag seiner Ankunft getötet und seitdem vorgegeben, sie zu sein."

„Oh Gott." Jacey bedeckte ihren Mund mit ihrer Hand. „Edward Boudier hat die ganze Zeit mit mir in einem Haus gewohnt?"

„Ja", sagte Damon.

Barrett legte einen Arm um Jacey und zog sie an seine Brust. „Alles ist gut. Du bist jetzt in Sicherheit."

„Boudier wird herausfinden, dass sich in dieser Bar kein Körper befindet. Wahrscheinlich weiß er das schon. Und jetzt ist er auf dem Weg, um dich zu finden, Barrett. Und er wird jeden verletzen und töten, der dir wichtig ist." Damons Blick landete auf Jacey.

Barrett umarmte sie noch fester. Sie zitterte in seinen Armen. Sie hatte Angst und er fühlte sich verletzlich. Sie zu beschützen war alles, was er wollte.

„Er wird dir nicht wehtun. Ich werde es nicht zulassen", murmelte er in ihr Haar.

Er sah auf und jeder einzelne seiner Wächter sah ihn mit fassungslosem Gesichtsausdruck an.

„Was?", knurrte Barrett.

„Heilige Scheiße", murmelte Jayden.

„Die Hölle ist gerade zugefroren." Braxton neigte den Kopf.

„Wovon redet ihr Arschlöcher überhaupt?", schoss Barrett zurück.

„Wir sprechen davon, dass du endlich deine Gefährtin gefunden hast." Lucien grinste und schob seine Hände in die Taschen.

„Hast du davon gewusst, Ryker?", fragte Jayden.

„Ja. Und?" Ryker nahm sich noch einen Keks und steckte ihn sich in den Mund.

Alle Augenbrauen schossen hoch.

„Und es macht dir nichts aus, dass Barrett seine Gefährtin gefunden hat?" Zane runzelte die Stirn.

„Es geht mich nichts an. Und warum sollte es mich auch interessieren?", schoss Ryker zurück. „Außerdem macht sie verdammt gute Kekse." Er nahm den letzten Keks vom Blech und verließ den Raum.

KAPITEL ZWEIUNDVIERZIG

Jacey ging in ihr Zimmer hinauf, während der Rest der Arkansas-Wächter mit Barrett sprach.

Fassungslos. Verwirrt. Entsetzt. Schockiert. Es waren nur einige der Emotionen, die in ihr aufstiegen und ihren Körper in Besitz nahmen.

Ein leises Klopfen an der Tür zwang sie, den Blick vom Fenster abzuwenden.

„Darf ich reinkommen?", fragte Barrett von der anderen Seite der geschlossenen Tür.

„Sicher." Ihr Herz machte einen kleinen Sprung. Sie strich sich schnell die Haare glatt und prüfte kurz ihr Spiegelbild.

Die Tür öffnete sich und er trat ein. Der Raum schien plötzlich voll durch seine Anwesenheit.

„Wie fühlst du dich?" Er schloss die Tür hinter sich, um ihnen Privatsphäre zu geben.

„Etwas besser." Sie rieb sich über den Nacken und musterte den Boden. „Ich kann einfach nicht glauben, dass ich in einem Haus mit einer Leiche im Keller gewohnt habe. Kein Wunder, dass ich es die ganze Zeit so gruselig dort fand."

„Dein Instinkt war richtig." Er schüttelte den Kopf. „Ich hätte es merken müssen. Ich hätte etwas spüren müssen. Du warst die ganze Zeit mit einem Psychopathen im Haus." Er fuhr sich mit den Fingern durch die Haare und setzte sich aufs Bett.

„Das ist nicht deine Schuld." Sie kam näher.

Er riss den Kopf hoch. Schmerz verzog sein hübsches Gesicht. „Machst du Witze? Die ganze Sache ist meine Schuld. Boudier ist hinter mir her. Und hinter jedem, der mir etwas bedeutet, was dich miteinschließt."

Ihr Gesicht wurde heiß und ihr Magen machte ein paar seltsame Sachen. Sie fühlte sich fast, als würde sie mit einer Achterbahn fahren.

„Ich vermute, wir haben etwas zu besprechen." Er neigte den Kopf und sah zu ihr auf. Er klopfte auf den Platz neben sich auf dem Bett.

Ihr Bauch wurde ganz warm. Mit Barrett auf einem Bett zu sitzen, war eine gefährliche Idee.

Sie ging trotzdem zu ihm hin und setzte sich.

„Ich glaube nicht, dass ich deine Gefährtin bin, Barrett", sagte sie schließlich, auch wenn die Worte ihr Herz schmerzen ließen.

„Ist das, was du fühlst?" Seine Stimme war hart und rau.

„Es ist egal, was ich fühle."

Er riss den Kopf zu ihr herum. „Was du fühlst, ist das Einzige, was wichtig ist." Sein intensiver Blick brannte auf ihrer Seele.

Sie schaute weg. Es tat ihr zu sehr weh, ihn anzusehen.

„Barrett, du bist ein Rudelführer. Ich bin nur ein unbedeutendes Mädchen aus Mississippi, das nie Geld oder Einfluss hatte. Ich spiele noch nicht einmal in der gleichen Liga wie du." Sie sah ihn an und blinzelte die Tränen zurück. „Deshalb ist es egal. Die Tatsache, dass ich dich liebe, spielt wirklich keine Rolle. Ich könnte niemals deine

Gefährtin sein. Du musst dich mit jemand Gleichwertigem verpaaren."

„Du liebst mich?" Er neigte den Kopf und seine Augen wurden sanft. Es war ein Blick, den sie noch nie zuvor von ihm gesehen hatte.

Sie warf die Hände in die Luft und schüttelte den Kopf. „Bei allem, was ich gerade gesagt habe, klammerst du dich an diese drei Worte."

„Diese drei Worte sind die einzigen, die zählen." Er legte seine Hand sanft um ihre Wange und schob ihr eine lose Haarsträhne aus den Augen.

Ihr Herz schmerzte und brannte gleichzeitig.

„Ich liebe dich, Jacey."

Sie blinzelte, aber nicht rechtzeitig, und eine kleine Träne lief über ihre Wange. Sie versuchte, wegzuschauen, aber er hielt sie mit seiner sanften Hand fest.

„Ich wusste vom ersten Moment, als du die Bar betreten hast, dass du meine Gefährtin bist." Er lächelte. „Ich habe versucht, meinen Abstand zu dir zu halten, aber es war so schwer. Und in dieser einen Nacht in deinem Zimmer", lachte er leise, „war es die reinste Hölle, nicht mit dir zu schlafen."

„Warum hast du es dann nicht getan?" Sie runzelte die Stirn.

„Weil ich dich nicht zwingen wollte, dich mit mir zu verpaaren, wenn du mich nicht liebst."

„Ich liebe dich, Barrett, aber ich kann mich trotzdem nicht mit dir verpaaren. Du verdienst jemanden …"

„Stopp!" Sein Gesichtsausdruck wurde hart. „Wenn du noch einmal sagst, dass du nicht gleichwertig zu mir bist, drehe ich durch."

„Barrett, du weißt genauso gut wie ich, dass sich Rudelführer mit Adligen verpaaren, mit Weibchen von elitärer Herkunft."

„Es ist ein veraltetes System. Und es ist scheiße." Er neigte den Kopf und musterte sie. „Wusstest du, dass ich ursprünglich aus Charleston in South Carolina stamme?"

„Nein. Wie bist du dann Rudelführer von Arkansas geworden? Normalerweise werden die Rudelführer innerhalb des Staates aus adligen Familien gewählt."

„Ich sollte Rudelführer von South Carolina werden. Der alte Rudelführer wollte, dass ich seine Tochter Olivia heirate, und im Gegenzug dafür würde ich Rudelführer werden. Er wurde alt und hatte seine Kinder erst spät im Leben gehabt. Er wollte, dass seine Tochter versorgt war und er jemanden hat, an den er den Titel des Rudelführers weitergeben konnte."

„Warum hast du es nicht getan?"

„Weil ich Olivia nicht geliebt habe. Und ich nicht daran glaube, aus politischen Gründen oder zu meinem Vorteil zu heiraten. Wir sprechen hier über das Leben von Menschen. Mein Vater fand heraus, dass ich das Angebot abgelehnt habe, und verbannte mich aus South Carolina. Er hatte etwas Einfluss in den Südstaaten und die Stellung als Rudelführer in Arkansas war frei, nachdem der ehemalige Rudelführer dort gestorben war." Er stand auf und ging zum Fenster hinüber. „Es war mir verboten, nach South Carolina zurückzukehren. Noch nicht einmal zur Beerdigung meines Vaters."

„Barrett, das tut mir so leid. Er hat dir doch aber mit Sicherheit vergeben, bevor er starb."

„Ich weiß es nicht. Er starb bei einem Flugzeugabsturz, als er auf dem Weg nach Mississippi war, um sich mit Jack Welbourn zu treffen." Er zuckte mit den Schultern, aber sie konnte den Schmerz in seinen Augen sehen.

„Ich habe mich damit abgefunden, mein Leben in Arkansas zu verbringen. Aber nach meinem Tod und der folgenden Auferstehung haben sich meine Prioritäten verändert." Er ging langsam und ohne Eile auf sie zu.

„Ich kümmere mich einen Scheißdreck um die Regeln und den Anstand. Es ist mir egal, was die Leute denken. Und es ist mir auch ganz sicher egal, ob ich blaues Blut heirate oder nicht." Er schüttelte den Kopf. „Seit ich wieder auferstanden bin, habe ich im Schatten der Person gestanden, die ich einmal war. Jetzt, seitdem ich dich getroffen habe, fühle ich mich lebendiger als je zuvor. Und ich weiß jetzt mehr denn je, was ich will. Und was ich will, bist du."

Sie hatte kaum Zeit zu atmen, bevor er seinen Mund auf ihren drückte. Sie schnappte nach Luft. Ihr Körper kribbelte an all den richtigen Stellen. Sie bohrte ihre Fingernägel in seine Schultern und klammerte sich an ihn, während sich seine Zunge in ihren Mund schlängelte. Ihr Herz schwoll mit Liebe an.

Schließlich löste er seinen Mund von ihrem und sah ihr in die Augen.

„Du gehörst mir", sagte er und ließ ihr Herz höherschlagen. „Du warst schon immer dazu bestimmt, bei mir zu sein."

Sie stellte sich auf die Zehenspitzen, zog seinen Kopf zu ihrem hinunter und drückte ihre Lippen auf seine.

Ein Klopfen an der Tür ließ ihn leise fluchen. Er löste sich von ihr und starrte die Tür an, als würde er erwägen, den Eindringling auf der anderen Seite umzubringen.

„Barrett, wir müssen reden." Sie erkannte Damons Stimme und ließ ihn los.

„Wir sind hier noch nicht fertig", sagte er und sah sie zärtlich an.

„Ich weiß." Sie nickte und trat zurück, bevor sie ihn auf der Stelle bespringen würde.

Er warf ihr einen letzten Blick zu, bevor er zur Tür ging.

Allein im Raum zurückgelassen, starrte sie aus dem Fenster. Sie wusste, dass Barrett ihr Gefährte war. Sie hatte Angst davor gehabt, dies zuzugeben. Angst, enttäuscht und im Stich gelassen zu werden. Aber jetzt nicht mehr.

Jetzt wusste sie, was sie wollte. Und sie wollte ihn.

KAPITEL DREIUNDVIERZIG

Barrett schloss die Tür und betrat den Flur. Damon stemmte die Hände in die Hüften und starrte ihn an. „Wir können uns in dem Zimmer dort hinten unterhalten." Er ging zum Raum am anderen Ende des Flurs und trat ein. Er schloss die Tür hinter Damon.

„Ich möchte die Wächter hierbehalten, um sicherzustellen, dass Jacey in Sicherheit ist. Boudier wird sie verletzen wollen, um sich an mir zu rächen."

Damon runzelte die Stirn. „Unsere Loyalität liegt bei dir, Barrett. Sie ist noch nicht einmal Teil des Rudels von Arkansas."

„Sie gehört zu mir. Das macht dich auch loyal ihr gegenüber." Barrett lehnte sich nah zu Damon heran und knurrte ihn an.

Damon kniff die Augen zusammen. Dann entspannte sich sein Ausdruck zu dem der Belustigung. Er stieß ein Lachen aus. Damon lachte nie.

„Was ist so verdammt lustig? Das hier ist ernst." Barrett wollte ihn am liebsten ins Gesicht schlagen.

„Es ist verdammt witzig, zuzusehen, wie du endlich deine

Gefährtin gefunden hast. Du bist der eine Wolf, der immer geschworen hat, sich niemals zu verpaaren, und jetzt hast du sie gefunden und bist ein riesiges Durcheinander." Damon rieb sich das Kinn und musterte ihn. „Tatsächlich ist es wirklich sehr lustig."

Barrett ging zum Fenster und starrte hinaus. „Ich vermute, so hast du dich gefühlt, als du Ava gefunden hast?"

„Ja. Und jetzt kannst du bestimmt auch verstehen, warum ich so sauer war, als du ihr damals in Louisiana so viel Aufmerksamkeit geschenkt hast."

Barrett schnaubte und drehte sich um. „Ich habe keine Ahnung, warum du gedacht hast, ich würde mit ihr flirten. Du hast völlig die Fassung verloren."

„Was du nicht sagst." Damon ging zu einem Stuhl am Fenster und ließ sich fallen. „Wenn du einen Mann siehst, egal welchen Mann, der irgendwelches Interesse an deinem Weibchen zeigt, verlierst du die Fassung."

Barrett schluckte schwer und drehte sich wieder zum Fenster um. Die eisige Winterszene vor ihm schien so friedlich, geradezu romantisch. Aber die Situation war alles andere als das.

„Ich hatte keine Ahnung, dass es sich so anfühlen würde." Er rieb sich über den Bauch. „Ich dachte schon, ich hätte die Grippe."

„Oh, wie die Mächtigen gefallen sind", grinste Damon.

Barrett drehte sich um und funkelte ihn an.

„Ich verurteile dich nicht. Wir kennen es alle." Damon musterte ihn. „Wir werden dich und Jacey beschützen. Ich habe bereits Jack Welbourn angerufen und er schickt ein paar seiner Mississippi-Wächter."

„Hast du ihm erzählt, dass ich noch am Leben bin?" Er runzelte die Stirn.

„Die Katze ist aus dem Sack, Barrett. Du kannst sie jetzt nicht wieder reinstecken." Damon schüttelte den Kopf.

„Ich weiß." Er musterte den Boden. „Du musst mir einen Gefallen tun."

„Sicher." Damon stand auf und stemmte die Hände in die Hüften.

„Ich möchte Jacey heiraten."

Damons Augenbrauen schossen in die Höhe.

„Für den Fall, dass mir etwas passiert, möchte ich, dass mein Reichtum an sie geht. Ich möchte, dass sie finanziell abgesichert ist, damit sie sich keine Sorgen um Geld machen muss."

„Hat sie denn *Ja* dazu gesagt, dich zu heiraten?", fragte Damon.

„Noch nicht. Aber das wird sie."

Damon nickte nachdenklich und neigte den Kopf. „Ich dachte, dein ganzer Reichtum als Rudelführer wäre auf mich übergegangen."

„Davon spreche ich auch nicht. Das gehört rechtmäßig dir und ich will es auch nicht zurückhaben. Ich spreche über mein Familienerbe. Aus South Carolina."

„Ich dachte, sie hätten dich verleugnet, als du nach Arkansas gekommen bist."

„Ich habe mein Familienerbe behalten." Barrett erstarrte. „Moment mal. Woher weißt du das?"

„Als wir die Trauerfeier für dich abhielten, sind Edgar und Addison aufgetaucht."

„Es gab eine Trauerfeier für mich?"

„Natürlich. Wir hatten sie aufgeschoben, bis wir deinen Körper finden und bergen konnten. Ryker wollte es gleich nach dem Tribunal machen, aber ich wollte warten. Ich hätte wissen müssen, dass er irgendetwas Geheimes im Schilde führt."

„Werfe es Ryker nicht vor, dass er über all das gelogen hat. Er tat genau das, was er für den Schutz des Rudels für richtig hielt." Barrett seufzte.

„Ich weiß. Ich bin dem Kerl auch nicht böse. Ich respektiere ihn tatsächlich sogar noch mehr für das, was er getan hat. Er war der Einzige, der genug Voraussicht hatte, dich zurückzuholen."

„Er ist ein guter Wolf, den du wirklich auf deiner Seite haben willst." Barrett kniff die Augen zusammen. „Aber wochenlang mit ihm zusammen zu sein, war eine Qual. Der wird sich wirklich nie verpaaren. Niemand würde sich je mit seinen Scheißideen abfinden."

„Wenigstens einer von uns ist sicher", sagte Damon trocken.

Barrett prustete los.

„Ich werde die Vorbereitungen für die Hochzeit treffen." Damon öffnete den Mund und erstarrte.

„Was? Spuck es einfach aus", erwiderte Barrett.

„Ich bin froh, dass du nicht tot bist." Damons Worte waren kratzig und der Blick des großen Mannes wurde fest.

Emotionen stiegen in Barretts Kehle auf. Er wollte kein Weichei sein und heulen. Aber Damons Worte bedeuteten ihm viel.

Bevor er etwas sagen konnte, trat Damon zwei Schritte auf ihn zu und umarmte ihn fest.

Barrett erwiderte die Umarmung. Als sie sich voneinander lösten, sahen sie sich an.

„Ich werde die Buchung für die Hochzeit vornehmen. Geh und sprich mit deinem Weibchen und bereite sie vor. Sie mag vielleicht deine Gefährtin sein, aber eine Frau mag es nie, wenn man ihr sagt, was sie zu tun hat", grinste Damon, ging zur Tür und öffnete sie.

Kein Zweifel. Er wusste vielleicht, dass Jacey seine Gefährtin war, aber sie dazu zu bringen, einer solch drastischen Entscheidung zuzustimmen, die ihr Leben verändern würde, würde verdammt schwer werden.

* * *

Jacey kuschelte sich in ihren Mantel und sah Barrett neben der Feuerstelle auf der Terrasse an. Es war dunkel und die Seite des Berges wurde lediglich vom Licht des Feuers und den Lampen, die im Inneren der Villa brannten, angestrahlt.

Er hatte sie gebeten, ihm nach draußen zu folgen, damit sie ungestört miteinander sprechen konnten. Sie war sich nicht sicher, was er sagen wollte, aber sie wusste, dass es nicht gut war. Er sah nervöser aus als eine Katze in einem Raum voller Schaukelstühle.

„Was? Sag es einfach." Ein Schauer lief ihren Rücken hinunter. „Du machst mich nervös."

Er blieb auf der anderen Seite der Feuerstelle stehen und sah sie an. „Warum setzt du dich nicht?"

Scheiße. Das war schlimm.

Sie ließ sich auf einem Sofa vor der Feuerstelle nieder. Trotz des Feuers und ihres warmen Mantels konnte sie nicht aufhören zu zittern.

Er ging um die Feuerstelle herum und setzte sich neben sie. Er nahm ihre Hand und sah ihr in die Augen. Sie schluckte schwer.

Sie hasste es, das zuzugeben, aber wenn er so verdammt nah bei ihr war, machte ihr Herz verrückte Dinge.

„Ich möchte, dass du mich heiratest", sagte er schließlich.

„Du willst was?" Alle Luft entwich ihren Lungen und sie kämpfte, um wieder zu Atem zu kommen. Sie hatte ihn doch sicherlich falsch verstanden. Oder ihm einfach nicht richtig gehört.

„Jacey, ich möchte, dass du mich heiratest." Er kniff die Augen ein wenig zusammen, als wollte er sie nur mit seinem Blick davon überzeugen, Ja zu sagen.

Sie sprang von ihrem Platz auf und drehte sich um. „Das kann nicht dein Ernst sein."

„Ich meine es absolut ernst." Er stand auf.

„Wir kennen uns noch nicht mal richtig." Ganz zu schweigen davon, dass er der Rudelführer von Arkansas war.

„Aber du bist meine Gefährtin. Das weiß ich jetzt. Ich glaube, dass ich es schon die ganze Zeit wusste", sagte er und fuhr sich mit der Hand durchs Haar. „Ich wollte es nur einfach nicht zugeben."

Die Realität stürzte auf sie herein. „So reizend dein Vorschlag auch ist, ich möchte ihn höflichst ablehnen." Sie hob ihr Kinn und schlang ihre Arme um ihren Körper wie ein Schild.

„Verdammt. Ich versaue das hier gerade. Nicht wahr?" Er verzog das Gesicht.

„Das könnte man so sagen." Sie trat einen Schritt zurück und funkelte ihn an.

„Du musst verstehen, wie wichtig es ist, mich zu heiraten. Es ist zu deinem eigenen Besten." Er neigte den Kopf.

„Zu meinem eigenen Besten? Willst du mich verarschen?" Sie holte tief Luft, bevor sie etwas sagte, das sie bereuen würde. „Barrett, ich bin nach Colorado gekommen, um von vorne zu beginnen und endlich das Leben zu leben, dass ich mir schon immer gewünscht habe. Ich möchte meine Träume ausleben und mit jemandem verheiratet zu sein, der mir sagt, was ich tun soll, passt definitiv nicht in mein Bild." Sie drehte sich um und ging zum Geländer. Ihr Herz schlug wie wild in ihrer Brust.

„Du verstehst es nicht", sagte er.

„Oh, ich verstehe es ganz genau. Du denkst, dass ich deine Gefährtin bin, und du denkst, dass wir heiraten sollten." Sie runzelte die Stirn. „Obwohl ich mir nicht ganz sicher bin, warum du mich heiraten willst, wenn du doch denkst, dass ich deine Gefährtin bin? Du weißt genauso gut wie ich, dass Werwölfe nicht heiraten müssen. Es ist eine menschliche Tradition."

„Indem du mich heiratest, erhältst du Schutz."

„Schutz vor was? Boudier ist hinter dir her, nicht hinter mir."

„Damit liegst du falsch. Boudier ist genauso hinter dir her."

Sie erstarrte. „Was?"

„Boudier will mich auf jede Art verletzen, die nur möglich ist. Er hat dich beobachtet, was ganz eindeutig bedeutet, dass er versuchen wird, dir wehzutun oder Schlimmeres, bevor er mir etwas tut. Er weiß, dass es mich umbringen würde, wenn dir etwas passiert."

Ihr Herz schwoll ein bisschen an. „Wirklich?"

„Natürlich. Weißt du überhaupt, wie viel du mir bedeutest?" Er trat einen Schritt vor.

Sie war sich über gar nichts mehr sicher.

„Hör mal. Wenn du mich heiratest, stehst du unter dem Schutz meiner Wächter. Sie wären bereit, ihr Leben für dich zu geben."

Sie schüttelte den Kopf. „Ich möchte nicht, dass jemand so etwas für mich tut. Ich habe niemanden darum gebeten." Sie leckte sich die Lippen. „Wenn ich einfach gehe, vielleicht irgendwohin nach Norden, nach Alaska oder so …"

„Das wäre egal", sagte Barrett schließlich. „Boudier würde dich zuerst töten. Dann mich. Wenn du hier unter unserem Schutz stehst, bist du in Sicherheit. Wesentlich sicherer, als du wärst, wenn du alleine unterwegs bist."

Sie öffnete den Mund und schloss ihn dann wieder.

„Du musst auch an deine Familie denken, Jacey."

„Meine Familie?" Sie riss ihren Kopf zu ihm herum.

„Ja. Boudier wird auch deine Familie jagen. Wenn du mich heiratest, kann ich Jack Welbourn Bescheid geben und er wird deine Familie mit seinen Wächtern beschützen."

Ihre Knie gaben fast nach. Sie hatte nicht an ihre Mutter und ihren Vater gedacht. Und obwohl sie sie nach ihrer

Trennung von ihrem Gefährten praktisch verleugnet hatten, waren sie immer noch ihre Eltern.

„Da ist noch etwas." Barrett holte tief Luft. „Ich weiß, dass du das nicht wolltest. Ich weiß, dass du wirklich nur dein Leben leben wolltest und nicht an irgendjemanden gefesselt sein willst. Aber ich weiß auch, dass du meine Gefährtin bist. Ich würde dich niemals darum bitten, dich mit mir zu verpaaren, wenn du das wirklich nicht willst. Aber wenn du mich heiratest, erhältst du den Schutz, den du brauchst. Es ist wesentlich einfacher, sich scheiden zu lassen, als eine Verpaarung zu lösen."

Ihr Herz rutschte in ihre Knie und zerfiel in tausend Scherben. Also wollte er tatsächlich auch nicht bei ihr bleiben.

Noch ein Mann, der sie für unzulänglich hielt.

Sie schluckte ihren Stolz hinunter und blinzelte die drängenden Tränen zurück. Sie drehte sich um und packte das Metallgeländer, damit er keine Tränen sehen konnte, die ihr vielleicht entwichen.

„Ich werde dich heiraten, Barrett. Aber sobald das hier vorbei ist, werden wir uns scheiden lassen. Du wirst deinen Weg gehen und ich werde meinen gehen." Sie wartete nicht darauf, dass er antwortete, sondern ging schnell ins Haus zurück.

KAPITEL VIERUNDVIERZIG

Barrett wartete am Altar in der kleinen weißen Kapelle. Ryker hatte es geschafft, eine kleine Kirche tief in den Bergen zu finden. Dem Wolf war es nicht nur gelungen, einen Pfarrer zu finden, sondern er hatte auch in Rekordzeit die entsprechenden Unterlagen besorgt, die für die Zeremonie benötigt wurden. Von allen seinen Wächtern hätte Barrett angenommen, dass Ryker derjenige sein würde, der versuchen würde, ihm die Hochzeit mit Jacey auszureden.

Überraschenderweise hatte er das nicht getan und sich stattdessen auf den Weg gemacht, um alles für die Zeremonie vorzubereiten.

Barrett blickte zu dem Pfarrer hinüber und funkelte ihn an. Er vertraute Menschen nicht, noch nicht einmal denen, die sich dem Geistlichen verschrieben hatten. Der Pfarrer erwiderte seinen Blick mit einem freundlichen Lächeln und Barrett schaute den Gang hinunter und wartete darauf, dass seine Braut erschien.

„Wo bleibt sie denn?", murmelte er vor sich hin. Hatte sie

kalte Füße bekommen? War sie geflohen? Oder noch schlimmer, hatte Boudier sie gefunden und entführt?

Beim letzten Gedanken wollte er schon gehen, um nach ihr zu sehen, aber der Pfarrer griff nach seinem Ärmel.

„Hier kommt sie jetzt." Er tätschelte beruhigend Barretts Arm.

Barrett starrte den dunklen Gang hinunter, sah aber nur Damon. Barrett eilte die Stufen hinunter und traf ihn auf halben Weg.

„Wo willst du denn hin?" Damon riss die Augen weit auf. „Geh wieder hoch."

„Wo ist Jacey?" Barrett blickte über seine Schulter, konnte aber nichts sehen.

„Sie musste sich umziehen, du Idiot." Damon schlug ihm auf die Schulter. „Du hast doch nicht erwartet, der Einzige zu sein, der sich für die Hochzeit hübsch macht, oder?", schnaubte Damon. „Jetzt geh wieder hoch zu dem fetten Prediger, bevor Jacey kommt und dich sieht. Sie denkt sonst noch, dass du kalte Füße bekommst."

Barrett holte tief Luft und war erleichtert, dass sie in Sicherheit war und sich immer noch darauf vorbereitete, ihn tatsächlich zu heiraten. Er ging zurück zu dem Pfarrer, der Damon einen strengen Blick zuwarf. Anscheinend mochte er es nicht, fett genannt zu werden.

„Ich brauche jemanden, der neben mir steht, oder?" Barrett warf Damon einen Blick zu.

„Fragst du mich?" Damon hob eine Augenbraue.

„Nein, ich frage den verfluchten Weihnachtsstern hinter dir", sagte Barrett trocken. „Natürlich frage ich dich."

Damon schenkte ihm ein seltenes Lächeln und stellte sich neben ihn.

„Bitte verzichten Sie im Hause des Herrn auf Obszönitäten", zischte der Pfarrer durch zusammengebissene Zähne.

„Sie müssen ihm verzeihen, Vater, dies ist seine erste

Hochzeit", antwortete Damon.

„Und seine Letzte. Da bin ich mir sicher." Der Pfarrer hob sein Kinn. „Die Ehe ist nichts, was man leichtfertig eingehen sollte."

„Kein Scheiß. Es war schon schwer genug, die Frau dazu zu bringen, mich überhaupt zu heiraten", meckerte Barrett.

„Wortwahl", ermahnte ihn der Pfarrer.

Damon lachte. „Sie war also nicht begeistert, Mrs. Barrett Middleton zu werden? Das ist ein Schock."

„Ich hatte eine andere Reaktion von ihr erwartet, als ich sie gefragt habe." Barrett schob einen Finger in seinen Kragen und zog an der Krawatte. Ryker hatte die Krawatte gebunden und sie würgte ihn fast zu Tode. Das Arschloch hatte das wahrscheinlich mit Absicht gemacht.

„Hast du ihr Rosen mitgebracht? Sie bei Kerzenlicht gefragt, deine Frau zu werden?" Damon neigte den Kopf.

Barrett sah den Wolf an. „Woher sollte ich im Schnee denn Rosen nehmen?" Er wandte sich wieder dem leeren Gang zu. „Ich habe im Schein des Feuers gefragt, das sollte zählen."

„Aha. So wie ich dich kenne, hast du sie wahrscheinlich noch nicht mal gefragt. Du hast ihr wahrscheinlich einfach gesagt, dass sie dich heiraten wird", sagte Damon.

Barrett öffnete den Mund und schloss ihn dann wieder.

„Das hast du, nicht wahr?" Damon lachte laut. Das Geräusch drang durch die ganze Kirche und hallte zwischen den Wänden wie Kanonenfeuer wider.

„Fick dich", knurrte Barrett.

„Ich habe Sie beide bereits freundlich gebeten, im Hause des Herrn keine Schimpfwörter zu benutzen. Wenn Sie zwei nicht …"

Barrett sah den Gang hinunter und holte tief Luft. Stille kam über die kleine Kapelle und sie drehten sich um, um zu sehen, was er sah.

Jacey kam in einem schlichten weißen Kleid durch die Tür. Das seidige Material schlang sich um jede Kurve ihres Körpers. Das Kleid war ärmellos und geschwungen und legte sich perfekt um ihre Brüste. Sie trug keinen Schleier, hatte ihr Haar aber hochgesteckt. Sie hielt einen kleinen Strauß Weihnachtssterne mit etwas, das aussah wie Schleierkraut, in der Hand. Sie blickte zu dem Werwolf an ihrer Seite auf und nickte einmal.

Ryker hielt ihr den Arm hin und sie schlang ihren Arm in seinen.

Barretts Magen zog sich vor Wut zusammen. Er wollte nicht, dass Jacey Ryker berührte. Noch nicht einmal dafür, dass er sie den Kirchengang entlangführte.

„Ruhig", flüsterte Damon in der Nähe seines Ohrs. „Mach bloß keine Szene. Dieser Prediger scheint bereit zu sein, seine Meinung zu ändern und die Zeremonie nicht durchzuführen."

Barrett biss die Zähne zusammen, bis er das Gefühl hatte, sie würden in seinem Mund abbrechen.

Er hörte es von den billigen Plätzen kichern. Dort saßen Braxton, Zane und Jaxon alle in der ersten Reihe, während Jayden und Lucien an anderen Positionen in der Kirche Wache hielten.

Sie hatten es geschafft, den Pfarrer dazu zu überreden, die Trauung um Mitternacht vorzunehmen, sodass eine geringere Chance bestand, gesehen zu werden. Sie hatten für die Sicherheit des Ortes gesorgt, bevor sie ihn und Jacey im Schutz der Dunkelheit in einem von Eric Nordstroms Hummern hierhergebracht hatten.

Jetzt stand er vor einem Pfarrer und sein Blick war auf Jacey gerichtet, die von einem mürrisch aussehenden Ryker den Gang der Kirche hinuntergeführt wurde.

Sie sah umwerfend aus. So als wäre sie der Titelseite eines Hochzeitsmagazins entsprungen. Sein Herz raste mit jedem

Schritt, den sie auf ihn zukam, noch mehr. Er konnte seinen Blick nicht von ihr losreißen.

„Wer übergibt diese Frau?", fragte der Pfarrer.

„Das wäre ich", sagte Ryker.

Barrett stieß ein leises Knurren aus, schob Ryker aus dem Weg und nahm Jaceys Arm. Ein lautes Kichern stieg hinter ihm auf. Er warf seinen Wächtern in der ersten Reihe einen warnenden Blick zu.

Barrett hörte kaum, was zum Teufel der Pfarrer sagte. Stattdessen antwortete er, als er antworten sollte, und richtete seinen Blick weiter auf Jacey. Er hielt den Atem an, als sie an der Reihe war, das Gelübde zu wiederholen. Er erwartete schon fast, dass sie es sich anders überlegte und den Gang hinunter wegrennen würde, aber sie tat es nicht.

Nach einer Ewigkeit sprach der Pfarrer ein letztes Gebet. Er neigte seinen Kopf nicht und schloss auch nicht die Augen, sondern sah seine neue Braut weiter an.

„Amen." Der Pfarrer hob den Kopf und lächelte erleichtert. „Ich präsentiere jetzt Mr. und Mrs. Barrett Middleton."

Ein lautes Pfeifen und Schreien ertönte in dem kleinen Raum. Der Pfarrer verzog das Gesicht und Ryker drückte ihm etwas Geld in seine fette Hand. Der Pfarrer dankte Ryker und eilte in Richtung Tür, damit sie schnell alle gehen konnten.

Damit hatte Barrett kein Problem. Er selbst wollte auch so schnell wie möglich von diesem Ort verschwinden. Er wollte endlich mit Jacey allein sein.

* * *

Jacey fühlte sich, als würde sie in einem Traum wandeln. Als sie Barretts Antrag angenommen hatte, hätte sie nie gedacht, dass sie tatsächlich in einer kleinen Kapelle heiraten würden. Sie dachte, er würde sie mit in die Stadt nehmen und mit ihr zum Standesamt fahren. Sie wusste, dass es Wächtern möglich war, Papierkram sehr schnell zu erledigen, aber am selben Abend zu heiraten, an dem der Antrag gemacht wurde, war fast unglaublich.

IHRE HOCHZEITSNACHT VERBRACHTEN sie in der Villa mit den Wächtern, die wie Geheimdienstagenten überall im Haus stationiert waren. Das Haus war groß genug, dass jeder sein eigenes Zimmer haben konnte.

Sie war sich noch nicht einmal sicher, ob sie sie überhaupt mochten oder nicht. Nicht, dass es wichtig wäre. Sobald Boudier gefangen genommen und aus dem Weg geschafft wurde, würde sie eine Annullierung beantragen. Sie würde nicht mit jemandem verheiratet bleiben, der sie nicht liebte. Sie würde diesen Fehler nicht noch einmal wiederholen.

Jetzt stand sie wieder in ihrem Zimmer vor dem Spiegel und schaute auf ihr Hochzeitskleid. Ryker hatte ihr gesagt, dass Barrett für das Hochzeitskleid bezahlt hatte. Noch etwas, das sie nicht erwartet hatte. Er hatte ihr auch gesagt, dass er sie den Gang der Kirche entlangführen würde, um sicherzugehen, dass sie ihre Meinung nicht änderte.

Hätte Ryker nicht vor ihrer Tür gestanden, während sie sich umzog, hätte sie vielleicht versucht, sich davonzuschleichen.

Jetzt war sie mit Barrett verheiratet. Mit einem Mann, der nicht bereit war, sich mit ihr zu verpaaren.

Sie hatte sich in eine weitere lieblose Ehe gestürzt. Das war die eine Sache gewesen, die sie nie wieder hatte tun wollen.

Erschöpft ging sie zum Bett hinüber und legte sich hin. Vielleicht war das alles nur ein Traum.

Sie schloss ihre Augen. Vielleicht wäre alles wieder in Ordnung, wenn sie aufwachte.

* * *

JACEY WAR in einer Welt der Sehnsucht verloren. Sie wollte nie wieder gehen.

„Jacey."

Sie erkannte an dem tiefen, sexy Tonfall, zu wem diese Stimme gehörte.

Sie blinzelte mit den Augen. Barrett saß neben ihr und lehnte sich viel zu nah zu ihr hinüber. Er strich eine Haarsträhne aus ihrem Gesicht.

„Jacey, ich möchte reden."

Sie lächelte, ihr Körper war immer noch im Traumzustand. Sie wollte nicht reden. Sie wollte etwas anderes. Sie stützte sich auf ihre Ellbogen und sah ihn an.

„Ich weiß, dass du müde bist, aber ich möchte wirklich mit dir reden."

Sie sah, wie sein Blick auf ihre Brüste fiel und dann wieder in ihre Augen sah. Sie blickte an sich hinunter.

Sie trug ein Hochzeitskleid.

Jetzt ergab alles einen Sinn.

Sie träumte. Sie hatte Barrett nicht wirklich geheiratet und war gar nicht in Colorado. Sie träumte nur.

Sie lehnte sich vor und neigte den Kopf. „Du willst reden?" Sie hob eine Augenbraue.

Er schluckte und nickte.

Sie erhob sich vom Bett und sah an ihrem Kleid hinunter. Dann runzelte sie die Stirn.

„Stimmt etwas nicht? Gefällt dir dein Kleid nicht?", fragte er und stand auf. „Du siehst wunderschön darin aus."

„Es ist eng und wenn du mit mir reden willst, möchte ich mich zuerst umziehen. Es ist wirklich nicht sehr bequem." Sie drehte sich um, damit er ihren Rücken erreichen konnte.

Sie spürte seine Fingerspitzen an ihrem Rücken, als er den Reißverschluss hinunterzog. Das Kleid wurde schlaff und sie zog die Vorderseite mit den Händen hoch. Sie drehte sich um und lächelte. „Das ist besser."

Er räusperte sich und sein Gesicht wurde rot. „Ich hole dir einen Bademantel." Er versuchte erfolglos, so zu tun, als würde er seinen Blick von ihr abwenden, als er ins Badezimmer ging.

„Interessant." Sie neigte den Kopf. „Da ich träume, kann ich alles machen, was ich will. Ich kann alles haben, was ich will."

Barrett kehrte mit dem seidigen, weißen Bademantel zurück und streckte ihn ihr entgegen. Sie drehte sich um, ließ das Kleid fallen und schob ihre Arme in den Bademantel. Sie drehte sich zu ihm um, ohne sich die Mühe zu machen, den Bademantel zuzubinden.

Ihr Körper wurde warm. Sie konnte seine Erregung riechen.

Sie ließ die Hände zur Seite fallen und der Bademantel öffnete sich gerade so weit, dass er die Vorderseite ihres weißen Spitzenhöschens und die sanften Kurven ihrer Brüste sehen konnte.

Sie sah zu, wie er langsam knurrte und seine Hände an seinen Seiten zu Fäusten ballte.

Das machte Spaß. Barrett dazu zu bringen, sie zu wollen. Und da dies ein Traum war, war es egal, ob sie heißen, feuchten Sex haben würden. In Träumen gab es keine Konsequenzen.

Sie ging zu dem großen, silbernen Eiskübel hinüber, in dem eine Flasche Champagner steckte. Sie drehte sich um und deutete darauf. „Warum öffnest du den nicht. Es ist schon eine Ewigkeit her, seit ich zuletzt Champagner getrunken habe." Tatsächlich war es Jahre her. Bei einer Familienhochzeit. Sie fragte sich, ob Champagner in einem Traum anders schmecken würde als Champagner in der Realität.

Sie könnte wetten, dass es so war. Sie könnte wetten, er würde süßer schmecken.

„Sicher." Seine Stimme war heiser und tief. Sie klang genau wie in der Nacht, als er sie geleckt hatte und sie so hart kommen ließ, dass sie fast in Ohnmacht gefallen wäre.

Er öffnete den Korken zu schnell und ein blubbernder Strahl des Champagners floss auf den Boden.

„Fuck", murmelte er.

„Noch nicht", murmelte sie.

Er blickte in ihre Richtung und sie lachte fast über seinen Gesichtsausdruck.

„Was?", fragte er.

„Gieß einfach ein. Dann können wir uns unterhalten." Sie ging zum Bett zurück und setzte sich.

Er goss die glitzernde Flüssigkeit in zwei elegante Gläser. Dann kam er zum Bett hinüber und reichte ihr eins.

„Vielen Dank." Sie hob das Glas an ihre Lippen. Die kühlen Bläschen prickelten auf ihrer Zunge und sie seufzte vor Vergnügen.

Sie sah zu ihm auf und tätschelte den Platz neben sich auf dem Bett. Er setzte sich. Sie blickte auf seinen Oberkörper. Sobald sie ins Auto gestiegen waren, hatte er sich die Jacke und Krawatte ausgezogen. Aber er trug noch immer das weiße Hemd, obwohl er mindestens fünf Knöpfe geöffnet hatte. Er hatte sich seine Jeans angezogen, die seine schlanken Hüften betonte und seine beeindruckende Beule zeigte.

Sie trank ihren Champagner aus und stellte das Glas auf den Nachttisch. Sie wandte sich ihm zu, um mit ihm zu reden, und ihr Bademantel öffnete sich so weit, dass er ihre volle Brust sehen konnte.

Sein Blick fiel auf ihre nackten Brüste und seine Pupillen weiteten sich.

Sie lächelte zu sich selbst.

Sie setzte sich in einen Schneidersitz und sah ihn direkt an. Mit jedem Atemzug öffnete sich ihr Bademantel und versprach ihm einen Blick auf ihre Nacktheit. Sie warf ihre Haare zurück und lehnte sich leicht an ihn.

„Also sag mir, was du willst, Barrett?"

* * *

Barrett war sich nicht sicher, was er erwartet hatte, als er in Jaceys Zimmer kam. Aber er hatte mit Sicherheit nicht erwartet, sie halb nackt vorzufinden und dass sie ihn ansah, als wollte sie ihn fressen.

NACH DER TRAUUNG waren sie von den Wächtern schnell in die Villa zurückgebracht worden. Es hatte keinen Empfang gegeben. Sie hatten keine Zeit gehabt, einen zu planen, also war jeder in sein eigenes Schlafzimmer verschwunden. Ryker hatte ihn aufgezogen, dass Jacey ihn möglicherweise nicht in ihr Bett lassen würde. Er war zu ihr gekommen, um mit ihr zu reden. Um ihr zu sagen, wie sehr er sie wirklich liebte.

Jetzt fiel es ihm immer schwerer, über irgendetwas zu reden. Ihr Duft, ihre Erregung und ihre Schönheit überwältigten ihn. Er wollte tun, was immer sie wollte.

Jetzt wusste er, warum sich Wölfe verpaarten und wie tief ihre Bindung war. Er wollte sich mit Jacey verpaaren, aber er wusste auch, dass es ihr Wunsch sein musste. Nicht seiner. Er würde sie nicht drängen, irgendetwas zu tun, was sie später bereute.

„Du scheinst nervös zu sein." Sie biss sich auf die Unterlippe und kroch näher. Er bekämpfte den unheiligen Drang, sie auf den Rücken zu werfen und sein Verlangen in ihren Körper zu stoßen, bis sie beide von Geilheit durchnässt waren.

Er räusperte sich und versuchte, sich zu konzentrieren. „Ich möchte, dass du weißt, dass ich unser Eheversprechen sehr ernst nehme. Ich weiß, das Ganze kam sehr plötzlich ..." Seine Worte verstummten, als er sah, wie sie sich vorbeugte und mit ihrem Finger über die Vorderseite seines Hemdes strich. Sein Körper schmerzte mit einem Verlangen, das so stark war, dass er dachte, er würde sich gleich in seine Wolfsform verwandeln.

Sie legte beide Hände auf seine Brust und warf ihn rückwärts aufs Bett. Dann setzte sie sich rittlings auf ihn.

Sein Schwanz wurde hart und lang. Seine Atemfrequenz nahm zu. Sein Herz schlug so laut, dass er dachte, er könnte davon taub werden.

Jacey sah auf ihn hinunter. Sie runzelte die Stirn und neigte den Kopf. „Weißt du, das ist wirklich sehr seltsam."

„Was ..."

„Normalerweise sprichst du in meinen Träumen nicht so viel", flüsterte sie.

Er riss die Augen weit auf. „Moment mal. Jacey. Das hier ist kein Traum." Sein Herz schmerzte.

Sie ignorierte seine Worte und beugte sich vor. Ihr Mund war nur Zentimeter von seinem entfernt. „Tatsächlich ist dein Mund normalerweise beschäftigt damit, andere Dinge zu tun."

Seine Hände packten ihre Hüften. Sie lächelte und rieb sich an seinem Schwanz.

„Fuck ..." Ihre glühende Hitze verbrannte ihn durch den Stoff seiner Jeans. Er wollte nichts sehnlicher, als sich in ihr zu versenken.

„Jacey, du machst das hier wirklich hart ..."

„Das ist auch meine Absicht. Dich hart zu machen, damit du mich feucht machen kannst", schnurrte sie.

Sie zog ihren Bademantel auf und enthüllte ihre nackten Brüste und das weiße Spitzenhöschen.

Sie war noch exquisiter, als er es in Erinnerung hatte. Lust strömte durch seinen Körper und er wollte sie unbedingt um sich spüren. Er knurrte. Er wusste nicht, was in sie gefahren war, aber es gefiel ihm. Er mochte sie offen und wild.

Noch bevor er ein weiteres Wort sagen konnte, umschloss ihr Mund seinen und sie küsste ihn hart und fest. Er war hart wie Stahl und hatte alle Selbstbeherrschung verloren. Er legte seine Hände um ihr Gesicht und erwiderte ihren Kuss. Seine Zunge stieß in ihren Mund, schmeckte sie und ergriff Besitz von ihr. Er wollte nichts weniger als alles von ihr.

Sie stöhnte gegen seinen Mund und vertiefte den Kuss. Sie saugte an seiner Zunge.

Sie war so verdammt sexy und er wollte seinen Mund nie wieder von ihr lösen.

Mit den Fingernägeln bohrte sie in seine Schultern und kratzte ihn, als sie ihren geschmeidigen Körper gegen seinen drückte.

Er musste sich sicher sein. Er musste sicher sein, dass sie das hier wirklich wollte.

Er wollte, dass es ihre Entscheidung war.

Er griff nach ihren Schultern, zog sie zurück und sah in ihre karamellbraunen Augen.

„Jacey, bist du dir sicher, dass du das machen willst? Ich muss es wissen, denn es wird verdammt schwer werden, aufzuhören, wenn wir jetzt weitermachen."

„Ich will es mehr als alles andere", stöhnte sie und beugte sich vor.

„Ich muss dir noch etwas sagen", sagte er. Er wollte sicher sein, dass sie wusste, dass er ihr alles gab. Jedes Stück von ihm, alles was er hatte.

„Was?" Sie runzelte die Stirn.

„Ich liebe dich. Seit dem Tag, als ich dich das erste Mal

sah. Ich will mich mit dir verpaaren. Jetzt und für immer möchte ich, dass du mir gehörst." Die Worte kamen harsch heraus.

Der Ausdruck in ihrem Gesicht wurde weicher und ihre Pupillen weiteten sich. „Ich liebe dich auch."

Es war das wertvollste Geschenk, das ihm jemals in seinem ganzen Leben gemacht worden war. Es war etwas, das er niemals für selbstverständlich halten würde. Er wusste, dass er sie mit seinem Leben beschützen würde.

Er umfasste ihr Gesicht mit seinen Händen. Sie lehnte sich an ihn. Ihre Körper wurden heiß, als sie sich aneinanderdrückten.

Sie ließ ihre Finger zu den Knöpfen an seinem Hemd gleiten und richtete sich auf und unterbrach den Kuss.

Sie lehnte sich zurück und schob beide Hände in sein Hemd. Während sie ihren Blick noch immer auf ihn gerichtet hielt, packte sie das Hemd und zog daran. Das Geräusch des Zerreißens und der Anblick von Knöpfen, die in der Luft herumflogen, ließen ihn noch härter werden.

„Ich bin dran", murmelte er. Er schob seine Hände in ihren Bademantel und schob ihn von ihren Schultern aufs Bett. Er griff nach ihr, zog sie unter sich und bedeckte ihren Mund mit seinem. Ihre heißen Zungen glitten in einem wilden Tanz der Begierde übereinander.

Sie stöhnte und küsste mit ihrem Mund über seinen Hals. Er bekämpfte den Drang, sie auf den Rücken zu drehen und sich in ihrem süßen Körper zu vergraben. Dies war ihre Hochzeitsnacht und er wollte es besonders für sie machen.

Sie hauchte Küsse über seinen Nacken zu seiner Brust hinunter. Ihr heißer Mund schloss sich um seine Brustwarze und saugte. Sie knabberte mit den Zähnen an seinem Fleisch und er zischte vor Lust, die durch seine Adern pulsierte.

Sie küsste sich ihren Weg seinen Bauch hinunter, während ihr weiches Haar sein Fleisch streichelte und kitzelte. Als ihre Hände seinen Reißverschluss fanden, stöhnte er. Sie öffnete schnell seine Jeans und zog sie aus.

„Jacey", raunte er und seine Stimme klang heiser in seinen eigenen Ohren und war hinter dem lauten Klopfen seines Herzens kaum zu hören. „Mein Schatz, ich glaube nicht, dass ich noch viel länger durchhalten werde, wenn du mich weiter so berührst."

Sie sah ihn mit einem lustvollen Zwinkern in den Augen an. „Wenn ich dich wie berühre?" Ihr Ton war unschuldig und verspielt und passte überhaupt nicht zu dem Verlangen, das in ihren Augen brannte.

Sie grinste und schloss ihre Hand um seine Erektion. Er packte die Laken so fest, dass man seine weißen Fingerknöchel sah.

Mit vor Geilheit weit aufgerissenen Augen massierte sie seine pralle Erektion. Bei jeder Bewegung ihrer weichen Hand krümmte er sich vom Bett ihrer Handfläche entgegen.

Sie neigte ihr Gesicht zu seinen Schenkeln und drückte ihren Mund auf seinen Hüftknochen.

Sie küsste sein Fleisch, bis sie nur noch wenige Zentimeter von seiner Erektion entfernt war, und spreizte seine Schenkel. Langsam neigte sie den Kopf und leckte ihren Weg über seine Eier. Lust schoss wie Elektroschocks bis in die Spitze seines Schwanzes.

„Fuck." Er packte das Laken noch fester.

Mit seinem Schwanz fest in ihrer Hand leckte sie ihn von oben bis unten und ließ sich viel Zeit, bis er vor sexueller Frustration knurrte.

Seine Eier kribbelten und zogen sich wegen seines bevorstehenden Orgasmus zusammen. Er zog sie schnell hoch und warf sie auf den Rücken.

Er schwebte über ihr und starrte in ihre Augen.

„Ich war noch nicht fertig", schmollte sie.

„Du wirst deine Befriedigung zuerst bekommen." Er

grinste auf sie herab. Er nahm ihren Mund mit wilder Geilheit in Besitz. Sie hatte das Biest in ihm erweckt und jetzt konnte er es nicht wieder einsperren.

Er packte ihr Höschen mit den Händen und zog daran. Er riss das dünne Material in zwei Teile und warf es auf den Boden.

Er senkte den Kopf und sein Mund fand ihre straffe Brustwarze. Er saugte die hübsche rosa Knospe tief in seinen Mund hinein. Sie stöhnte und zog seinen Kopf nah zu sich heran.

Seit er sie getroffen hatte, hatte er sich insgeheim gefragt, ob sie, wenn sie schließlich Sex haben würden, in der Lage wäre, mit seiner aggressiven sexuellen Seite umzugehen. Sie war so weiblich und zart und er wollte sie nicht erschrecken. Er musste langsam machen. Aber jetzt, hier und heute Nacht, im Schein des Kamins und mit der Hitze ihrer Körper, wusste er, dass ihr erstes Mal nicht langsam sein würde.

Er musste in sie eindringen und sie als sein Eigen markieren.

Er musste sicherstellen, dass sie niemals wieder jemand anderem gehören würde.

Er leckte sich seinen Weg ihren flachen Bauch bis zur Innenseite ihrer Beine hinunter. Sein Mund strich über ihre glatte Haut.

Er kroch zwischen ihre Schenkel. Sie stöhnte und bewegte ihre Hüfte zu seinem Mund. Er grinste und legte seine Hand auf ihren seidigen Hügel. Sein Daumen berührte ihre Klitoris. Sie stemmte ihm die Hüften entgegen.

Sie war heiß und feucht und bereit für ihn. Aber er wollte den ersten Orgasmus aus dem Weg schaffen. Sein Schwanz sollte für eine lange Zeit in ihr sein, bevor sie erneut kam. Er wollte, dass es andauerte. Er legte ihre Beine über seine Schultern und neigte seinen Kopf. Dann leckte er genussvoll über ihren nassen Eingang zu ihrer Klitoris hinauf.

„Barrett", stöhnte sie und packte seinen Kopf.

Mit einem Knurren ließ er seine Zunge über ihre Pussy gleiten, neckte und provozierte sie. Er blickte zwischen ihren Beinen auf und sah, wie sie ihn mit einer Mischung aus Lust und Liebe anstarrte.

Er schmeckte weiter ihre Süße, leckte sie und genoss ihren Duft auf seiner Zunge. Sie war wie seine persönliche Süßigkeit. Der eine Duft, nach welchem er sich für immer sehnen und den er niemals verraten würde.

Sie stemmte ihre Hüften gegen seinen Mund, als er sie leckte und an ihrer Perle saugte. Ihre Atmung wurde zu einem Keuchen und ihre Pupillen waren vor Lust komplett geweitet.

„Barrett, bitte", bettelte sie.

So gefiel sie ihm. Nackt und bettelnd, dass er ihr geben solle, was sie brauchte.

Sein Körper wurde fest und hart und er konnte es kaum noch erwarten, sich in ihr zu versenken.

Er saugte ihre Klitoris in seinen Mund und drückte sein Gesicht in ihre feuchte Hitze.

Jacey krümmte sich ihm entgegen und stöhnte laut, als ihr Körper erschlaffte. Er leckte sie weiter mit seiner heißen Zunge, während sie ihre Hüfte unter den Wellen ihres Orgasmus gegen seinen Mund rieb.

Nachdem ihr Höhepunkt vorüber war, rutschte er an ihrem Körper hinauf und positionierte sich zwischen ihren Beinen.

Sie sah ihm tief in die Augen, streckte die Hände aus und zog sein Gesicht zu sich hinunter. Sie küsste ihn.

Er knurrte und stieß in ihren Körper.

Sie keuchte, als seine große Erektion ihren Körper füllte. Sie wusste, dass er groß war. Aber sie war sich nicht sicher, ob er passen würde.

Schmerzhafte Lust schoss zwischen ihren Hüften in ihr hinauf und er schaute auf sie hinunter.

Er hielt inne und gab ihr Zeit, damit ihr Körper seinen großen Schwanz in sich aufnehmen konnte.

„Du bist eng", stöhnte er, als eine einzelne Schweißperle von seiner Schläfe auf das Kissen tropfte.

„Du bist wirklich groß", sagte sie und schnappte nach Luft.

„Beweg dich nicht", sagte er mit zusammengebissenen Zähnen.

„Das muss ich aber." Sie schob ihm ihre Hüften entgegen. „Es fühlt sich einfach zu gut an." Der Schmerz, den sie gefühlt hatte, schmolz nun zu brennendem Verlangen dahin.

Er stieß seine Hüften mit langsamen, rhythmischen Bewegungen gegen ihre. Jede Bewegung ließ ihren Körper von Kopf bis Fuß erzittern.

„Ich wollte, dass unser erstes Mal langsam wird. Aber ich glaube, das kann ich nicht", gab er zu.

„Ich will dich nicht langsam. Ich will dich ganz."

Er blickte zu ihr hinunter, umfasste ihre Wangen und bedeckte ihren Mund mit seinem. Seine Hüften stießen mit langen, tiefen Zügen in ihren Körper und ließen Funken intensiver Lust durch ihren ganzen Körper strömen.

Tief aus ihrem Hals entwich ihr ein Stöhnen. Er küsste sich seinen Weg von ihrem Mund zu ihrem Hals hinunter und leckte über ihr empfindliches Fleisch.

Sie schlang ihre Beine um ihn, während er tief in sie eindrang und sein harter Schwanz sie gleichzeitig füllte und ihr Vergnügen bereitete.

Ihre Körper waren schweißnass unter ihrer heißen Lust. Er hob den Kopf und sah ihr in die Augen.

„Komm für mich", befahl er tief und dunkel.

Das war alles, was sie brauchte, um in ihren zweiten Orgasmus zu stürzen. Ihre Beine klammerten sich enger um ihn und sie spürte, wie ihr Körper zwischen ihren Beinen zu kribbeln begann. Lust strömte wie warmes Karamell tief aus ihrem Bauch und durch ihren gesamten Körper.

Sie drehte den Kopf, biss in seine Schulter und krallte ihre Fingernägel in sein Fleisch, als sie hart und schnell kam.

Er knurrte und stieß noch härter und schneller in sie, was seinen eigenen Orgasmus anheizte. Er neigte seinen Kopf und biss fest zu, als er sich in ihren Körper ergoss.

Erschöpft ließ er sich auf sie fallen und wiegte ihren Körper an seinem. Er hob den Kopf und grinste. Er verlagerte sein Gewicht und zog sie an seine Brust, als er sie fest in seine Arme schloss. Sie lächelte, als sie sich an seinen Körper kuschelte und einen Oberschenkel um seine maskulinen Beine schlang.

Er hob ihr Kinn mit einem Finger und sah ihr in die Augen.

„Ich weiß nicht, was ich tun würde, wenn ich dich jemals verlieren würde", murmelte er. Seine Augen waren intensiv und voller Liebe.

„Dann lass mich nicht los", seufzte sie.

„Du hast Glück, wenn ich dich jemals wieder aus diesem Bett aufstehen lasse, Ehefrau", grinste er.

„Ich mag, wie das klingt." Sie lächelte.

„Was? Dass ich dich nie wieder aufstehen lasse?" Er küsste sie sanft.

„Ich meinte den Teil mit der Ehefrau", stöhnte sie. „Aber der Teil mit dem Bett gefällt mir auch."

Er zog sie auf sich, bis sie auf seinen Hüften saß. Sie küsste ihn und rieb ihren Körper an seinem, bis er erneut steinhart war.

Als er dieses Mal in ihren Körper glitt, ließen sie sich Zeit und genossen einander bis in die frühen Morgenstunden.

Jacey wollte niemals aufwachen.

KAPITEL FÜNFUNDVIERZIG

Jacey bewegte sich. Sie öffnete die Augen und runzelte die Stirn. Auf ihrem Kissen lag Barrett, der seinen Arm schützend um ihre nackte Taille gelegt hatte.

Sie träumte immer noch. Es war nur ein anderer Teil des Traums. Sie lächelte und musterte sein Gesicht. Selbst im Schlaf konnte sie nicht leugnen, wie sehr sie ihn begehrte.

Sie löste sich aus seinem Arm und griff nach seinem Hemd vom Fußboden. Sie schob die Arme hinein und ging in die Küche. Sie holte sich eine Flasche Wasser aus dem Kühlschrank und ging zurück ins Schlafzimmer, aber eine Bewegung hinter den großen Fenstern erregt ihre Aufmerksamkeit.

Es schneite. Sie ging zum Fenster hinüber und schaute hinaus auf die vom Mond beleuchtete Landschaft. Tannenbäume wurden mit weißen Flockengirlanden geschmückt und der Boden wurde von einer weichen weißen Schneeschicht bedeckt. Sie könnte wetten, dass es draußen völlig still sein würde und der Schnee alle Geräusche der Natur überdeckte, würde sie jetzt hinausgehen.

„Jacey."

Sie drehte sich zum Klang der tiefen Stimme um.

Er stand in der Tür und trug nur seine Jeans. Er hatte den Reißverschluss nicht geschlossen und seine Bauchmuskeln spielten, als er zu ihr hinüberkam.

Er schlang seine Arme um ihre Taille und starrte mit ihr auf die winterliche Szene hinaus. Sie lehnte sich an ihn und seufzte. „Ist es nicht wunderschön?"

„Nicht so wunderschön wie du."

Sie lachte und drehte sich in seinen Armen um.

Sein Blick glitt an der Vorderseite ihres Körpers hinunter. Sie hatte das Hemd nicht zugeknöpft.

Sie streckte die Hand aus und strich mit den Fingerspitzen über die Bauchmuskeln, die in seine Jeans hinunterführten. Sie schaute ihm tief in die Augen und schob ihre Hand in seine Hose.

Er zischte unter ihrer Berührung und sie verstärkte ihren Griff um seinen harten Schwanz.

Er schob seine geschickte Hand unter das Hemd, um ihre Brüste zu verwöhnen. Er kniff ihr sanft in eine Brustwarze. Ein Stöhnen entwich ihrem Mund.

„Fühlt sich das gut an?", flüsterte er neben ihrem Ohr.

„Alles was du tust, fühlt sich gut an."

Er bedeckte ihre Lippen mit einem brennenden Kuss und plötzlich waren seine Hände überall, besitzergreifend und streichelnd.

„Ich will dich jetzt", stöhnte sie und schob seine Jeans an seiner Hüfte hinunter. Er zog sie schnell aus.

Er packte ihren Arsch und hob sie hoch. Sie schlang ihre Beine um seine Taille. Er lehnte sie gegen die Wand und positionierte seine Erektion direkt an ihrem nassen Eingang.

Er stieß zu und drang mit einer schnellen, süßen Bewegung tief in sie ein.

Sie warf den Kopf zurück und stöhnte, als er sich in ihr bewegte und sein heißer Mund ihren Hals liebkoste.

„Sag mir, dass du mir gehörst", knurrte er. „Ich muss hören, wie du die Worte sagst." Seine raue Stimme ließ ihr Fleisch erzittern und verursachte ihr auf angenehmste Weise eine Gänsehaut.

„Ich gehöre dir, Barrett", hauchte sie keuchend, als sie zum Höhepunkt kam. Stöhnend vergrub er sich tief in ihr, als er seinen Samen in ihr verschüttete.

Sie standen dort ineinander verschmolzen und ihr schwerer Atem war das einzige Geräusch im Raum.

„Lass uns zurück ins Bett gehen." Er küsste sie sanft auf die Lippen und stellte sie auf den Boden.

Er sammelte ihre Kleidungsstücke auf. „Zieh dich nicht an. Es ist nicht nötig." Ein lustvolles Grinsen breitete sich auf seine Lippen aus, er hob sie in seine Arme und trug sie zurück ins Bett.

* * *

Jacey kuschelte sich in die Decke und suchte nach Wärme. Sie lächelte vor sich hin, als sie sich mit erstaunlicher Klarheit an den Traum der letzten Nacht erinnerte. Sie wollte ihre Augen noch nicht öffnen. Sie wollte noch ein wenig länger im sexy Dunst der Begierde und Liebe verweilen.

Sie streckte die Hand aus, um ihr Kissen näher an sich zu ziehen, aber anstatt des weichen Kissens traf ihre Hand auf warmes, hartes Fleisch.

Mit gerunzelter Stirn öffnete sie ein Auge.

Ihr Körper wurde heiß.

Es war Barrett.

Ihr Herz schlug heftig in ihrer Brust. Ihr Magen drehte sich um. Und dann wusste sie es. Es war überhaupt kein Traum gewesen.

Er lag neben ihr, mit einer Hand auf seinem Bauch und

der anderen über seinem Kopf, als würde er das Sonnenlicht abhalten.

Sie musste schnell aus dem Bett aufstehen, bevor er aufwachte. Sie musste sich sammeln und darüber nachdenken, was passiert war und was das alles für sie bedeutete.

„Guten Morgen." Beim Klang seiner Stimme hielt sie mitten in ihrer Bewegung inne.

Sie sagte nichts, sondern zog lediglich die Bettdecke bis unters Kinn, um ihre Nacktheit zu verbergen.

Jede Berührung seines Mundes, jede Liebkosung seiner Hand kam nun im hellen Tageslicht zurück zu ihr. Ihr Gesicht wurde heiß und rot. Sie hatte ihre Seele entblößt und ihm ihren Körper und ihr Herz gegeben. Im Gegenzug hatte er sie genommen und verschlungen.

Sie hatte ihm ihre Liebe gestanden. Das war das Schlimmste daran. Das war der Teil, der ihr das Herz herausriss.

„Es war gar kein Traum." Sie bedeckte ihr Gesicht mit ihren Händen und war zu verlegen, um ihn anzusehen.

Er setzte sich auf und streckte sich nach ihr aus. „Worüber redest du denn? Was war kein Traum?"

Sie zog ihre Hände von ihrem Gesicht und sah ihn an. „Was haben wir getan, Barrett?"

Sein Gesichtsausdruck veränderte sich und wurde ernst. „Ich verstehe dich nicht. Warum bist du so sauer?"

„Ich dachte, dass letzte Nacht ein Traum gewesen wäre." Sie stand auf und nahm die Bettdecke mit sich. Sie musste so weit wie möglich von ihm entfernt sein. Sie wusste, was passieren würde, wenn sie mit ihm in einem Bett blieb.

Er schüttelte den Kopf und kniff die Augen zusammen. „Du hast mir letzte Nacht gesagt, dass du das willst. Dass du mich willst."

„Ich weiß. Weil ich dachte, dass es ein Traum war." Sie versuchte zu schlucken, aber ihr Mund war zu trocken.

„Also willst du mich nur, wenn ich ein Traum bin?" Er sah sie prüfend an.

„Träume haben keine Konsequenzen. Die Realität aber schon." Sie versuchte, die Tränen zurückzuhalten, aber eine ungehorsame Träne lief trotzdem ihre Wangen hinunter.

Er stand auf und ignorierte seine Nacktheit. Er streckte die Hand nach ihr aus und wischte die Träne weg.

„Ich habe so etwas noch nie gemacht. Ich habe keinen Gelegenheitssex. Der einzige Mann, mit dem ich geschlafen habe, war mein …"

„Ehemann." Er neigte den Kopf. „Das wäre ich."

„Ehemann. Vorübergehend …", sagte sie leise.

„Was soll das denn bedeuten?" Er berührte ihre Wange, aber sie trat einen Schritt zurück. Er richtete sich auf und der Raum füllte sich mit Spannung. „Jacey, was meinst du damit, dass ich dein vorübergehender Ehemann bin?"

Sie schaute auf und sagte die Worte, die ihr am meisten wehtaten. Aber sie musste es tun. „Barrett, ich bin nicht naiv. Ich verstehe sehr gut, dass unsere Ehe annulliert werden wird, sobald Boudier gefangengenommen wurde und die Gefahr vorüber ist." Sie schaute weg. „Oder zumindest wäre es so gewesen, bevor wir …"

„Miteinander geschlafen haben? Uns verpaart haben?"

Sie hob die Hand und bedeckte seine Lippen mit ihren Fingern.

Er zog ihre Hand weg und lächelte. „Jacey, meine Süße. Wir sind jetzt Gefährten. Nach der letzten Nacht habe ich keinen Zweifel daran, dass wir verpaart sind."

„Verpaart zu sein ist nicht von Dauer."

„Doch, das ist es." Er zog seine Augenbrauen zusammen.

Sie warf ihm einen komischen Blick zu. „Im Ernst? Das hast du nicht gerade gesagt." Sie stieß ihren Finger gegen seine Brust. „Du stehst gerade vor der einzigen Frau in der

Werwolfgeschichte, deren Gefährte sie für jemand anderen verlassen hat. Erinnerst du dich?"

Barretts Blick wurde hart und er beugte sich zu ihr. „Er war nicht dein Gefährte. Das war er nie und wird es auch nie sein."

Ein Schauer lief über ihren Rücken. Nicht aus Angst, sondern aus sexueller Erregung.

Er griff nach ihr und legte seine Hand um ihr Gesicht. „Jacey, sieh mich an. Ich weiß, dass die Dinge nicht ganz so gelaufen sind, wie du es gewollt hättest. Die schnelle Hochzeitszeremonie, der Mangel an Flitterwochen. Du verdienst so viel mehr und es tut mir wirklich leid. Aber ich glaube, dass du über meine Gefühle für dich etwas verwirrt bist …"

Sie entriss sich seinem Griff, als an der Tür klopfte.

„Barrett! Seid ihr wach?", brüllte Rykers Stimme durch die geschlossene Tür.

„Verdammt. Er hat ein beschissenes Timing", knurrte Barrett.

Er fand seine Jeans auf dem Fußboden und zog sich schnell an. Sie zog die Bettdecke wie einen Kokon enger um sich herum.

Barrett kam noch einmal zu ihr hinüber und streichelte ihre Wange mit seiner Handfläche. „Jacey, diese Unterhaltung ist noch nicht vorbei. Wir werden später darüber reden, in Ordnung?"

Sie nickte, sah ihm aber nicht in die Augen.

Das Klopfen wurde lauter.

„Er wird die Tür einschlagen, wenn ich sie nicht öffne", seufzte er und starrte nervös auf die Tür.

„Gibst du deinem Ehemann einen Guten-Morgen-Kuss, bevor ich Ryker töten gehe?" Er verschränkte die Arme vor der Brust.

Sie riss ihren Kopf in seine Richtung herum und funkelte ihn an.

„Wenn du mich küsst, gehe ich zur Tür." Er grinste.

„Also gut." Sie wollte wirklich nicht, dass Ryker die Tür einschlug und sie nackt in eine Bettdecke gehüllt dort stehen sah. Sie stellte sich auf die Zehenspitzen und drückte ihre Lippen zu seiner Wange. In der letzten Sekunde drehte er den Kopf und presste seine Lippen auf ihre.

Ihr Körper wurde von Lust durchströmt. Jedes Mal, wenn er sie küsste, passierte das.

Er löste sich von ihr und starrte auf die Tür. „Lass mich sehen, was er will, und dann reden wir weiter."

KAPITEL SECHSUNDVIERZIG

Jacey rannte sofort zur Dusche, als Barrett den Raum verlassen hatte. Sie schloss die Tür des Badezimmers und griff nach dem Schlüssel. Stöhnend bemerkte sie, dass man die dumme Tür nicht abschließen konnte. Nach der letzten Nacht wollte er vielleicht ein bisschen Action in der Dusche.

Sie drehte das Wasser auf und stieg in die Dusche, solange das Wasser noch kalt war. Zitternd wusch sie sich die Haare, während das Wasser erst warm und dann heiß wurde. Sie konnte sich einfach nicht entspannen. Sie war zu sehr damit beschäftigt, auf Geräusche zu lauschen, die darauf hinweisen könnten, dass er zurück im Schlafzimmer war. Sie griff nach dem Rasierer und rasierte sich schnell die Beine, wobei sie sich in ihrer Eile zweimal schnitt.

Sie drehte das Wasser ab, schnappte sich den Bademantel und band ihn fest zu. Sie öffnete die Tür zum Schlafzimmer und spähte hinein.

Es war leer. Was auch immer Ryker gewollt hatte, es musste wichtig gewesen sein.

Zumindest gab ihr das Zeit, ihre Haare zu trocknen.

Sie fand den Föhn im Schrank und wischte den Spiegel

ab, bevor sie begann, sich die Haare zu föhnen. Sie starrte in ihr Spiegelbild, während die heiße Luft über ihr nasses Haar blies. Bilder von ihr und Barrett stiegen vor ihrem inneren Auge auf.

Sie war letzte Nacht dreist gewesen. Sie hatte ihn berührt und geschmeckt, so viel sie wollte.

Und nun fühlte sie sich zutiefst gedemütigt. Sie hatte sich in ihrem ganzen Leben noch nie so verhalten. Noch nicht einmal mit ihrem Ex-Gefährten. Andererseits hatte es dem Sex mit Jeremy auch an irgendetwas gefehlt.

Nicht so mit Barrett. Sex mit ihm war absolut überwältigend gewesen. Etwas, was man sonst nur in Liebesromanen las.

Barrett war aggressiv, aber zärtlich gewesen und hatte genau gewusst, wo sie seine Hände, seine Finger und seinen Mund spüren wollte.

Sie sah ihr errötetes Spiegelbild an. Die Hitze in ihrem Unterleib begann wieder zu glühen, wenn sie daran dachte, wie sie sich geliebt hatten. Und wie oft. Allein beim Gedanken daran wurde sie schon wieder feucht.

„Jacey."

Sie zuckte zusammen und wirbelte zur geschlossenen Tür herum.

„Ich bin gleich fertig." Sie schlang den Bademantel bis unter ihr Kinn und drehte sich wieder zum Waschbecken um. Sie putzte sich schnell die Zähne und trocknete die Haare zu Ende.

Sie vergewisserte sich, dass der Bademantel eng zugebunden war, und ging zurück ins Schlafzimmer.

Barrett stand am Schrank und trug noch immer nur seine Jeans. Er zog ein paar Kleidungsstücke heraus.

„Sind das deine Klamotten?" Sie zeigte auf den Schrank und neigte den Kopf. „Moment mal. Diese Klamotten waren gestern noch nicht dort drin."

„Ich habe Braxton vor der Hochzeit meine Sachen herbringen lassen. Als wir hier ankamen, hatte Eric schon Kleidung für uns bereitgestellt, ohne dass ich darum gebeten hatte." Er drehte sich um und sah sie an. „Ich bin mir sicher, ich werde es ihm zurückzahlen müssen."

„Du hast auf jeden Fall wirklich gute Freunde", sagte sie und zog den Bademantel noch enger um sich. Sie konnte ihre Augen nicht von seinem Körper losreißen und davon, wie sich seine Muskeln bei jeder Bewegung anspannten. Er war wie ein Gedicht.

„Du hast jetzt auch gute Freunde." Er warf ihr einen Blick zu und schnappte sich ein langärmeliges schwarzes T-Shirt von einem Kleiderbügel und eine dunkle Jeans. Er warf alles auf das Bett.

Ihr Körper wurde heiß und kribbelte an all den richtigen Stellen. Sie rieb ihre Beine aneinander und versuchte, das aufsteigende Verlangen zu unterdrücken.

„Ist alles in Ordnung?" Sie räusperte sich und zwang sich, aus dem Fenster zu sehen. Es schneite nicht mehr und die Morgensonne glitzerte auf der weißen Landschaft wie winzige Diamanten.

„Das ist es." Er grinste und kam zu ihr hinüber. „Ryker sagte, dass Boudier auf der anderen Seite von Denver aufgespürt wurde. Er wurde gefangengenommen."

„Sie haben ihn?"

„Ja, ein paar der Mississippi-Wächter haben ihn erwischt. Er hielt sich in einem heruntergekommenen Motel versteckt. Sie haben ihn geschnappt, als er sein Zimmer verließ. Einer Karte zufolge, die sie dort gefunden haben, versuchte er gerade herauszufinden, wohin wir entkommen sind."

Ihr Magen rutschte bis in ihre Kniekehlen. „Also sind wir jetzt in Sicherheit?"

„Ja. Das sind wir." Er wandte sich wieder dem Schrank zu und zog eine Jeans und einen Strickpullover für sie heraus.

„Was bedeutet, dass wir in die Stadt gehen können. Ryker und die anderen Wächter meckern schon, wie hungrig sie sind. Ich habe vorgeschlagen, dass wir alle zum Frühstück nach Aspen fahren."

Er warf die Kleidung aufs Bett und kam zu ihr hinüber. „Ich weiß, wir müssen immer noch reden. Das machen wir, wenn wir wieder zurück sind. Im Moment möchte ich nur einen normalen Tag mit dir verbringen. Einen Tag, an dem uns niemand töten will."

Sie sah ihn an und ihr Herz zog sich in ihrer Brust zusammen. Er war unglaublich gutaussehend, der schönste Mann, den sie jemals gesehen hatte. Sie würde, was sie letzte Nacht erlebt hatten, immer in ihrem Herzen tragen, aber sie wusste auch, dass sie ihn nicht für immer an sich binden konnte. Sie musste lernen, alleine zu leben und von niemand anderem abhängig zu sein.

„Ich werde kurz unter die Dusche springen." Er gab ihr einen schnellen Kuss, bevor er ins Badezimmer ging.

Sie nickte und begann sich anzuziehen. Sie hatte Zeit, sich eine Tasse Kaffee zu holen und ihre Nerven zu beruhigen, bevor sie losfuhren.

Von Barrett abhängig zu sein und ihn zu sehr zu lieben, würde ihr Untergang sein. Und sie war nicht bereit, noch einmal im Leben zu versagen.

* * *

Barrett genoss normalerweise lange, heiße Duschen, aber mit der guten Nachricht, dass Boudier geschnappt worden war, und da Jacey nun offiziell seine Gefährtin und außerdem seine Frau war, war er zu gut gelaunt, um lange in der Dusche zu verweilen.

Er sprang wieder heraus und schüttelte kurz den Kopf. Wassertropfen spritzten auf den makellosen Spiegel.

Er trocknete sich schnell ab und ging wieder ins Schlaf-zimmer, um sich anzuziehen. Er zog sich das schwarze T-Shirt über den Kopf. Dann setzte er sich auf die Bettkante und zog seine schwarzen Bikerstiefel an.

Er griff nach seiner Jacke und ging eilig die Treppe hinunter.

Da Jacey höchstwahrscheinlich in der Küche sein würde, ging er in diese Richtung. Er bog um die Ecke und blieb stehen.

Jacey stand vor dem großen Panoramafenster beim Küchentisch und Ryker, Jayden und Lucien standen um sie herum. Sie hielt eine heiße Tasse Kaffee in ihren Händen und schüttelte ihren Kopf über etwas, das die Wächter zu ihr sagten.

„Komm schon, Jacey. Sag es mir einfach." Jayden runzelte die Stirn und schubste Ryker aus dem Weg.

Sie neigte den Kopf. „Warum sollte ich es dir verraten? Du würdest einfach alles aufessen und dann bleibt nichts mehr übrig."

„Nein, das werde ich nicht. So viel esse ich wirklich nicht." Jayden schenkte ihr ein charmantes Lächeln.

„Schwachsinn. Jayden isst doppelt so viel wie jeder andere Wolf, den ich kenne", schnaubte Lucien.

„Ich war zuerst hier, bevor ihr Arschlöcher aufgetaucht seid. Wenn sie es jemandem verrät, bin ich es", knurrte Ryker Jayden an und versuchte dann, Jacey ein Lächeln zu schenken. Es sah aber eher bedrohlich als charmant aus.

Jacey hob eine Augenbraue und trat einen Schritt zurück.

Er wusste nicht, wovon sie redeten, aber es gefiel ihm nicht.

„Was zur Hölle ist hier los?", donnerte Barrett, als er auf die Gruppe zukam. Jaceys Augen weiteten sich und die Wächter hatten genug Verstand, sich drei Schritte von ihr zu entfernen.

Niemand antwortete ihm, also suchte er bei Lucien nach Antworten. „Nun?"

Lucien grinste und hob abwehrend die Hände. „Ryker und Jayden haben versucht, Jacey zu überreden, ihnen zu verraten, wo sie ihren Keksteig versteckt hat. Aber sie ist eine harte Nuss und lässt sich nicht von ihnen einschüchtern."

„Haha, Lucien", sagte Jayden mit gerunzelter Stirn. „Du bist so eine Petze." Er sah Barrett an und warf ihm einen bettelnden Blick zu. „Komm schon, Alter. Es ist doch nur ein bisschen Keksteig. Nur ein ganz kleines bisschen. Ich meine, diese Kekse waren unglaublich. Sie erinnern mich an Zuhause."

Jaceys Gesichtsausdruck wurde weicher. „Jayden, du hast mir gar nicht gesagt, dass du …"

„Das liegt daran, dass er dich verarscht." Barrett kniff die Augen zusammen. „Hör auf, ihr Mitleid zu erregen. Sie wird dir ihre Kekse nicht geben."

„Scheiße. Was habe ich verpasst?" Damon kam in die Küche und ging zur Kaffeemaschine hinüber. Braxton, Jaxon und Zane kamen direkt hinter ihm rein.

„Ryker und Jayden befinden sich im Todeskampf um Jaceys hausgemachte Kekse", schnaubte Lucien.

Jaxon lachte auf. „Von Jayden hätte ich das erwartet, aber nicht von dir, Ryker." Er wurde ernst und schenkte Ryker seine volle Aufmerksamkeit. „Ich wusste nicht, dass du eine Naschkatze bist, Ryker. Verdammt, ich habe dich noch nicht einmal Nachtisch nach dem Abendessen essen sehen."

„Fick dich", murrte Ryker und stürmte zur Kaffee-maschine.

„Ja, ich bin mir nicht so sicher, ob ihr Jacey wirklich ihre Kekse aus den Rippen leiern solltet. Barrett wird es nicht gefallen, sie zu teilen." Lucien lachte.

Barrett warf ihm einen Blick zu und trat zwischen die Wächter und Jacey.

„Also gut. Genug mit dem Gerede", meckerte Damon. „Ich verhungere hier gleich."

„Ich habe ein tolles Restaurant in der Stadt gefunden, das ein All-you-can-eat Pfannkuchenfrühstück serviert", sagte Zane. Er sah Jayden an. „Vielleicht können die sogar dich sattkriegen, Jayden."

„Das bezweifle ich", seufzte Jayden. „Aber weißt du, was helfen könnte?" Er sah Jacey erneut an.

„Nein. Sie gibt dir weder Kekse noch Keksteig und wenn du noch mal damit anfängst, werde ich dir eigenhändig die Eingeweide rausreißen", knurrte Barrett.

Ein Kichern breitete sich im Raum aus, als die Wächter nach ihren Jacken griffen und die Küche verließen.

Barrett sah Jacey an. Er wusste, dass die Jungs nur Witze machten, aber es gefiel ihm nicht. Würde er sich von nun an immer so fühlen, da sie verpaart waren?

Barrett nahm ihre Jacke von der Stuhllehne und hielt sie ihr hin. Sie schob die Arme in die Ärmel und schloss den Mantel schnell.

„Ich bin bereit." Sie sah zu ihm auf.

Er konnte die Spannung zwischen ihnen spüren, die schwer in der Luft zu hängen schien. Er wollte nicht, dass sein Leben mit ihr so begann.

Er nahm ihre Hand und drückte sie sanft. Jacey war eine Frau, die ihm vertrauen wollte, aber er musste ihr zeigen, dass das, was er sagte, und seine Gefühle für sie echt waren.

Er musste seinen Worten Taten folgen lassen.

KAPITEL SIEBENUNDVIERZIG

Jacey betrat das gemütliche Restaurant im Blockhausstil mit Barrett an ihrer Seite. Die Wächter waren alle zusammen in einem Fahrzeug gefahren, aber sie und Barrett fuhren allein mit einem von Erics Allradantrieb-Geländewagen. Die Unterhaltung war leicht und fröhlich gewesen. Es war genau, was sie brauchte. Sie wollte wirklich keinen emotionalen Ausbruch haben, bevor sie sich den Arkansas-Wächtern beim Frühstück stellen musste.

„Hier drüben." Braxton stand von einem Tisch neben dem großen Steinkamin auf und winkte sie hinüber. Das Restaurant füllte sich langsam mit morgendlichen Gästen, die aus dem Schnee von draußen hereinstürmten. Die Hintergrundgeräusche von Unterhaltungen vermischten sich mit dem süßen Duft von Pfannkuchen und Speck.

Barrett zog den Stuhl für sie heraus und sie setzte sich. Er saß neben ihr am Kopfende des Tisches. Jaxon saß zu ihrer Rechten und Ryker saß ihr gegenüber. Damon saß am anderen Ende und Braxton, Zane, Jayden und Lucien füllten den Rest des Tisches aus.

„Wir haben euch beiden bereits Kaffee bestellt", sagte Zane, als er seine Speisekarte schloss.

„Perfekt", sagte Barrett und öffnete seine Speisekarte, um das Angebot zu studieren. Jacey trank einen Schluck Wasser und sah sich unter den Wölfen am Tisch um. Sie zogen sich gegenseitig auf und machten Witze.

Sie wusste, dass sie füreinander mehr Familie waren, als sie es je gehabt hatte.

Wie traurig war das denn? Sie wurde in eine Kleinfamilie geboren, hatte ein gutes Leben gehabt, als sie aufwuchs, und heiratete den Wolf, den sie erwartet hatten. Und als ihre Ehe und im Grunde genommen ihr ganzes Leben gescheitert war, hatte ihre Familie sie einfach verstoßen. Selbst diejenigen, von denen sie dachte, dass sie ihre Freunde waren, hatten aufgehört, mit ihr zu reden.

Plötzlich war sie gar nicht mehr hungrig.

Sie blickte auf und stellte fest, dass Barrett sie aufmerksam musterte. Sie blinzelte und legte ihre Speisekarte auf den Tisch, als die Kellnerin sich näherte.

„Was kann ich euch einbringen?" Die Kellnerin war jung, Mitte zwanzig mit blonden Haaren, blauen Augen und makelloser Haut. Sie trug eine schwarze Strumpfhose mit einem passenden schwarzen Kleidchen, das ihre Brüste betonte. Sie trug außerdem hohe graue Stiefel, die bis zu ihren Knien reichten, und eine winzige Jeansschürze, die um ihre Taille gewickelt war.

Es blieb nicht unbemerkt, dass sie ein bisschen zu viel lächelte und ein wenig zu nah bei Barrett stand.

Wut kochte in Jaceys Bauch und entfachte ein Feuer, als würde man Benzin in die Flammen schütten. Sie kniff die Augen zusammen und öffnete den Mund, um ihr zu sagen, dass sie Abstand von Barrett halten sollte.

Bevor sie die Worte herausbrachte, legte Barrett seine

Hand auf ihren Oberschenkel. Sie entspannte sich unter seiner Berührung.

„Meine Frau und ich nehmen die All-you-can-eat-Pfannkuchen", bestellte Barrett.

„Die nehmen wir alle", antwortete Jayden für alle. „Und Speck. Bringen Sie ganz, ganz viel Speck."

Der Blick der Kellnerin fiel auf Barretts Hand und sie errötete. „Natürlich. Sofort unterwegs", stammelte sie, bevor sie sich umdrehte, um noch mehr Kaffee zu holen und ihre Tassen wieder aufzufüllen.

„Die Kellnerin wusste es nicht", schnaubte Ryker.

„Was wusste sie nicht?" Barrett sah Ryker an.

„Dass ihr beide verheiratet seid." Er hob seine linke Hand und zeigt auf seinen Ringfinger. „Du trägst keinen Ehering und Frauen gehen davon aus, dass du Single bist."

„Ja, Barrett. Du musst dir einen Ehering besorgen oder so was", sagte Jayden. „Haley sagt, wenn ich sie heirate, muss ich auch einen Ring tragen."

„Aber seid ihr nicht miteinander verpaart?" Jacey sah ihn an.

„Oh ja. Aber ich wollte sie trotzdem heiraten." Jayden lächelte und sah dann weg, als würde er sich die Frau vorstellen, an die er gerade dachte. „Ich will sie auf jede erdenkliche Art. Verpaart. Verheiratet. Du weißt schon, für immer."

Jacey lächelte. Sie mochte Jayden. Er mochte sie vielleicht wegen ihres Keksteigs belästigen, aber er schien, als würde er seine Gefährtin wirklich lieben und sich um sie sorgen.

„Ja, der Einzige an diesem Tisch, der nicht verpaart ist, ist Ryker", schnaubte Lucien.

Ryker funkelte den Wolf an.

„Hast du kein Interesse daran, dich zu verpaaren?" Sie sah den furchteinflößenden Werwolf an.

„Nein. Ich habe lieber meine Freiheit." Ryker nahm einen

Schluck Kaffee und ließ seinen Blick durch das Zimmer schweifen. Sie bemerkte, dass sein Blick etwas zu lange auf ein bestimmtes Weibchen gerichtet war.

„Bist du dir da sicher?", grinste Jacey. Sie warf einen Blick auf die Frau in der Ecke. „Du hast das Weibchen dort drüben wirklich im Blick."

Ryker warf ihr einen bösen Blick zu.

Damon lachte, gefolgt von den anderen Wächtern. „Sie hat dich erwischt, Ryker."

„Nein, hat sie nicht", knurrte er und deutete mit seiner Gabel auf sie. „Das hast du nicht, nein." Er sah wieder zu der Frau hinüber. „Sie hat einen schönen Arsch. Das ist alles."

„Aha. Sie sitzt doch, Ryker. Woher weißt du denn, wie ihr Arsch aussieht?" Sie neigte den Kopf.

Alle am Tisch lachten wieder. Das Mädchen, über das sie sprachen, sah von ihrem Kaffee auf und warf einen Blick in ihre Richtung.

„Bleibt mal ruhig, Leute", knurrte Ryker. „Ihr benehmt euch alle wie ein Haufen Tiere."

„Nun, genau genommen sind wir das ja auch", sagte Jaxon und grinste, als die Kellnerin einen Teller mit Pfannkuchen vor ihnen abstellte.

Sie waren alle zu sehr mit dem Essen beschäftigt, um beim Frühstück viel zu reden. Jacey musste zugeben, dass es sich gut anfühlte, Zeit mit den Wächtern zu verbringen.

Als sie fertig waren, verließen sie das Restaurant und traten in das helle Sonnenlicht hinaus.

„Also, was ist der Plan?", fragte Braxton.

„Da Boudier geschnappt wurde, gibt es keinen Grund für uns hierzubleiben", sagte Damon und setzte sich seine Sonnenbrille auf. „Aber es ist zu spät, jetzt nach Arkansas zurückzufahren. Wir fahren morgen früh zurück."

„Und in der Zwischenzeit?" Braxton wartete auf eine Antwort.

„Ihr könnt alle einen Tag frei haben. Macht, was ihr wollt", sagte Damon.

„Endlich", seufzte Jayden. „Wir haben uns fast zu Tode geschuftet, Damon."

„Das will ich mal sehen, wie sich dein fauler Arsch zu Tode schuftet", grummelte Damon.

Jacey grinste.

„Ich will Skifahren gehen. Das habe ich noch nie gemacht", sagte Lucien.

„Das will ich sehen. Deinen fetten Hintern am Anfängerhügel", spottete Zane.

„Anfängerhügel, meine Fresse. Ich gehe gleich auf die schwarze Piste." Lucien verschränkte die Arme.

„Ich wette Tausend Dollar, dass ich besser Skifahren kann als du." Jayden streckte seine Hand aus.

„Herausforderung angenommen."

Lucien schüttelte Jaydens Hand. „Und ich werde mich noch nicht mal schlecht fühlen, wenn ich dir dein Geld abnehme."

„Kommt ihr auch mit?" Braxton sah Barrett an.

„Wir kommen später nach. Wir haben zuerst noch etwas zu tun", sagte Barrett, nahm ihre Hand und setzte sich seine Sonnenbrille auf.

„Bis später dann." Ryker nickte ihnen zu.

Sie sah zu, wie sich die Wächter alle in den Hummer drängten, mit dem sie den Berg hinuntergefahren waren. Sie fuhren los.

Sie sah zu Barrett auf. „Und was machen wir?"

Barrett legte seinen Arm um sie. Sie gingen den Bürgersteig entlang, der von Geschäften, Kaffeehäusern und Boutiquen gesäumt war. „Wir, Mrs. Middleton, müssen uns um etwas Geschäftliches kümmern."

KAPITEL ACHTUNDVIERZIG

Barrett nahm Jaceys Hand, als sie den Bürgersteig entlanggingen. Er vermisste die Berührung ihrer Haut auf seiner, aber war froh, dass die Handschuhe ihre Hände warmhielten.

Frieden und Zufriedenheit breiteten sich in seiner Brust aus.

Zum ersten Mal seit langer Zeit fühlte er sich wie Zuhause. Mit ihr an seiner Seite.

„Ich gehe davon aus, dass du an ein bestimmtes Geschäft denkst, zu dem du gehen willst?" Jacey sah Barrett an.

„Das stimmt. Ich möchte dich einem alten Freund vorstellen." Barrett blickte zu ihr hinunter. Ein Lächeln legte sich auf seine Lippen.

Sie gingen weiter und schauten sich unterwegs alle Geschäfte an. Als er ein altbekanntes goldenes Schild entdeckte, das ein paar Meter vor der Schaufensterfront hervorstand, beschleunigte er seine Schritte.

Er blieb vor dem Juwelier stehen, öffnete die Tür und ließ Jacey zuerst eintreten.

Der vertraute Duft des Ladens stieg in seine Nase wie eine Erinnerung an die Vergangenheit.

Jaceys Augen weiteten sich angesichts der Menge an Diamantschmuck, die in Glasbehältern in dem gehobenen Laden aufbewahrt wurde.

„Was machen …" Bevor sie ihre Frage stellen konnte, kam ein älterer Herr Ende sechzig aus dem hinteren Teil des Ladens nach vorn. Sein Lächeln wurde breiter, als sein Blick auf Barrett fiel.

„Barrett! Wie schön, dass du deinen alten Freund Gianni besuchen kommst!" Er zog Barrett in eine feste Umarmung. Er ließ ihn nur los, um ihn auf beide Wangen zu küssen.

„Wie ich sehe, hast du dich nicht verändert, alter Mann", witzelte Barrett.

„Nur ein bisschen runder geworden." Gianni tätschelte seinen runden Bauch und lachte. „Das liegt an meiner Frau. Sie füttert mich immerzu mit viel gutem italienischem Essen und Wein."

Sie lachten und Giannis Blick fiel auf Jacey. Seine Augen weiteten sich. „Und wer ist diese hübsche junge Dame?"

„Gianni, ich möchte dir Jacey vorstellen, meine Frau." Barrett zog sie an seine Seite.

Der Mund des alten Italieners klappte auf. Er blinzelte ein paarmal. Langsam wurde sein Lächeln größer, bis sein Gesicht ein breites Grinsen zeigte.

„Jacey, das ist Gianni Bertolli, ein enger Freund der Familie."

Jacey lächelte und streckte grüßend die Hand aus. Anstatt ihre Hand zu schütteln, umfasste er ihr Gesicht. „Jacey. Welch eine Ehre es mir ist, endlich die Frau zu treffen, die Barretts Herz erobert hat." Er neigte sich zu ihr und küsste ihr beide Wangen.

Jaceys Gesicht wurde rot und sie senkte den Kopf. „Danke, Gianni. Es ist so schön, dich kennenzulernen."

„Du hast gut gewählt, Barrett. Ich habe noch nie eine solche Schönheit und offensichtliche Liebe zwischen zwei Menschen gesehen." Gianni trat einen Schritt zurück.

„Vielen Dank." Barrett nahm ihre Hand, führte sie an seine Lippen und küsste ihre Finger. „Meine Frau ist sehr bescheiden und weiß nicht, wie wunderschön sie wirklich ist." Er starrte zu ihr hinunter.

Gianni versteifte sich und schüttelte den Kopf. „Dann musst du es ihr jeden Tag sagen, jederzeit. So lange, bis sie es glaubt." Er wedelte mit den Händen in der Luft, um seinen Standpunkt zu betonen. „Das mache ich mit meiner lieben Frau, Bella. Ich sage ihr jeden Morgen und jeden Abend, wie wunderschön sie ist."

Jacey grinste.

„Pass gut auf sie auf, mein Freund, denn du wirst nicht noch einen Diamanten zwischen all den Steinchen finden." Gianni grinste. „Möge Gott euch mit einer Fülle wunderbarer Kinder segnen."

Jacey runzelte die Stirn, als Barrett grinste.

„Jetzt sag mir, hast du etwas Besonderes, das du meiner Frau zeigen kannst?"

Giannis Augen leuchteten auf. „Ich habe genau das Richtige." Er verschwand in den hinteren Bereich und ließ sie allein zurück. Barrett strich mit einem Finger über ihre Wange und küsste sie sanft auf die Lippen.

„Ah, es ist so schön, junge Menschen so verliebt zu sehen", verkündete Gianni, als er wieder hinter der Theke erschien. Er legte ein Schmucketui auf das Glas.

Sie gingen hinüber und Gianni öffnete die kleine Schachtel.

Darin befand sich eine V-förmige Halskette, die mit Diamanten und Saphiren besetzt war. An der Spitze des Vs befand sich ein besonders großer Diamant. Die ganze Kette war in Platin gefasst. Auf beiden Seiten der Kette lagen zwei passende Saphirohrringe.

„Sie wurde in meiner Heimatstadt in Italien hergestellt. Maßanfertigung. Es gibt kein zweites Set wie dieses auf der Welt."

„Es ist atemberaubend", hauchte Jacey.

„Eine kluge Frau, Barrett. Sie hat ein Auge für Qualität. Du tust gut daran, sie geheiratet zu haben. Sie ist nicht nur schön, sondern auch schlau."

Jacey wurde rot von dem Kompliment. Barrett nickte. „Ja, da hast du recht. Und ich habe nicht vor, sie jemals gehen zu lassen."

Jacey zappelte leicht bei seinen Worten und schaute weg.

„Was kannst du uns in der Ringabteilung zeigen?" Barrett neigte den Kopf und hob seinen bloßen Ringfinger.

„Aha. Natürlich." Gianni warf einen Blick auf Jaceys Hand und bemerkte, dass auch sie keinen Ring trug.

Jacey drehte sich mit großen Augen zu ihm um. „Barrett, du musst mir keinen Ring kaufen", flüsterte sie.

„Natürlich muss ich das. Du bist meine Frau. Außerdem brauche ich auch einen Ring." Er neigte den Kopf. Er wusste, dass sie an seiner Treue zu ihr zweifelte. Also musste er es ihr beweisen.

Gianni ging zu den Eheringen und holte ein Tablett hervor. Er ließ sich Zeit, bis er gefunden hatte, wonach er suchte.

Ein langsames Lächeln huschte über sein Gesicht. „Dieses hier. Dieser Ehering ist für eine Königin geeignet. Er ist aus Platin. Und der passende Verlobungsring hat Zehn-Karat-Diamanten, mit Diamanten und Saphiren rund um den Ring."

Barrett beobachtete Jaceys fassungslos Reaktion. Ihre Lippen teilten sich, als sie auf die funkelnden Diamanten starrte, die vor ihr lagen. Er wusste, dass sie in ihrem

Leben wahrscheinlich noch nie etwas so Teures besessen hatte.

„Wie viel kosten die?" Sie sah zu Gianni auf.

Gianni zuckte mit den Schultern. „Warum sorgt sich die Frau von Barrett Middleton um den Preis?"

„Aber ..."

„Warum probierst du sie nicht auf?", sagte Barrett.

Sie nickte und Gianni nahm die Ringe von dem Tablett. Er hielt sie Barrett hin. „Warum übernimmst du nicht die Ehre, da du der Ehemann bist?"

Barrett nahm die Ringe entgegen. Er hob Jaceys Hand zu sich und schob zuerst den Ehering und dann den Verlobungsring auf ihren Ringfinger.

Sie passten ihr perfekt.

Sie atmete tief ein und ihre Augen weiteten sich, als sie ihre Hand zum Licht hob. Die Diamanten und Saphire tanzten unter den Lichtern. „Die sind absolut hinreißend. Ich glaube nicht, dass ich in meinem ganzen Leben schon jemals so etwas Schönes gesehen habe."

„Oh, ich schon", sagte Barrett leise und starrte seine Frau an.

Jacey riss den Kopf zu ihm herum. Ihre Blicke trafen sich.

Barrett zwang sich, Gianni wieder anzusehen. „Hast du auch etwas in Platin für mich?"

„Wie der Zufall es will", sagte Gianni und lächelte. „Diamanten oder keine Diamanten?"

„Keine Diamanten", erwiderte Barrett. Bei seiner Arbeit würde er sie wahrscheinlich abschlagen.

„Ich sehe sofort für dich nach." Gianni lächelte und ging zurück in den hinteren Teil des Ladens.

„Perfekt." Barrett wandte sich wieder Jacey zu und lächelte.

„Barrett, ich kann dich die nicht für mich kaufen lassen. Es ist ja gar nicht abzusehen, wie viel die kosten werden." Sie riss die Augen auf. Sie wollte die Ringe gerade wieder abnehmen, aber er griff nach ihrer Hand. Vorsichtig schob er die Ringe auf ihren Finger zurück.

„Das Geld ist mir egal. Gefallen sie dir?" Er runzelte die Stirn.

„Natürlich. Sie sind atemberaubend." Sie sah die Ringe wieder an.

„Gut. Als ich dir mein Eheversprechen gegeben habe, habe ich es ernst gemeint. Bis dass der Tod uns scheidet. Und als ich mich letzte Nacht mit dir verpaart habe, habe ich auch das ernst gemeint." Er küsste sie sanft auf die Lippen. „Du gehörst mir, jetzt und für immer. Diese Ringe sollen nur alle anderen wissen lassen, dass du vergeben bist."

KAPITEL NEUNUNDVIERZIG

Sie verließen Giannis Laden und traten auf den Bürgersteig hinaus.

„Ich kann nicht glauben, dass du das gemacht hast." Jacey schaute von ihren glitzernden Ringen zu Barrett auf. „Ich kann mir gar nicht vorstellen, was die gekostet haben müssen."

„Hör auf, dich ums Geld zu sorgen." Er neigte den Kopf. „Ich wollte sie für dich kaufen, weil du sie verdienst. Und ich liebe dich."

Ihr Herz wurde weich und sie musste sich wirklich zusammenreißen, nicht zu seufzen und in seine starken Arme zu sinken.

Wie sehr sie sich danach gesehnt hatte, diese Worte zu hören, und doch konnte sie sich nicht dazu bringen, sie auch zu ihm zu sagen. Sie wusste, wenn sie das tat, würde sie sich für immer in Barrett verlieren.

„Jacey?"

Bei der markanten Männerstimme aus ihrer Vergangenheit rutschte ihr Magen bis in die Kniekehlen. Das konnte nicht sein.

Sie drehte sich langsam um und stand ihrem Ex-Ehemann und Gefährten gegenüber.

„Jacey, was machst du hier? Verfolgst du mich?" Jeremy sah sie mit zusammengekniffenen Augen an.

„Dich verfolgen? Warum zum Teufel sollte ich dich verfolgen?" Wut strömte durch sie und sie wollte diesen arroganten Ton am liebsten mit einer wohlverdienten Ohrfeige aus seiner Stimme schlagen. Wie konnte er es wagen, zu glauben, dass sie ihn verfolgte? Ihr Blick fiel auf die üppig gebaute Frau an seiner Seite.

Es war Wendy. Jeremys neue Gefährtin. Die, für die er sie verlassen hatte.

„Wir haben uns noch nicht kennengelernt", knurrte Barrett leise.

„Ich bin Jeremy, Jaceys Ex-Ehemann." Jeremy stemmte seine Hände in die Hüften und hob sein Kinn.

„Ich bin Barrett. Ich bin Jaceys Ehemann." Ein tödliches Grinsen lag auf Barretts Gesicht.

Jacey riss ihren Kopf zu Barrett herum und starrte ihn an.

Er hatte Jeremy tatsächlich gesagt, dass er ihr Gefährte und Ehemann war.

„Du bist ihr was?", fragte Jeremy. Er riss die Augen weit auf und sein Mund öffnete sich, als wäre er ein Fisch.

„Ihr Ehemann. Und natürlich ihr Gefährte *fürs Leben*." Barrett schlang seinen Arm um sie und hielt sie fest. „Wir sind nach Aspen gekommen, um zu heiraten. Es war eine wunderschöne Zeremonie."

Sie sank an seine warme Brust und schlang ihre Arme um seine Taille. Sie mochte die Art, wie er für sie eintrat und sie beschützte. Es war etwas, woran sie sich sehr gut gewöhnen könnte.

Wendy packte Jeremy am Arm. „Wir sind für einen romantischen Kurzurlaub hier." Sie sah Jacey direkt an, als würde sie ihren Anspruch geltend machen.

Jacey schnaubte. Sie konnte Jeremy behalten. Sie wollte ihn definitiv nicht zurückhaben.

„Warte, was meinst du mit verheiratet?" Jeremy fand endlich seine Stimme wieder und stotterte. „Das kannst du nicht machen."

„Warum nicht? Sie ist Single und kann tun, was sie will." Barrett nahm ihre Hand und küsste sie. „Ich fühle mich geehrt, dass sie mich überhaupt für würdig hält, ihr Gefährte zu sein."

„Wann ist das passiert?", wollte Jeremy wissen.

„Gestern Abend." Jacey drückte die Schultern durch. Sie streckte ihre linke Hand aus, damit sie sie sehen konnten. Der große Diamant an ihrem Finger glitzerte in der Sonne. Er blendete sie fast.

Wendys Mund verengte sich zu einer eifersüchtigen Linie.

Jacey hatte sich noch nie besser gefühlt.

„Barrett, Barrett!" Sie drehten sich um und sahen, wie Gianni aus seinem Laden auf sie zugeeilt kam.

„Du hast das hier vergessen." Gianni reichte Barrett eine kleine Schachtel in weißem Papier und mit einer roten Schleife. „Du willst doch nicht dein Geschenk für deine neue Braut vergessen, oder?"

„Vielen Dank, Gianni." Er steckte das Geschenk in seine Jackentasche und sah zu, wie der Alte in sein Geschäft zurückkehrte.

„Was ist das?" Jacey beäugte seine Tasche. Dann traf sie die Erkenntnis. Es war dieselbe Schachtel, in der sich die Halskette aus Diamanten und Saphiren befand. „Barrett, du hast doch nicht auch noch diese Halskette gekauft, oder?"

„Was ist, wenn ich ja sage?", grinste er und schenkte ihr seine volle Aufmerksamkeit.

„Aber das muss ein Vermögen gekostet haben." Sie schüttelte den Kopf.

„Ich würde dir nur das Beste kaufen. Außerdem spielt Geld keine Rolle." Er neigte den Kopf. Er bedeckte ihre Lippen mit einem heißglühenden Kuss. Ihr Körper wurde ganz warm und kribbelig und sie konnte nicht anders, als in seine Arme zu sinken.

„Bist du so weit, mein Schatz?" Barrett griff nach ihrer Hand.

„Ja." Sie musste lächeln, als er seine Finger in ihre schob.

Barrett setzte seine Sonnenbrille auf und ignorierte Jeremy und seine neue Gefährtin, als sie weiter den Bürgersteig entlanggingen.

„Du hast dich noch nicht mal verabschiedet", lachte sie.

„Er hat Glück, dass ich ihm nicht ins Gesicht geschlagen habe", sagte Barrett schroff und zog sie noch näher an seine Brust.

„Was denkst du über sie?" Sie sah zu ihm auf, um seine Reaktion abzuschätzen.

„Ich denke, Jeremy ist ein Idiot, wenn er sie dir vorzieht. Er muss blind geworden sein." Barrett sah zu ihr hinunter und blieb stehen. „Was denkst du über deine Ringe? Gefallen sie dir?" Obwohl er eine Sonnenbrille trug, konnte sie spüren, dass ihm ihre Meinung wirklich wichtig war.

„Ob sie mir gefallen? Ich liebe sie." Sie schüttelte den Kopf und streckte die Hand aus. „Sie sind wunderschön, aber das ist zu viel Barrett." Sie blickte in seine Augen.

„Für dich ist nichts zu viel." Er zog sie an sich und neigte seinen Kopf. „Sie glotzen uns immer noch an."

„Warum geben wir ihnen dann nicht etwas zum Glotzen?" Sie schlang ihre Arme um seinen Hals und küsste ihn innig. Als sie seine Hände auf ihrem Arsch spürte, wünschte sie sich plötzlich, sie wären wieder in der Bergvilla und hätten nichts, was sie stören würde.

Als er sich von ihr löste, war sie atemlos und ihr Herz raste.

„Bist du schon jemals Ski gefahren?", fragte er mit einem Lächeln auf den Lippen.

„Nein."

„Du wirst es lieben." Seine Augen weiteten sich vor Aufregung.

Sie stieß ein Lachen aus. Alles fühlte sich richtig an. Selbst wenn es nicht von Dauer sein würde, würde sie diesen Moment genießen. Es war alles, was sie mit ihm hatte.

KAPITEL FÜNFZIG

„Also, was denkst du?" Barrett sah Jacey hinter seiner Skibrille an und steckte seine Skistöcke in den Schnee. Sie standen in ihrer gemieteten Skiausrüstung am Fuße des schneebedeckten Hanges, den sie gerade hinuntergefahren waren.

Jaceys Gesicht verzog sich zu einem breiten Grinsen. „Es war furchterregend und aufregend zugleich." Sie warf den Kopf zurück und lachte.

„Willst du noch mal fahren?" Er zog sie in seine Arme und gab ihr einen schnellen Kuss.

Sie sah umwerfend in ihrer weißen Skiausrüstung und der flauschigen weißen Fellmütze aus.

„Auf dem Anfängerhügel? Nein. Ich will die ..."

„... die schwarze Piste?" Lucien kam mit seinem Snowboard neben ihnen zu einem Halt. Er zog seine Skibrille hoch und grinste.

„Ja. Das klingt super", sagte Jacey aufgeregt.

„Auf gar keinen Fall. Du bist noch nicht bereit für die schwarze Piste. Das ist die schwerste Strecke und sollte nur von Experten versucht werden." Barrett runzelte die Stirn.

Auf gar keinen Fall würde sie etwas so Gefährliches hinunterfahren. Er warf einen Blick auf Luciens Snowboard.

„Von einem Experten wie Barrett", sagte Lucien. Er folgte Barretts Blick nach unten. „Wann warst du das letzte Mal snowboarden, Bruder?"

„Ist schon ein paar Jahre her." Er liebte Snowboarden sogar noch mehr als Skifahren.

„Du kannst auch snowboarden?" Jacey warf ihm einen anerkennenden Blick zu.

„Das habe ich früher gemacht." Früher hatte er viele Dinge getan, die ihm Spaß machten. Bevor die Pflicht ihn dazu gerufen hatte, ein Leben zu leben, für das er alles opfern musste, was er selbst wollte.

„Hier." Lucien bückte sich und schnallte sein Board ab. „Ich bleibe hier bei Jacey, damit du snowboarden gehen kannst."

„Nein, lass mal." Er wollte sie nicht alleine lassen.

„Worauf wartet ihr hier?" Braxton kam auf seinen Skiern zum Stehen und wirbelte etwas Schnee in der Luft auf.

„Barrett geht snowboarden, während wir hier bei Jacey bleiben." Lucien grinste breit und streckte ihm das Snowboard entgegen.

„Nein."

„Was ist hier los? Gehen wir noch mal?" Damon kam auf Skiern mit Jayden, Jaxon und Zane hinter sich zu ihnen hinüber.

„Barrett geht snowboarden." Braxton grinste.

„Nein, das werde ich nicht tun", wiederholte er noch mal.

„Warum nicht? Traust du dich etwa nicht, oder was?" Jayden warf ihm einen entsetzten Blick zu.

Barrett knurrte und trat näher an den Wächter heran. „Was hast du gesagt, Jayden?"

Die anderen Wölfe traten einen Schritt zurück.

Jayden blinzelte. „Was? Ich verstehe ja, dass du dich in

deinen Flitterwochen nicht verletzen willst. Außerdem warst du schon mal tot. Ich bin mir sicher, dass deine Psyche darunter gelitten hat. Ist schon besser, jetzt auf der sicheren Seite zu bleiben und so."

„Gib mir das verfluchte Board." Barrett griff das Snowboard aus Luciens Hand und ging zurück zum Skilift.

„Aber das ist der falsche Skilift, Barrett. Der führt hoch zu der Stelle, wo sie gerade alles für die X-Spiele aufbauen", rief ihm Jayden hinterher.

Barrett drehte sich um und warf dem Wächter einen Blick zu. „Ich weiß."

* * *

„Das wird verdammt cool." Lucien grinste von Ohr zu Ohr.

„Ist das legal? Ich meine, lassen sie Barrett einfach so auf den Kurs?" Jacey sah zu dem Wolf auf. Sie war von den Wächtern zum abgesperrten Teil des Berges begleitet worden. Sie blickte zur Startlinie hinauf.

Der Kurs war steil mit einer Rampe auf halben Weg. Barrett war mit dem Schneemobil ganz nach oben gefahren. Er stand oben und schnallte sich das Snowboard an die Füße.

„Das ist Aspen. Die Spiele beginnen erst in ein paar Tagen, sodass es ihnen bestimmt nichts ausmacht, wenn er den Kurs schon mal testet." Lucien verschränkte die Arme vor der Brust.

Sie schluckte und sah wieder zu Barrett hinauf. „Aber das sieht ziemlich steil aus. Ganz zu schweigen von der Rampe. Ich dachte, er würde nur irgendwo runterfahren."

„Barrett ist nicht gerade dafür bekannt, irgendwas halbherzig zu machen", erklärte Ryker. Er sah zu ihr hinunter. „Mach dir keine Sorgen. Er weiß, was er tut."

Sie biss sich auf die Lippe. Sie konnte nicht anders, als sich Sorgen zu machen.

Hardrock-Musik dröhnte durch die großen Lautsprecher, die am Kurs entlang aufgestellt waren. Alle Wächter stellten sich neben ihr auf und richteten ihren Blick auf Barrett.

„Schau dir den Scheiß mal an", sagte Lucien.

Sie wagte es nicht, ihren Blick von Barretts großer Gestalt abzuwenden. Sein Blick traf ihren. Er lächelte, zog sich die Skibrille über die Augen und fuhr los.

Er snowboardete geschmeidig und bewegte das Board hin und her, während er auf der Strecke immer schneller wurde.

Sie vergaß zu atmen, als er zu der Rampe kam und sich in den Himmel katapultierte. Er überschlug sich in der Luft und sein Körper drehte und wendete sich in vollen Drehungen. Er meisterte die Landung und kam vor ihnen zum Stehen, wobei er Jayden mit Schnee besprühte.

„Alter, das war der Wahnsinn." Jayden wischte sich den Schnee vom Gesicht. „Wie hieß der denn?"

„Switch Frontside Triple Cork 1440", antwortete Ryker für ihn.

„Woher zum Teufel weißt du das denn?", fragte Jayden.

„Ich hätte erwartet, dass du den Double McTwist 1260 machst." Lucien zuckte mit den Schultern. „Aber was du gemacht hast, war sogar noch cooler."

„Moment mal, warum kennt Lucien denn diesen Jargon?" Zane runzelte die Stirn.

„Weil Lucien, genau wie Barrett, als reiches Kind aufgewachsen ist. Seine Eltern konnten sich Winterferien in Skigebieten leisten." Ryker schnaubte. „Anders als der Rest von uns."

Jacey schluckte. Ryker hatte recht. Barrett war anders als sie alle.

Und er hatte den Stammbaum, um das zu beweisen.

„Gib mir mein Board zurück. Das will ich auch mal

versuchen." Lucien nahm das Snowboard aus Barretts Händen und begann seinen Weg den Berg hinauf.

Die restlichen Wächter klopften Barrett auf die Schulter und gratulierten ihm zu seinen Fähigkeiten, bevor sie sich wieder zerstreuten, um ihre eigenen Sachen zu machen.

„Also, was denkst du?" Barrett sah sie aufmerksam an. „Du hast nicht viel gesagt."

„Ich bin beeindruckt. Du musst jahrelang zum Üben hierhergekommen sein."

Er zuckte mit den Schultern. „Ich fahre lieber Snowboard als Ski. Es ist fast so, als würde man als Wolf durch den Schnee sprinten."

Sie runzelte die Stirn. „Wirklich? Denkst du, du könntest es mir beibringen?"

Er grinste breit. „Natürlich. Lass uns ein paar Boards mieten und wir fangen sofort an."

KAPITEL EINUNDFÜNFZIG

„Konntest du genug kriegen?" Barrett sah Jacey neben sich im Auto an.

„Ich glaube, ich habe mein neues Lieblingshobby gefunden." Ihre Augen funkelten und ihr Gesicht hatte sich vom stundenlangen Snowboarden hübsch rosa gefärbt.

„Du hast es wirklich schnell gelernt. Ich bin sehr beeindruckt", gab er zu.

„Meinst du, beim nächsten Mal kannst du mir ein paar deiner Snowboard-Tricks beibringen?" Sie grinste.

„Ähm. Nein." Sein Lächeln verschwand.

„Warum nicht?" Sie runzelte die Stirn. „Glaubst du nicht, dass ich es kann?"

„Nein. Ich weiß, dass du es kannst. Aber ich will nicht, dass du das machst. Es ist zu gefährlich." Er wollte sie um jeden Preis beschützen. Selbst wenn ihr das nicht gefiel.

„Ich kann nicht glauben, dass es erst zwei Uhr nachmittags ist. Es fühlt sich so an, als sollte es schon viel später sein." Sie seufzte und lehnte ihren Kopf gegen das Beifahrerfenster. Sie strich sich eine seidige blonde Haarsträhne hinter das Ohr und verschränkte die Arme vor der Brust. „Ich bin erschöpft."

„Das glaube ich dir. Du bist ja heute nicht nur zum ersten Mal Snowboard gefahren, sondern hast auch noch Skifahren gelernt. Du wirst heute Nacht wahrscheinlich gut schlafen." Er spürte, wie er hart wurde, als er an die Nacht dachte. Würde sie zu müde sein, um mit ihm zu schlafen?

„Ich habe Hackfleisch im Gefrierschrank gesehen. Ich glaube, ich werde zum Abendbrot Chili kochen. Und hausgemachtes Brot backen." Sie drehte ihren Kopf und sah ihn mit unsicheren Augen an. „Glaubst du, dass die Wächter damit einverstanden wären?"

Er wollte ihr gerade sagen, sie solle sich keine Sorgen ums Kochen machen und dass die Männer sich um ihr eigenes Essen kümmern könnten. Aber er las in ihrem Blick, dass sie für sie kochen wollte. Sie wollte, dass sie sie mochten.

Stattdessen sagte er ihr die Wahrheit.

„Sie werden es genauso lieben, wie sie dich lieben."

* * *

„Das Fleisch ist schon fast vollständig aufgetaut. Sobald ich es gebräunt habe, kann ich mit dem Chili anfangen."

Sie sah Ryker und Jayden auf der anderen Seite der Kücheninsel an. Sie verbarg ihr Lächeln, als sie weiter Paprika auf dem Schneidebrett würfelte. Sie mischte die winzigen grünen Stückchen mit den gehackten Zwiebeln in einer Edelstahlschüssel.

„Gott, es riecht gut." Jayden rieb sich den Bauch und beäugte das frischgebackene Brot auf dem Küchentisch. Kaum hatte sie das Brot aus dem Ofen gezogen, waren Ryker und Jayden auch schon wie zwei Löwen, die einer Gazelle hinterherjagten, in die Küche gesprungen.

„Es dauert weniger als eine Stunde." Sie kniff die Augen zusammen. „Ich dachte, ihr Wächter solltet euch alle mit Barrett treffen."

„Das sollen wir", stellte Ryker fest und verschränkte die Arme.

„Aber ich bin einfach so verdammt hungrig", stöhnte Jayden.

„Also gut. Werdet ihr mich in Ruhe lassen, wenn ich euch beiden ein paar Kekse gebe?"

„Ja", sagten sie gleichzeitig.

Sie grinste und öffnete den oberen Küchenschrank. Sie zog eine Schachtel Müsli raus. Sie beobachtete, wie sich ihre Gesichter von Ekel zu Überraschung wandelten, als sie einen Plastikbehälter aus der Schachtel zog.

Sie öffnete den Deckel und gab ihnen jeweils drei Kekse.

„Dort hast du also die Kekse versteckt." Jayden stopfte sich einen in den Mund und nickte. „Ziemlich klug. Vielen Dank, Jacey." Zufrieden verließ er die Küche.

Ryker hielt die Kekse in der Hand und starrte sie an. „Dir ist aber schon klar, dass du die jetzt woanders verstecken musst."

„Ich habe mehrere Plätze, die dir niemals einfallen würden", warf sie zurück.

Er sah auf und grinste sie leicht an. „Fordere mich nicht heraus. Ich wette, ich kann sie finden."

Sie hob eine Augenbraue, als sie eine Pfanne aus dem Schrank holte und auf den Herd stellte. Als sie sich umdrehte, stand Ryker mit seinen ungegessenen Keksen in der Hand immer noch dort.

Die Spannung im Raum wurde größer zwischen ihnen und plötzlich erschien ihr die opulente Küche geradezu klein.

„Gibt es etwas, worüber du mit mir reden möchtest?" Sie verschränkte die Arme und neigte den Kopf. Sie würde sich weder von ihm noch von einem der anderen Wächter einschüchtern lassen. Sie war jetzt stärker und konnte sich behaupten, egal was zwischen ihr und Barrett passierte.

„Wirst du für ihn kämpfen oder wirst du ihn einfach verlassen?"

Es war die letzte Frage, die sie von dem stoischen, hart gesottenen Ryker erwartet hätte.

„Geht dich das irgendwas an?" Sie ließ die Arme fallen und hob das Kinn. „Ryker, ich weiß, dass du mich nicht magst. Und ich weiß, dass du das Gefühl hast, Barrett beschützen zu müssen. Du bist schließlich derjenige, der ihn von den Toten zurückgebracht hat."

„Nun, genau genommen war das die Fee, Celeste." Er wedelte mit der Hand in der Luft herum und sah weg.

„Aber du bist der Grund, warum er heute noch hier ist", sagte sie leise. Ihr Herz sank, wenn sie daran dachte, dass Barrett tot sein könnte.

„Ich werde ihn immer beschützen", sagte Ryker.

„Das werde ich auch." Sie legte ihre Hände auf die Kücheninsel und schaute den einschüchternden Wolf an. „Ryker, genau genommen bin ich jetzt mit Barrett verpaart."

„Und verheiratet", fügte er hinzu.

„Ich weiß nicht, wie viel dir Barrett von meiner Vergangenheit erzählt hat, aber ich war schon einmal verpaart ..."

„Mit einem Arschloch in Mississippi, der wollte, dass die Bindung eurer Verpaarung aufgehoben wurde. Jack Welbourn hat dem zugestimmt."

„Ja." Sie runzelte die Stirn.

„Barrett hat mir vor der Hochzeit davon erzählt. Er hat mir auch gesagt, dass du nie wieder heiraten oder dich verpaaren wolltest."

Sie schaute weg.

Ryker trat einen Schritt näher. „Ich weiß nichts über

Paarung. Ich war noch nie verpaart und habe auch nicht vor, das zu tun."

Sie seufzte.

„Aber ich weiß, dass Barrett dich liebt, und ich habe gesehen, wie du ihn ansiehst. Du liebst ihn auch."

Sie riss ihren Kopf zu ihm herum.

„Ich bin vielleicht ein Arschloch, aber ich beschütze diejenigen, die zu meiner Familie gehören. Du bist Barretts Gefährtin und deshalb bist du jetzt auch Teil meiner Familie."

Sie blinzelte die Tränen in ihren Augen zurück. Ihre eigene leibliche Familie hatte sie abgewiesen und verlassen. Und doch hatte sie eine noch stärkere Familie gefunden.

„Ich will nur sagen, dass du keine Angst davor haben musst, dass Barrett dich ablehnen würde, so wie dieses letzte Arschloch. Barrett ist überhaupt nicht wie er. Außerdem ist er kein Arschloch. Zumindest nicht zu dir." Ryker neigte den Kopf. „Habe keine Angst vor deiner Zukunft mit ihm und messe sie nicht anderen Erfahrungen deiner Vergangenheit. Ich würde voraussagen, dass ihr zwei sehr glücklich miteinander sein und einen Haushalt voller Kinder haben werdet."

Seine Worte erweckten die Hoffnung in ihrer Brust. Sie holte tief Luft und konzentrierte sich auf die Gegenwart. Ryker hatte recht. Es war an der Zeit, ihre Vergangenheit hinter sich zu lassen und mit Barrett in die Zukunft zu gehen.

Sie ging um die Theke herum und griff nach dem Plastikbehälter mit den Keksen. Sie drückte ihm die Kekse in die Hand und lächelte. „Vielen Dank dafür, Ryker."

„Jederzeit." Ein Lächeln schwebte um seine Mundwinkel. „Und danke für die extra Kekse. Ich werde es Jayden unter die Nase reiben." Er verließ die Küche.

Sie schaute aus dem Fenster auf die Bergkette vor sich. Sie schloss die Augen und holte tief Luft. Sie würde ihr

Glück selbst in die Hand nehmen. Und sie war gewillt, Risiken einzugehen, insbesondere was Barrett betraf.

Ein kurzes Klopfen an der Tür unterbrach ihre Gedanken. Sie öffnete die Augen und ging zur Tür, um zu sehen, welcher der Wächter sich ausgesperrt hatte.

Sie griff nach der Türklinke und öffnete die Tür. „Wer wurde dieses Mal ausgesperrt?", sagte sie mit einem Lachen.

Eine Gestalt in einem dicken Wintermantel hatte ihr den Rücken zugedreht. Er drehte sich um, als sie lachte.

Ihr Magen sank in ihre Knie. Irgendetwas war hier nicht richtig. Etwas war falsch.

Seine Hand schoss hervor. Er spritzte ihr irgendetwas ins Gesicht. Schmerz breitete sich auf ihrem Gesicht und ihrem Mund aus. Sie sank qualvoll auf die Knie. Seine Hand legte sich über ihren Mund, bevor sie schreien und die anderen auf die Gefahr aufmerksam machen konnte.

Sie kämpfte, trat mit den Füßen und kratzte an seiner Haut. Er stieß ihr eine Nadel in den Hals.

Angst wurde zu Hoffnungslosigkeit, als sie das Bewusstsein verlor.

KAPITEL ZWEIUNDFÜNFZIG

„Wo warst du?" Barrett runzelte die Stirn, als Ryker in den Raum geschlendert kam.

„Hab mir Kekse geholt." Ryker zuckte mit den Schultern und stopfte sich noch mehr Kekse in den Mund.

„Hey, wieso hast du mehr Kekse als ich?" Jayden kniff die Augen zusammen und funkelte Ryker an.

„Jacey hat sie mir gegeben. Sie muss mich mehr mögen als dich." Ryker kaute nachdenklich.

„Das bezweifle ich stark. Ich bin der sympathischste Typ hier im Haus", argumentierte Jayden.

„Bist du dir da sicher?", grinste Braxton.

„In Ordnung, außer dir, Braxton, bin ich der Sympathischste", räumte Jayden ein.

„Seid ihr Mädels jetzt fertig oder wollt ihr euch noch gegenseitig die Haare flechten, bevor wir mit dem Meeting beginnen?", knurrte Barrett. Er blickte zu Damon hinüber und schüttelte den Kopf. „Ein paar Monate unter deiner Führung und sie sind alle zu Weicheiern geworden."

„Nun, nicht alle. Zane, Ryker und Lucien sind immer

noch knallharte Typen. Genau wie du selbst", spottete Damon und stahl Ryker einen Keks aus der Hand.

„Sollen wir endlich anfangen?" Barrett stemmte die Hände in die Hüften und sah zu Jaxon hinüber. „Was gibt es Neues über Boudier? Wird er immer noch in Denver festgehalten? Denn wenn das der Fall ist, könnten wir jetzt einfach dorthin fahren und uns selbst um Gerechtigkeit kümmern."

Die Wächter nickten zustimmend.

Jaxon zog sein Handy heraus und suchte etwas herum. Er runzelte die Stirn. „Die letzte E-Mail, die ich erhalten habe, ist schon ein paar Stunden her. Seitdem gab es nichts Neues."

Irgendein Handy klingelte und alle griffen in ihre Taschen.

„Es ist meins." Lucien grinste und strich mit dem Finger über den Bildschirm. „Hallo?"

Barrett beobachtete aufmerksam sein Gesicht, als Luciens Ausdruck immer dunkler wurde.

„Wie lange ist das her?", fragte Lucien die Person am Telefon. Der Raum wurde still und Barrett konnte sein eigenes Herz schlagen hören.

Lucien beendete den Anruf und sah sie an. „Boudier ist geflohen. Er hat die zwei Wächter getötet, die ihn in Denver festhielten, und niemand weiß, wo er jetzt ist."

Übelkeit schnürte Barrett die Kehle zu. Sein Herz schlug laut. Er sah zu Ryker hinüber. „Wo ist Jacey?"

„Sie ist unten in der Küche. Sie kocht." Ryker kniff die Augen zusammen.

Barrett stürzte sich mit den anderen Wölfen direkt hinter ihm aus dem Raum.

„Jacey", rief er, während er um die Ecke zur Küche bog. Der Herd war an und die Pfanne mit Rindfleisch brutzelte unbeaufsichtigt. Er rannte in die Speisekammer. Der mit Essen und Glaswaren gefüllte Raum war leer. Sein Herz sank.

„Sie ist nicht im Haus." Ryker eilte in die Küche. Sein Gesicht war verzogen und sein Ton bedrohlich leise. „Damon und ich haben das ganze Haus abgesucht."

„Vielleicht ist sie draußen", sagte Barrett. Weißes Rauschen stieg in seinem Kopf auf, bis ihm vor Furcht schwindlig wurde. Etwas stimmte nicht. Etwas Schlimmes war passiert.

„Ich habe Jayden, Jaxon und Lucien hinausgeschickt, um sie dort zu suchen." Damon stemmte die Hände in die Hüften. „Vielleicht brauchte sie etwas Luft und ist spazieren gegangen."

Barretts Welt wurde aus den Angeln gehoben. Er stützte sich an der Wand ab. „Sie würde nicht einfach spazieren gehen. Sie hat gesagt, dass sie nach dem ganzen Tag Skifahren müde ist."

„Fang noch nicht an, dir Sorgen zu machen. Warte noch, bis die anderen Wächter zurück sind", sagte Damon ruhig.

Die Haustür öffnete sich und Barrett hob den Kopf. Lucien, Jayden und Jaxon kamen in die Küche. Lucien sah ihn an.

„Sie ist nicht draußen, stimmts?" Er kannte die Antwort bereits.

„Nein." Lucien neigte den Kopf. „Aber wir haben Fußabdrücke und Reifenspuren gefunden, die zu keinem unserer Fahrzeuge gehören."

„Boudier", knurrte Barrett. Er eilte aus der Küche in Richtung Haustür. Damon packte seinen Arm, bevor er zur Tür hinausstürmen konnte.

„Warte, Barrett."

„Er hat sie. Ich kann nicht einfach nichts tun. Ich muss sie zurückholen." Barrett schüttelte Damons Arm ab und funkelte den Wolf böse an.

„Das verstehe ich und das wirst du auch. Aber du weißt genauso gut wie ich, dass Boudier versucht, dir eine Falle zu stellen. Ohne einen Plan kannst du hier nicht weg. Er wird ihr nichts tun, bis du dort bist, um es zu sehen. So wie ich diesen gestörten Psychopathen kenne, will er ein Publikum haben." Damon kniff die Augen zusammen.

Barrett wusste, dass Damon recht hatte, aber alles in ihm erzitterte mit dem Drang, seiner Gefährtin nachzulaufen.

„Scheiß drauf. Beeil dich und lass dir was einfallen. Du hast genau zwanzig Sekunden, bevor ich dieses Haus verlasse", donnerte Barrett.

Danach würde ihn der Himmel selbst nicht davon abhalten können, Boudier zu finden und sein trauriges Leben ein für alle Mal zu beenden.

KAPITEL DREIUNDFÜNFZIG

Schmerz, der durch ihren Kopf schoss, weckte Jacey auf. Sie verzog das Gesicht und griff nach oben, um ihre Stirn zu berühren. Sie war sich sicher, dass sie warmes Blut an ihren Fingerspitzen spüren würde. Sie hielt die Hand vor ihre Augen und verzog das Gesicht.

Kein Blut.

Sie blinzelte und ihre Augen gewöhnten sich an den dunklen Raum, der nach Mottenkugeln und Staub stank. Langsam rappelte sie sich von dem kleinen Bett, auf dem sie lag, auf.

Betäubende Angst schnürte ihr die Kehle zu. Sie befand sich nicht in der Villa. So wie es aussah, war sie in irgendeiner verlassenen Hütte. Dem Geruch der Erregung nach zu urteilen, war sie auch nicht allein.

„Ich hätte nie gedacht, dass er je eine Freundin finden würde. Aber er hat es. Sehr zu meiner Freude", erklang eine dunkle Männerstimme in der Hütte.

Sie riss den Kopf herum und starrte in die Ecke des Raums. Eine Gestalt in einem dicken schwarzen Mantel trat aus dem Schatten.

Edward Boudier.

„Deinem Gesichtsausdruck entnehme ich, dass du weißt, wer ich bin", spottete Edward.

„Wo sind wir?" Sie zwang sich, aufzustehen, und sah sich um. Die Hütte war klein und hatte nur eine Vordertür und ein vernageltes Fenster. Sie konnte nicht hinausschauen und niemand konnte hineinsehen.

„Wir sind nicht sehr weit weg von deinem Freund."

„Du meinst meinen Gefährten." Sie kniff die Augen zusammen und ballte ihre Hände zu Fäusten.

Ein langsames Lächeln huschte über seine Lippen. „Gefährte. Sogar noch besser."

„Was willst du von mir?" Ihr Herz hämmerte in ihrer Brust.

„Von dir? Du bist nichts anderes als ein Mittel zum Zweck, mein Liebes." Er lehnte sich mit dem Rücken gegen die Tür und überkreuzte seine Füße an den Knöcheln.

Seine Worte hatten eine beunruhigende Endgültigkeit. Sie musste hier raus, sie musste hier weg. Wenn Barrett sie fand, wusste sie, dass Boudier ihn töten würde.

„Aha, da ist er ja." Er sprach langsam, seine Worte langgezogen.

Es lief ihr eiskalt den Rücken hinunter.

„Wer ist da?"

Er stieß ich von der Tür ab und trat einen Schritt auf sie zu. „Der Klang der Angst in deiner Stimme. Du weißt genau, dass der heutige Tag dein Leben für immer verändern wird, nicht wahr?"

Sie blinzelte. Übelkeit breitete sich in ihrem Bauch aus.

Er neigte den Kopf. „Weißt du, ich war wirklich verärgert darüber, dass diese Wolfsjäger dich haben davonkommen lassen." Seine Augen wurden hart. „Wenn Barrett nicht aufgetaucht wäre und sie angegriffen hätte, hätte ich dich schon vor Tagen geschnappt."

„Du hast diese Menschen geschickt? Um mich zu fangen?" Ihre Stimme und ihre Beine zitterten.

„Das habe ich. Bevor ich mich bei Mena eingenistet habe, habe ich dich von einem Gebäude auf der anderen Straßenseite aus beobachtet. Die Besitzer hatten das Restaurant für den Winter geschlossen, also bin ich dort eingebrochen und habe es mir auf dem Dachboden gemütlich gemacht. Ich habe auf den richtigen Moment gewartet, um dich zu entführen, wenn Barrett nicht hinsah. Ich hatte diese beiden Jäger in der Nähe postiert und gehofft, dich in deiner Wolfsform zu fangen. Als ich sah, wie du dich bei Mena rausgeschlichen hast, um rennen zu gehen, wusste ich, dass das meine Chance war."

„Aber Barrett ist aufgetaucht, bevor sie mich mitnehmen konnten."

Er biss die Zähne zusammen. „Er ruiniert immer alles."

Sie versuchte, die Angst hinunterzuschlucken, an der sie fast erstickte. „Also was willst du jetzt machen? Darauf warten, dass Barrett herkommt, und uns dann beide töten?"

Sein Gesichtsausdruck entspannte sich. „Überstürz es mal nicht, meine Liebe. Sobald Barrett hier ankommt, werde ich ihn von meinen Männern dort draußen festnehmen lassen. Sie werden alle seine Wächter töten und wenn das erledigt ist, werde ich ihm eine silberne Kugel in den Bauch schießen."

Sie schnappte nach Luft.

„Oh, mach dir keine Sorgen. Das Silber wird ihn nicht töten, zumindest nicht sofort. Er wird leiden, während es ihn langsam zu Tode vergiftet. Und während er sich vor Schmerzen windet, werde ich ihn dazu zwingen, zuzusehen, wie ich mich mit dir paare. Danach wird er dich nie wieder wollen. Ich werde dich zusehen lassen, wie er stirbt, und dann ..."

„... dann tötest du mich." Sie hob ihr Kinn trotz der

Verzweiflung und Hoffnungslosigkeit, die in ihrer Brust aufstiegen.

„Nein. Ich werde dich gehenlassen. Ich werde sicherstellen, dass jeder weiß, wie du geschändet wurdest, während Barrett dabei zusah, bevor er starb. Du wirst gezwungen sein, weiter auf dieser Erde zu wandeln, während sich jeder Wolf von dir abwendet und dich nur mit Verachtung ansieht. Verdammt, sie könnten dich vielleicht sogar töten, weil du deinen Gefährten, Barrett, so entehrt hast."

Sie schüttelte den Kopf. „Ich wäre lieber tot."

„Ich weiß, aber du musst ein bisschen länger leben, lange genug, um zu leiden. Mach dir keine Sorgen, ich werde deine Schmerzen noch verlängern." Er lächelte und rieb sich die Hände. „Und ich werde es tun, wenn du es am wenigsten erwartest."

„Du bist wahrhaft teuflisch." Sie trat einen Schritt zurück.

„Und du wirst an diesem einen Tag mehr Schmerz erfahren als in deinem ganzen Leben. Ich kann es kaum erwarten, bis Barrett seinen letzten Atemzug nimmt. Dieser Arsch hat mir mehr Probleme bereitet als jeder andere Rudelführer." Er rieb sich den Nacken.

„Barrett hat mehr Ehre als jeder Rudelführer, den ich kenne. Wenn du ihn umbringst, beginnst du einen Krieg mit allen anderen Staaten."

Seine Augen leuchteten auf. „Und alle anderen Staaten werden lernen, sich vor mir zu verbeugen. Ich werde ihre Wächter töten, bis sie nachgeben und mir ihre Treue schwören."

„Du hast nicht die Macht, um so etwas zu tun." Sie hob ihr Kinn.

„Ich habe das Geld dafür. Ich kann mir alle Macht kaufen, die ich brauche. Ich habe bereits die roten Wölfe in der Tasche. Sie wollen schon seit Jahren einen Krieg mit den Menschen. Sie wollen, dass alle Menschen vom Erdboden verschwinden, bis es nur noch Wölfe gibt. Ich werde ihnen ihren Krieg geben, um die anderen Staaten zu zwingen, ihre Kontrolle an mich zu übergeben. Wenn das hier vorbei ist, werde ich die gesamten USA regieren."

„Du bist verrückt."

„Das sagst du immer wieder, als ob es wahr wäre. Tatsache ist, dass ich dazu geboren wurde, der Anführer dieser Welt zu sein. Und ich habe vor, es in die Tat umzusetzen."

Sie schüttelte den Kopf. Das konnte einfach nicht passieren. Sie würde es nicht zulassen.

„Barrett wird mich suchen und wenn er hierherkommt, wird er dich töten."

„Lass es ihn versuchen." Er grinste wie ein Wahnsinniger. „Er wird scheitern."

KAPITEL VIERUNDFÜNFZIG

„Wir verlieren das Tageslicht." Barrett schlug mit der Hand hart aufs Lenkrad und knurrte. Sein Magen krampfte sich vor Wut und Angst zusammen.

Sie war weg. Und er wusste, wer sie hatte.

Sobald sie bemerkt hatten, dass Boudier Jacey entführt hatte, hatten die Wächter zwei Fahrzeuge beladen und folgten den frischen Spuren im Schnee. Die einzigen beiden, die sich nicht in den Fahrzeugen befanden, waren Jaxon und Lucien. Sie hatten sich zu Wölfen verwandelt und waren den Fahrzeugen vorausgeeilt. Sie konnten die unebene Strecke schneller überbrücken, als es die Fahrzeuge schafften.

Sie stellten schnell fest, dass die Spuren keine Reifenspuren waren. Boudier war klugerweise mit einem Raupenfahrzeug den Berg hinaufgefahren.

„Was, wenn …" Sein Hals schmerzte und er verstummte. Er hatte sich noch nie so hilflos gefühlt wie in diesem Moment.

„Reiß dich zusammen, Barrett. Wir werden sie finden, bevor Boudier ihr etwas tun kann", befahl Damon. „Verlier jetzt bloß nicht den Verstand."

Barrett sah Damon neben sich im Führerhaus des Fahrzeuges an. Seine Augen waren kalt und hart. Er sah aus wie ein Anführer.

Barrett nickte. „Du hast recht." Er holte tief Luft und atmete langsam wieder aus. „Boudier wird sicherstellen, dass ich vor ihm stehe, bevor er ihr etwas tut. Bevor er mich tötet."

„Diese Chance wird Boudier nicht bekommen", knurrte Damon. „Dieser Dreckskerl wird ein für alle Mal untergehen und es wird kein verdammtes Tribunal geben."

„Du hast recht. Das wird es nicht geben." Barrett kniff die Augen zusammen und starrte geradeaus.

Er würde derjenige sein, der Boudiers Kopf von seinem Körper riss, und er würde derjenige sein, der sein Leben beendete. Boudier war ihm schon viel zu lange ein Dorn im Auge gewesen.

Jetzt hatte er sich mit dem falschen Wolf angelegt. Indem er Jacey entführte, hatte Boudier sein Todesurteil unterzeichnet. Am Ende dieses Tages würde Boudier nicht mehr länger unter den Lebenden wandeln.

„Stopp!", schrie Damon und zeigte auf die Windschutzscheibe. „Dort ist der Truck. Sieht so aus, als hätte er Raupenketten über seine Räder gelegt."

„Er wusste, dass wir ihm folgen würden, und musste uns voraus sein", knurrte Barrett. Blitzschnell war er aus der Tür.

Damon folgt ihm.

Er packte den Griff des Allradfahrzeugs und riss die Tür auf. Leer. Aber Jaceys Duft überströmte ihn wie ein Wasserfall. Er konnte ihre Angst noch immer riechen.

„Er kann nicht sehr weit von hier entfernt sein." Damon blieb neben ihm stehen. Lucien, Jaxon und Braxton versammelten sich um sie.

Sie suchten das Waldgebiet um die Bergspitze herum ab.

„Er kann auf gar keinen Fall weit gekommen sein. Wir

sind fast am Gipfel des Berges." Barrett kniff die Augen zusammen.

Luciens riesige Wolfsgestalt kam aus dem Wald gesprintet. Er kam schlitternd vor ihnen zum Stehen.

Jaxon war direkt hinter ihm.

Zane holte ihre Kleidung aus dem Fahrzeug und warf sie vor ihnen in den Schnee. Lucien und Jaxon verwandelten sich in ihre menschlichen Körper zurück, ihr Fell verschwand in ihrem Fleisch. Sie beide hockten im kalten Schnee, als sie sich an ihre neue Gestalt gewöhnten.

„Was habt ihr gesehen?", wollte Barrett wissen. Das Blut in seinen Adern kochte. Er brauchte Antworten, sonst würde er den Berg hinaufjagen, um sie selbst zu finden.

Jacey.

Boudier hatte Jacey.

Angst und Verzweiflung vermischten sich, bis er an dem Geschmack beinahe erstickte.

Noch nie zuvor hatte er eine solche Hoffnungslosigkeit gespürt. Es schmeckte nach Tod.

„Eine halbe Meile von hier gibt es eine Hütte im Wald." Jaxon stand auf und schüttelte sich den Schnee ab. Er streckte den Rücken, ohne sich weiter um seine Nacktheit zu kümmern, bevor er die Klamotten vom schneebedeckten Boden aufhob. „Dem Geruch nach zu urteilen, ist Boudier nicht allein."

„Was?" Barretts Herz sackte in seine Kniekehlen. Wen könnte Boudier auf seiner Seite haben?

„Ja." Lucien zog seine Jeans über die Hüften und schloss den Reißverschluss. „Stinkt nach roten Wölfen."

„Scheiße", knurrte Barrett und drehte sich zur Baumgrenze um. Der Drang, Jacey zu finden, verzehrte jede Zelle in seinem Körper. Er startete in Richtung Baumgrenze.

„Langsam." Damon packte seinen Arm und hielt ihn auf. „Wir brauchen einen Plan."

„Ich muss Jacey dort rausholen." Er funkelte den Wolf an.

„Du musst Jacey retten", knurrte Damon. „Er erwartet von dir, dass du voller Wut dort hineinstürmst. Er will, dass du das tust. Und wenn du es tust, wird er dich töten."

Was Damon sagte, stimmte. Aber sein Herz wollte es nicht hören.

„Barrett. Ich weiß, wie es ist, wenn dein Weibchen als Geisel festgehalten wird. Ich weiß, du willst da hineinrennen, sie rausholen und die verdammte Hütte niederbrennen, während Boudier dort drin hockt." Damon drückte seinen Arm. „Ich weiß das, weil ich jeden Einzelnen von ihnen töten wollte, als diese roten Wölfe Ava gefangen hielten." Damon nickte ihm zu.

„Was hat dich aufgehalten?" Barretts Stimme brach unter den aufgestauten Emotionen.

„Das warst du", sagte Damon leise.

Die Wölfe verstummten.

„Ich?" Barrett blinzelte.

„Ja, du Arschloch. Glaubst du etwa, ich wollte mir von dir den Arsch aufreißen lassen, weil ich nicht gehorche? Du warst schon immer unser Anführer. Du hast immer dafür gesorgt, dass wir in Sicherheit waren, selbst mitten in der Gefahr." Damon zuckte mit den Schultern. „Selbst wenn wir nicht auf dich hören wollten und unser eigenes Ding gemacht haben."

Lucien kicherte.

„Und im Moment lässt du dich von deinen Gefühlen für Jacey überwältigen. Du musst dir jetzt von deinen Arkansas-Wächtern helfen lassen. Lass uns dich unterstützen, so wie du uns schon tausendmal unterstützt hast." Damon starrte ihn an.

Barrett blinzelte.

„Barrett", sagte Jaxon und drückte seinen Bizeps, „was Damon sagt, ist wahr. Lass dir von uns helfen, deine Frau zurückzuholen. Wir werden dich nicht im Stich lassen, aber wir müssen es klug angehen."

„Ja, Mann." Jayden rieb sich den Nacken. „Vertrau uns. Wir wollen auch nicht, dass Jacey etwas passiert."

„Verdammt richtig", knurrte Ryker.

Alle drehten sich zu dem Wolf um.

„Was?", knurrte Ryker. „Ich meine, wer soll denn sonst diese Wahnsinnskekse backen?"

„Nun, es wird sicher nicht Ava sein", stellte Damon trocken fest.

Alle lachten.

Barrett musterte für einen Moment den Boden, bevor er zu seinen Arkansas-Wächtern aufsah.

„Ich kann ohne sie nicht leben", sagte er schlicht.

„Ich weiß, Bruder." Damon sah ihn an. „Ich weiß."

KAPITEL FÜNFUNDFÜNFZIG

Jaceys Herz macht einen Sprung. Sie war mit Boudier gefangen und es gab kein Entrinnen.

Sie wusste, dass Barrett nach ihr suchen würde. Sie wusste auch, dass Boudier nicht alleine war. Sie hatte gesehen, wie er kurz mit jemandem an der Tür sprach, bevor er die Tür wieder geschlossen und sie vom Rest der Welt abgeschirmt hatte.

Ihr Blick fiel von ihm auf das kleine vernagelte Fenster.

„Denke noch nicht einmal daran." Seine Stimme zog ihre Aufmerksamkeit wieder auf ihn. „Es ist gut und fest zugenagelt. Ich habe dafür gesorgt, dich an einen Ort zu bringen, wo es nur einen Weg hinein und hinaus gibt. Ich will, dass Barrett weiß, dass ich alle Schlüssel in der Hand halte."

Übelkeit machte sich in ihrem Bauch breit. Er hatte recht.

Hilflosigkeit wirbelte in ihrem Magen herum. Das war es. Dies war das Ende ihres Lebens.

Sie hatte ein schreckliches Los im Leben gezogen, sie war betrogen und belogen worden und als sie schließlich Liebe fand, wurde ihr das Leben aus den Händen gerissen, bevor sie überhaupt die Chance hatte, Glück zu erfahren.

„Ich hasse dich." Die Worte ergossen sich wie ein Wasserstrahl aus ihr. Sie sah ihn an.

Seine Augen schienen bei ihren giftigen Worten zu funkeln. „Hmm. Das gefällt mir. Es gefällt mir sogar sehr." Sein Mund verzog sich zu einem teuflischen Grinsen. „Jetzt bin ich mir nicht mehr so sicher, wen ich zuerst foltern und töten soll. Barrett? Oder dich?"

Sie kniff die Augen zusammen. „Töte mich doch einfach jetzt, du sadistischer Arsch."

„Na, na. Du weißt genau, dass ich das nicht machen kann. Wenn ich eine Show aufführe, bevorzuge ich ein Publikum." Er deutete in Richtung Tür. „Und wie du weißt, ist mein Publikum noch nicht hier."

Sie musste Boudier irgendwie aus der Reserve locken, bevor Barrett sie fand. Wenn sie noch am Leben war, wenn Barrett hier ankam, würde Boudier Barrett zusehen lassen, wie sie getötet wurde.

Sie stieß sich von der Wand ab und rannte direkt auf Boudier zu. Ein überraschter Blick flog durch seine Augen, bevor er sie zu schlangenartigen Schlitzen zusammenkniff.

Er packte sie und warf sie zu Boden. Sie landete hart auf ihrer Seite und alle Luft entwich schlagartig ihren Lungen.

Er lachte, als sie versuchte, einen Atemzug in ihre sauerstoffberaubten Lungen zu saugen.

„Das wird so ein Spaß", kicherte er manisch. Er schlang seine Hand um ihren Hals und drückte zu.

Ihre Kehle schmerzte und Tränen strömten aus ihren Augen. Wut wurde zur Panik und dann zu Angst.

Sie krallte nach seiner Hand. Ihr Blick traf seinen für einen Moment, bevor alles um sie herum dunkel wurde.

Er lockerte seine Hand um ihren Hals. Sie atmete tief ein und die Luft brannte, als sie sich ihren Weg durch ihren gepeinigten Hals bahnte. Sie keuchte und hustete vor Schmerzen.

Er stand auf und sah mit emotionslosem Gesicht auf sie herab. „Ich kann verstehen, warum Barrett dich gewählt hat. Du bist wirklich wunderschön. Aber du bist auch eine Frau, was bedeutet, dass du schwach bist und leicht gebrochen werden kannst. So wie eine Porzellanpuppe", spottete er und wandte sich ab.

„Ich bin stärker, als ich aussehe." Sie ignorierte den Schmerz in ihrem Hals und rappelte sich auf die Beine. Sie war bereit, sich ihm zu stellen.

Er warf einen Blick über seine Schulter und lachte. „Nein, das bist du nicht." Er wirbelte herum und trat sie hart gegen die Brust.

Sie flog durch die Luft und Schmerzen explodierten in ihrem Brustkorb. Ihr Kopf schlug gegen die Wand und sie rutschte zu einem Häufchen zu Boden.

Das Letzte, was sie sah, war Boudiers böses Lachen, als er ein Messer aus dem Bund seiner Hose zog.

„Auf jeder Seite der Hütte stehen drei Wachen. Die Rückseite ist einer Klippe zugewandt, sodass auf dieser Seite kein Auf- oder Abstieg möglich ist", erklärte Lucien.

„Boudier erwartet, dass wir ihn direkt von vorn angreifen", sagte Barrett. Seine Brust zog sich so eng zusammen, dass er dachte, sein Herz würde jede Minute stehen bleiben. Er sah Damon vom Schutz der Baumgrenze aus an. „Hast du was von Ryker gehört? Er sollte schon vor zehn Minuten anrufen. Je länger Jacey in dieser Hütte bleibt, desto größer ist die Gefahr, in der sie schwebt."

Barrett hatte Alfred um einen Gefallen gebeten, bevor sie das Haus verlassen hatten. Alfred mochte zwar Mensch sein, aber er hatte Verbindungen zum Militär und sie brauchten jede Unterstützung, die sie bekommen konnten.

„Ich kann nicht noch länger warten. Wir müssen uns bewegen." Barrett sah seine Männer an. „Das hier ist anders als alles, was wir je im Leben gemacht haben. Gefährlicher. Ich kann euch nicht bitten, euer Leben für mich oder meine Gefährtin zu riskieren. Die meisten von euch sind verpaart.

Ich könnte es verstehen, wenn ihr umdrehen wollt, damit ihr noch einen weiteren Tag leben könnt."

„Verdammt, Barrett", knurrte Jaxon. „Glaubst du, Ryker hätte deinen Arsch aus dem Grab geholt, nur um dich oder dein Weibchen sterben zu lassen?"

„Ja, Mann." Zane nickte. „Du hast alles für die Wächter von Arkansas geopfert. Wir werden dich nicht im Stich lassen."

„So ist es." Jayden sah fast beleidigt aus. „Wir sind doch keine Weicheier, Alter."

Barretts Kehle zog sich zusammen. Er blinzelte die Emotionen weg, die in seinen Augen aufstiegen.

„Wir stehen das mit dir gemeinsam durch." Damon schlug ihm mit der Hand auf die Schulter. „Wir holen Jacey zurück. Du wirst deine Chance aufs Glück bekommen."

Barrett sah seine Wächter an. Der Ausdruck von Entschlossenheit war auf ihren Gesichtern eingraviert.

„Wir folgen dir bis in den Tod", sagte Lucien. Sie alle nicken.

Es war das Letzte, was er für sie wollte. Aber genau dem würden sie sich nun alle stellen müssen.

* * *

„Hast du das gehört? Hörst du das?"

Jacey sah vom Boden zu Boudier auf. „Was?"

„Es ist der Klang des Todes, der kommt, um dich zu holen. Dich und deinen Gefährten." Er packte sie am Ellbogen und riss sie vom Boden hoch. „Ich will, dass du das siehst. Ich will, dass du siehst, wie all diese verfluchten Arkansas-Wächter sterben werden."

Er riss die Tür auf. Kalte Luft schlug ihr ins Gesicht. Sie atmete scharf ein und der bittere Wind stach in ihrer Lunge.

„Ich habe viel mehr Männer als Barrett. Er ist zahlenmäßig unterlegen und er weiß es." Er sah sie scharf an. „Und trotzdem wird er herkommen. Und sie werden ihm alle folgen, weil sie Schafe sind."

„Sie sind loyal. Loyalität ist etwas, was deine Wächter nicht besitzen", zischte sie.

„Ich regiere meine Wächter mit eiserner Hand. Das ist der einzige Weg, diese Wölfe unter Kontrolle zu halten. Hast du außerdem gesehen, wie viele Männer ich auf meiner Seite habe?"

Sie schluckte schwer und blickte hinaus. Die Sonne küsste den Horizont und wollte den Tag verschwinden lassen. Sie schien mit ihren Strahlen auf die Schneedecke, die den Boden bedeckte. Die Bäume um die Hütte standen dicht und eng. Sie blinzelte. Und dann sah sie eine Bewegung hinter einem Baum. Boudier pfiff und eine Reihe großer roter Wölfe trat aus dem Schatten der Bäume hervor. Jacey würgte, als ihr ihr unangenehmer Geruch in die Nase stieg.

„Lasst Barrett bis zur Hütte kommen. Ich will sichergehen, dass er seine Frau sterben sieht", rief Boudier ihnen zu. „Was die anderen Wächter betrifft, jagt ihnen jetzt hinterher. Stellt sicher, dass ihr sie alle tötet."

Die Wölfe nickten bei seiner Anweisung und traten zurück in die Schatten.

„Du wirst nicht gewinnen." Sie funkelte ihn an.

Er schloss seine Hand fest um ihren Arm. Sie versuchte, sich aus seinem eisernen Griff zu lösen.

„Du wirst von deinem Herzen regiert. Und jetzt, wegen dir, geht es Barrett genauso. Liebe ist Schwäche. Und wegen Barretts Schwäche für dich wird er sterben."

Sie sah weg. Tränen stiegen in ihren Augen auf. In diesem Moment schwor sie sich, dass sie alles tun würde, um sein Leben zu retten.

KAPITEL SIEBENUNDFÜNFZIG

Barrett hörte das Knurren des roten Wolfs, bevor das Tier durch die Baumgrenze brach und direkt auf ihn zu rannte. Dutzende anderer roter Wölfe folgten ihm.

Er zwang seinen Körper, sich zu verwandeln, und ließ den Wolf in sich frei. Er sprang durch die Luft, warf den roten Wolf auf den schneebedeckten Boden und grub seine Zähne in sein Fell. Der Wolf heulte und stieß Barrett ab. Barrett riss einen fleischigen Brocken aus seinem Körper.

Der rote Wolf wand sich vor Schmerz und heulte vor Wut. Barrett spuckte das blutige Fleisch zu Boden und verunstaltete damit den weißen Schnee. Als Barrett sich umdrehte, sah er, wie seine Wächter in ihrer Wolfsgestalt gegen die Roten kämpften. Sie waren ihnen vier zu eins unterlegen, doch es schien seine Wächter nicht zu interessieren. Sie kämpften wie besessene Wölfe. Die Szene entfaltete sich langsam vor seinen Augen.

Braxton hatte einen roten Wolf am Hals gepackt und drückte ihn zu Boden. Drei weitere Tiere kamen hinter ihn und versenkten ihre Zähne in seinem Rücken und den Beinen.

Zane war von roten Wölfen umzingelt. Aber er war schnell. Als einer angriff, wehrte er sich schnell und kämpfte sogleich gegen den nächsten.

Lucien hatte zwei rote Wölfe zu Boden gebracht. Er drückte einen mit seiner riesigen Pfote hinunter, während er einem anderen die Kehle herausriss.

Jayden war von fünf roten Wölfen umzingelt, die ihn anknurrten und versuchten, zu beißen. Jayden stürzte los und schaffte es, sein Maul um den Hals des Wolfs zu schließen, der ihm am nächsten war. Barrett konnte das Knacken des Genicks im Lärm des Kampfes kaum hören.

Er blickte zu Damon hinüber. Er war von sechs roten Wölfen umzingelt worden. Damon knurrte und sprang aus dem Haufen. Die Wölfe ließen sich von ihm nicht abschrecken. Sie stürzen sich alle auf einmal auf ihn und fletschten ihre Zähne.

Ein roter Wolf knurrte und biss Damon nahe der Kehle. Aber Damon war schnell und schüttelte den Wolf ab. Dann packte er ihn mit einem Todesbiss und brach ihm das Genick. Damon riss ihm die Kehle heraus. Eine kleine Blutfontäne schoss in die Luft.

Sechs weitere rote Wölfe stürzten sich auf Damon.

Barrett knurrte vor Wut. Er rannte erbittert auf seine Feinde zu. Er stürzte sich mit seinem gesamten Körpergewicht auf zwei der roten Wölfe und riss sie zu Boden.

Sie waren stark, aber er war stärker. Er sprang und landete auf der Kehle eines Tiers, wobei er ihm die Luftröhre zerquetschte. Der rote Wolf hatte Mühe zu atmen. Barrett verlor keine Zeit. Er versenkte seine Zähne in seinem Nacken und riss ihm die Kehle heraus.

Barrett drehte sich um, um gegen den anderen Wolf zu kämpfen, aber der wich zurück. Er funkelte Barrett unter seinen Wolfsaugen an und stürzte sich dann auf Damon.

Barrett sah sich im Kampf um. Der Wächter, der ihm am

nächsten war, war Lucien. Noch mehr rote Wölfe hatten sich um Lucien gescharrt und bissen und krallten wie ein Rudel wilder Tiere nach ihm.

Barrett stürzte sich auf die Gruppe, riss die Roten von Lucien herunter und biss in ihre Hälse.

Er schaffte es, zwei von ihnen zu töten, und machte dann weiter, um Zane zu helfen.

Jedes Mal, wenn er einen der roten Wölfe tötete, wichen die restlichen von ihm zurück und richteten ihre Angriffe gegen die anderen Wächter.

Er blinzelte. Erkenntnis traf ihn. Boudier wollte nicht, dass er starb ... noch nicht.

Er wollte sicherstellen, dass Barrett am Leben war, damit er zusehen konnte, wie Boudier Jacey folterte.

Verdammt.

Er sah zu Damon hinüber, der damit beschäftigt war, zwei rote Wölfe zu Hackfleisch zu verarbeiten.

Ihre Blicke trafen sich. Damon nickte in Richtung Hütte.

Er wollte Barrett sagen, dass er sein Weibchen retten gehen soll.

Seine Brust zog sich zusammen. Seine Männer brauchten ihn hier, um mit ihnen zu kämpfen. Aber Jacey brauchte ihn ebenfalls.

Damon knurrte und forderte ihn mit einem erneuten Nicken auf, endlich zu gehen.

Es war die verdammt härteste Entscheidung seines Lebens.

Der Schrei eines Weibchens hallte durch den Kampf. Barrett knurrte.

Jacey.

Er sprintete durch den Wald auf die Hütte zu.

KAPITEL ACHTUNDFÜNFZIG

Boudier stand im Türrahmen der verlassenen Hütte. Er hielt Jacey vor sich fest. Sein Arm war um ihren Hals gelegt, als würde er sie wie einen Schild benutzen. Blut tropfte von ihrem Nacken.

Barrett kam ein paar Meter vor Boudier zum Stehen. Er knurrte. Und blickte in das Gesicht seines Feindes.

„Ich kann verstehen, warum du diese Frau so liebst, Barrett. Sie schmeckt so süß." Boudiers Gesicht verzog sich zu einem teuflischen Grinsen.

Das Arschloch hatte sie gebissen.

Weißglühende Wut explodierte in seinem Inneren. Er warf den Kopf zurück und heulte.

„Verwandle dich zurück oder ich bringe sie sofort um." Boudiers Lächeln verschwand.

Boudier wusste, dass Barrett ihn in seiner Wolfsform leicht töten konnte. Er dachte, dass der Kampf ausgeglichener wäre, wenn Barrett in seiner menschlichen Form war.

Boudier lag falsch.

Barrett zwang seinen inneren Wolf zurück und verwandelte sich in seine menschliche Form. Er erhob sich aus seiner geduckten Position im Schnee.

Boudiers Blick wanderte über seinen Körper und wurde hart.

„Wie bist du dem Rudel in Texas entkommen?", fragte Barrett. Er wusste, dass er Boudier reden lassen musste. Er kannte Boudier. Das Arschloch liebte es, über sich selbst zu sprechen.

Boudier grinste. „Ich hatte Hilfe von diesem roten Wolf, Bubba. Er versuchte, dort in Texas sauber zu bleiben, aber als ich ihn traf, befahl ich ihm, mir zu helfen, oder ich würde meine Männer schicken, um seine Mama umzubringen. Du wärst überrascht zu hören, was manche Leute für ihre Mama tun würden. Bubba war einer der roten Wölfe, die Ava entführt hatten. Nachdem Damon sie gerettet hatte, war Bubba verschwunden. Ich fand später heraus, dass er versucht hatte, eine Wächterposition in Texas anzunehmen. Dass er sagte, er wollte jetzt den Pfad der Tugend gehen."

„Damon hat versucht, Bubba ausfindig zu machen, nachdem Ava nach Arkansas zurückgebracht worden war. Er wollte ihn finden und töten."

„Sag ihm, er soll sich hintenanstellen." Boudiers Gesichtsausdruck verhärtete sich. „Nachdem er mir bei der Flucht geholfen hat, hat er es irgendwie geschafft, mir zu entkommen. Ich musste die Hilfe einiger anderer roter Wölfe in Anspruch nehmen, um dich aufzuspüren. Und das habe ich. Ich habe dich bis nach Colorado verfolgt." Er kuschelte sich an Jaceys Ohr. Sie verzog das Gesicht und versuchte, sich ihm zu entziehen. „Stell dir mal meine Überraschung vor, als ich herausfand, dass du jemanden gefunden hast. Deine Gefährtin."

Barretts Magen drehte sich um. Obwohl er nackt im Schnee stand, war sein ganzer Körper von der Wut im Inneren heiß.

„Ich habe zwei Jäger bezahlt, dass sie mir ein Wolfsweibchen bringen. Ich habe ihnen gesagt, wo ich eins gesehen habe." Er streckte die Zunge heraus und leckte über Jaceys Gesicht. „Und ich hätte sie auch gefangen, wenn du nicht dazwischengekommen wärst."

„Hast du deshalb die Bombe gelegt?" Er trat einen Schritt näher und sah Boudier scharf an.

„Ich habe die Bombe gelegt, um sie in die Luft zu jagen. Ich wusste, dass sie in der Küche arbeitet und manchmal früher ankam. Ich wollte, dass du zusiehst, wie sie in diesem Gebäude verbrennt."

„Aber das ist nicht passiert." Barrett zuckte mit den Schultern und trat einen weiteren Schritt nach vorn.

„Nein, das ist es nicht." Er kniff die Augen zusammen. „Als ich keine Leiche fand, wurde mir klar, dass ihr beide mit diesem Arschloch Ryker entkommen seid. Mit ein wenig Hilfe von meinen roten Wölfen fanden wir heraus, wohin ihr geflohen seid. Also habe ich sie mir schlussendlich selbst geholt. Ich musste sicherstellen, dass es nicht noch mal jemand vermasselt."

„Du willst mich. Lass sie gehen und du kannst mich töten." Barrett streckte die Arme zur Seite aus.

„Du lässt das so einfach klingen, Barrett. Ich will so viel mehr als das. Ich will, dass die Blutschuld bezahlt wird, die mir geschuldet wird und nie bezahlt wurde. Ich will, dass Arkansas fällt und alle seine Wächter sterben. Aber darüber hinaus will ich die Qual auf ihrem Gesicht sehen, wenn ich ihr bei lebendigem Leib die Haut abziehe." Boudier zog ein Messer hinter seinem Rücken hervor.

Barretts Magen zog sich zusammen. Er hatte nur wenige Sekunden, um zu reagieren.

„Nein!" Er sprintete los, als Boudier das Messer an Jaceys Kehle drückte.

Ein lauter Wirbel schien aus dem Nichts zu kommen. Für

eine Sekunde dachte Barrett, es wäre der Klang seines verzweifelten Herzens.

Boudiers Gesichtsausdruck veränderte sich und seine Augen weiteten sich. Er hörte das Geräusch auch, also konnte es nicht von seinem Herzen kommen.

Barrett erreichte Jacey, als das vertraute Geräusch eingehender Schüsse von der Rückseite der Hütte erklang.

Die Hütte begann zu zittern, als Schüsse über das heruntergekommene Gebäude fielen. Barrett stieß Jacey in den Schnee und bedeckte sie mit seinem Körper. Boudier sah sich um und versuchte herauszufinden, woher die Schüsse kamen.

Aus der Klippe hinter der Hütte erhoben sich Lorcan und Brutus, die Louisiana-Attentäter, in einem Black-Hawk-Hubschrauber.

„Du Arschloch! Du gehörst mir!", schrie Boudier.

Lorcan grinste und begrüßte ihn mit seinem Mittelfinger. Brutus richtete seine Waffe auf Boudier. Boudier kroch in die Hütte hinein, um Deckung zu suchen.

Barrett stand auf und griff nach Jaceys Hand. „Lauf." Er zog sie mit sich in Richtung Baumgrenze. Hinter ihnen explodierte ohrenbetäubendes Gewehrfeuer. Er rannte schnell und zog Jacey mit sich. Sie hatten den Schutz der Bäume fast erreicht.

Plötzlich wurde Jacey langsamer.

„Hör nicht auf zu rennen. Wir sind fast da!", schrie er über den Lärm.

„Barrett?"

Etwas in ihrer Stimme ließ ihn sich zu ihr umdrehen. Etwas stimmte nicht.

Sie blieb stehen und griff sich an den Bauch. Sein Blick fiel auf ihre Fingerspitzen. Blut quoll heraus wie eine geplatzte Wasserleitung. Sie sah zu ihm auf, die Augen weit aufgerissen und das Gesicht blass.

Sie brach zusammen. Er fing sie auf, bevor sie in den Schnee fallen konnte. Er blickte zur Hütte hinüber. Boudier hockte an der Tür, eine Waffe auf sie gerichtet, und hatte ein zufriedenes Grinsen im Gesicht. Er formte das Wort „Silberkugel" mit seinen Lippen.

Brutus schoss eine Höllenfeuerrakete auf die Hütte. Das Gebäude explodierte in einem Feuerball. Die Haustür brach zusammen und schloss ihn darin ein. Boudiers Schmerzensschreie hallten in den Bergen wider.

Barrett blickte zu Jacey hinunter. „Lass mich mal sehen."

Er zog ihre Hände von ihrem Bauch weg und hob ihren Pullover an. Die Kugel hatte sich in ihren Bauch gegraben und er konnte am Geruch erkennen, dass es Silber war.

„Ich muss die da rausholen, in Ordnung?" Er schaute ihr in die Augen.

„Es tut mir leid. Ich hätte … schneller rennen müssen", flüsterte sie. Sie streckte die Hand aus und streichelte seine Wange mit blutigen Fingerspitzen.

„Denke noch nicht mal daran, mich zu verlassen, Jacey." Seine Stimme brach und er wischte sich die Augen ab, bevor er auf ihre Wunde blickte. „Es wird wehtun, aber sobald ich sie rausgeholt habe, wirst du heilen und alles wird in Ordnung kommen."

Würde er die Silberkugel in ihrem Bauch lassen, würde sie sie langsam vergiften. Aber sobald er sie rausgeholt hatte, konnte sie schnell wieder heilen.

Er bemerkte kaum, dass die anderen Arkansas-Wächter hinter ihm erschienen und sich um sie scharrten. Er konzentrierte sich nur darauf, die Kugel herauszuziehen.

„Boudier hat auf sie geschossen." Barrett schluckte den Kloß in seinem Hals hinunter.

„Barrett." Damon legte eine Hand auf seine Schulter.

„Ich muss sie herausholen. Wenn ich die Kugel herausziehe, wird alles in Ordnung sein. Sie kann sich dann selbst heilen." Endlich schaffte er es, das Metall zu greifen, zog es heraus und warf es auf den Boden.

„Barrett." Damon drückte seine Schulter nun fester. „Sie atmet nicht."

Barretts Herz stockte in seiner Brust. Er sah in ihr Gesicht. „Nein, sie muss leben." Er biss sich in sein eigenes Handgelenk und ließ sein Blut in ihren Mund fließen. Sie schluckte oder rührte sich nicht.

„Lass mich ihr helfen, Barrett. Ich kann Herz-Lungen-Reanimation." Jaxon kniete sich an ihre andere Seite.

Jaxon wartete nicht auf seine Erlaubnis, sondern drückte seine Hände auf ihre Brust und begann, sie durch den Mund zu beatmen.

Barrett knurrte.

„Lass ihn ihr helfen, Bruder", sagte Damon. „Jaxon ist gut ausgebildet. Ich weiß, du magst es nicht, wenn ein anderer Mann sie berührt, aber er versucht nur, ihr zu helfen."

Barrett ließ sich von Damon wegziehen, während Jaxon weiter an Jacey arbeitete.

Lorcan landete den Black Hawk nicht weit von ihrer Position entfernt. Er, Brutus und Ryker sprangen aus dem Hubschrauber und kamen zu ihnen hinübergerannt.

Ryker kniete sich an ihre andere Seite und hielt den Druck auf der Stelle, wo die Kugel eingedrungen war. „Sie atmet nicht."

Das Tier in Barrett riss sich von Damon los und er eilte zum regungslosen Körper von Jacey hinüber. Wut und Schmerz und Verzweiflung stiegen in ihm auf.

Blinde Qual quoll aus seiner Brust. Er zog Rykers Pistole aus seinem Holster und zielte auf Jaxon.

Lucien, Zane, Braxton und Jayden traten alle einen Schritt zurück. Lorcan und Brutus blieben stehen.

„Bring sie in Ordnung", forderte er.

„Ruhig, Barrett." Lorcan trat einen Schritt nach vorn.

„Jaxon hilft ihr, so gut er kann. Außerdem wissen wir alle, dass du deinen eigenen Wächter nicht erschießen würdest."

„Bring sie sofort in Ordnung. Du hast gesagt, du kannst sie in Ordnung bringen." Barrett richtete die Waffe weiter auf Jaxon.

Jaxon blickte auf, hörte jedoch nicht auf, die Reanimation durchzuführen. „Ich versuche es. Sie hat viel Blut verloren, ganz zu schweigen davon, dass die Kugel aus Silber war."

„Verfluchte Scheiße", knurrte Ryker und ignorierte die Waffe über seinem Kopf. Er rannte zum Black Hawk zurück und zog eine Kiste heraus. Er joggte zu ihnen zurück und begann sofort, die Defibrillatorelektroden auf ihre Brust zu kleben.

„Zurücktreten." Jaxon unterbrach die Kompressionen auf der Brust und Ryker versetze ihrem Herzen eine Runde Elektroschocks.

„Gib mir die Waffe, Barrett." Damon trat neben ihn.

Barrett begegnete seinem Blick. Sein ganzer Körper fühlte sich taub an. Blind übergab er dem Wolf die Waffe.

„Ich habe einen Puls", verkündete Jaxon.

Ryker reagierte schnell. „Lorcan, mach den Black Hawk bereit und wir fliegen sie ins nächstgelegene Krankenhaus. Brutus, geh und hol die Trage aus dem Hubschrauber."

„Es gibt eine Trage?", fragte Lucien.

„Der ganze hintere Bereich ist wie ein Krankenhaushubschrauber ausgestattet", erklärte Ryker. „Anscheinend ist Alfred eine paranoide alte Pissnelke. Er sagte, er wäre bereit für den Krieg."

„Ja, nun, jetzt gerade ist Alfred mein neuer bester Freund", sagte Jaxon. Die Wölfe bückten sich, hoben Jacey vorsichtig hoch und legten sie sanft auf die Trage.

„Ich habe die Koordinaten für das nächste Trauma-Krankenhaus der Stufe Eins. Jaxon fliegt hinten drin und Barrett kann vorne mitfliegen", erklärte Lorcan.

Barrett schüttelte den Kopf. „Ich fliege hinten mit."

„Nein. Das tust du nicht." Damon trat vor. „Jaxon braucht den Platz, um dort zu arbeiten. Du würdest ihm nur im Weg stehen."

Barrett sah zu, wie Lorcan und Brutus die Trage vorsichtig anhoben und alle Wächter ihnen zum Black Hawk folgten. Die Szene, wie ehrfürchtig und sanft sie sich um Jacey kümmerten, erschütterte ihn bis aufs Mark.

„Sie gehört jetzt zu uns, Barrett." Damon sah ihn scharf an. „Wir werden sie mit unserem Leben schützen."

Er konnte nicht sprechen, sondern nickte nur. Wenn er auch nur ein Wort sagen würde, würde er zusammenbrechen und wie ein verdammtes Weichei heulen. Und wenn er eins nicht war, dann war es ein Weichei. Besonders nicht vor seinen Männern.

KAPITEL NEUNUNDFÜNFZIG

Lorcan landete den Black Hawk auf dem Hubschrauberlandeplatz des Krankenhauses. Er hatte es geschafft, das Krankenhaus anzufunken und ihnen mitzuteilen, dass er eine Schusswunde reinbrachte. Der Ausdruck auf den Gesichtern der Krankenhausmitarbeiter, die zu dem Black Hawk hinausgestürmt kamen, war geradezu komisch.

Zuerst wollte der Arzt Lorcan einen Vortrag darüber halten, wie er sich zu verhalten hatte und dass er das Protokoll einhalten müsse und nicht einfach mit einem Black Hawk auf dem Dach eines Krankenhauses landen könne. Als Brutus dann jedoch seine fünfzig Kaliber Waffe auf ihn richtete, hielt der Arzt schnell den Mund und befahl den Mitarbeitern, Jacey hineinzubringen und sie zu stabilisieren.

Barrett folgte ihnen und weigerte sich, Jaceys Seite zu verlassen, bis sie in den Operationssaal gebracht wurde. Die Krankenschwestern versuchten, ihn dazu zu bringen, im Wartezimmer zu warten, aber er lehnte es ab. Er stand vor der verschlossenen Tür der Chirurgie und wartete.

Er lehnte mit dem Rücken an der Wand und stand

einfach nur da. Sekunden wurden zu Minuten, die zu Stunden wurden.

„Barrett?" Damon kam durch den Flur auf ihn zu.

„Sie wird operiert. Ich habe keine Ahnung, wie lange sie schon da drin ist." Er fuhr sich mit der Hand übers Gesicht und runzelte die Stirn angesichts des getrockneten Blutes an seiner Hand.

Braxton, Zane, Jayden und Jaxon folgten hinter Damon.

Braxton zog ein Bandanatuch aus seiner Gesäßtasche und hielt es unter einen Wasserhahn. Er wandte sich wieder an Barrett. „Hier, Kumpel, du musst dir mal das Gesicht abwischen. Du siehst aus wie eine blutige Version von Braveheart."

Barrett nahm das Tuch und rieb sich das Gesicht ab. „Kein Wunder, dass jede Krankenschwester, die hier vorbeigekommen ist, gefragt hat, ob ich ärztliche Hilfe brauche."

„Ryker ist mit Lorcan und Brutus weitergeflogen, um den Black Hawk zu Alfred zurückzubringen", sagte Damon. „Er hat sich als nützlicher Verbündeter erwiesen."

„Ja. Ich bin froh, dass er bereit war zu helfen. Er ist normalerweise ziemlich geizig mit seiner Ausrüstung", erklärte Barrett.

Eine in grün gekleidete Krankenschwester mit einem Lächeln im Gesicht kam zu ihnen hinüber. „Sir, sind Sie der Ehemann des Schussopfers?"

„Ja. Geht es ihr gut?" Es drehte ihm den Magen um.

„Sie arbeiten immer noch an ihr. Der Chirurg sagte, es wird eine Weile dauern, bis die Operation beendet ist. Er hat mich angewiesen, Ihnen und Ihren Freunden einen speziellen Warteraum anzubieten." Sie sah sich in der Gruppe von großen, gefährlich wirkenden Männern um.

„Ein spezieller Warteraum?" Zane hob eine Augenbraue.

„Nun, ja. Er ist privat. Und es gibt dort ein Telefon. Der

Chirurg wird Sie während der Operation über Neuigkeiten informieren." Sie lächelte sie ermutigend an.

„Es liegt daran, dass wir groß und gefährlich aussehen, stimmts?" Jayden neigte den Kopf.

Sie sah ihn an und blinzelte.

„Seien Sie ehrlich." Braxton verschränkte seine großen tätowierten Arme vor seiner Brust und grinste.

„Ja, Schätzchen. Daran liegt es." Sie seufzte. „Sie machen den Patienten und Mitarbeitern Angst, wenn Sie hier so auf dem Flur herumstehen. Zwei Schwestern haben sich bereits darüber beschwert, dass Sie wie eine Bikergang aussehen, die bereit ist, einen Amoklauf zu starten."

Sie zwinkerte Braxton zu. „Ich selbst stehe auf große, männliche Biker."

Braxtons Lächeln verschwand und er richtete sich auf. „Ich bin vergeben."

„Wir nehmen das Wartezimmer. Und wissen es zu schätzen." Damon nickte.

Die Krankenschwester lächelte und führte sie durch eine Reihe von Gängen, bis sie zu einem fensterlosen Raum kamen. Das Zimmer war ziemlich groß mit einem Fernseher, einem roten Telefon an der Wand und drei Sofas. Es gab einen Kühlschrank in der Nähe eines kleinen Tisches, auf dem eine Kaffeekanne und Pappbecher standen.

„Wird dieser Raum auch noch zur Verfügung stehen, nachdem Jaceys Operation beendet ist?", fragte Jaxon. „Sollte sie nach der Operation auf der Intensivstation bleiben, weiß ich, dass niemand an ihr Krankenbett darf. Barrett wird das Krankenhaus nicht verlassen und wir auch nicht."

Sie nickte und dann warf sie einen Blick auf die Papiere in ihrer Hand. „Schätzchen, es sieht so aus, als wurde die Krankenhausrechnung in bar und vollständig bezahlt. Sie können hier machen, was Sie wollen. Dieses Zimmer wird solange verfügbar sein, solange seine Frau hier ist." Sie schloss die Tür hinter sich.

„Ihr müsst nicht bleiben." Barrett ließ sich auf eine Couch fallen.

„Warum sollten wir gehen?" Jayden runzelte die Stirn und setzte sich neben ihn.

„Ihr müsst zurück nach Arkansas zu euren Gefährtinnen." Barrett sah Jayden und den Rest seiner Wächter an. Ryker schlüpfte ins Zimmer und verzog das Gesicht.

„Ach ja, da war ja noch was." Ryker rieb sich den Nacken. „Sieht so aus, als wären Granny und die anderen Frauen alle auf ihrem Weg hierher."

Alle Augen richteten sich auf ihn.

„Wie ist das denn passiert?", knurrte Damon.

„Schau mal, Alter, du musst an dein Telefon gehen. Ava hat versucht, dich zu erreichen." Ryker kniff die Augen zusammen und funkelte Damon an.

„Ich war ein bisschen beschäftigt", feuerte er zurück.

„Kein Scheiß. Waren wir das nicht alle?", erwiderte Ryker trocken. „Sie sind auf dem Weg, also schützt eure Lenden."

Jayden prustete los.

Barrett lehnte sich auf der Couch zurück und seufzte. Es war schön, seine Männer jetzt um sich zu haben. Er sah sich in der bunten Gruppe um. „Ich danke euch allen, dass ihr alles für Jacey riskiert habt."

„Selbstverständlich. Sie ist deine Gefährtin. Was sie zu einem Teil unserer Familie macht", sagte Braxton.

Alle nickten zustimmend.

Barrett blickte zu Jaxon hinüber und verzog das Gesicht. „Jaxon, ich schulde dir eine Entschuldigung. Es tut mir leid, dass ich diese Wache auf dich gerichtet habe."

„Du schuldest mir gar nichts." Jaxon zuckte die Schultern und lächelte. „Außerdem bist du schon einmal für mich gestorben. Ich konnte nicht zulassen, dass du sie verlierst. Ich musste sicherstellen, dass sie überlebt."

„Nun, ich habe auch geholfen, weißt du", funkelte Ryker.

„Ja, ja, Ryker. Wir wissen, dass du das hast." Zane ließ sich auf die Couch fallen.

Ryker ging zur Kaffeekanne hinüber. „Wenn ich mit euch Idioten in diesem winzigen Raum festsitze, brauche ich etwas Stärkeres als Kaffee."

Das Telefon klingelte und Barrett sprang auf, um den Anruf entgegenzunehmen.

„Hallo?" Er hielt den Atem an, als der Chirurg ihm ein kurzes Update gab. Er erinnerte sich daran, dem Arzt zu danken, bevor er auflegte.

„Was hat er gesagt?", fragte Jaxon.

„Er meinte, dass sie viel Blut verloren hat. Er war überrascht, dass die Kugel schon draußen war, aber er sagte, dass das gut war, weil um die Einschussstelle herum Spuren von Gift gefunden wurden."

„Er hat sie also nicht nur mit einer silbernen Kugel erschossen, sondern die Kugel auch noch mit Gift überzogen. Arschloch." Damon fuhr sich mit der Hand durch die Haare.

„Das ist noch nicht alles. Sie wurde an der Milz getroffen. Er musste die Milz wegen der anhaltenden Blutungen entfernen. Er sagte aber, dass Leute ohne Milz ein ganz normales Leben führen können, also macht er sich darüber keine Sorgen. Er ist besorgt über das Gift und ihre Genesung. Er wird die Wunde säubern und sie stabilisieren, bevor er sie auf die Intensivstation bringt. Er möchte sie ein paar Tage am Beatmungsgerät lassen und sie in einem künstlichen Koma behalten."

„Genau genommen ist das ziemlich gut." Jaxon stand auf und sah sie alle an. „Das wird ihrem Körper Zeit zum Heilen geben. Da sie ein Werwolf ist, wird sie doppelt so schnell heilen."

Barrett atmete laut seufzend aus. „Ich hoffe, du hast recht, Jaxon."

„Ich auch. Aber ich habe ein gutes Gefühl dabei." Jaxon nickte ermutigend.

„Nun, und ich habe das Gefühl, dass irgendwer besser losgeht und uns ein paar ordentliche Kaffees besorgt", Ryker verzog das Gesicht. „Weil dieser Krankenhauskaffee echt scheiße schmeckt."

Alle lachten.

KAPITEL SECHZIG

„Sie werden mich zu ihr lassen. Aber ich darf nur zehn Minuten bleiben." Barrett legte auf und sah die Wächter an, die seine Seite die ganze Zeit nicht verlassen hatten.

Sie alle nickten und Damon kam auf ihn zu. „Soll ich mitkommen?"

Barretts Magen zog sich zusammen und er blinzelte. „Danke, Bruder. Aber ich muss das alleine machen."

„Können wir sie auch sehen?", fragte Ryker mit merkwürdig leiser Stimme.

Alle sahen ihn an. „Was?" Er funkelte sie an. „Ich weiß, dass ihr Weicheier euch alle das Gleiche fragt. Ihr habt nur zu viel Angst vor Barrett, um ihn zu fragen."

Barrett schaffte es, zu lächeln.

„Sie lassen mich eine Person mitbringen. Diesen ersten Besuch möchte ich aber alleine machen. Ich bin mir sicher, dass ihr das alles versteht."

Die Wächter nickten.

„Es gibt drei Besuchszeiten pro Tag. Entscheidet selbst, wer als Nächstes mit mir mitkommt." Barrett öffnete die Tür zum Flur. Ein Mann in grüner Kleidung und einer Chirurgenmütze stand im Flur. Er war schon älter, wahrscheinlich Mitte sechzig, und hatte einen müden Ausdruck auf dem Gesicht.

„Ich gehe davon aus, dass Sie Mr. Middleton sind, Jaceys Ehemann?" Er neigte den Kopf und streckte seine Hand aus. „Ich bin Dr. Reynolds."

„Das bin ich." Barrett schüttelte seine Hand. „Wie geht es ihr?"

„Sie ist stabil. Die Operation hat länger gedauert, als erwartet. Ich wollte sicherstellen, dass alle Blutungen gestoppt sind, bevor ich sie wieder zunähe. Wie Sie wissen, musste ich die Milz entfernen. Sie wurde von der Kugel getroffen und es gab keine Möglichkeit, das Organ zu retten. Sie hat Glück gehabt. Wäre sie an irgendeinem anderen Organ getroffen worden, hätte sie es nicht geschafft."

Barrett nickte.

„Sie wird mindestens für ein paar Tage auf der Intensivstation bleiben. Ich möchte, dass sie intubiert bleibt und weiter am Beatmungsgerät hängt. Ihr werden durch ihre Infusion Medikamente verabreicht, die sie ruhighalten, damit sie sich nicht bewegt. Ich möchte, dass sie sich vollkommen ausruht. Sie ist immer noch nicht über den Berg." Dr. Reynolds neigte den Kopf. „Ich nehme nicht an, dass Sie die Kugel haben, mit der sie angeschossen wurde?"

„Nein. Ich habe sie nur rausgezogen." Er richtete seinen Blick auf den Arzt.

„Interessant. Die Kugel war mit Gift überzogen. Ich führe ein paar Bluttests durch, um festzustellen, was es war."

„Wenn Sie die Ergebnisse erhalten, möchte ich bitte benachrichtigt werden." Barrett ballte die Hände zu Fäusten.

Der Arzt nickte und sah Barrett an.

„Mr. Middleton, ich bin mir nicht sicher, ob Sie über das Gesetz informiert sind. Aber wann immer ein Opfer mit einer Schuss- oder Stichverletzung ins Krankenhaus kommt, um hier behandelt zu werden, bin ich gesetzlich dazu verpflichtet, die Polizei zu benachrichtigen. Ganz zu schweigen von der Tatsache, dass Sie mit einem voll bewaffneten Black-Hawk-Hubschrauber hierhergeflogen sind."

„Ich weiß." Er kümmerte sich einen Scheißdreck darum, Ärger mit dem Gesetz zu bekommen. Er musste lediglich jemanden bei der Regierung anrufen und sie würden die ganze Scheiße vertuschen.

„Dr. Reynolds, ich weiß nur so viel. Ich weiß, dass meine Frau gerade um ihr Leben kämpft. Ich wusste, dass ich sie schnell ins Krankenhaus bringen musste. Ich hätte auch einen Harriet Jet gestohlen, wenn uns das Zeit gespart hätte."

Dr. Reynolds nickte verständnisvoll. „Ich wette, wenn ich das der Polizei melde, schnüffelt das FBI hier überall herum."

„Und die CIA und wen auch immer sie sonst noch finden", sagte Barrett. „Ich möchte jetzt gerne meine Frauen sehen, wenn Sie alle Antworten haben, die Sie brauchen."

Dr. Reynolds nickte. „Folgen Sie mir." Er führte ihn durch ein Labyrinth aus Fluren zu einem Aufzug. Als sie in den Aufzug stiegen, drückte der Arzt den Knopf für den dritten Stock. Die Fahrstuhltüren gingen auf und er folgte ihm. Dr. Reynolds schloss mit seinem Ausweis die Intensivstation auf und die automatischen Türen öffneten sich. Drinnen befanden sich Reihe um Reihe von Zimmern mit Glastüren. Der Geruch von altem Blut, Desinfektionsmittel und Hoffnungslosigkeit hing schwer in der Luft. Die Krankenschwestern rannten von Zimmer zu Zimmer, verabreichten Infusionen und zeichneten Dinge auf ihren Laptopcomputern auf.

„Obwohl wir sie in ein künstliches Koma versetzt haben, kann sie Sie trotzdem noch hören, Mr. Middleton. Ich ermutige Sie, mit ihr zu sprechen." Dr. Reynolds trat ein und bedeutete Barrett, ihm zu folgen.

Er machte sich darauf gefasst, was er vorfinden würde.

Jacey sah in dem Bett so klein und blass aus. Ein großer Schlauch war in ihren Hals geführt und an eine Maschine am Kopfende des Bettes angeschlossen. Mehrere Infusionen steckten in ihrem Arm und perforierten ihre perfekte Haut. Ein Monitor mit hellem Licht zeigte ihre schnelle Herzfrequenz und den niedrigen Blutdruck an.

„Das ist Megan, Mr. Middleton. Sie ist Jaceys Krankenschwester für die Nacht. Sie wird bis um sieben hier sein."

Megan wandte sich vom Infusionsbeutel ab und schenkte ihm ein warmes Lächeln. Sie war zierlich mit kurzen braunen Haaren und braunen Augen.

„Sie sehen so jung aus." Barrett runzelte die Stirn.

Sie lachte leise. „Vielen Dank. Das nehme ich als Kompliment. Ich bin gerade Dreißig geworden."

„Megan ist eine unserer besten Krankenschwestern. Sie arbeitet bereits auf der Intensivstation, seitdem sie die Schwesternschule verlassen hat", sagte Dr. Reynolds. „Alle kommen zu ihr und fragen sie um Rat."

„Machen Sie sich keine Sorgen, Mr. Middleton. Mrs. Middleton ist heute Nacht meine einzige Patientin. Ich werde meine gesamte Zeit auf sie konzentrieren", sagte Megan.

„Sorgen Sie sich nicht, Mr. Middleton. Auch ich werde heute Nacht auf Abruf stehen. Wenn sich etwas ändert, wird Megan mich sofort anrufen." Dr. Reynolds studierte die Infusionen und warf einen Blick auf ihre Vitalwerte.

„Wir werden hinausgehen und Sie etwas Zeit mit ihr verbringen lassen." Megan lächelte und berührte beruhigend seinen Arm.

Er riss die Augen weit auf. „Was ist, wenn ich irgendwas anfasse und durcheinanderbringe?"

„Sie sind vielleicht groß, Mr. Middleton, aber Sie werden nichts durcheinanderbringen." Megan lächelte. Sie ging zum Bett hinüber und zog die Bettdecke leicht zurück, um Jaceys

Arm freizulegen. Sie zog einen Stuhl ans Bett und deutete darauf. „Setzen Sie sich hier hin und dann können Sie ihre Hand halten. Ich warte draußen. Ich kann alles von den Monitoren draußen überwachen."

Megan folgte Dr. Reynolds nach draußen auf die Station. Barrett blickte auf Jacey hinunter. Er ging vorsichtig zum Bett hinüber und setzte sich auf den Stuhl. Er griff hinüber und nahm Jaceys Hand.

„Mein Schatz. Ich bin es, Barrett." Er hielt seine Augen auf ihr Gesicht gerichtet. „Du wirst wieder ganz gesund werden."

Das einzige Geräusch im Raum war das rhythmische Piepen der Maschinen, die versuchten, sie am Leben zu halten.

Er schluckte die Emotionen in seinem Hals hinunter. „Du hättest mal den Ausdruck auf den Gesichtern des Personals sehen sollen, als wir einen Black Hawk auf dem Krankenhausdach gelandet haben. Ich glaube, der Arzt hätte sich fast in die Hose gemacht. Ich glaube, sie dachten, das Krankenhaus würde mit all den Raketen angegriffen werden, die sich in diesem Hubschrauber befanden."

Hilflosigkeit breitete sich in seinem Körper aus, lastete schwer auf ihm und zog ihn runter. Er konnte ihr nicht helfen.

Er wischte sich mit der Hand über die Augen und hielt ihre kleine Hand in seiner fest. Er beugte sich vor und küsste ihre Fingerspitzen. Er bemerkte, dass noch immer getrocknetes Blut an ihrer Hand klebte von dem Moment, an dem sie sich den Bauch gehalten hatte, als sie angeschossen worden war.

„Die Jungs sind alle hier. Sie wollten dich alle sehen, aber ich habe ihnen gesagt, dass sie warten müssen. Dass es dir erst besser gehen muss, bevor sie dich besuchen können." Seine Stimme brach und eine Träne rollte über sein Gesicht. „Ich werde hier nicht ohne dich weggehen, Jacey."

Er legte seinen Kopf auf ihre Hand und ließ den Tränen freien Lauf.

„Ich kann dich nicht verlieren, wenn ich dich doch gerade erst gefunden habe." Seine Tränen und die Verzweiflung tränkten das Laken. „Ich liebe dich."

Ein scharfer Piepton hallte durch den Raum. Er hob den Kopf vom Bett. Megan und Dr. Reynolds stürmten ins Zimmer.

„Mr. Middleton, Sie müssen sofort gehen", sagte Dr. Reynolds, als er begann, wie wild Knöpfe zu drücken.

Zwei weitere Krankenschwestern stürmten mit einem Rollwagen hinein. Er sprang zurück, um ihnen aus dem Weg zu gehen.

Weißes Rauschen füllte seine Ohren und er konnte nicht verstehen, was los war. Eine der Krankenschwestern packte ihn am Arm und zog ihn aus dem Raum. Er hörte sie kaum sagen, dass er gehen musste, weil Jaceys System einen Zusammenbruch hatte.

Was bedeutete das? Starb sie etwa? Verließ sie ihn?

Er wurde eilig aus der Intensivstation gebracht und allein im Flur stehengelassen.

Übelkeit breitete sich in seinem Magen aus und er sah sich nach einer Toilette um. Als er eine entdeckte, rannte er schnell hinein. Er schaffte es gerade noch rechtzeitig.

KAPITEL EINUNDSECHZIG

Barrett schaffte es zurück in den privaten Warteraum. Als er eintrat, standen alle Wächter erwartungsvoll auf.

„Sie sagten, dass sie einen Zusammenbruch erlitten hat, und haben mich gezwungen zu gehen." Seine Stimme brach ab.

Der Raum wurde schmerzlich still, als er zur Couch ging und sich setzte. Er vergrub sein Gesicht in seinen Händen.

„Ich weiß nicht, was ich tun soll." Seine Stimme klang genauso gebrochen wie seine Seele.

„Was ist mit der Fee?" Jaxon sah Ryker an. „Ruf sie an und sag ihr, sie soll ihren Feenarsch hier rüberschwingen."

„Das habe ich schon versucht. Ich kann sie nicht erreichen." Ryker fuhr sich mit den Fingern durch die Haare.

„Was ist mit dem Gift, das an dieser Kugel war? Wissen wir, was es war? Wenn wir es herausfinden, können wir eine Heilung finden", sagte Braxton hoffnungsvoll.

„Die Ärzte sagten, dass die Tests noch nicht abgeschlossen sind." Barrett musterte den Boden.

„Da scheiß ich drauf!" Jayden ging zur Tür. „Ich gehe zum

Labor und sage ihnen, sie sollen sich verdammt noch mal beeilen."

„Du erreichst damit nur, dass sie uns hier rausschmeißen, du Schwachkopf", knurrte Zane.

„Wir sind mit einem vollbewaffneten Black Hawk auf dem Hubschrauberlandeplatz gelandet. Wenn sie uns bis jetzt nicht rausgeschmissen haben, ist wahrscheinlich alles gut", schnaubte Ryker. „Ich komme mit."

„Wir kommen gleich wieder." Jayden und Ryker schlossen die Tür hinter sich.

„Lucien und Zane, ruft die Louisiana-Attentäter an und versucht herauszufinden, ob sie irgendwelche Informationen darüber haben, um welches Gift es sich handeln könnte." Damon stemmte die Hände in die Hüften. „Sie standen jahrelang unter Boudiers Kommando und wissen wahrscheinlich, auf was für verrückte Scheiße er steht."

„Wird gemacht." Lucien und Zane gingen zur Tür hinaus.

„Braxton und Jaxon, ich habe gerade eine SMS von Ava empfangen. Sie sind nicht mehr weit von hier. Offensichtlich sind sie schon vor einer Weile in Denver gelandet. Sie haben ein Auto gemietet. Könnt ihr sie unten treffen?", fragte Damon.

„Sicher." Braxton nickte.

Als sie alleine waren, setzte sich Damon zu Barrett.

„Ich kann ihr nicht helfen. Ich fühle mich so hilflos, dass ich keinen Weg finden kann, ihr zu helfen", gab Barrett zu.

„Ich weiß. Wenn es deine Gefährtin ist, würdest du alles für sie tun. Und jetzt hast du das Gefühl, dass du es nicht kannst." Damon drückte seine Schulter. „Sie befindet sich im besten Trauma-Krankenhaus in Colorado, zur Hölle, im ganzen mittleren Westen. Ich habe die Referenzen ihres Arztes überprüft, er ist der Beste, den sie haben."

Barrett nickte. „Ich habe versprochen, sie zu beschützen, und ich habe dieses Versprechen gebrochen." Er warf Damon einen Blick zu. „Es gibt nichts, was Jacey mehr hasst als einen Lügner."

Damon funkelte ihn an. „Jetzt hör mir mal zu, du störrisches Arschloch."

Barrett hob den Kopf. Er wurde noch nie in seinem Leben so angesprochen.

„Du bist kein Lügner. Du hast alles getan, was in deiner Macht stand, um sie zu beschützen. Boudier hatte einfach Glück. Aber er hat am Ende bekommen, was er verdient hat", knurrte Damon.

Die Tür öffnete sich und sie drehten sich beide um.

Im Türrahmen standen die drei Attentäter: Lorcan, Brutus und Killian. Sie alle trugen ihre schwarze Uniform und Sonnenbrille, obwohl sie drinnen waren.

„Du musst dir um Boudier keine Sorgen mehr machen. Die Hütte ist explodiert, als die Höllenfeuerrakete sie getroffen hat. Was übrig blieb, ist den Bergabhang hinuntergerutscht." Lorcan neigte den Kopf.

„Gut." Barrett nickte. „Obwohl ich bereue, ihm seinen verdammten Schädel nicht selbst abgerissen zu haben."

„Das kann ich nachfühlen", grunzte Brutus.

Damon deutete mit einem Nicken an, dass sie reinkommen sollten. Sie schlossen die Tür hinter sich.

„Habt ihr einen Anruf von Lucien bekommen?", fragte Barrett.

„Ja. Ich habe ihm gesagt, dass wir auf unserem Weg zurück ins Krankenhaus sind, um mit dir zu reden. Ich glaube, mein Bruder und Zane wollten für alle was zu essen holen. Sie sollten bald zurückkommen." Lorcan ließ seinen großen Körper auf die Couch fallen. Lorcan und Lucien waren Zwillingsbrüder und hatten sich viele Jahre lang nicht verstanden. Aber seit Kurzem standen sie auf der gleichen Seite, wenn es um Boudier ging.

Brutus mit seinem Kurzhaarschnitt und dem strengen

Gesichtsausdruck lehnte sich gegen die Wand und verschränkte die Arme. Killian schenkte sich einen Kaffee ein. Killian sah eher aus wie ein Rockstar mit seinen längeren Haaren und dem Grinsen. Man konnte leicht vergessen, dass er einer der drei tödlichsten Werwolf-Attentäter war.

„Dieser Kaffee schmeckt scheiße", sagte Killian mit verzogenem Gesicht.

„Es ist Krankenhauskaffee. Der soll Scheiße schmecken", grunzte Brutus.

„Was wisst ihr über das Gift?" Barrett kann direkt auf den Punkt.

„Ich weiß, dass Boudier gerne Wolfswurz zur Hand hatte. Er würde diejenigen damit vergiften, von denen er glaubte, sie würden ihn hintergehen. Dieser Typ war so was von paranoid", gab Lorcan zu. „Lucien hat mir erzählt, dass du die Kugel rausgezogen hast und der Arzt die Milz deiner Frau entfernt hat. Das hätte nur Spuren in ihrer Blutbahn hinterlassen. Man braucht eine ganze Menge Wolfswurz, um jemanden damit zu töten." Lorcan neigte den Kopf.

„Nun, irgendetwas muss es sein. Sie kam aus der OP und war stabilisiert worden und jetzt ist sie …" Barretts Stimme verstummte. Er brachte es nicht fertig, die Worte laut auszusprechen.

„Ist dein Weibchen Vollblut-Wolf?", fragte Brutus.

Alle Augen richteten sich auf ihn und der Raum wurde still. Killian hielt mitten beim Kaffeetrinken inne und sah zwischen Barrett und Brutus hin und her.

„Was zum Teufel ist das denn für eine Frage?" Barrett stand auf und ballte die Hände zu Fäusten.

Brutus stieß sich von der Wand ab.

Lorcan stellte sich zwischen die beiden Wölfe. „Du musst Brutus entschuldigen. Er wurde ohne Manieren erzogen." Er funkelte den Attentäter an.

„Warte mal einen Moment", sagte Killian und stellte seinen Kaffee ab. „Ich glaube, ich weiß, worauf Brutus hinauswill." Er sah Barrett an. „Erinnerst du dich daran, als Boudier bei diesem Abendessen diesen Wolf mit einem silbernen Messer erstochen hat, das mit Wolfswurz überzogen war?"

Lorcan nickte. „Ja? Und?"

„Der Wolf ist keinen langsamen Gifttod gestorben, erinnerst du dich? Es ging richtig schnell. Er hatte einen Herzstillstand. Boudier war sauer, weil er ihn langsam sterben sehen wollte."

„Stimmt." Lorcan sah Barrett an. „Er war ein Werwolf, aber mit gemischtem Stammbaum, seine Mutter war eine Fee und sein Vater war ein Wolf."

„Ich kann euch versichern, dass Jacey ein reinrassiger Werwolf ist. Ich kann es an ihr riechen." Barrett funkelte sie an.

„Ja, aber was ist mit dir?", fragte Damon. „Ich habe gesehen, wie du dir ins Handgelenk gebissen und Jacey dein Blut gegeben hast."

„Mein Blut stammt aus einer reinrassigen Linie von Vollblut-Werwölfen, die bis nach England zurückverfolgt werden kann. Als ich noch ein Kind war, habe ich entdeckt, dass mein Blut sogar beschleunigende Heilungseigenschaften hat. Ich heile sechsmal so schnell wie ein normaler Werwolf. Sowohl meine Mutter als auch mein Vater waren Wölfe. Außerdem habe ich, wenn du dich erinnerst, auch Lucien schon einmal Blut gegeben und nichts ist passiert", erklärte Barrett.

„Ja. Aber das war, bevor du gestorben bist und wieder zum Leben erweckt wurdest", sagte Damon. „Du hast gesagt, dass die Fee dich zurückgeholt hat. Sie hat dir kein Blut gegeben, oder?"

„Doch, das hat sie." Ryker stand in der Tür. „Und diese

Hexe hat auch irgendwelche Blutmagie an ihm ausgeübt, um ihn am Leben zu halten, bis die Fee dort eintraf."

„Nun, wenn sie mein Blut und Feenblut hat, sollte sie dann nicht schneller heilen? Nicht noch kranker werden?", fragte Barrett.

„Ihr Körper versucht, sich an das Feenblut zu gewöhnen." Lorcan nickte. „Ihr Körper hat die Wahl, es zu akzeptieren oder abzulehnen."

„Scheiße." Barretts Knie gaben nach und er lehnte sich auf der Couch zurück. „Ich habe sie getötet."

Das Telefon klingelte. Barrett sah mit trockener Kehle auf.

Damon griff nach dem Hörer. „Hallo?" Er drehte Barrett den Rücken zu.

Barrett hielt den Atem an. Jede Sekunde dauerte eine Ewigkeit. Er wartete.

Damon legte auf und drehte sich um. Er sah Barrett an.

„Ihr Herz ist stehen geblieben und sie mussten ihr ein paar Elektroschocks geben", sagte Damon langsam.

„Oh Gott." Barrett spürte, wie die Hoffnung aus ihm floss wie Luft aus einem Ballon.

„Sie haben sie zurückgeholt. Sie ist jetzt stabil." Damon drückte seine Schulter.

Barrett sah auf und nickte. Sie war immer noch bei ihm. Sie lebte immer noch.

„Klingt so, als würde dein Weibchen kämpfen, Barrett", sagte Lorcan.

Barrett nickte. „Sie ist stark und eine Kämpferin."

„Dann wird sie es ganz sicher überstehen." Lorcan nickte.

„Ja, das wird sie." Barrett seufzte. Er runzelte die Stirn und blickte zu den Attentätern auf. „Wie seid ihr drei eigentlich so schnell nach Colorado gekommen? Und wie seid ihr bei Ryker im Black Hawk gelandet?"

„Als wir gehört haben, das Boudier aus Texas geflohen

war, haben wir ihn nach Denver verfolgt. Dort sind wir Ryker begegnet, der den Black Hawk von Alfred geholt hat." Lorcan zuckte mit den Schultern.

„Du kennst Alfred?" Barrett neigte den Kopf.

„Kennen wir den nicht alle?", grinste Killian.

„Wie dem auch sei, nach ein paar Minuten der Entscheidungsfindung, wer den Hubschrauber fliegen wird …" Lorcan rieb sich den Kiefer.

„Er meint, nachdem Ryker und Lorcan sich gestritten haben, wer ihn fliegen wird, gefolgt von ein paar Schlägen." Killian grinste.

„Lorcan hat einen billigen Schlag gelandet", knurrte Ryker und starrte den Attentäter wütend an. Killian hörte auf zu grinsen und trank weiter von seinem beschissenen Kaffee.

Barrett stand auf und streckte die Hand aus. „Ich weiß die Hilfe zu schätzen."

Lorcan schüttelte sie. „Jederzeit. Ich bin froh, meinen Teil dazu beigetragen zu haben, Boudier unter die Erde zu bringen. Dieses Arschloch wird niemandem je wieder etwas tun."

Barrett ging zu Brutus und schüttelte ihm die Hand, dann schüttelte er Killians.

„Was habt ihr vor, jetzt wo Louisiana keinen Rudelführer hat und Boudier tot ist?", fragte Damon.

„Wir werden in Louisiana bleiben. Helfen, den Frieden zu bewahren und den bürgerlichen Wölfen hoffentlich etwas Hoffnung geben. Sobald ein neuer Rudelführer ernannt wird, werden wir wohl sehen, was die nächsten Schritte sein werden. Wenn sie wieder so ein Arschloch wie Boudier einsetzen, schließen wir uns vielleicht doch noch Arkansas an." Lorcan grinste.

„Wir wären stolz, euch alle bei uns zu haben", sagte Damon.

„Das behalten wir im Hinterkopf." Killian hob seinen

Becher. „Im Moment sollten wir uns darauf konzentrieren, dass es Barretts Weibchen besser geht."

Barrett nickte. Jacey hatte noch einen langen Kampf vor sich. Und er würde jeden Schritt des Weges bei ihr sein.

KAPITEL ZWEIUNDSECHZIG

Ava, Kate, Skylar, Haley, Catty, Ginny und Granny tauchten alle mit vollen Tüten chinesischen Essens im Krankenhaus auf.

„Ich kann nicht glauben, dass du lebst." Granny war Barrett sofort um den Hals gefallen, als sie das Wartezimmer betreten hatten. Sie wollte ihn nicht loslassen, als sie weinte und seine Brust tätschelte, als ob sie sicherstellen wollte, dass er es wirklich war.

„Ich konnte es niemandem sagen", sagte er leise. Er sah die Frauen an, die ihn alle anstarrten, als wäre er ein Geist. Sein Blick fiel auf Ava.

„Ava, ich schulde dir eine Entschuldigung. Es tut mir so leid, dass ich dich in diese Situation gebracht habe."

„Du hast es getan, um Damon zu zwingen, dich zu töten. Das weiß ich jetzt." Avas Augen tränten. „Du hast es getan, um Jaxon zu retten."

Er nickte.

Ginny stürzte sich auf ihn. Er versteifte sich. Erst als er ihr Schluchzen hörte und sie ihre Arme um ihn schlang, bemerkte er, dass sie nicht wütend auf ihn war. Sie trat zurück und sah zu ihm auf. „Vielen Dank. Dafür, dass du uns gerettet hast." Sie griff nach seiner Hand und zog sie auf ihren Bauch, in dem das Baby wuchs. Er zuckte bei dem intimen Kontakt unbehaglich zusammen. Jaxon knurrte, rührte sich aber nicht.

„Du hast uns alle gerettet. Jaxon, mein Baby und sogar mich."

Er nickte und ließ seine Hand von ihrem Bauch sinken. So viel Aufmerksamkeit war er nicht gewohnt.

„Wir haben Essen mitgebracht. Wir dachten, ihr habt bestimmt alle Hunger." Grannys Blick fiel auf die drei großen Attentäter, die an der Seite des Zimmers standen. „Wir haben genug für alle mitgebracht."

„Vielen Dank." Killian nickte.

Die Frauen begannen, das Essen auf Teller zu verteilen und an die Wölfe weiterzureichen. Granny reichte Brutus einen Teller.

„Danke", sagte er leise und tödlich.

„Du bist der, den sie Brutus nennen." Granny kniff die Augen zusammen.

„Das bin ich." Er neigte den Kopf. „Du bist Jaydens Großmutter. Die, die Sexspielzeug verkauft."

„Ja, das bin ich", sagte sie fröhlich.

„Verflucht, Granny", tadelte Jayden. „Hör auf, so zu tun, als wäre das etwas Großartiges."

„Pass auf deine Wortwahl auf, Jayden. Außerdem, was ist schon falsch daran, haufenweise Kohle zu verdienen?"

Killian prustete los. Sie richtete ihren Blick auf ihn. Barrett bemerkte, dass Lorcan langsam in Richtung Tür schlich.

„Du bist Killian." Sie reichte ihm den Teller, den Kate ihr gegeben hatte.

„Ja, gnädige Frau, das bin ich." Er grinste sie charmant an. Barrett schüttelte den Kopf.

„Ich habe gehört, dass du der Frauenheld unter den Attentätern bist." Granny wackelte mit den Augenbrauen.

Lorcan machte einen weiteren Schritt in Richtung Tür.

„Also eilt mir mein Ruf voraus?" Sein Lächeln wurde breiter. „Das gefällt mir."

Lorcan hatte seine Hand jetzt auf der Türklinke.

„Nicht so schnell, Lorcan." Granny wirbelte herum und eine ihrer grauen Locken fiel ihr in die Stirn.

Lorcan erstarrte und drehte sich langsam um.

Für Barrett wirkte Lorcan etwas grün im Gesicht.

„Ich erinnere mich an dich. Und ich glaube, du erinnerst dich auch an mich." Granny grinste.

„Moment mal. Du hast Lorcan schon mal getroffen?" Jayden hörte auf zu essen und sah von seinem Teller hoch.

„Oh ja. Ich erinnere mich an dich." Kate verschränkte die Arme und starrte ihn an. „Du bist zum Bella Luna gekommen, um nach Braxton zu suchen."

„Lorcan." Killian starrte ihn an. „Du willst mir doch nicht sagen, dass Granny mit den Schriftstellerinnen im B & B war, die versucht haben, dich zu belästigen."

Der Raum wurde still und Lorcan wurde knallrot. „Das ist nicht, was passiert ist."

„Natürlich nicht. Lorcan hat uns dabei geholfen, ein bisschen für ein BDSM-Buch zu recherchieren, das eine der Autorinnen geschrieben hat." Granny hob ihr Kinn hoch in die Luft.

Brutus verschluckte sich an seinen Nudeln und Killian lachte laut los. „Das hat er uns aber anders erzählt."

„Halt die Fresse, Killian." Lorcan funkelte ihn an.

„Lorcan meinte, dort wären bösartige Frauen gewesen, die versucht haben, ihn zu befummeln."

Brutus schenkte ihm ein seltenes Lächeln.

„Ich habe nie befummeln gesagt."

„Es gab vielleicht eine Peitsche, aber es wurde definitiv niemand befummelt." Granny funkelte Brutus an.

„Bei allem, was gut und heilig auf der Welt ist, hör auf zu reden, Granny." Jayden griff sich an den Bauch. „Ich glaube, mir wird gleich schlecht."

Der Raum brach in Gelächter aus.

„Lorcan, erzähl uns doch noch einmal, was diese großen, bösen Schriftstellerinnen mit dir machen wollten." Killian wischte sich die Tränen aus den Augen.

„Fick dich, Killian." Lorcan griff nach dem Türknauf und stürmte hinaus.

„Ich gehe ihm hinterher", sagte Lucien.

„Nein, lass ihn ruhig gehen." Brutus kicherte. „Er ist es nicht gewöhnt, verarscht zu werden. Es wird ihm guttun. Stärkt den Charakter."

Barrett sah sich im Raum um und war erstaunt darüber, wie weit sie gekommen waren. Die Attentäter, die einst versucht hatten, seinen Wächter Braxton zu töten, aßen jetzt mit ihnen gemeinsam eine Mahlzeit und alle schlechten Gefühle waren verschwunden.

Für eine Sekunde legte sich Frieden über ihn. Jacey war stabil und kämpfte immer noch. Wenn sie das alles überstanden hatten, würde er niemals mehr einen Tag für selbstverständlich hinnehmen.

KAPITEL DREIUNDSECHZIG

An diesem Morgen stand Barrett, noch bevor die Sonne aufging, in der Mitte des Warteraums und sah sich um. Alle seine Wächter, außer Ginny und Jaxon sowie Damon und Ava, waren noch immer hier bei ihm im Raum. Die Männer hatten halb aufrecht auf den Sofas geschlafen, während sich ihre Frauen auf ihrem Schoß zusammengerollt hatten.

Lucien und Catty lagen mit einem Kissen und einer Decke in einer Ecke auf dem Boden. Sogar Granny war auf der Couch eingeschlafen.

Ginny und Ava wollten auch bleiben, aber Barrett bestand darauf, dass die Männer sich ein Zimmer nahmen, weil beide Weibchen schwanger waren.

Brutus war geblieben, während Killian und Lorcan sich in der Nähe ein Hotel genommen hatten. Sie hatten bereits Pläne geschmiedet, sich mit Barrett im Krankenhaus abzuwechseln.

Der Anblick bewegte ihn mehr, als er mit Worten ausdrücken konnte.

Es klopfte leise an der Tür. Barrett ging hinüber, als Megan, die Krankenschwester, hereinkam.

Sie warf einen Blick in den Raum und deutete ihm mit einem Nicken an, in den Flur zu kommen.

Er schloss die Tür hinter sich. „Geht es ihr gut? Ist irgendetwas nicht in Ordnung?"

Sie schenkte ihm ein Lächeln.

„Es geht ihr gut. Besser als gut sogar. Ich bin hergekommen, um Sie zu holen, damit Sie sich ein bisschen zu ihr setzen können."

„Wirklich?" Sein Herz schlug heftig in seiner Brust.

„Auf jeden Fall." Sie lächelte und führte ihn zur Intensivstation zurück.

Als er die Station betrat, stieg ihm sofort der Geruch des Desinfektionsmittels in die Nase. Aber dieses Mal konnte er auch noch einen anderen Duft riechen.

Jacey.

Er folgte Megan in den Raum. Sie nickte und er trat ein. Dann verließ sie den Raum, um mit den anderen Schwestern auf der Station zu sitzen.

Der Raum war abgedunkelt und wurde nur von den Maschinen beleuchtet, die Jacey umgaben. Er warf einen Blick auf den Monitor. Ihre Herzfrequenz war stabil und der Blutdruck war gut.

Er ging zum Bett hinüber und setzte sich auf den Stuhl. Der Schlauch steckte immer noch in ihrem Hals, aber sie sah nicht mehr so blass aus.

Er setzte sich und nahm sanft ihre Hand.

„Jacey. Ich bin es, Barrett." Er drückte ihre Hand. „Sie sagen mir, dass du mich hören kannst. Ich bin mir nicht sicher. Aber über eine Sache bin ich mir sicher. Ich liebe dich so sehr. Ich möchte nie wieder von dir getrennt sein. Ich möchte, dass du weißt, dass ich mir ein Leben ohne dich nicht vorstellen kann. Bitte hör nicht auf zu kämpfen. Bitte verlass mich nicht."

Er neigte den Kopf und küsste ihre Fingerspitzen. Sie

waren sauber. Megan musste sie irgendwann in der Nacht gewaschen haben, als sie dachte, Jacey sei stark genug dafür.

Er lehnte sich zurück und betrachtete ihre Hand in seiner. Sie war so winzig im Vergleich zu ihm. Die Knochen in ihrer Hand waren fein und elegant, während seine groß und stark waren.

Aber sie passten zueinander.

Er grinste vor sich hin. Er hatte einst gedacht, dass es einen schwächte, wenn man sich verpaarte. Jetzt wusste er, dass man davon noch stärker wurde.

Ihre Hand drückte seine.

Er blinzelte und schüttelte den Kopf. Er musste vom Schlafmangel schon Wahnvorstellungen haben.

Aber als er bemerkte, wie sich ihre Finger leicht in seinen bewegten, wurde ihm klar, was er sah. Er blickte zu Jaceys Gesicht hoch.

Ihre Augen waren offen und sie sah ihn an. Plötzlich ging der Alarm am Beatmungsgerät los und Megan kam ins Zimmer gerannt.

„Sie hat meine Hand gedrückt", sagte er.

Megans Augen weiteten sich, als sie sah, dass Jacey wach war. „Ich kann gar nicht glauben, dass sie wach ist. Ihr wurde eine riesige Menge Beruhigungsmittel gegeben, um sie ruhigzustellen." Sie drückte ein paar Knöpfe am Beatmungsgerät, um die Maschine zum Schweigen zu bringen. Sie ging zur Tür und wies die Sekretärin an, Dr. Reynolds zu rufen.

„Ist alles in Ordnung? Muss ich wieder gehen?"

„Nein, Sie sollten bleiben." Megan beugte sich über das Bett und sah Jacey an. „Mrs. Middleton, ich weiß, dass Sie Angst haben, aber Sie sind im Krankenhaus. Ihr Mann ist hier. Sie haben im Moment noch einen Schlauch in Ihrem Hals, der Ihnen das Atmen erleichtert. Ich möchte, dass Sie versuchen, sich zu entspannen, in Ordnung?" Sie sah Barrett an. „Ich möchte sehen, ob Dr. Reynolds den Schlauch aus ihrem Hals entfernen möchte. Ich möchte ihr nicht noch mehr Beruhigungsmittel geben, bis ich von ihm höre."

Barrett nickte. Er strich ihr das Haar aus dem Gesicht. „Mein Schatz, versuch dich zu entspannen, in Ordnung? Du wurdest verletzt und sie mussten dir einen Schlauch in den Hals stecken, damit du besser atmen kannst. Versuche deine Atmung ein bisschen zu verlangsamen, in Ordnung?"

Jacey sah ihn direkt an, ihre Augen waren weit aufgerissen und wachsam. Sie schien zu verstehen, was er sagte, weil ihre Atmung langsamer und gleichmäßiger wurde.

„Was gibt es Neues?" Dr. Reynolds eilte durch die Tür. Er sah ihn an und dann zu Jacey.

„Sie ist wach. Trotz all der Beruhigungsmittel", stellte Megan fest. „Sie ist über Nacht erstaunlich stärker geworden und ich glaube, dass sie bereit ist, extubiert zu werden."

Dr. Reynolds hörte mit einem Stethoskop ihre Lunge ab. Er sah sie an und nickte dann. „Sie haben recht, Megan." Er wandte sich an Barrett. „Sehen Sie. Ich habe Ihnen doch gesagt, dass Megan die Beste ist."

„Wenn Sie kurz den Raum verlassen würden, damit wir den Schlauch herausnehmen können, wäre das großartig", sagte Megan.

Er nickte und trat hinaus. Er bemerkte, dass die anderen Krankenschwestern ihn neugierig anstarrten, aber keine von ihnen sagte etwas.

„Mr. Middleton, Sie können wieder reinkommen", sagte Megan von der Tür aus.

Barrett drehte sich um und ging in den verglasten Raum zurück.

Er schaute aufs Bett. Jacey saß halb aufrecht. Ihre Augen waren schwer, aber sie war wach.

„Jacey?" Er eilte zum Bett und griff nach ihrer Hand.

„Barrett." Ihre Worte waren heiser und sie zuckte zusammen, als sie die Silben sprach.

„Ihr Hals tut weh, weil sie diesen Schlauch darin hatte. Es sollte innerhalb eines Tages verschwinden", sagte Dr. Reynolds. Er beugte sich über das Bett. „Jacey, wie fühlen Sie sich?"

„Durstig." Sie zuckte zusammen.

„Ich werde ein paar Eiswürfel kommen lassen und dann sehen wir, wie Sie sie vertragen.

Wie sind die Schmerzen? Benötigen Sie noch mehr Schmerzmittel?"

Sie schüttelte den Kopf. „Nein. Ich mag nicht, wie ich mich damit fühle."

Dr. Reynolds nickte und wandte sich an Barrett. „Es geht ihr bemerkenswert gut. Als Sie nicht im Raum waren, habe ich einen Blick auf ihre Wunde geworfen. Es gibt keinerlei Rötung oder Anzeichen einer Infektion. Ihre Vitalwerte sind gut. Die Laborergebnisse zeigen allerdings, dass das Gift unbekannt war."

Wolfswurz würde nicht angezeigt werden. Barrett wusste das, Dr. Reynolds jedoch nicht.

„Sie heilt mit einer unglaublichen Geschwindigkeit. Sie wird unsere Wunderpatientin werden." Dr. Reynolds lächelte sie an.

Ihr Werwolfblut. Gemischt mit seinem. Und ganz viele Gebete.

„Vielen Dank. Für alles, was Sie für sie getan haben." Barrett streckte dem Arzt die Hand entgegen.

„Den Teil der Heilung hat sie selbst gemacht." Dr. Reynolds lächelte und schüttelte seine Hand. „Ich gebe Ihnen beiden etwas Privatsphäre." Er schloss die Glasschiebetür hinter sich und Megan.

Barrett trat näher und nahm ihre Hand. „Hast du Schmerzen?"

„Nur mein Hals." Sie blinzelte langsam. „Du siehst aus, als hättest du eine Woche lang nicht geschlafen."

„Ich konnte nicht schlafen, bis ich wusste, dass du überleben wirst. Und es ist noch keine Woche vergangen. Es war nur eine sehr lange Nacht."

Jacey runzelte die Stirn. „Was ist mit Boudier?"

„Tot." Barrett setzte sich und küsste ihre Hand. „Lorcan hat die Hütte mit einer Rakete getroffen und Boudier ist im Feuer verbrannt."

„Gut. Dann wird er nicht wieder nach dir suchen kommen", sagte sie schwach.

„Du hast mir Angst gemacht. Ich dachte, ich würde dich verlieren." Er drückte ihre Hand an seine Wange. Ihre Haut auf seiner ließ sein Herz schmerzen.

„Ich bin härter, als ich aussehe. Ich komme aus Mississippi, erinnerst du dich?" Auf ihrem Gesicht lag der Hauch eines Grinsens.

Sein Herz explodierte vor Hoffnung. Sie würde wirklich wieder ganz gesund werden.

„Ich muss dir etwas gestehen." Er warf einen Blick über seine Schulter und vergewisserte sich, dass sie allein waren.

Sie runzelte die Stirn. „Was ist es?"

„Als du auf dem Berg angeschossen wurdest, dachte ich, ich würde dich verlieren. Da habe ich mir in mein Handgelenk gebissen und dir mein Blut gegeben."

„Ich verstehe nicht ganz. Du bist ein Werwolf. Kein Vampir. Dein Blut hätte mich nicht geheilt."

„Meine Blutlinie ist rein. Aus einer königlichen Lupinenlinie. Als Kind habe ich entdeckt, dass mein Blut Heilung beschleunigen kann. Ich dachte, wenn ich dir mein Blut gebe, würde das deinen Heilungsprozess beschleunigen." Er holte tief Luft und sah weg. „Bis Ryker mir davon erzählte, wusste ich allerdings nicht, dass mir Celeste, als sie mich von den Toten zurückgeholt hat, tatsächlich auch ihr eigenes Blut gegeben hat."

„Feenblut? Also habe ich jetzt auch Feenblut?" Sie schluckte.

„Ja. Und deshalb ist dein Herz stehen geblieben. Dein Körper hat versucht, es abzulehnen." Er schüttelte den Kopf. „Du wärst fast gestorben. Und es wäre meine Schuld gewesen."

Sie streckte sich aus und streichelte seine Wange. „Aber ich bin nicht gestorben. Und wenn du mir dein Blut nicht gegeben hättest, wäre ich gestorben. Du hast mich gerettet, Barrett."

Er kuschelte sich an ihre Handfläche. Er hatte keine Worte. Er neigte seinen Kopf in ihre Halsbeuge und atmete ihren Duft ein. „Ich liebe dich."

„Ich liebe dich auch", sagte sie leise.

„Und ich möchte diesen Raum nicht verlassen. Ich glaube, sie werden den Sicherheitsdienst rufen müssen, um mich hier zu entfernen."

Sie kicherte und verzog dann das Gesicht. Er hob den Kopf und runzelte die Stirn. „Du brauchst Schmerzmittel."

„Nein. Es tut nur ein bisschen weh. Glaubst du, du kannst mir helfen, mich gerade aufzusetzen?"

„Lass mich die Krankenschwester fragen, ob das in Ordnung ist." Er ging zur Tür hinüber und steckte seinen Kopf hinaus. Er sah Megan an und sie kam zu ihm hinüber. „Sie möchte sich hinsetzen."

„Lassen Sie mich zuerst ihren Verband wechseln und dann setzen wir sie auf einen Stuhl."

„Vielen Dank." Dieses Mal wusste er, dass alles wieder gut werden würde.

KAPITEL VIERUNDSECHZIG

Jacey erholte sich schnell und wurde bald in ein normales Zimmer verlegt. Sie war schon immer eine schnelle Heilerin gewesen, aber mit Barretts Blut strotzte sie nur so vor Kraft.

Sie war über all die Besucher schockiert, die in ihren Raum kamen. Alle Wächter schauten vorbei und ebenso die Attentäter von Louisiana. Sie alle brachten jeweils einen kleinen Blumenstrauß oder einen Ballon mit.

Sogar der mürrische Ryker brachte ihr ein Stofftier.

Sie begann, sich ein wenig überwältigt zu fühlen, als Granny und der Rest der Frauen zu ihr kamen, um sie zu sehen.

„Geh dir etwas zu essen holen und ich setze mich solange zu Jacey." Granny tätschelte Barretts Arm.

„Ich habe keinen Hunger", knurrte er.

„Es ist in Ordnung, Barrett", versicherte ihm Jacey. Er hatte ihre Seite nicht verlassen, seit sie aufgewacht war. „Tatsächlich fände ich es wirklich schön, wenn du mir etwas anderes als dieses Krankenhausessen besorgen würdest." Sie verzog das Gesicht.

„Worauf hast du Appetit?"

„Ich könnte eine ganze Kuh essen." Sie seufzte.

„Also ein Hamburger." Barrett grinste.

„Und einen Milchshake?", fragte sie hoffnungsvoll.

„Selbstverständlich." Er beugte sich zu ihr hinunter und küsste ihre Lippen. Ihr Bauch wurde ganz warm. „Ich werde nicht lange weg sein."

Sie nickte und wandte ihre Aufmerksamkeit Granny zu, als er die Tür hinter sich schloss.

„Ich kann all die Blumen und Geschenke gar nicht fassen." Sie sah sich im Raum um.

„Ich habe bei all den Sachen hier im Zimmer kaum Platz, um mich zu bewegen." Granny lachte. Sie zog einen Stuhl neben das Bett und setzte sich.

„Ich bin mir sicher, dass sich die Krankenschwestern freuen werden, wenn wir endlich alle verschwinden."

„Oh ja. Ich glaube, sie versuchen herauszufinden, ob wir eine Bikergang sind oder irgendwie mit der Mafia in Verbindung stehen." Granny grinste.

Jacey lachte.

Ein Klopfen an der Tür ließ sie beide umdrehen. Ava steckte den Kopf hinein und lächelte. „Habt ihr etwas dagegen, wenn ich reinkomme?"

„Komm rein." Jacey winkte sie herein. „Wir haben Barrett losgeschickt, um mir einen Hamburger zu holen. Und hoffentlich auch etwas für sich selbst zum Essen."

„Ich weiß. Damon und ich haben ihn auf dem Flur getroffen. Ich habe Damon gleich mitgeschickt." Ava kam herein und rieb sich den Bauch.

„Ich hole Kaffee von der Schwesternstation. Möchte noch jemand welchen?" Granny stand auf.

„Igitt, nein. Bloß nicht dieses Zeug." Ava rümpfte die Nase.

„Ihr jungen Hüpfer seid so an euren Starbucks und Milchkaffee gewöhnt, dass ihr gar nicht mehr wisst, wie man richtigen Kaffee trinkt", schnaubte Granny und ging zur Tür hinaus.

„Setz dich." Jacey deutete auf den Stuhl, den Granny gerade freigemacht hatte. Ava ließ sich auf den Stuhl sinken und starrte Jacey an.

„Was?" Sie tätschelte ihre Haare. „Sehen meine Haare so schlimm aus?"

„Nein, Dummerchen. Ich sehe dich nur an, weil du Barretts Gefährtin bist. Du bist eine in einer Million, so einzigartig. Du bist sein Wunder." Ava lächelte strahlend.

„Na ich weiß ja nicht." Sie senkte den Kopf.

„Oh, glaube mir. Ich weiß es." Ava nickte.

Es klopfte leise an der Tür. Catty steckte ihren Kopf um die Ecke und Ava winkte sie herein.

„Ich bringe die ganze Mannschaft mit." Catty lachte, als Kate, Ginny und Skylar ihr ins Zimmer folgten.

„Wir haben Schokolade mitgebracht." Ginny hielt eine Tüte Twix in die Luft und grinste.

„Ich wollte Wein mitbringen, aber ich wurde überstimmt." Catty runzelte die Stirn.

„Dafür werden wir haufenweise Zeit haben, wenn wir wieder nach Hause kommen." Ava lachte.

„Zuhause. Ich mag, wie das klingt." Jacey seufzte und lehnte sich in ihr Kissen zurück, während die Schokolade und jede Menge Klatsch und Tratsch geteilt wurden.

* * *

Innerhalb weniger Tage ging es Jacey gut genug, um mit Barrett zurück nach Arkansas zu reisen. Er hatte ein Privatflugzeug gemietet und sie stilvoll zurückgeflogen. Da Barrett noch am Leben war, wurde ein Notfalltribunal mit dem Rat einberufen, an dem alle Rudelführer der Südstaaten teilnahmen.

Jaxon trat vor und erkannte an, dass die Blutschuld noch immer bezahlt werden musste, da Barrett noch lebte. Er war bereit, den Preis zu zahlen. Aber es war unnötig. Alle Rudelführer standen auf und erklärten, sie würden keinen Rat unterstützen, der einen unschuldigen Wächter in den Tod schicken würde. Sie alle stimmten zu, dass Arkansas bereits viel zu viel geblutet hatte.

Der Rat stimmte zu und gestand ihnen ein, dass sie Boudier zu voreilig unterstützt hatten. Die von Jaxon geschuldete Blutschuld wurde erlassen.

Der Rat erklärte außerdem, dass die Rudelführer mehr Kontrolle brauchten und dass sie selbst entscheiden sollten, was sie in Bezug auf die Führung in Arkansas tun wollten.

Damon erkannte an, dass Barrett der rechtmäßige Rudelführer von Arkansas sei. Er bot an, die Kontrolle an ihn zurückzugeben. Aber Barrett lehnte dies ab.

Lorcan und Lucien schlugen eine andere Lösung vor. Sie beide dachten, dass Barrett Rudelführer von Louisiana werden sollte, da diese Position offen war.

Ihm wurde mitgeteilt, wie viel er von Boudiers Nachlass erben würde. Fast zweihundert Millionen Dollar. Lorcan, Brutus und Killian schworen Barrett die Treue.

* * *

Drei Monate später

Jacey trocknete das Weinglas ab und stellte es wieder in den Schrank. Sie sah sich in der frisch renovierten Küche um. Sie war froh, dass sie Boudiers Haus verkauft und ein anderes in der Nähe erworben hatten. Dieses Haus entsprach mehr ihrem Stil und es gab darin keine Geister, die sie an Boudier erinnerten.

Sie schaute aus dem Fenster und sah mit gerunzelter

Stirn dem strömenden Regen zu. Sie wünschte sich, Barrett würde sich beeilen und nach Hause kommen. Der Wetterdienst hatte vorausgesagt, dass New Orleans in einer weiteren Stunde von einem tropischen Sturm getroffen werden sollte. Unbehagen kroch ihren Rücken hinauf. Sie hatte noch nie Angst vor Stürmen gehabt, aber heute fühlte es sich anders an. Vielleicht hätte sie Barrett überreden sollen, alle zu evakuieren.

Klopf, klopf, klopf.

Sie schaute aus dem Esszimmerfenster und entdeckte den tiefhängenden Ast, der wie ein Finger gegen das Fenster klopfte. Die Lichter flackerten und gingen dann aus. Sie holte das Feuerzeug aus der Schublade und zündete ein paar Kerzen an.

„Wo bist du, Barrett?", flüsterte sie vor sich hin. Sie griff nach ihrem Handy, um seine Nummer zu wählen. Als er nicht antwortete, legte sie das Telefon wieder auf den Tisch.

Ein lautes Krachen erschütterte das Haus. Jacey schrie und schnappte sich eine Kerze. Sie drehte sich zu dem Geräusch um. Ein langer Ast ragte durch das Wohnzimmerfenster ins Haus hinein. In der Dunkelheit gab es jedoch auch noch etwas anderes. Ein Monster in der Form eines Menschen.

Angst schoss durch ihre Adern. Vor ihr stand Boudier, dem die Hälfte des Fleisches vom Gesicht gezogen war, wodurch die Muskeln seines Kiefers und seine Zähne freigelegt waren. Er streckte eine verbrannte Hand nach ihr aus. Sie trat zurück und schrie.

„Du solltest tot sein."

„Ich wurde in der Hütte nicht getötet, als sie in Flammen aufging, du dumme Schlampe. Ich bin von der Klippe des Berges gesprungen. Rote Wölfe haben mich gefunden und mich am Leben gehalten ... nur um mich dann zu foltern. Sie sagten, ich sei für sie nicht mehr von Nutzen. Sie haben flüssiges Silber auf meine Haut gegossen, damit ich von den Verbrennungen nicht heilen kann." Er knurrte sie an.

„Wie bist du hierhergekommen?" Sie wusste, dass sie ihn weiterreden lassen musste, um mehr Zeit zu gewinnen. Vielleicht war Barrett bereits auf dem Weg nach Hause. Er musste es einfach sein.

„Ich bin zu meinem Haus zurückgekehrt und rate mal, was ich entdeckt habe. Dieser Dreckskerl, Barrett Middleton, ist Rudelführer in meinem Staat. Er hat mein wunderschönes, historisches Haus an einen Haufen altmodischer alter Damen verkauft. Barrett hat mir alles genommen. Mein Haus, meine Position, die Treue meiner Wächter. Und weißt du was, du kleine Schlampe? Jetzt werde ich ihn dafür bezahlen lassen. Ich werde dich ihm wegnehmen."

Boudier stürzte sich mit dem Messer auf sie. Noch bevor sie sich bewegen konnte, hörte sie ein leises Knurren hinter sich.

Barrett flog in Wolfsgestalt durch die Luft. Boudier schrie, als Barrett auf ihm landete. Boudier stieß das Messer in Barretts Brust.

Sie schrie in der Dunkelheit.

Barrett entblößte seine Zähne und biss sich an Boudiers Kehle fest. Er riss ihm die Kehle heraus und warf das blutige Fleisch auf den Boden.

Lorcan und Brutus stürmten ins Zimmer.

Lorcan packte Jacey. „Bist du in Ordnung? Hat er dir wehgetan?"

„Es geht mir gut."

Brutus zog seine Waffe und schoss zwei Kugeln in Boudiers Brust und eine in seinen Kopf. „Ich glaube nicht, dass er sich davon noch einmal erholt."

„Woher wusstest ihr, dass ihr herkommen müsst?" Jacey sah Lorcan an.

„Barrett sagte, er hätte versucht, dich anzurufen. Als er

dich nicht erreichen konnte, bat er uns, rüberzugehen und sicherzustellen, dass alles in Ordnung ist."

„Das Telefonnetz war überlastet, weil sich so viele Leute wegen der Wetterwarnung anriefen." Killian kam ins Zimmer. „Ich habe die Umgebung überprüft. Boudier war alleine. Ich habe sonst niemanden gefunden."

„Er hat Barrett mit dem Messer erstochen." Jaceys Blick fiel auf die Blutlache auf dem Boden. Weiße Sterne tanzten vor ihren Augen. Ihre Knie gaben nach.

„Ganz ruhig." Lorcan packte sie, bevor sie zu Boden fallen konnte.

Ihre Augen schlossen sich und die Stimmen um sie herum verstummten.

KAPITEL FÜNFUNDSECHZIG

„Ich bin Rudelführer und ich will sofort meine Frau sehen", donnerte Barrett an den Arzt gewandt, der für die Wächterbasis in Louisiana verantwortlich war.

„Wir sind noch nicht fertig, Ihren Verband anzulegen, Mr. Middleton." Der ältere Arzt klebte ein weiteres Stück Pflaster über den Verband. „Ich habe bereits nach ihr gesehen und es geht ihr gut."

Barrett schob seine Hände weg. „Ich will nicht wie eine verdammte Mumie eingewickelt werden." Er sah sich um. „Ich will meine Gefährtin sehen. In welchem Zimmer ist sie?"

Der Arzt seufzte und zeigte auf ein Zimmer in der Ecke.

Barrett warf ihm einem bösen Blick zu. Diese Louisiana-Wölfe brauchten eine Menge Anweisungen, wenn es darum ging, wie Dinge unter ihm liefen. Er stürmte zu Jaceys Zimmer, während sich das medizinische Personal wie das Rote Meer teilte.

Er öffnete die Tür und sah Jacey, die auf der Bettkante saß. Sie blickte zu ihm auf und lächelte erleichtert. „Es geht dir gut."

Er zog sie in seine Arme. „Natürlich geht es mir gut. Es braucht etwas mehr als ein Messer in mein Herz, um mich zu töten. Ich meine, ich war ja schon mal tot, also sollte ich es wissen." Er umarmte sie fest. „Ich habe mir mehr Sorgen um dich gemacht."

„Der Arzt hat ein paar Tests an mir durchgeführt, um sicherzustellen, dass alles in Ordnung ist." Sie löste sich von ihm und sah ihn an.

„Er hat mir gesagt, dass es dir gut geht. Lorcan meinte, du seist ohnmächtig geworden. Es muss die ganze Aufregung gewesen sein." Er küsste ihre Stirn. Er konnte nicht aufhören, sie zu küssen oder zu berühren. Er musste einfach sicherstellen, dass es ihr gut ging.

„Dann hat er dir nicht alles erzählt", sagte sie leise.

Er zog sich zurück und schaute ihr tief in die Augen. „Was meinst du damit?"

„Ich bin ohnmächtig geworden, weil … ich schwanger bin." Sie sah ihn unter ihren langen Wimpern an.

„Du bist …" Sein Herz macht einen Sprung in seiner Brust, „… schwanger?"

„Ja." Sie tätschelte seine Brust und holte tief Luft. „Ich weiß, wir hatten noch nicht darüber gesprochen, Kinder zu haben, und ich verstehe, dass dir das vielleicht nicht gefällt …"

„Du bist schwanger", sagte er erneut. Es gefiel ihm, wie diese Worte auf seine Lippen klangen. Er sah ihr in die Augen. Er drückte seinen Mund auf ihren und küsste sie lange und tief und innig.

Als er sich schließlich von ihr löste, starrte er sie mit all der Liebe an, die er in seinem Herzen für sie spürte.

„Also bist du mit dieser neuen Entwicklung einverstanden?"

„Ich werde Vater. Und ich bin mit der einzigen Frau verpaart, die ich in meinem Leben geliebt habe. Vor ein paar

Monaten dachte ich noch, mir sei alles genommen worden. Ich bin durch die Hölle gegangen und jetzt bin ich auf der anderen Seite. Alles, was ich verloren habe, wurde mir zehnfach mehr zurückgegeben." Er küsste sie erneut. „Ich bin mehr als einverstanden, ein Baby mit dir zu bekommen."

Sie lächelte und umarmte ihn fest. „Gut. Und nur damit du es weißt, Zwillinge sind ziemlich geläufig bei mir in der Familie."

Er löste sich von ihr und sah sie an. Dann lachte er. „Solange du und die Babys gesund sind, bin ich auch mit Zwillingen einverstanden."

Er strich ihr die Haare aus dem Gesicht. „Ich liebe dich, Jacey. Und ich kann es kaum erwarten zu sehen, was die Zukunft für uns bereithält."

Ende

ÜBER DEN AUTOR

Jodi ist Bestsellerautorin von USA TODAY und Finalistin des National Readers Choice Award für den besten Paranormalen Roman. Sie ist die Autorin der Serie AUFSTIEG DER WERWÖLFE VON AKANSAS und schreibt paranormale Romantik sowie zeitgenössische Romantik.

Geboren und aufgewachsen in Mississippi, führten ihre tiefen südlichen Wurzeln und ihre Liebe zum Paranormalen dazu, dass sie paranormale Romane schreibt, die im Süden der USA spielen. Wenn sie sich nicht mit Charakteren in ihrem Kopf unterhält, ist sie in ihrem Haus im Nordosten von Arkansas mit ihrem gutaussehenden Ehemann, ihrem brillanten Sohn, einem temperamentvollen Schwan und einem gelben Labrador zu finden, der gern Schildkröten anschleppt, wenn die Entensaison vorbei ist.

Jodivaughn.com